U0583975

BEIFENGCHUISANDESH

被风吹散的时光

丁文 著

东方太阳西方雨，
五谷杂粮全长齐。
锅灶唠叨即时休，
米面夫妻到白头。

敦煌文艺出版社

图书在版编目（ＣＩＰ）数据

被风吹散的时光 / 丁文著. -- 兰州:敦煌文艺出版社,2023.10（2025.8 重印）
ISBN 978-7-5468-2449-9

Ⅰ.①被… Ⅱ.①丁… Ⅲ.①长篇小说—中国—当代 Ⅳ.①I247.5

中国国家版本馆CIP数据核字(2023)第210988号

被风吹散的时光

丁 文 著

责任编辑：杜鹏鹏
封面设计：韩国伟

敦煌文艺出版社出版、发行
地址：(730030)兰州市城关区曹家巷1号新闻出版大厦 23 楼
邮箱：dunhuangwenyi1958@126.com
0931-2131397(编辑部)
0931-2131387(发行部)

唐山富达印务有限公司印刷
开本 710 毫米×1020 毫米 1/16 印张 19.25 插页 1 字数 300 千
2023 年 12 月第 1 版 2025 年 8 月第 2 次印刷

ISBN 978-7-5468-2449-9
定价：89.80 元

如发现印装质量问题，影响阅读，请与出版社联系调换。

本书所有内容经作者同意授权，并许可使用。
未经同意，不得以任何形式复制。

山还是那连绵起伏的山，
沟还是那深邃悠长的沟，
不见山梁梁追风嬉闹的昨日故人，
山沟里却环绕着回味无穷的时光。
日月既往，不可复追。

河还是那弯弯曲曲的河，
水还是那清清朗朗的水，
不见河汊口挽着裤腿的旧时玩伴，
河水里却流淌着似水流年的光阴。
岁月已逝，不可复追。

祁连山，你这古老的名字，
孕育了多少厚重的文化，
成就了多少英雄的梦想，
在您的怀抱中我们尽情地放纵着、享受着！
怎一个"美"字了得。

目 录

第一章　借　钱

初夏的午后，高低起伏的群山沐浴了一场细雨。傍晚，从远处马牙雪山上吹来了一股轻柔晚风，夹着丝丝沁人心脾的凉意，飘进了山道的村落，掠过了清朗的河面，田野里的香味、树林里的鸟叫、草丛里的虫鸣，一丝丝、一股股吹进了河道两边的庄户人家。渐渐地，村子里的喧闹消歇了，庄前屋后的杨树，庭院中的果蔬，田地里的庄稼，如同婴儿吮吸了母亲的乳汁一般，格外精神焕发。清风在绿叶间簌簌流淌，花香在屋檐下静静飘荡，鸟叫伴随着虫鸣，在空气中柔柔回响，一切是和美的、惬意的、舒适的。

乌鞘岭北麓一处山湾里的村落——韩家庄——正在静心地感受微风的轻拂，享受着微风中淡淡的幽香和清凉带来的恩泽。散落在河道两侧的庄户人家烟囱里飘出了农家饭菜的香味，在苍穹笼罩下献上了一幅"雨后山色新，炊烟绕村落"的诗意画面。

韩家庄并非全是韩姓人家，其实姓韩的仅有两家，吴姓和蔡姓人家占村子里多一半，剩下的由梁姓和许姓人家组成，之所以叫韩家庄，是因为韩家先人最早入住这个地方。

晚饭后的时光，是韩家庄最热闹的时刻，吃罢饭抹着嘴的男人们、婆姨们，陆陆续续往经常光顾的村子中心地带聚拢。男人们头顶上散漫着被肺过滤的烟气，小孩子们你推我搡地挤在一起，叽叽喳喳，老汉们悠闲自在地靠在墙弯，捋着胡须，大嗓门的男人们和声尖嘴碎的女人们围在一起，唾沫星子乱飞，一个声音生怕落后一个，七嘴八舌地扯着无关紧要、有荤有素的话题，卧在不远处的一条大黄狗，时不时也跟着叫上几声，把整个韩家庄吵得乱哄哄的，如同县城里的早市一般。

村子中间一户破墙烂院院门口右前方的一棵白杨树下，一位中年男人靠在杨树干上抖肩挠腰，布满血丝的眼睛深陷在干涸的眼眶中，两个眼珠子似乎已经停止了转动，面容憔悴，颧骨高高地凸出，脖颈里的粗筋能让人清晰地数清，整个一副忧心忡忡的样子，脚下撒着几颗抽剩下的烟头。杨树上几只家雀欢快的叫声缠绕在一起，一滴鸟屎恰巧掉在了中年男人的手背上，使他回过了神，吐了一口浓痰，嘴里嘟囔着，落着鸟屎的手背在杨树干上蹭了蹭，似乎在宣泄自己内心的不快，粗黑且有几处裂口的大手在杨树上狠狠拍了几下，掌心立刻渗出了血丝，也许手心里的疼痛暂时麻痹了他思想的神经，佝偻着身子，拖着不健全的肢体，一瘸一拐地进了几片破木板连在一起的篱笆院门，这人便是韩家庄出了名的穷汉——韩满财。

其实韩满财原本是一个健全的庄稼把式。在他19岁那年，接连下了几场秋雨，家里土房后墙出现了裂缝，为了防止屋子坍塌，趁着黑夜悄无声息地跑到南山，想弄一棵松树做顶后墙的柱子，千辛万苦地弄倒了一棵满意的松树，机灵又机警地躲过了林场巡山队好几次的检查。快到自家门口时，紧绷的神经放松了，步子迈得大了一些，不小心踩在了一块雨水浸透的黄泥上，扛在肩上的木头尖不偏不倚扎进了右脚脚面。年轻的满财，小半个脚掌毁在了一根该死的木头上，健全的身体留下了残疾的遗憾，此后，走路从直挺潇洒变得歪扭偏跛。

按常理说，韩满财这种自身条件很难讨到老婆，然而不幸的人也有幸运的时刻。媒人在韩家"重金"利益驱使下，发挥着自己能说会道的本领，满财送了一份厚重的彩礼，娶上了邻村一名因后天原因造成左眼失明的"瞎女子"，成就了一段"美满"的姻缘。韩满财27岁时结束了光棍生涯，残缺不全的院墙里有两间破烂的房子，被时间侵蚀的双扇木门没有丝毫生气。门板上几处烂洞的地方，用大小不一的报纸块糊得皱皱巴巴，粘贴在门口的大红双喜看不出一点喜庆的感觉，反而给人一种压抑的喜悦。看一眼烂糟炕头拘谨坐着的一对"洞房"新人，有一种莫名的尴尬和难受。韩满财给前来贺喜的亲朋乡邻点头哈腰，笑脸中满是难挨，家产？积蓄？哎……生活，就连这么简单的婚礼，还是韩满财在低声下气哀求下由哥哥韩满仓帮衬操办的。为此，韩满财欠下了哥哥一百块的大外债。

村里几个表面关心韩满财的多事男人，在私下里满是讥讽。一处不起眼的墙角旮旯里，挤出了一句"龙配龙，凤配凤，乌鸦落在黑猪身，一个别嫌一个黑"。随后，一阵乱糟糟的议论声和耻笑声，飘散在韩家庄的上空。

茶余饭后，韩家庄碎嘴多事的妇女们，好长一段时间内，总把韩满财夫妻作为议论和练嘴的第一个话题，各式各样的顺口溜在不谙世事的娃娃口中满村流传：

"瘸子配瞎子，没有好日子。"

"好个韩满财，个子不算高，本事没多大，右脚总外撇，娶个瞎婆姨，没了来钱路。"

"破锅有了破锅盖，破鼓有了破鼓槌，只要情深意似海，满财也能放光彩。"

在村里人多的时候，个别尖酸刻薄的妇女，一旦照见不远处的韩满财时，怂恿身边的碎脑娃娃，故意跟在满财屁股后面，放声念着带有讥讽性的顺口溜。经常惹得村里看热闹的旁人哈哈大笑，爽朗的取笑声一阵又一阵。

每当这个时候，韩满财总是把头勾得低低的，逃一般拉动自己的跛脚，远离各式各样讥笑和嘲讽的场景，装作若无其事，即便有时吃了闷亏，也从不和别人争论，确切地说，是没有实力去和别人争论，只能简单操持自己的光景。

渐渐地，韩满财这家几乎和村里的人家没了任何交集。农村串门是家常便饭，显然，串门和这对夫妇早已无缘，家庭的情况决定了他们在村里的地位，这是一个不争的事实。

村里人闲扯的声音还在此起彼伏，此刻，韩满财站在自家破院内，不自

第一章 借钱

觉地又捻了一根旱烟棒，低矮的房子还是昨天的样子，廊檐下面的椽子被炕烟熏得看不清一点木材的颜色，整个一片黑塌塌的样子，廊檐下的几片蜘蛛网在微风中轻轻摇摆，一只被黑蜘蛛捕捉到的大苍蝇在奋力挣扎，蜘蛛正用力地享受着丰盛的晚餐，此时，也许才能让人感受到一种生活和生命的气息。

"唉……"一声长长的叹气声饱含了韩满财的辛酸和无奈。妻子的病不能再拖了，今天县医院的大夫已经说得很明白了，要求他们住院治疗，尽快手术，越往后拖手术的风险越大。他怎么也想不通，好好的一个人，早上能吃两个馍，晌午能吃两碗饭，子宫里怎么还长了一个肉疙瘩？但事实清晰明了，医院的那台B超机器把妻子的病情"超"得清清楚楚。他扔掉手里的烟屁股，无处安放的两只手摸了摸裤口袋，去了一趟医院前后不到一个小时，就花了他八十个大子，做个手术还不得过千啊。他倒不是心疼自己的钱，而是家里再也拿不出一分钱了，这次去医院的钱还是前天卖了一只大母羊所得。

他开始埋怨起了无能的自己，不该请邻村的王神婆，转而又在心里咒骂起了该死的神婆，预言一点也不准，满口全是骗人的鬼话。死王八羔子，不是说娃他妈在夜里冲了门神吗？纸钱也烧了，门神也安抚了，一只大红公鸡也被"狗日的"光明正大地顺走了，预言三天后立马见好，屁话，他妈的这个死王八羔子，差点把娃他妈引到黑水沟里，要不是我儿娃娃星期天从县高中回来……唉……又是一声叹息，韩满财不敢再往下想了。

他大脑乱如一团麻，不断想着筹钱的主意，无数个想法在现实生活面前逐个被否定。他多想救苦救难的观世音菩萨在夜里偷偷地出现，带走妻子子宫里那个多余的肉疙瘩。想法是美好的，可哪有什么显灵的菩萨啊！他开始漫无边际地想着一个又一个筹钱的办法，甚至想到了远在邻县当县长的四姑爷的堂侄，在抽一口旱烟的清醒下，他停止了这种荒诞且不切实际的想法。

无论如何，妻子的病不能再拖了，女儿韩晓慈在地区师范学校，儿子韩晓丰已经顺利通过县一中的高考预选了，按照儿子班主任的说法，考个好大学没一点含糊。眼下，两个娃娃指望不上，给妻子做手术的钱从哪里来，韩满财稍微松弛的心又攒在了一起，在院子里旋磨了起来。无奈的焦急促使不听使唤的双手不断在腿面上划拉，额头上愁云拧成了疙瘩，一时间还没理出头绪和找到破解难题的办法，干瘪的小腿在晚风的吹拂下似乎在抖动，长长地呼出了一口气，眼睛死死地盯了好一会儿牲口的圈棚。

满财似乎找到了筹钱的出路，随手捻了一根旱烟棒，思思谋谋地进了屋子。

炕头，妻子正在借助窗户透过的一丝亮光，整理炕上的破铺烂盖，韩满财坐在了炕栏石上，张了几次嘴，想说什么，但又停顿了，只顾吸他手里抽剩的一小截旱烟卷。

"你的病不能再拖了，还是做手术吧。医生说了，越往后风险越大，你看呢？"韩满财开口了，征求妻子的意见。

妻子没有任何言语，发出了一声心焦且痛苦的叹息。

"医生说了，就是个小手术，做完啥事也没有了，你不要害怕，现在医疗发展得快，医生水平也高了，这种小手术县医院一年不知做多少个。"韩满财安慰地说。

"唉，我不是害怕做手术，关键是娃娃们全在用钱的紧要关头，家里哪有我们花的钱。"妻子回道。

"这倒没什么，不行把家里剩下的那六只羊全卖掉？"韩满财再次征求妻子的意见。

"那也卖不了多少钱，做个手术不得花个几千块，医院就是个无底洞。再说，剩下的全是母羊了，卖掉有些可惜，正是抓羔的时期，会不会……"妻子没了声音。

"我盘算了一下，剩下的找别人借。"韩满财说话的声音小了许多。

"问谁借？怕别人不能借给咱。"

随着妻子话语的结束，屋里的空气似乎凝固了。妻子这一问，是事实，更是让韩满财纠结和无助的地方。此刻，只能听见蜷缩在炕头上的老花猫发出的"呼呼"鼾声。

好长一阵沉默后，韩满财开了口。"明天我找哥哥去，看他能不能借给我点。你到你大姐那里借一些，他们在乡里的门市部开了好些年，应该能借给我们一些。有枣没枣的树上打吧，我们已经把人活低了，再低还能低到哪儿去。"

"唉，那就这样办吧，也只能这样办，这几天我看你为了我生病的事情煎熬得厉害，明早我就去。"妻子应承着。

苦难中的夫妻，他们没有经过恋爱的过程走向了婚姻殿堂，在众人的冷嘲热讽中、在相互鼓励扶持下，爱情早已融入了生活的细枝末节中。

天还未亮透，韩满财的妻子便动身了。

晨光洒满了乡里的街道，街道上的行人来来往往。大姐正在刷早饭锅的时候迎来了自己的亲妹妹。大姐一家人对这个寒酸家庭女主人的到来十分惊讶。对这个多年不曾上门、空甩两手的落难妹妹，似乎多了一些猜测。

一阵简单的嘘寒问暖，生意人黄金旺的笑容一直挂在脸上，不管它是真情还是假意。满财妻子诉说了自己的病情，表达了借钱的想法，姐夫黄金旺笑脸立刻变僵硬了，姐姐内心挣扎着，生意人的嘴脸暴露无遗，在利益和亲情面前，他们更看重利益一些。脑子高速运转，思考起了妹妹未来还钱的日子及能不能还钱的问题，亲情与现实矛盾地交织在一起，姐姐嘴皮子抖动了几下，焦急的右手不停地捏着左手，夫妻两人不知如何接住满财妻子的话语，好像在故意压制着呼吸的频率，整个屋子死一般沉寂，悄无声息的，姐夫黄金旺左手不断在脖子上来回搓动，姐姐时不时地瞅一眼黄金旺，压抑的气氛弥漫了整个房间。

门外一声叫唤黄金旺名字的男人声音，打破了这死一般的沉寂。黄金旺应声而出，连鞋也没顾上提一下（这也许是一个大男人求之不得的事情），在院落中间的一棵杏树边，殷勤地握住了对方的手，一副低眉顺眼的样子，从陌生男人粗大的嗓门中，满财妻子真切地听到了他们的对话，这个男人也是找黄金旺借钱的，黄金旺应承着，但声音很小，随口叫着大姐的名字。大姐出门不久，又折身回来，拉出拴在如水桶一般的腰里别着的钥匙打开了立柜门，抽出一个黑色的手提包出去了。透过门帘，韩满财妻子真切地看到大姐从黑色手提包中取出了一沓蓝艳艳的钞票，交给了那个男人。姐夫和那个男人说着话，一前一后出了院门。

大姐进屋后，将黑色手提包锁入柜子，转身给妹妹续了水。差不多过了半个钟头，黄金旺回来了，只字不提韩满财媳妇借钱的话题，而是催促妻子准备做饭。韩满财妻子心中有了明确的答案，起身辞行。姐姐、姐夫左拽胳膊右拉手，要她吃过午饭再回，他们夫妻看似牵衣投辖的挽留，让这个身有残疾的女人觉得无比做作。此刻，对她来说，丝毫没有吃饭的心情，虽然她早已饥肠辘辘。残疾的人，往往比常人更有坚毅的志气，她不顾大姐的劝阻，头也没回地踏上了回家的路。

走过川道，拐进山沟小路的时候，韩满财妻子右眼里早已打转的泪水失去了控制，全部流了出来。左眼虽然失明，但那股泪水流向内心最深的地方，大姐和姐夫双重标准的待人嘴脸，赫然出现在眼前，一幕幕那样真切。这个中年妇女受到了奇耻大辱，喉咙里的哽咽变成了哭声。让她尽管哭吧，请原谅这个中年女人大声地哭泣吧，此刻也许哭声才能消减她压抑和受辱的心情。几声哭泣，惊飞了山上觅食的小鸟，山谷立刻回响着哭声，伴随着脚底下踩得沙沙作响的石子，如同秋天的大雁发出低沉悲鸣的声音一般，听上去让人格外心痛、凄惨。

人们往往用远近亲疏来形容彼此间的关系，但是伤人最深的莫过于最亲近的人。有些事情，希望有多大，失望就有多大。清晨她满怀信心，坚信大姐一定会帮助她解决手术费用难题，但现实却给了一记重重的耳光，她像霜打的茄子一样，无精打采地继续前行。

生活啊，当你无法改变它时，只能奋力前行。

正在山地里劳作的韩满财，眼瞅着妻子进了自家篱笆院，停下手里的活，奔向院落，看见妻子消沉的表情和发肿的眼圈，这个男人再也没有追问借钱的事。其实，长时间饱受风霜的夫妻，即便是一个眼神、一个不经意的动作，也无法逃脱对方的眼睛，一切已有答案，追问妻子显得十分多余，徒增烦恼罢了，默默地给妻子热了热中午的剩饭。

天慢慢暗了下来，韩满财快速搅动着碗里的筷子，给妻子说了两句安抚的话语后，放下碗筷，急匆匆出了门。妻子没有借到钱，这个艰巨任务压在了自己的头上，他只能寄希望于自己的哥哥了。

哥哥一家虽然看不起自己，但他相信在大事面前，哥哥是有良知的，关键时候应该会提供帮助的，怎么说也是一娘所生。何况，这几年，哥哥一直在煤矿领工，家里的农活几乎全部由他完成。村里人都知道，韩满仓在外面发财了，是名副其实的万元户。他深知哥哥和嫂子的秉性，又在心里暗暗祈祷，希望得到救苦救难菩萨的保佑，让抠门的哥哥爽快一次。韩满财边想边走，不知不觉已经到了韩满仓的院落门口，院落的大门敞开着，前两天从煤矿赶回来农忙的韩满仓正坐在院子里纳凉，享受着晚饭后的第一支香烟，举手投足间一副煤矿工人的做派。

一排七间整齐划一的瓦房，在韩满财眼里十分奢华，用高端大气来形容都有点降低档次了。韩满仓看见弟弟进来，瞟了一眼，随口飘出了一句："来了？"韩满财回应道："嗯。"坐在了哥哥边上的小板凳上，不紧不慢地询问哥哥在外顺利不？韩满仓用不和善的语气回答道："年年都那样。"兄弟两人的对话并不和谐。里屋的嫂子听见外面有人说话，在门口瞟见是韩满财，显得十分失望，一时间立在门口，进也不是，出也不是。

"晓丰他妈子宫里长了个肉疙瘩，医院说得抓紧时间做手术，你们家里的钱能不能先借给一些？"韩满财直奔主题。

"借多少？"韩满仓刚说出口，门口的韩满仓妻子跨门而出，立在了韩满仓左边，抢过话题，像抢夺什么价值连城的宝贝似的。立即说道："他二叔，今年他爹出去矿上领工的钱还没给，再说家里娃娃们花费也大，我们正张罗着给儿子说一门亲事哩，这两天我们两口子也为钱的事情发愁呢，正在盘算着问我娘家借些钱哩，没办法给你借呀！"

韩满财瞅了一眼坐在身边的哥哥，哥哥韩满仓勾着头，并未有半点张口的意思。韩满仓被妻子唐突的说辞弄得有些不知所措，抽出了一根纸烟，嘴唇抖动了一下，没有做声，自顾抽那诱人的香烟。韩满财不知如何接住嫂子的话语，交叉搓着自己粗糙的大手，搓了一会手，转而拉起了右腿的裤管，上下揉搓着干瘪的小腿。整个院子除了树叶被微风吹得沙沙作响外，陷入了无限的沉静中，不知过了多久，天已全黑了下来，韩满仓夫妇好像忘记了满财的存在，再无任何作声的迹象。

见状，韩满财起身回家，还未走出满仓家的院门，就听见嫂子在谩骂哥哥，夹杂着骂他的一些词语，在安静的初夜，声音显得十分洪亮。"你心疼啥，就他那个穷家苦业，结婚时借下的一百块到现在也没还上，还有脸要借，我们的钱又不是大风刮来的，还能往冰窟窿里扔吗……"嫂子以一种质问的口气在数落着哥哥。后面的声音随着韩满财的走远，越来越听不清了，但是谩骂并未停歇。

到自家院落门口，本想进门的韩满财停了下来，折身坐在了离院门口不远处的白杨树下面。嫂子刻薄的几句话刺痛了他的心，更刺伤了男人的自尊。俗话说："水无爪子能刨坑，话无箭头射烂心。"满财需要独自疗伤，今天在哥哥家所发生的事情，自己的妻子和儿女不得而知。其实，他也不会让知道，知道只会增加亲人心里的痛楚，这件事将永远烂在他的肚子里。双手颤抖着卷了一支旱烟棒，猛吸了两口，发泄着自己的难受。卷起右腿裤管，搓着小腿，左手中指和食指夹着烟卷，放在嘴角边，似乎在吸烟，又好像没在吸烟，耳边不断地回响着嫂子刻薄的话语。两只手抖动得更加厉害，是气的，也可能是夜晚的凉风吹冷的。在没有调整好自己的情绪前，这个倔强的中年男人暂时还不想回家。如果要用眼泪来发泄自己的痛苦，能装下这个残疾中年男人泪水的不是盆，而是缸。

一个男人厚重的脚步声越来越近了，一束手电光恰好照在了韩满财脸上，此人正是他的邻居许二柱。看见坐在白杨树下石板上的韩满财，许二柱凑了过来，紧挨着他坐了下来。许二柱比韩满财年长三岁，性格耿直，为人爽快。两家以前虽未有过金钱往来，但是韩满财家确实得到了许二柱家不少关怀和帮助，也就是这家人在种田时愿意给他借牲口，农忙时主动帮忙收庄稼、打麦场，不论村里人怎么称呼韩满财，热心的许二柱始终叫他"小伙子"。

"小伙子，遇上啥难心事了？看把你愁的。"许二柱大嗓门问道。

"我的好许哥，能有啥事。天大的事情，晓丰妈子宫里长了个肉疙瘩，手术费把人愁死哩。"韩满财停下了搓腿，粗糙的大手不停地挠起了头。

"小伙子啊！老话说，吃五谷生百病。人啊，一辈子怎么可能不生病，把心放宽。"

"好许哥哩，也就你给我宽心，钱是硬头货，我能眼睁睁看着晓丰他妈往阎王殿里闯？"韩满财无奈地说。

"哎，就是，活人还能让尿憋死，得花多少钱？"许二柱关切地问道。

"估摸着得过千，我现在手头没有一分钱呀。"

"一千就再不用愁了，我还以为多少呢，我取给你。抓紧给晓丰妈看病，难事情都是一时的，人不可能一辈子都难，吃过苦了后面的日子就甜了、顺了，有啥难事，你吭声，我给你帮不了忙，还能出个主意哩，瞧把你一天憋屈的，容易招病。走走走，回家睡觉。"许二柱边说边准备起身，起身的时候还拉了一把坐在身边的韩满财，两人便各自回家去了。

躺在炕上的韩满财丝毫没有睡意，眼珠子在黑暗中滴溜溜转动。想着许二柱的热心和嫂子的谩骂，憎恶和感激交织在一起，爱和恨包围着自己。心里五味杂陈，说不出的伤感，泪水再也不能被束缚了，顺着脸颊流向枕头，这泪水是苦的，更是甜的。

人啊，往往最缺什么就特别需要什么。苦难时候，帮人一把，铭记一生。但是，人啊，做锦上添花的事多，雪中送炭的事少。此时，宗族同亲的关系在韩满财的眼里变得十分庸俗，他似乎明白了一个道理，人与人之间的感情不在于是否有血缘，而在于是否尊重，是否发自肺腑地批评和关爱，那种干净、尊重、没有任何色彩的交往将会长久流淌在血液里。

半夜，村子里刮起了大风，使整个韩家庄的夜晚久久不能平静下来……

第一章 借钱

第二章　初　见

一夜未眠的韩满财，天还未亮就叫醒了沉睡中的妻子。在韩晓丰参加完高考后的第三天，韩满财妻子在县医院顺利做完了手术，取掉了子宫里的肌瘤，也取掉了积压在韩满财心里的一块大石头。

参加完高考，回到家的韩晓丰，悉心伺候着术后回家休养的母亲，完全变了个人似的，主动承担了家里的苦活累活，开始设身处地体谅着残疾的父母亲。

七月十六日的午饭后，村里一个五年级的小学生，连跑带跳地把邮递员转交的印着"录取通知书"字样的信封高高举在手里，在几个小玩伴的尾随下和村里几个闲汉聚焦的目光中送到了韩满财的手里。随后，韩晓丰被省城重点大学录取的消息立刻升温，传遍了韩家庄。

哎呀，了不得啦！韩满财家的晓丰娃娃出息"厉害"了。

晓丰兴奋不已，紧贴着父亲。韩满财双手激动得颤抖着，费了好大劲，才拆开这装满喜讯的大信封。一家人兴奋地围在一起，不认识字的满财把通知书拿倒了，在女儿晓慈的提醒下，翻转了一下，从大字到小字，粗黑的食指一个一个地指着，生怕漏掉一个小字，晓慈则一个一个地大声念着。

通知书从满财手里传到了妻子手里，又从妻子手里传到晓慈手里，再从晓慈手里传到了晓丰手里，而后，又回到了满财手里，最终，妻子如同获得传家宝一样，小心翼翼地锁在了破柜子的抽屉里。放下通知书不到半个钟头的工夫，满财的身影从破旧院门里进进出出七八趟。晚饭后，靠在院门口左侧不远处的白杨树上，粗糙的黑脸完全舒展开了，他似乎能听到自己内心笑出的声音，现在的大学就是好，学费少得跟没收一样，每月还有伙食补贴，比女儿晓慈读的地区师范简直强了一百倍。

这样一个一贫如洗、无人看好的破家烂院，却生养出两个健康聪明的孩子。两年前，女儿韩晓慈以中考全县第五名、全乡第一名的成绩考入了地区师范学校，让这个名不见经传的家庭，一下子成为全乡好多家庭学习的榜样。如今，儿子韩晓丰又考上了省城重点大学，着实让村里人惊得张大了嘴巴。

妻子的祸事结束了，就迎来了儿子的喜事。满财如哲人一般，想起了某位故去的老人，说出了超乎认知和知识层面的一句话："人生无常，福祸相依。"也许一个人在最快乐、最放松的时候思想才最活跃。

一阵微风吹过后，韩满财好像想起了什么重要事情，急匆匆地进了院门，走进院门的时候，拉了一把篱笆门，大声叫着儿子韩晓丰，安排韩晓丰抱来了铡刀，在天黑透前要为家里的大黑骡子准备好夜里的草料，对他来说，骡子是土地的全部和他生活的所有指望。

韩满财半跪在铡刀右侧，一把一把地往铡刀里搂着青草，儿子韩晓丰一开一合很有节奏地操持铡刀，紧盯着父亲送进铡刀下的每一把青草，父子俩干得热火朝天，晓丰后背的衬衫湿了好大一片，额头上布满了汗珠，长短不一的青草节在铡刀左侧堆了好大一堆。

此时，村里的乡亲们正聚拢在村子的中心地带，又一次把韩满财家当成重点议论对象，情绪激烈、七嘴八舌地议论着他家晓丰被省城重点大学录取的事情。从村里人的议论声中，可以听出，有人嫉妒，有人羡慕，有人说怪话，有人撒凉腔……

"韩满财爹爹的坟地选得好，那是蛟龙出头的地方，韩家才能出大秀才。"一个中年男人恶狠狠的冰冷声音传来了。

"不对，是韩满财院子占的地方好，你看韩满仓的儿子怎么没考上大学，和先人的坟地没关系。我听爷爷说过，韩满财住的院子是卧龙起凤的好地方。你瞧，两个娃娃有了大出息吧。"一个反驳的声音传了过来。

"哎，你们还别说，老话说得真对啊，刺蓬底下开莲花哩，你看韩满财两口子那个尿样，还真开出了莲花哩。"一个女人的声音出来了。

你一句，他一句，整个把韩满财家里里外外、上上下下、死去的、活着的能搭边的几乎全聊了一遍，就连他家那头大黑骡子和老花猫都变成了韩家的"吉祥物"，似乎带上了灵气，渐渐地夸奖满财的声音越来越多了。一对聊欢了的中年夫妻，忘记了火炉上烧水的铝茶壶，到家后，发现崭新的铝茶壶烧开了一个大洞，浇灭了炉火。夫妻俩在互相埋怨中争吵起来，进而撕扯在一起，天亮的时候才消停下来。

当然，苦难家庭出身的孩子往往比较自强，优异的成绩不是随随便便能获得的，离不开老师的谆谆教导，离不开父亲朴实憨厚的影响，更离不开母亲勤俭持家的濡染。换一种深层次的说法，是村子里没有小伙伴愿意和他们兄妹玩耍带来的结果，农活间隙，他们只能在书海中漫游，在知识的海洋中寻找自己快乐的玩伴。这也印证了一句话：孤寂的人往往是出众的。

自从儿子收到录取通知书后，引来了乡亲的夸赞，让经常遭人白眼的韩满财夫妇居然感觉到生活有了一点盼头，与村民交往中，更有一种受宠若惊的感觉。韩满财夫妻也从孩子的优异成绩和出色的表现收获了别人的尊重，这一点韩满财夫妇是满足的。以前村里的人基本直呼他"韩瘸子"，女儿进了地区师范读书以来，叫他韩瘸子的那帮人改称他"韩满财"，自从儿子收到省城重点大学的通知书后，这些人只要在村子里碰到满财，有事没事主动和他拉家常，亲切地称呼他"满财"。过去，村里开村民大会的时候，韩满财基本坐在最不起眼的犄角旮旯里，谁有心思关注他，哪有他发言的资格。前几天，村里开了动员村民义务修路的大会，村支书吴仲达讲完后，还主动询问了韩满财的意见，引得大家齐刷刷地把目光移到了满财身上，弄得满财满脸通红，支支吾吾了好一阵。

现实中这双向的反差，让韩满财夫妻坚定地明白了一个道理，要想改变自己贫寒家庭的门户，孩子是重点，而改变孩子命运最好的办法就是读书。

眼下，摆在韩满财夫妻面前的又一个重大问题出现了。

月亮已经爬上了远处的云阳山顶，韩满财坐在院门口不远处的白杨树下，他完全沉浸在自己的思索中。晓慈、晓丰的学费、日常花销问题成了满财的愁恼事，晓丰虽然给学校交不了几个钱，还月月有生活补贴，总不能让儿子兜里不揣几个钱吧，穷家富路，那么远的地方，那可是省城啊！万一娃娃有个用钱的地方怎么办？女儿晓慈再一年就毕业了，艰难的两年都熬过来了，总不能不上学了吧。唉！不长眼的老天爷，关键时期让妻子害了一场病。唉！真是一分钱难倒英雄汉。两声长长的叹气声后，他娴熟地捻了一根旱烟棒，右手不由自主地在地上划拉了起来。

父母对子女的爱是多么的无私啊！考虑得多么细致周到啊！

白杨树下忽明忽暗的烟头火芯，引来了夜里起身方便的邻居许二柱。

"小伙子，夜里不睡觉，想啥好事呢？"许二柱说着，打了个哈欠，坐了下来。

"我的好许哥，能有啥好事，两个娃娃上学的事情，我急得滚油浇心哩。晓丰娃基本花不了几个钱，还有伙食补贴。晓慈娃学费的事情。预留的六只母羊准备娃娃上学的时候卖掉，再卖掉些今年的新粮，晓慈娃把秋学期也就糊弄过去了。唉，谁他妈的知道，晓丰妈又害了个差点要命的病。这不，还欠你一千呢吗？"韩满财说着，右手从破旧的中山装口袋里掏出了烟叶，递到了许二柱面前。

"小伙子啊，没事，不要心焦，生个好儿郎，好比金万两。你家两个娃娃争气，我眼红得不行，我家里也没着急用钱的地方，儿子打工回来的时候，还给我给下着四百哩，完了我拿给你，让晓慈娃和晓丰娃上学用。"许二柱边说边接过满财的烟叶，摸黑卷起了烟卷。

"好许哥哩，四百块多了，三百就够了，我都脸红得没法再往下说了。你帮我的难事，我……不知道怎么回报你哩。"

"哎，邻里邻居的，回报个啥，全拿上，晓丰娃上大学虽不花大钱，但给娃娃手里留宽裕些，那可是省城啊！"许二柱体谅人意地说道，随后吸了一口烟卷。

韩满财不知道怎么感谢许二柱，只是长长地"唉"了一声。

"回吧，睡觉。"许二柱说着，猛吸了几口烟卷，扔掉了烟屁股，两人起了身。

白天在田里劳作休息的间隙，晓丰深情地望着天空和大山，满脑子想象着大山那边省城大学的操场、宿舍、教室和下课铃响后熙熙攘攘往教室外挤的同学，山那边的地方一定是让人着迷和丰富的！他似乎有点急不可耐了。

眼前收了一半庄稼的田地没有任何生机，湛蓝的天空下太阳强光有些刺眼，风吹来了一丝对面庄稼汉刚刚翻犁过田地里呛人的尘土，前几天收完庄稼的黄土地在阳光的照射下像一块刚熟过的山羊皮。山湾里放羊的光棍梁二老汉一声吼叫羊群的刺耳声音，使得晓丰缓过了神。

随着梁二老汉又一声刺耳的吼羊声，吼出了一声悠长而高亢的声音。接下来，山湾劳作的村里人全都听到了他极具欢快节奏而又夹杂一丝忧伤的歌声：

> 蓝格湛湛的天，
>
> 清格朗朗的水，
>
> 多美的景致也美不过俊妹妹的红嘴嘴；
>
> 黄格橙橙的谷，
>
> 灰格橙橙的豆，
>
> 多好的庄稼也好不过俏妹妹的细腰腰。

这光棍汉的肚子里简直像杂货铺一样，同样的歌词能唱出五六个不同的曲调。

韩满财朝着对面山湾瞥了一眼梁二老汉，说道："天下光棍无忧愁。"妻子瞟了满财一眼，犀利的眼神阻止了满财的言语，他默不作声地继续投入到了劳作中。家里的喜事，使得满财劳作的身体似乎比以前更加舒展了，就连鬓角冒出的白发似乎也变黑了。对于晓慈来说，她快乐着哥哥的快乐，喂猪的时候都哼着欢快的小曲。对于晓丰来说，甭提有多高兴了，劳作时脚下泛起的黄土也觉得香气四溢，山湾里乱哄哄的鸟鸣声也是那样婉转悦耳，远处蜿蜒曲折的一处狭窄深沟似乎有一种跳跃的悠扬旋律。

劳作的间隙，在松软的土地上，晓丰翻了好几个跟头，整个身体轻盈、轻透中充满了"爽气"。坐在不远处的母亲嗔骂道："二杆子，不敢这样，小心把胳膊拐了。"关切的嗔骂中谁也没在意母亲的表情，作为母亲，她的内心有一种前所未有的喜悦，快乐着儿子的快乐。韩满财正在卷旱烟，没说什么，只是"嘿嘿"地咧着嘴，这是一种压抑后松弛的笑。

开学的日子终于来了，晓慈比晓丰早三天就走了。

开学前的夜里，母亲在晓丰胸口线衣的地方专门缝了一个口袋，把一摞绿锃锃和蓝莹莹的钞票折叠好放在口袋里，其他三面针脚很细，封口的一面针脚很大，以方便儿子花钱的时候好取出，左叮咛右嘱咐地说了一夜，公鸡打了第一遍鸣的时候，屋子里说话的声音才渐渐听不清了。

晓丰清早出门的时候，许二柱拿来了几张刚炸的热油饼和几个煮鸡蛋，叮嘱晓丰在路上吃。韩满财夫妇把晓丰送到路口的时候，早起的庄稼人在各家门口远瞧着这个即将成为"城里人"的村里"新星"。羡慕的人在招手咂舌，嫉妒的人在咳嗽吐痰，有几个村里上了年纪的白胡子老汉，专门跑过来说了几句"敲耳根子"的良言。韩满仓妻子在院门口看见韩满财夫妇和韩晓丰，急急地折转了身子，狠狠地摔了一下院门。因家里母猪生病，早早被母亲打发到邻村请兽医的蔡文琳，未赶上再看一眼晓丰，她气急败坏地把她家那头病猪踢了好几脚，嘴里还在埋怨她的母亲和那头无辜的大白猪，她的心事也许只有她自己最清楚。

晓丰上了去县城的公共汽车后，坐在最后一排的窗户边，眼睛不敢望车后残疾的父母。汽车启动后，他尽量克制着自己的情绪，望着车窗外熟悉的土地。公路两边的山山峁峁还是昨天的样子，田地里的秋庄稼基本都上了打麦场，裸露出了土地真实的面貌，羊群贪婪、满足地吃着土地上遗留下的庄稼穗，梁二光棍老汉站在不远处，双手拄着拦羊棍得意地看着围在他身边的羊群，舌头舔了一圈干裂的嘴唇，音调由低沉逐渐变得粗犷而明朗起来，这种粗犷却有一种荒凉的孤寂和无助的难受：

一撮撮麦秆一捆捆草，

两疙瘩豆苗两嘟噜绿，

夜里的凉风让我想起了你，

绵软的手手薄薄的口，

若要拉上妹妹的手，刀架脖子我也不低头，

若要亲上妹妹的口，狼啃了心肠也不后悔。

韩满财夫妇耳朵里充斥着梁二老汉的歌声，眼睛却一直盯着晓丰乘坐的汽车，直到汽车翻过了山峁口，什么也看不见的时候才转过了身子，时不时扭过头瞅一眼公路的远处，心里一直牵挂着在外上学的一双儿女。

渐渐地，那片让人熟悉、动情的山山峁峁再也看不清了，让人时刻依恋、牵挂的家乡被汽车远远地甩在了身后。在镇子三岔路口换乘了去省城的公共汽车后，晓丰继续选择坐在最后一排的窗户边。当汽车行驶在这条既陌生又新奇的道路上，他的思绪不由自主地烦乱了起来，有对省城学校生活的憧憬，也有对父母的牵挂。伴着汽车的一阵颠簸，躺在胸口口袋中的那一叠硬铮铮的钞票似乎不安分了起来，犹如医生手里锋利的手术刀，割得他心口隐隐作痛。对于家境条件优越的人家来说，只不过是一笔再正常不过的上学开支，对于他的烂包家庭来说，这是父母艰辛劳作所得和全部尊严的折换，越想越觉得烦躁，此刻，胸口的钞票犹如一块巨石压得他呼吸急促。

哎，我那可怜的父母，该如何报答你们。

汽车路过一处村子时，远处河滩里吃草的一头黑骡子把他的思绪引到了家里。他知道，此刻他家那头口青力大的大黑骡子正在父亲长鞭的驱赶下，阔步稳健地拉着沉重的碾滚一圈圈挤压着干燥的秋庄稼。不久后，绿莹莹的尖舌豆将被装在袋子里，整齐地码在库房里，这些尖舌豆会在下年度开学的时候变成令他心疼的钞票。钱啊！晓丰痛苦地闭上了眼睛。

约莫过了三个钟头，售票员站在车厢前面大声地喊道："马上进省城了，需要提前下车的乘客，抓紧收拾好自己的行李。"晓丰的心忍不住"怦怦"跳了起来，下意识地摸了摸自己胸口的口袋，远处的高楼越来越近了，直到汽车完全融入车水马龙的省城街道里。透过车窗，晓丰看到省城宽阔的街道里潮水般的大小车辆穿梭在城市的街街巷巷，该走走，该停停，有序地穿过红绿灯路口，车道两侧高低错落的楼房映衬着城市的繁华，男男女女、老老少少在道路两边的人行道上走着，好一片热闹的景象。

当汽车停在一处红绿灯路口后，汽车右边的一棵梧桐树下，一对穿着时尚的男女青年正搂在一起亲吻，车厢里几个进城务工的毛头小子吼叫了起来，车外这"不正经"的举动使得晓丰赶忙扭过了发烫的脸庞。

汽车终于停在了省城汽车东站，晓丰下了车，站在了让他向往的省城土地上，长长地出了一口气。出站口，省城十几所高校设立了临时新生接待站，晓丰快步走到自己大学的接待地，好在前面没几个人，学长学姐们热情的接待，让在外的他感受到了来自学校的温暖。从学长口中得知，这里离学校只有一站路程，热心的学长主动接过了他手里的帆布提包和捆绑整齐的被褥，晓丰谦让了一下，只递给了学长帆布提包，迈着兴奋的脚步，紧跟在学长的后面向学校走去。

不远处，他看见了那充满文化气息的校门，也许是新生入学的缘由，被进进出出的人群塞得满满当当，校门两侧的花草清新淡雅，莹莹绿叶在阳光下闪烁着光芒，门顶横梁帽檐上几个鎏金的大字，给人一种风清锦绣的厚重感，似乎在向人诉说着岁月流逝中的文化沉淀和深厚的人文底蕴。

学长把他引到了经济系报到的地方，这里另有学姐负责向新入学的他们讲解报名流程。站在晓丰前边穿一身碎花格长裙的女同学，扭过身子看了一眼自己身后排队报名的新同学。回头的瞬间，恰好和晓丰的眼神撞在了一起，她莞尔一笑，瓜子脸上两道弯弯的黛眉，一对晶莹闪亮的大眼睛，挺直的鼻梁下一张刚好映衬脸颊的嘴唇，一头乌黑的秀发好似瀑布一样披在身后。

办完入学报到的手续后，顺着学姐手指的方向，他拎起自己的随身行李奔向校园东边的男生公寓楼。在新生入住办理室交了十块钱宿舍押金后，晓丰来到了四楼一间朝阳面的宿舍，他是最后一个到宿舍的，不存在挑选床铺的难题，门口左侧高低床的上铺在静静地等待着他，这是一个六人间的宿舍，其他的床铺上被各式各样的床单和摞得整整齐齐的被子遮挡得严严实实，正在抹桌子的俩哥们，迅速地帮着晓丰收拾床铺，宿舍另外三个哥们也从食堂回来了，一个亮嗓门的吉林同学操着一口浓郁的东北味，说起了刚在食堂里看到的新奇事："哎呀，妈呀！大学生的日子也忒好了，男的给女的喂饭，看得哥们掉了一地的鸡皮疙瘩，忒肉麻了。"一起去的两个舍友哈哈大笑后，附和道："你也快了。""不会的，你们太不了解我们东北男人了，这么有意思的事情，我们只会在私下里做，不能便宜了那帮不掏钱就看戏的旁人。"说话间，吉林哥们拿出了包里的瓜子和花生，宿舍一个山东哥们也拿出了自己带来的零食，一起分给大家吃，剩下的他们四人是本省不同地区的学生，其中一个家是省城的，晓丰见其他同学陆续地往外拿吃食，他本没有准备啥稀罕物，好在邻居许二叔早上给他的油饼和鸡蛋还没动过，从床上的帆布包里取出后放在了桌子上，邀请大家尝一尝。

站在舍友们中间，鲜明的对比下，自己过于寒酸，除了的确良衬衫让他还算满意外，裤子和鞋子简直太过于寒碜，其他舍友的鞋子不止一双，有球鞋、皮鞋，而他除了脚上穿的一双布鞋外，再也没有一双可换的像样鞋子。裤子更是不值一提，其他人崭新的裤脚拖在油光锃亮的皮鞋面上，他这条过年时候新做的黑色涤纶裤子已经短了一小截，好在颜色一致的袜腰可以弥补一下裤子的尺寸，不至于露肉。家在省城的舍友哥们扬起了手臂，看了一眼手腕上让人羡慕的手表说道："哎呀，一点半了，你们先聊着，我要睡一会了。"说着开始脱下那双令晓丰羡慕的皮鞋。

家庭经济基础又一次在这小小的宿舍中体现了出来，一种莫名的压抑涌上了他的心头。晓丰以吃饭为由出了宿舍，想在校园里透透气。他漫无目的、缩手缩脚地在校园里溜达，好在硕大的校园里没有自己认识的人，谁也不在意谁，在来往忙碌的学生中，晓丰虽未刻意看同学的穿着，但是那双不争气的眼睛却在搜寻来往学生脚上的鞋子，他发现穿布鞋的同学也不少，这让他压抑的心情有了少许的放松，慢慢地迈开了脚下的步子。

当晓丰返回宿舍时，其他同学都在拾掇自己。吉林哥们回过头说道："哎呀，妈呀！你咋才回来，去哪了？我到食堂找你了，也不在啊！赶紧，四点钟班主任要给我们开班会。"

"我到校园里转了一圈。"晓丰边回答边从包里拿出一个笔记本，急急地跟在其他人后面朝教学楼走去。

到教室后，晓丰坐在了教室最后一排的窗户边，刚匆忙进门，并未发现站在讲桌前的班主任，坐定后，他抬头看了一眼前面，已经坐满了同学和不知何时站在讲桌前的班主任。班主任是一位个头不高、微胖的中年男人，鼻梁上架着银色边框的眼镜，他抬起手腕，瞅了一眼手表，说道："我开始点名，点到的同学请答'到'。"声音粗犷中有点磁性，一口标准的普通话。晓丰是第十五个被点到名字的学生。

"十五号，韩晓丰。"

"到。"

"你一个大小伙子怎么坐在最后，来坐到第一排。"班主任抬了一下压在鼻梁上的眼镜，右手食指指着第一排的一个空座位。

教室里所有的目光齐刷刷地聚焦到了他的身上，晓丰满脸通红，赶紧拿起课桌上的笔记本，也许太过于紧张，起身时不小心弄倒了屁股下面的凳子，发出了响亮的刺耳声，手忙脚乱地扶好凳子后，朝着班主任要求的地方走去。

过道桌椅的遮挡，没有同学注意他的那条短了一小截的裤子，坐到班主任指定的位置后，晓丰的心思还沉浸在刚才极度尴尬的紧张中，再也没敢抬头。

班主任还在继续点名。

"三十七号，张志伟。"

"到。"

点完名后，班主任开始强调学校纪律要求，教室里一片翻本子的声音，晓丰打开了笔记本，发现匆忙出门忘记了带上钢笔，他下意识地在裤兜里摸了摸。正在他焦急的时候，一支黑色钢笔从右侧递了过来，脑袋在眼睛的带动下顺着钢笔递来的右侧转去，他又一次看到了报到时的那张笑脸。接过钢笔，晓丰轻声地说了一声"谢谢"，便认真做起了记录。班主任从学校纪律、课程设置到学习纪律要求，滔滔不绝地讲了近两个小时。

班会结束前，因同学们相互还不认识、不够了解，班主任暂时指定了一位同学为临时班长，待大家深入了解后，在一个月后的班会上竞选班长。随着一阵掌声，晓丰大学生涯的第一次班级会议结束了。

同学们陆陆续续开始起身往教室外走，晓丰将手里的钢笔还给了坐在身边的女同学，再次说了一声"谢谢"，只是声音比刚才稍大了一些。接过钢笔后，女同学开始起身收拾东西，并回道："韩晓丰，不客气，咱们是同学，这点忙不算什么。"天啊！她能清晰地叫出自己的名字，该死，刚才班主任点名的时候自己心思一直放在发生的尴尬事情，未留心身边女同学的名字。晓丰站起来回以微笑。她大方地伸出了右手，说道："我是肖雅妮，很高兴能和你成为同学。"这是晓丰第一次握住女同学的手，他象征性地握了一下肖雅妮的手，记住了这个优雅的名字。

走出教室门的时候，肖雅妮神经质地回过头，问道："Ｗ ｒ ｅ

a e you f r on" 她故意说出一句带有浓厚地方风味的俏皮英语，惹得晓丰内心有点可笑，这句俏皮的英语增加了肖雅妮几分滑稽的可爱。晓丰利落地回答了她的问题。肖雅妮惊讶地从教室外折了回来，说道："哎呀，我们是老乡啊！"不同的是，她家在地区城里，而晓丰家在县里的农村，两人说着话一同走出了教室。

回到宿舍后，六个人再次投入到了热烈的谈论中，谈论最多的是班里的女同学，后来谈到了学习和生活，再到毕业后的规划，他们对未来美好生活充满了期待和向往。

渐渐地，同学们的呼噜声响了起来。

晓丰翻来覆去，怎么也睡不着，他想起了远在韩家庄装满浓情和载满爱的家，想起了父母每日面朝黄土背朝天的艰辛。他知道，此刻的母亲正在昏暗的灯光下，给他们兄妹准备着冬天的棉鞋。纳鞋底、拉麻绳发出"刺啦刺啦"的响声将会伴着父亲抽旱烟"吧嗒吧嗒"的声音持续到深夜，这声音是他永远听不够的"交响乐"。

他仿佛看到了母亲满含慈爱的面容和牵挂的眼神，这一份牵挂将会伴随他人生的脚步，走向永远，永远……

第三章　约　会

接连几场细雨，土地被浇透了，透过云层的阳光格外刺眼，土地散发着一股迷人的味道。山地里庄稼长势更加喜人，梯田里的庄稼错落有致，小麦饱满的穗头在微风中左右摇摆，河道里的庄稼明显长得更好一些，洋芋叶子盖住了河道边裸露的田地，好像给土地铺上了一层墨绿色的地毯，远远看上去，美不胜收。河道边上的一片杨树林，在微风的吹动下沙沙作响。河道里，几个顽皮的小男孩，正在光屁股戏水玩耍。

五月下旬，晓丰所在的大学举行学生运动会，全校停课一周，晓丰并未报名参加任何运动项目，搭乘同系老乡学长父亲到省城送货的卡车回到了家里。

回家后，母亲乐颠颠地忙前忙后，顿顿变着花样地给儿子做可口的饭菜，整个家里的气氛一下子活跃了起来。当下，这个家最期待他回来的当属那头大黑骡子。太阳爬过了东边云阳山顶，晓丰才从炕上爬起来，扒拉了几口母亲留在锅里的饭后，便拉着大黑骡子出了门，到了自己来过无数次的地方。

此刻，他悠闲地躺在山湾的草地上，两只手交叉枕在头下面，嘴里叼着一小截青草，眼睛看着湛蓝的天空，想着只有他自己知道的事情。麦黍色的脸庞，透着棱角分明的冷峻，浓密的眉毛下面一双乌黑的眼睛，高挺的鼻梁，绝美的唇形，无不张扬着现代大学生的优雅和气质。草丛四周不知名的野雀儿"啾啾"地发出鸣叫，时近时远，时有时无，大黑骡子在不远处满口贪婪地啃着地上的青草，脖子里的铃铛没有规律地叮当作响。

一阵轻盈且轻快的脚步声离自己越来越近了，晓丰下意识忽地站了起来。

距自己三步开外，上身穿着淡粉色黑点大翻领衬衫，下半身搭配着黑色筒裤，脚上穿淡蓝色方口新布鞋的同村蔡志昌三女儿蔡文琳正站在面前。她的身材看上去十分唯美。一张俊俏的脸蛋，映衬着粉嫩的皮肤，双眉修长掠棱的鼻梁下有张可爱的嘴，夹杂着庄稼人憨厚气质，看上去格外迷人。此时，她正扑闪着那双美丽动人的毛眼睛，上下打量着这个让她日夜思念的男孩，当两个年轻人目光相交的一瞬间，谁也不好意思地朝别处张望。

"你回来了?"蔡文琳低着头问，左手攥着自己的右手食指。

"嗯，学校举行运动会，不上课，白花钱，回来拿点家里的馍馍。"韩晓丰两只手轻轻揪着自己的裤子，转而问道："你去哪儿?"

"我看你在这里，想和你说会话。"蔡文琳话锋一转，问道，"听说省城马路特别宽，楼房特别高，是不是?"

"嗯。"晓丰点了点头。

"那么好的地方，你毕业还回来不?"蔡文琳焦灼地看着韩晓丰。

"我们系里有毕业生留在省城的，省城花费大，我家……我打算回来呢。"

"哦，那挺好的，回来工作，离家近，还能照顾你父母。"蔡文琳俊俏的脸蛋上露出了一丝不易察觉的笑容。

"你妈妈在对面的山地里正看咱俩呢。"晓丰朝对面努了努嘴。

蔡文琳朝对面瞥了一眼，忙说道："晚饭后我在河滩的小树林等你。"扯开步子朝着河滩的大路跑去。

韩晓丰一脸茫然，内心矛盾地看着这个渐行渐远的俊丫头。

蔡文琳比自己小一岁，她害怕自己的母亲是有原因的。上小学时，她比晓丰低一级，和妹妹晓慈一个班。三人经常在一起，非常要好，蔡文琳时不时把家里带来的好吃的偷偷塞到他们兄妹手里。有一次放学，他们三个在村小围墙边玩耍，恰好撞上劳作回来的蔡文琳母亲，这个恶毒的女人，硬拉着自己的女子往家走，嘴里骂着难听的话："没出息的东西，生下你有个啥用，和穷厌家的娃娃玩有啥前途。"当时，吓坏了他们兄妹，在心里留下可怕的阴影，从那以后，他们兄妹一看到刻薄恶毒的蔡文琳妈妈时，就会莫名地憎恶起来，甚至远远看见这个女人的背影或听到她的声音时，也情不自禁在心里诅咒了起来。

后来，晓丰听蔡文琳的堂哥蔡文旭说，在灶台旮旯里，蔡文琳被她母亲狠狠揍了一顿。从那以后，蔡文琳再也没有主动找他们兄妹玩耍了。晓丰、晓慈更不敢主动和蔡文琳接触，以防她再次挨打。再后来，晓丰、晓慈上了初中，虽生活在一个村子，照面的机会多，但和蔡文琳再也没有语言上的交流，晓丰、晓慈都有意识地回避着蔡文琳。去年，晓丰高中毕业后，有好几次蔡文琳明显冲着自己过来了，想说什么，都让晓丰以自己的方式急匆匆躲避了。

今天和蔡文琳正面接触，他发现蔡文琳出落得更加漂亮了。小时候，在黑夜的被窝里，他经常幻想着长大后娶到了蔡文琳，生活得非常富足和开心，但一想到未来的岳母——蔡文琳母亲，就像吃着冰糖块又喝下了一口带有黄连的苦中药。当学校其他同学把他和蔡文琳扯在一起时，他的脸会不自觉地发烫。现在，蔡文琳的背影已经完全消失在他的视野中。他开始担心起了蔡文琳，她妈劳动回去，是不是又要打她。蔡文琳晚上约他去小树林，到底去还是不去？情感告诉自己必须去，理智告诉自己不能去。他矛盾着、纠结着，再次躺在了这片自己躺过无数次的草地上。

晓丰侧身的时候看到，蔡文琳的父亲蔡志昌正开着那辆蔚蓝色的康明斯汽车翻过了村子远处的山峁口。

蔡志昌是村里少有的精能人，能吃苦、脑子特别活泛，是村里第一个做小买卖的人。走村串乡，走乡过县，积累了一定的资金后，干起了卖驴贩马的营生。前年秋天，在村里开起了第一个小卖部，春季卖化肥，秋季收粮食，把自己的日子经营得红红火火，是韩家庄最富裕的庄户人家。大女儿蔡文秀嫁给邻村一位姓张的小伙，亲家在县供销社上班，给蔡志昌谋了个送菜、送货的好营生后，蔡志昌便停下了卖驴贩马的生意。经常顺道把自家田里种的土豆、白萝卜用公家的汽车高价卖到省城，几年下来赚了不少钱，以前的土坯房子变成了气派的拔廊房子。这些年走南闯北，经见过不少世面，让这"日能人"一下子变得在村里说话的口气也大了不少，别人家的事情他总会指指点点，品头论足。老二蔡文霞比晓丰大两岁，今年二十一了，这丫头出落得格外漂亮，真是"大姑娘天天变，变得美丽又动人"。这几年，上门提亲的人把蔡家的门槛都踏折了。蔡志昌夫妇却不为所动，在他们眼里，二丫头性格绵软，乖巧听话，脾气好，容易听进去他们两口子的话，蔡志昌夫妇盘算着招个上门女婿，好给他们夫妻养老送终。蔡志昌虽有钱，却视钱如命，老大、老二都没有供读书，只有老三蔡文琳读完了小学，再也没继续上学。蔡志昌骨子里渗透着一股重男轻女的封建传统思想，片面地认为女娃娃能认得几个字已经很好了，念那么多书无用。他经常在村里人面前炫耀地说："念书有个毛用，老子小学没念完，照样进省城，吃大餐，念了高中的人，日子还没老子舒坦。"

蔡文琳母亲看见自己的三女儿走了，转头继续锄草，心想，这个死丫头，想说就多说一会儿，我还能吃了你，十八的人了，没一点主见。蔡文琳母亲对韩晓丰态度转变来源于在乡粮站工作的娘家弟弟，有一次她到乡里办事的时候，她弟弟专门把她拉到街道人少的地方，告诉她"省城重点大学毕业的学生，以后是当县长的材料"，弟弟一本正经的样子，让她深信不疑。自此以后，这个见风使舵的女人做梦都想和韩满财家攀上关系，只是苦于自己过去说过韩满财家不少坏话。当然，现在她无比懊悔当初阻止文琳和韩满财家的两个孩子玩耍。心里盘算着如何和韩满财两口子攀上交情，情不自禁地转过身，欣赏起了满财家的破墙烂院。陡然，她瞥见河道里朝着山地方向的韩满财正一瘸一拐地走在地埂上，她心里有些不快。一想到未来可能要和韩满财夫妻做亲家，心里就不那么美气。转而，她又在心里嘲笑自己，八字没一撇的事情，自己想得太过于遥远。无论怎么说，她想先和韩满财两口子搞好关系，以后万一遇事求韩满财，也好开口。这个精明的女人把目光放得很长远。

时间啊，你是事物发展的最好见证者。就在昨天，谁能正面瞧一眼韩满财夫妇，大多是讥笑和嘲讽。现在，有人内心深处的思想篱笆已经松动了，考虑着与韩满财夫妇谈交攀情。

午饭桌上，蔡文琳紧张地看了看坐在身边的母亲，等待着母亲的责骂，甚至做好了挨打的准备。让她万万没想到，母亲不仅没有责骂，反而比以前更加对自己好了，好几次给自己夹菜。坐在旁边的二姐嘴里嘟嚷着，埋怨母亲的偏心。母亲好像有意地暗示什么，说了好几遍："文琳你都十八的人了，有些事情要有自己的主见，大胆一些嘛。"母亲这一反常举动，更加坚定了她晚上到小树林约见晓丰的信心。

为了今天的约会，蔡文琳准备了很久，本想在晓丰上大学前把他约出来，可晓丰好像有意地躲避着自己，她无数次想象着约晓丰见面的场景，设计着开口的第一句话。但是今天的见面和说话并不在自己的设计范围内，见到晓丰想说的话由于自己母亲的缘故未能如愿，好在没把晚上见面的重要事情落下。

午饭后，她便从自家小卖部里精挑细选了一块男士用的手巾，小心翼翼地把这几年自己偷偷攒下的一百块折叠得整整齐齐，包在了手巾中。这一百块，大部分是从父亲那里卖乖要来的，小部分是小卖部里自己卖东西时偷下的。就在前不久，她专门跑了一趟乡信用社，把一把把零碎钱换成了蓝莹莹十元一张的整钱。在出门前，她小心地将这特殊的礼物装在了自己裤兜里，在里屋一块镜子前整理着自己的头发，拿起梳子又梳了一遍，这已经是晚饭后第五次梳头了，又洗了一遍脸，抹上了自己上街时用的雪花膏，把蓝色方口布鞋拿在左手，右手拿着鸡毛掸子，掸了又掸上面的灰尘，其实，根本没有灰，好像与什么大人物会面一样，细致地拾掇着自己。现在，她低头一边吹着自己的上衣，一边拨拉着自己的裤子，小心翼翼地出了门，走向河道的小树林。

文琳来得过于早了，河道里几个光屁股娃娃在戏水玩耍，这样的场景无法诉说衷肠。她催促着几个调皮的孩子回家，但是无人理会。此刻，她拉住一个娃娃的手，告诉他们现在回家去，明天到小卖部吃糖。显然，稀罕吃食的诱惑打动了孩子们，孩子们拿上自己脱在岸边的裤子，纷纷逃离似的回家去了。万事俱备，只等心爱的人儿出现。她东张西望，翘首企盼晓丰的出现。

这一天，韩晓丰过得十分矛盾，面对这突如其来的约会，自己似乎还没有做好心理准备，但是面对蔡文琳真诚的邀请，他不知所措。他打心眼里喜欢这个女子。吃过晚饭，天渐渐地黑了下来，晓丰犹豫着，在自家院门口徘徊了很久。他害怕让村子里的乡亲撞见，又要流传闲言碎语，给自己残疾的父母招来闲话。

这些年，他和妹妹几乎很少在村里人多的地方露面，一方面是没有体面的衣服，另一方面怕别人看见后又要调侃身有残疾的父母。有时候他是自卑的，但有时候他又是自信的。面对村里乡亲时，无论男女，自卑的心理全部暴露出来了；但在课堂上，同学们不会解的难题他分分钟就能给出答案，显得异常自信。晓丰已经朝着河道的小树林张望了好几回。最终，他情感战胜了理智，犹如行窃的小偷一般，缩头探脑地朝河道小树林走去。

梁二老汉站在自家羊圈门口，手里拿着拦羊棍，眼睛时不时朝羊圈里张望，一阵微风过后，老汉好像想起了什么事情一样，搓了一把他那写满风霜的老皱脸，用那独特的苍凉的嗓音唱道：

> 太阳出来你往外走，
> 月亮出来你上炕头，
> 身旁少了个绵手手，
> 时时刻刻我犯忧愁。

老汉四处张望了一下，长长吸了一口气，清了清嗓子，音调陡然一变，变得饱满而富有弹性，继续唱了起来：

> 哎嗨吆……
> 天热呀！盼凉风，
> 下雪呀！想火炉，
> 妹妹火急等哥哥，
> 哥哥是个疲沓鬼。

蔡文琳静静地听着梁二老汉的酸曲，脸蛋不由自主地发烫了起来，朝着梁二老汉声音的地方探了探头，确定没被梁二老汉看见后，才开始慢慢悠悠地在树林里来回踱步，手里不断揪着杨树上扯下的叶子，时不时轻擦着自己的鞋面，张望着晓丰家的方向，可是亲爱的晓丰却迟迟不肯出现。月亮已经爬到了东边云阳山的顶上，一拨又一拨村子里串门归来的妇女，惹得村里爱管闲事的家犬不时狂吠起来。树林里的虫鸣迎合着河道里潺潺的流水声，犹如音乐家们演奏着一曲让人永远听不够的二重唱。此刻，蔡文琳肩膀靠在一棵碗口粗的杨树上，心跳明显平缓了许多，右手拿着一片树叶，轻轻地捻着，河道里吹来的风，有些凉意，她双手交叉抱着自己的肩膀。

一只手温柔地从后面拍了一下她的肩膀，她身体不由得抖了一下，急忙转过身，看到晓丰正站在面前，满眼说不出的欢喜。

"我还以为你不来了。"蔡文琳咬着自己的下嘴唇，害羞地低下了头。

"家里忙，晚饭吃得有些迟了。"韩晓丰弯腰捡起了一块石子，扔向河道。

好一阵沉默后，蔡文琳说道："我看你瘦了，是不是学校的饭菜不合胃口。"

"没有呀！你没发现嘛！我都胖了一圈，学校的饭菜花样多，就是有点贵。"晓丰弯腰捡起了一块大石块，再次扔向河道，水面上响起了清脆的咕咚声。

蔡文琳右手悄悄地伸到裤兜里，拿出了早已准备好的手巾，攥在手心。

"这是我给你准备的礼物，你拿着。"还没等晓丰反应过来，蔡文琳已经将手巾塞到了他的手里，后退了两步。

韩晓丰轻轻地打开了手巾，看到齐齐整整的一沓钱，迅速地包叠成原样。"你这礼物太重了，我不能收。"边说边走向蔡文琳。

蔡文琳两只手背在身后，一边退，一边说："你站下，听我说，好不好？"

"好，你说。"韩晓丰站在了原地。

在晓丰对面约莫一丈的地方，蔡文琳深情地望着他。"我都知道了，韩叔为了给韩姨做手术把家里抓羔的羊都卖了，本想在你上学的时候给你，可你不理我。你在省城上学，用钱的地方多。读书费脑子，买上几罐麦乳精，补补身子。"

"谢谢你的好意和对我的关心，我家里给的钱够用，你这钱我真的不能要。"晓丰看着蔡文琳说。

"你拿着，算我借你的，等你毕业参加工作了，再还我。我真的在乎你，心疼你。"蔡文琳转过身，跑着上了河道边的小路。

"可是……"还没等晓丰说完，蔡文琳已经消失在了自己的视野中。韩晓丰一脸茫然，搜寻着蔡文琳的身影。河道里潺潺的流水静静地流向远方。看着自己手里的礼物，在月光下，再次打开了自己手里的手巾，数了一下这整齐的"厚礼"，满怀感激。刚才他向文琳撒了谎，家里给的钱根本不够用，其实，他也不敢多用，为了减少开支，他已经将日常的三餐变成了简单的两餐，这些钱会提高他的生活质量，更会宠坏自己好不容易调整的肠胃。他缓缓地移动着步子，朝着自家走去。

蔡文琳蹑手蹑脚地推开院门，正好碰见从堂屋出来去厕所的蔡志昌。"黑天半夜不睡觉，又跑到哪里疯去了。"

第三章 约会

她没有理会自己的父亲，自顾自地进了自己的偏屋。

上厕所回来的蔡志昌，在堂屋里唠叨起文琳丫头的不是："出门也不打招呼，一个个长大了，毛长齐了，翅膀硬了。"

睡在炕上的妻子翻身说道："你声音小一点，娃娃也有自己的事情做。"

蔡志昌燃起了一根纸烟，反驳道："有屁事情，黑天半夜跑出去，不怕被人说闲话啊。"他是农村传统思想的传承者，更是农村利益的矛盾体，把自家的脸面看得很重，在涉及自身利益时，又会暴露出庄稼汉精明的嘴脸，如果获得的收益、社会影响高于自己预期目标，脸面在他面前又算不了什么。

"琳琳找韩满财家的晓丰娃去了。"蔡文琳妈妈望着蔡志昌说道。

满吸了一口烟的蔡志昌，被妻子话语呛得咳嗽了起来，咳嗽间隙，忙问道："什么？你怎么知道？"又是一阵咳嗽。

"我生的丫头，当然知道了。我听我弟弟说，省城重点大学毕业的学生，以后要当县长，是不是？你满年四季在外面跑，知道不？"妻子焦急地等待蔡志昌的回答。

"能不能当县长我不知道，但以后端个饭碗肯定没问题。"蔡志昌吸了一口烟，紧接着补充道，"还是个铁饭碗。"

一根纸烟没有尽兴，蔡志昌又续了一根。妻子的话点醒了他，他吐了一口烟，说道："琳琳有远见哩，丫头大了不由爹。事情是个好事情，现在也时兴自由恋爱，就怕以后要真的成了，韩满财两口子也会阻挠。咱们家对韩满财家做的有些事情太过分了，当初不该强占他家河道里靠着我们家田的那三分地，也没打多少粮食嘛。哎呀……早知今日，何必当初。"

"可不是嘛，我还当着韩满财两口子的面说了不少坏话哩。"妻子附和道。

"有些事情你们女人好出面，把我们河道里的那一块地给韩满财家。我听说，韩满财为了给他婆姨做手术和娃娃们上学还借了许二柱家一千四百块哩。明天，我到县城送货的时候，取上两千块，你送到韩满财家，就说是咱们借给他们两口子的。对他们说，以后需要钱，尽管开口，啥时候宽裕了啥时候还。咱们家以后要对韩满财家人好呢，要主动去帮忙哩，等他晓丰毕业了，想把丫头嫁给的恐怕就不是咱们一家了。"蔡志昌老气横秋的脸上浮现出了一副老谋深算的表情。

"从来没上过韩满财的门，怎么去呢，哎……"蔡志昌妻子唉声叹气，脸色很难看，显得非常自责。虽然她已经在和丈夫谈论之前就想到了和韩满财夫妻攀上交情，以这种方式，自己多少还是有些磨不开那一文不值的面子。

"韩满财的那个破墙烂院恐怕以后就是韩家庄的中心了，韩满财真正要放光彩哩。哎，我们家虽然有些钱，我现在算是活明白了，人活到一定年龄钱就变得不再那么重要了，重要的是活着要有一种精神哩。你别看韩满财两口子一瘸一瞎，他们身上就有一种我们村里其他人没有的精神。可惜我们觉悟得迟了，但不算晚。以前，我们看事情只会盯着自己脚面上的一点点，再没往前看看，睡觉吧。"蔡志昌像是在开导自己的妻子，也好像开导着自己。两口子背靠背，长出短气，开始思考着这个从来没让他们放在眼里的破烂家庭。这个夜晚蔡志昌两口子彻底失眠了。

晓丰回到家，父母已经睡了，他轻手轻脚上了炕，慢慢拉开被子，以防吵醒每天辛苦劳作的父母。这般轻柔，还是惊醒了睡在旁边的母亲。自从两个娃娃上学，这个母亲再也没有睡过一个好觉，不是愁娃娃的学费，就是愁娃娃们在外面的生活。

"干啥去了，怎么才回来？晚上凉，小心感冒。"母亲一边说，一边给晓丰往上拉了一下被子。

"出去转了一圈，碰见蔡文琳了，说了一会话。"晓丰隐瞒了蔡文琳给钱的事情。其实，他本想原原本本告诉母亲，话到嘴边又咽了回去，怕自己的母亲太过操心。

"哦，文琳是个好娃娃，心眼实，对人好。我好几次到他们家小卖部买个针头线脑、打个酱油啥的，那娃娃说啥也不收我的钱，弄得我怪不好意思的，不敢再去她家买东西了。"青年男女的见面，总是让细心的母亲联想好多。晓丰母亲接着说道："你还是学生，要好好读书，其他事情，还是等毕业以后再说吧。"

母亲后面的几句话，好像已经察觉了什么，晓丰未再作声。

家里的日子总是那么短暂。清晨，晓丰坐在了返校的汽车里，不远处蔡文琳在目送着心爱的人儿，晓丰透过汽车后窗的玻璃远远地看着她，直到彼此之间再也看不见对方。

两颗年轻的心没了洒脱，多了愁绪，多了牵挂，多了思念。

顺着山沟吹来的一股夹着尘土的怪风，使得文琳的眼睛有些发痒，她极不情愿地揉了揉眼睛，进了自家院门，她好像完全变了，变得多愁善感起来，此刻她的心在家里，念却在远方……

第四章　献　媚

自从蔡志昌县城进货回来后，蔡文琳母亲出山劳作时，再也不能全身心投入到锄地拔草的劳动中，时时思谋着如何接近韩满财夫妇，站在田埂上，好多次神经质地看着韩满财家的破墙烂院走神。在她眼里，那个上雨旁风的房屋竟是如此光彩耀目。丈夫那一席话说到了自己心坎上，她反反复复思考了好几天，为过去所犯的错误时常自责，整个人看上去似乎都有一点消瘦。

最近几天，她有事没事就在满财家院落不远处转悠，像小偷踩点似的，好几次冲动使然，鬼使神差地差点踏入这个自己从未涉足的院落，碍于脸面，只得折身返回，暂时还无法打破心理的那条防线。今天晚饭后，不知哪来的勇气和力量，再次来到了韩满财院子附近，内心惶恐、左右张望地快要踏入韩满财院门的时候，同村几个晚饭后串门的女人好像朝她走来了，她只得拧身进入许二柱家，对这几个串门的女人内心咒骂了好几次，她也许忘了，自己也是她们当中不可或缺的一员。

她轻轻地掀开许二柱堂屋的门帘，探头探脑朝屋里张望，口中轻声喊着："许嫂。"

靠在炕头被子上的许二柱，叉着腿、赤着脚、四仰八叉地正享受着晚饭后的第一支旱烟卷，听见轻声细语的女人声，赶紧起身下了炕，急忙把两个赤脚片子塞到破旧的布鞋里。看到门口的蔡志昌妻子，忙回道："文琳妈，老婆子在厨房呢，进屋坐，我给你叫去。"

"不进了，我到厨房找她去。"蔡文琳母亲边说边向许二柱家的厨房走去。

许二柱拿起炕桌上的鸭舌帽，紧跟着出了堂屋门。眼瞧着蔡志昌妻子进了自家厨房，他站在堂屋门口继续吸他还没吸完的那半截旱烟卷。

羊圈里传来了咩咩的叫声，一阵更比一阵响，许二柱抱起一抱青草，进了羊圈，伴随着他几声咳嗽和叫骂声，羊叫声渐渐平息了下来。

许二柱妻子照见进了厨房的蔡文琳母亲，正在刷锅的她赶忙停下手里的活，在围裙上揩了两把，急急忙忙地说："哎哟哟，啥风把你给吹来了，稀客啊！"殷勤地在蔡志昌妻子的胳膊上一轻一重地拍了两下。

蔡志昌妻子满脸笑意地答道："没有风吹，我就不能来了吗？怎么不见你家儿媳妇。"

许二柱妻子一边解围裙，一边让着这个满年上不了她家门几次的女人往堂屋里走。回道："回娘家去了，不争气的，又生了个丫头，计划生育政策这么紧，可咋办哩。"

要把这句话放在过去，蔡志昌妻子肯定要翻脸，因为这是她心中的痛点。当时，她生下三个丫头，可没少受婆婆的欺负和辱骂。今天，她主动上门，开口说狠话不合地方，转而对许二柱妻子安慰道："哎呀，你瞧你，说的啥话嘛，生男生女能由得人嘛，我生了三个丫头，日子过得不也好好的嘛！不比别人家差。"

许二柱妻子感觉到自己这话说错了，引起听众的不满，马上补充道："哎呀！你千万不要多心，你们家条件是拔尖的，我们家条件差，得有个男娃娃撑门立户啊！"

"你没看见大队墙上写的标语吗？'生男生女都一样，女儿更孝爹和娘'，时代不同了，你这个重男轻女的思想要改改了。"

许二柱妻子不知如何回答，咧开她那掉了一颗门牙的嘴夸张地笑了起来。

说话间，两个人进了堂屋，许二柱妻子给这个尊贵的女客人泡了一杯糖茶，一遍遍劝让着这位村里富裕的女人喝茶，许二柱在院门口转了一圈进了屋子。三个人扯东拉西地聊着韩家庄的人和事，提到韩满财一家时，蔡志昌妻子显得异常谨慎，旁敲侧击地询问着韩家的情况。许二柱唾沫星子乱飞，兴奋地夸奖着韩满财一家，说话中满是赞许。"现在村子里最困难的是韩满财，我看以后村子条件最好的就属他家了，两个娃娃一毕业，他们两口子就剩下享福了，村里其他人家的姑娘、小伙全是翻地球的，暂时也没个啥盼头，现在看不起韩满财的人们，恐怕以后还要高看人家哩……"

许二柱妻子故意咳嗽了一声，是在提醒丈夫注意说话。蔡志昌两口子和韩满财家不对付，经常在村里人面前说韩家坏话，强占韩家河滩里的土地。此刻，过分说韩家的好话，会让上门的蔡志昌妻子难堪。

许二柱瞬间领会了妻子的意图，不再吱声，撕了一条报纸，捏了一撮旱烟叶，专心卷起了烟卷。

蔡志昌妻子是个鉴貌辨色的好手，接过许二柱的话音说道："就是，韩家的两个娃娃有出息，能把韩满财那个薄家穷业改变一下，二十多年了，我还没上过他家的门，有些事情我们两口子做得过分了，韩满财家正是花大钱的时候，文琳他爹说把河滩里的地送给韩满财，让他增加一些收入，好让两个娃娃念书。"

对蔡志昌妻子的说辞，许二柱两口子惊得张开了嘴巴，他们怎么也没有想到，这个在村里出了名的"狠角色"，今天居然服软了。

蔡志昌妻子心里清楚许二柱和韩满财走得近，想通过这种方式将他们两口子的想法转达给韩满财，一方面是化解与韩满财夫妇多年的积怨，另一方面为自己上韩满财家门做个好铺垫。

许二柱的女儿许春雪串门回来了，看见坐在堂屋里的蔡志昌妻子，热情地打了招呼后，便折回自己的屋子了。

天已经黑得什么也看不见了，蔡志昌妻子便起身出了许二柱的院门。

对面梁二老汉的羊圈方向，传来了老汉粗犷熟悉的歌声：

白格花花的羊毛往口袋里装，

红格莹莹的麦粒往仓仓里放，

好身段的妹妹往屋里头引，

我心里的疙瘩就化成了水……

送走蔡志昌妻子。许二柱夫妻听了听梁二老汉传出的歌声，两口子会心一笑。慢悠悠地进了院门后，许二柱对身边的妻子说道："蔡志昌这个婆姨不简单，真正的精明人，实在了不得，能文能武、能上能下啊。"

东边云阳山和西边丹雅山在黑夜中好像披上了一层神秘的细纱，猫头鹰发出咕咕的声音，在安静的黑夜有一些瘆人。蔡志昌妻子加快了脚步，嘴里哼着只有自己才能听懂的曲调，急匆匆推开了自家的院门。

躺在自家的炕上，蔡志昌妻子翻来覆去，虽然自己未能如愿进入韩满财家。现在想来，到许二柱家更为妥帖，在自己心里浮起一份担忧，这个许二柱到底能不能胜任传话筒的角色，她又在心里默默祈祷。

这些年，为了给娃娃们供书，韩满财两口子几乎把能开荒的山湾都变成了田地。今年，雨水比往年多一些，山地里的杂草长得严严实实，两口子起早贪黑在田里刨挖，还是锄不完杂草。这些山地，在别人眼里只是多一点儿口粮，在韩满财一家眼里，是自己的期盼和孩子们的希望。

劳作回来的韩满财夫妇，正坐在院子里吃着晚饭。许二柱悠悠达达地进了院门。满财妻子准备给许二柱盛饭，许二柱急忙拉住满财的妻子说道："早吃罢了，你们这是加的夜餐还是晚饭啊？"说罢，三个人都笑了起来。

韩满财说道："今年种的山地有些多了，地里的草一遍还没锄完，再不加紧锄草，粮食都没法长了。"

"不要心焦，我们家剩下没锄的地也不多了，我一个人就能干完，明天让春雪她妈帮你们锄上三两天。"许二柱说道。

韩满财放下饭碗，抹了一把嘴，从里屋取出自己洗得发白的中山装披在身上。这件上衣已经看不清原来的颜色，右下角一个拳头大小的补丁格外显眼，随手从口袋里掏出一把旱烟叶子。两个人各自卷了一根旱烟棒，说说道道地吸了起来。

"许哥，可不敢麻烦嫂子了，借你们家的一千四百块都没还上，怎么好意思再让你们帮忙。"韩满财拉起右腿裤管，搓着小腿，难为情地看着许二柱。

"小伙子啊，两码子事情，我们家虽不富裕，眼下再也没有用大钱的地方，你就安心用，等娃娃们毕业了慢慢还。"许二柱吸了一口烟，停顿了一下，说道，"昨天蔡志昌的妻子到我家里说，要把河滩里靠着你家的那块田地全部送给你们呢。"

"啥?"韩满财吃惊地看着许二柱。

刚刷完碗筷坐在院子里乘凉的韩满财妻子开口了："他许伯伯，你也知道，他们家的那块地有一条就是强占下我们家的。这些年，这么难都挺过来了，也没把我们穷死，我们说啥也不要。"

韩满财瞟了一眼妻子，默许了回答。

"晓丰妈，万万不敢这么说，我倒觉得蔡志昌两口子可能良心发现了，给就收下，河滩地产量高，比你五块山地加起来都强。老人们说过'宁要一个滩滩，不要十个山山'。再者说，小伙子的腿脚不好使，河滩地里劳作，人也松活一些。许二柱给韩满财两口子做着思想工作。"

"蔡志昌两口子是针尖上削铁的人，能把自家的好地白白送给我们。"韩满财半信半疑地看着许二柱，声音提高了。

"小伙子，我能骗你? 正正确确，昨天在我家说下的。"许二柱坚定地回答。

韩满财妻子接过话题，对丈夫说道："他许伯伯说的，肯定没错。"

有些事情，女人的观察力要比男人强，心更比男人细。韩满财妻子瞬间明白了蔡志昌夫妇的用意，只是当着外人的面，不好捅破这层窗户纸而已。

第二天晚饭前，韩满仓的妻子手里提溜酱油瓶，匆忙进了蔡志昌家的小卖部，蔡文琳差零钱找给韩满仓妻子，扯开嗓子喊着"妈"，蔡志昌妻子以为发生了什么，疯跑着进了小卖部。找给零钱后，蔡志昌妻子一边骂道"死丫头，吓了我一身汗"，一边拉住韩满仓妻子的手，打发文琳出了小卖部的门。抓了半把花糖，硬塞在了满仓妻子口袋，弄得韩满仓妻子一头雾水，不知所措。

"老嫂子，有个事情想和你商量一下。"蔡志昌妻子脸上堆满了笑容，就像正在盛开的一朵牡丹花。

他们两家虽然在村里都是数一数二的家庭，她和蔡志昌妻子表面上走得过于亲近，但都在暗暗较劲，一家想着要高高胜过一家。蔡志昌妻子这一反常的举动，让她多少还是有些犹疑。

韩满仓妻子满脸疑惑地看着这个过于热情的女人，问道："啥事？"

"吃罢饭，我想让你带着我到你小叔子家去一趟。"蔡志昌妻子等待着韩满仓妻子回答。

"哪个小叔子？"

"还有哪个小叔子？韩满财家。"

韩满财分明早已淡出了韩满仓妻子思考的范围，她一下子愣在原地。看着蔡志昌妻子等待自己回答的眼神。

"哎呀，今天不巧得很，还有个事情哩，明天我们走。"

"好，老嫂子，我们说定啊。明天晚饭后，我来叫你。"蔡志昌妻子已经突破了自己心理的防线，下定了上韩满财家门的决心。

提溜着酱油瓶，站在自己的院落里，韩满仓妻子一时理解不了蔡志昌妻子的用意。蔡志昌妻子为啥突然有这么大的转变，要主动上韩满财的家。刚才没答应今晚去的原因其实很简单，自己也没有做好去小叔子家门的准备。但她没有蔡志昌妻子那么纠结，只是碍于上次没有借钱和刻薄话语的缘故而已。一股饭菜焦煳的味道飘了出来，这个满心狐疑的女人，"哎呀"一声，冲进了厨房。

吃罢饭，韩满仓妻子侧躺在炕头，满脑子猜测着蔡志昌妻子的意图。

在村子里几乎很少有人能请动她，但是面对蔡志昌妻子的邀请，她分明有了自己的私心。两个女儿全有了自己的归宿，唯一美中不足的是自己的儿子韩晓平。这个二十二岁的男青年还未找到对象，在面对适龄女青年时，他害羞得像个腼腆的小丫头，格外木讷和紧张，嘴笨得如同被驴蹄子踢过一样，连一句完整的话也说不出来。这几年韩满仓有意识带他到煤矿，专门走后门，给晓平寻了个清闲活，希望能得到改变，但是似乎没有一点提升。韩满仓夫妇几乎把周围能说会道的媒人请了个遍，见过几个外村的姑娘，但没任何结果。

这两年，韩满仓夫妻渐渐放弃了儿子娶外村姑娘的想法，慢慢转移到了韩家庄。村子里的人们相对了解他们的儿子，再说他家里的条件在村里也是出众的。韩满仓夫妻算来算去，觉得蔡志昌家的蔡文霞很合适，暂时没有找到合适的开口机会。

如今，蔡志昌妻子邀请自己一起上小叔子的家门，这是更近一层拉近两家关系的好机会。无论如何，得陪着走一趟。

晚饭后，蔡志昌妻子跟在韩满仓妻子后面，像个听话的小跟班，战战兢兢地进了韩满财的院门。

对这两个"显贵"客人同时上门，韩满财夫妻着实吃了一惊，在韩满财的记忆里，嫂子即便有事，也是朝着院门口给自己安排或让侄子韩晓平代传，何曾踏入过自己破屋半步。蔡志昌妻子就更不用多说，自从她嫁到韩家庄就从来没进过自家的院门，何况两家还有一些不愉快的过节。

在韩满财低矮的屋子，蔡志昌妻子满脸和蔼地环顾着屋里的角角落落，在蔡志昌妻子眼中满屋没有一件能看的东西，更别说值钱了，屋里东西倒归置得整整齐齐，收拾得干干净净。归置的一高一低两个柜子早已看不清原来的色彩，铺在炕上的单子有好几个补丁，有两处补丁上还摞着补丁，但是针脚却很小，要不是补丁布料的颜色不同，根本看不清是补丁。刹那间，她又开始担忧文琳姑娘的未来生活。

韩满仓妻子和小叔子两口子东凑一言，西凑一语，甚至说起了最近去世的一位远方姑妈，无话找话地拉着家常。时机已经成熟，铺垫已经做好，韩满仓妻子挤眉弄眼地侧过身，拉了一下身边蔡志昌妻子的衣角，使了个眼色，提醒她该登场了。

蔡志昌妻子心领神会地说道："他韩二叔，我今天上门专程是赔礼道歉的，我们两口子年轻时争强好胜，爱要脸面。有些事情我们也想通了，希望你们大人有大量，不要再和我们计较。文琳他爹前两天出门前，再三交代，河滩里的那一块地让你们去种，这两千块你们务必要收下，等你们娃娃毕业了再还，后面有用钱的地方，尽管开口。家里两个娃娃那么有出息，说明你们两口子是心胸开阔的人，不会再和我们计较了，今天是第一次上你们家门，以后我还要经常来串门哩。"蔡志昌妻子说话间掏出口袋里早已准备好的两千元，放在了韩满财破旧的炕桌上，一脸真诚的表情，等待着韩满财两口子原谅的回答。

生活中的一些人，不得不让人佩服，虽没受到良好的学校教育，却是个优秀的沟通高手。这种能力可能是先天的遗传，也可能是后天的锻造，是相对优越生活中的积淀，更是个人感悟和察言观色的结果。

坐在柜子边板凳上的韩满财夫妇被眼前的这一幕震惊得不知如何回话。

韩满仓妻子被蔡志昌妻子送钱上门的这一举动，弄得十分尴尬，低着头，右手轻搓左手手腕，脸色通红，非常懊悔上韩满财的家门，心里暗骂着操蛋的蔡志昌妻子。

习惯了歧视的眼神，面对出乎意外的尊重时，韩满财夫妇被人尊重的心理冻土地带现已慢慢消融，对蔡志昌妻子的真诚歉意只能快快接受。也许是出于自己可怜的自尊心的缘由，无论如何也不接受蔡家的河滩地和主动借的两千元现金，你推我让地说了好久，像两家有过世交一样。

蔡志昌妻子融入环境、适应环境的能力非常强，进门时的战战兢兢不复存在，把客人的角色转变为主人的身份。对自己送上门的两样物品，从容不迫、眉开眼笑地给韩满财夫妻好像下达命令似的，接纳她的东西。在嫂子的帮腔下，韩满财夫妇明显不是能说会道的蔡志昌妻子对手，只能败下阵来。暂时收下了蔡志昌妻子送上门的两份大礼。

仅仅半个钟头，对韩满仓妻子来说竟是如此漫长，如坐针毡，眼见蔡志昌妻子的愿望已达成，她谎称自己家里有事，催促着返回。

突然间，韩满财夫妻受到巨大的尊崇，从未有过的好事奇迹般地发生了。这跟做梦一样，蔡志昌妻子的这一举动，让他们感到万分意外。翻来覆去，怎么也睡不着，韩满财询问身边的妻子："唉，你说蔡志昌两口子现在怎么有了这么大的变化，一下子对咱们变好了，啥原因?"

"能有啥原因，你儿子的原因呗。"妻子翻了个身回道。

"啊!"韩满财还是弄不明白妻子的回答，一脸茫然地看着窗外的月亮。

天还没亮透，韩满财妻子便拉起了还在被窝里的许二柱妻子，在许二柱妻子的陪伴下，将蔡志昌妻子主动送到家的两千元退还给了还在热炕上的蔡志昌妻子。

走出蔡志昌院门的时候，韩满财妻子心里舒畅了，脚步轻捷了，浑身轻松了。

韩家庄其他乡亲并未知晓村里发生的这么有趣的事情，日子一天天过去，人们的生活在快乐与痛苦交织中不断上演着平常、动魄的一幕幕。

第五章　礼　物

　　六月，地区师范校园的苹果、梨树枝头挂满了青涩的果实，学校院子里是每年最热闹的时刻。下课铃刚响，教室里立刻就沸腾了起来，同学们迫不及待地离开座位，忙着交换毕业礼物，原本上课时安静的教室闹成一团，犹如清晨拥挤的菜市场。

　　韩晓慈坐在教室最不起眼的角落里，不敢到同学多的地方，怕同学送礼物后自己无法及时回赠，时时处处尽可能尴尬地回避着自己的同学。晚上，待舍友们熟睡后，自己才悄悄摸黑回去，因为她们睡前谈论的关于毕业礼品的话题，让准备不起礼品的自己过于敏感。其实在春季开学的时候，她已经为大家毕业留念的礼物发愁，家里根本没有给她准备这笔多余的开支。

　　今天，晓慈却表现得异常开心，不仅有了给大家准备礼物的资金，还有了给自己买一身好看衣服的现钱。这得益于远在省城读书的哥哥。

　　当她从学校传达室拿到哥哥寄来的汇款单和信件时，一股暖流在全身涌动，幸福的泪水在眼圈中打转，此刻无法用语言形容她的内心世界，除了一股温暖的欣慰，还有激动、感激、亏欠交织在一起。瞬间觉得亲爱的哥哥太伟大了，她快步走向她的"安乐园"。宿舍还有其他同学，自己的这点喜悦，在别人眼里显得微不足道，不适合回去，第一时间就想到了她经常去的地方，学校教学楼后面的一片柳树林，隐约听说，这里以前是一片坟地，因为同学们忌讳，这里很少有人光顾。在她看来，吓人的莫过于人心，何曾是鬼。天然的僻静场所是她经常独自思考、化解忧伤的地方，快乐时这里见证着她的喜悦，忧愁时这里安抚着她的痛苦，韩晓慈戏称这个地方为"安乐园"。

坐到自己常坐的一块磨光溜滑的大圆石头上，双手拿出哥哥寄来的汇款单，高兴地亲了一下，轻轻撕开信封，慢慢地念了起来，不知不觉中读出了声音。

晓慈丫头：

　　见字如面，问好！

　　再过几天，你就要毕业了，即将成为一名光荣的人民教师，哥哥替你高兴，也替父母欣慰。给你寄来的100元，是哥哥勤工俭学挣的，好让你给同学买毕业礼物，剩下的，买上一件时兴衣服，上班时用得着。

　　不要抱怨爹妈，他们没上过学，不了解现代学生的生活，家里的情况你我清楚，父母残疾都没失去供我们读书的斗志，无论遇到什么难事，我们都不应该消沉，父母是我们的榜样和骄傲。不要因为我们受到的歧视而丧失生活的斗志，物质上我们是微贱的，灵魂上我们是高贵的，请不要迷失高贵灵魂的追求，努力为自己的追求、为教育事业奋斗终生。

　　我坚信，未来的道路一定阳光明媚。

　　余言见面再叙。

哥：晓丰

6月9日晚

晓丰为了让妹妹用钱时能够放开手脚，掩盖了这一百块真正的主人，里面的有些话语是说给妹妹的，也是鼓励自己的。当一个人物质生活匮乏到一定程度的时候，能支撑他走下去的也许就剩那一点的精神追求了。

　　清晨，晓慈在同乡好朋友薛莉莉的陪同下，在地区百货大楼里的柜台前，爬罗剔抉地选择着赠送同学的毕业礼物。

　　她大方地回到宿舍，心里比吃了蜂蜜还要甜，在漂亮花色纸张的笔记本扉页给每位同学写着毕业留言，旁边的桌子上厚厚地摞着一沓已经写好的笔记本。此刻，她小心翼翼地拿出了一个特殊的笔记本，特殊性在于两个方面：一是这个笔记本比其他的稍微贵一点，二是这个笔记本准备送给自己心中暗暗喜欢了三年的同班男孩。在毕业寄语上，她还没有想好写一些什么，一时难以下笔，微微闭着眼睛，左手托着下巴，像是在思考，也像是在回忆。

　　这个男孩的高大身影在眼前飘忽不定，他是邻县的一个小伙子，三年中，他们只是普通同学关系。只要有这个男孩所在的场所，晓慈都会远远地停留好久，默默地注视着。有时候在夜里，她想象着和这个男孩在一起的甜蜜时刻，幻想着和他手牵手走在城市的街道里闲逛，向心爱的人儿吐露真情。尤其在这毕业的学期，晓慈就表现得特别着急，因为马上就要和自己喜欢的那个他分道扬镳了。

　　她多想自己和班里其他恋爱的同学一样，和心上人一起学习，一起讨论某一个问题，在春天的草地上亲密地拉着手，在秋天的树林里灼热地亲吻着。想到这里，她满脸绯红，不自觉地打乱了自己的思想。

　　她又想，即便被他拒绝，也要表达出来，人不应该把遗憾留给回忆。表达爱意的想法越来越强烈，此刻她信心十足，因为班里好多男生都表现过喜欢自己的迹象，更让很多女生心生羡慕，在男生眼中她长得漂亮，在女生中显得非常俊美。

　　宿舍桌子上的一面镜子照映着她的脸庞，一头如丝缎般的黑发，粉嫩的皮肤，弯弯的峨眉，双眼皮忽闪忽闪，映衬着一双炯炯有神的眼睛，秀挺的琼鼻，粉腮微微泛红，完美无瑕的脸蛋上印着两个不深不浅的酒窝，完全不像是一个经常在土地里劳作的农家女孩。

　　此刻她似乎有点不自信了，自己家里愁人的烂账光景把所有的思绪带回到了现实。她坚信，爱情就是爱情，和家庭环境没有任何关系，因为爱不分高低贵贱，只是自私或无私而已。她只是这么想，而没有大胆去做。她又想到了所谓的门当户对，他是干部家庭的孩子，而她却是农民的孩子，还是村里最穷的农民。晓慈好像放弃了所有的念想，右手捋了一下鬓角的头发，重新整理了自己的思路，准备为自己心中喜欢的男孩写毕业寄语了。

"相逢在陌生时，离别在熟悉后，挥挥手，作别昔日的云彩，深情厚谊留在心间。"忽然，她觉得"深情厚谊留在心间"这句话不太合适，因为他们之间并没有深情厚谊，只好轻轻地用刀片慢慢裁下这一页。

又重新一丝不苟地写了起来。"相逢在陌生时，离别在熟悉后，离别不是结束，而是美丽思念的开始；海内存知己，天涯若比邻，祝君前程似锦。韩晓慈。"

尤其对引用王勃的诗句上她觉得非常妥帖，她真心希望对方也将自己视为知己，更想把这个男孩当作知己，虽然并未了解多少，没有多少交往，但还是觉得很合适。

离别的脚步越来越近，大家忙着互换礼物，互道祝福。晓慈纠结着、挣扎着，就在离别前夜也未曾表露自己的真心，这个近十九岁的姑娘，在自己懵懂爱情大门即将打开的时候，又让它默默地关闭了。她躺在陪她度过了三年的宿舍单人床上，这张床不再是温暖可心，此时有点冰冷无情的感觉。她开始恨着自己，想着一些自我鼓励、自我安慰的话语，就算被拒绝了，明天都各奔东西了，何时才能再见，即便再次相遇，都是猴年马月的事情了，谁还认识谁啊。但永远再也不可能了，因为今天他父亲到地区开会时把他接走了。她只能在心中默念：再见了，讨厌的男孩，再见了，激荡我平静心情的坏同学。

清晨，窗外吹来的微风夹杂着丝丝凉意，早已收拾好行装的她看着远处的教室，心中有无限的回忆和不舍。走出宿舍门之前，她轻轻地抚摸了一遍自己睡过的木床。她到了自己的"安乐园"，环顾着周围的一草一木，在心中，轻轻地挥手作别。走出学校大门，回头望了一眼牌匾上"地区师范学校"这几个大字，这里是自己奋斗过的地方，这里是见证自己成长的地方，这里是自己张扬过青春的地方，这里的一草一木忽然间变得熟悉而陌生。

走出校门后，她脚步放得很慢，低着头朝公共汽车站走着，没走几步，又一次回过头来，望着学校，好像在和深爱的恋人做最后的离别一样，显得十分难过。

好朋友薛莉莉已经在地区车站门口等了好久，不耐烦地催促着她，两个人一起进了地区汽车站的售票处。坐上了回家的汽车，晓慈选了个靠窗的座位，显得很沉闷，没有一点想说话的迹象，车上嘈杂的人们和她形成了鲜明对比。汽车行驶在公路上，望着窗外路边的景色，思绪早已飘向远方，是回忆，是思念，更是祝福。此时，心虽在路上，念早在远方。

午饭前，他们到了县人事局报到，后到县教育局报到，县教育局工作人员丢给他们的答复是等通知，按时参加岗前培训。本想多问一下，教育局办公室两个工作人员冷冰冰的面孔，让人看后有种恨不得拿鞋底子拍他们恶心嘴脸的冲动。生怕惹恼这两个可恨的家伙，两个胆小谨慎的姑娘只得谦卑地退出。

和好朋友薛莉莉在石门乡分开后，晓慈走在回家的山路上，心里既高兴又忐忑，高兴的是自己即将成为一名教师，再也不用向家里伸手要钱了，还能每月领到几百块工资，帮自己父母供哥哥上学。忐忑的是猜测自己分配的地方，不过有一点她可以肯定，自己一定被分配在了偏远的某个山区学校。因为分配工作要找人，还要送礼，这些手续他们家里都没做过。再说，也没有地方找人送礼。一切听天由命吧！

韩满财夫妇期盼的毕业生回来了，对农忙的他们来说简直如获至宝，农作归来时，便可端上一碗热乎乎的顺手饭。晓慈每天焦灼地等待着分配和岗前培训的通知。今天，她忙完家务后，不知不觉遛达到了韩家庄村小，在学校围墙外面的一棵老白杨树前，她停下了脚步。透过窗户看见教室里刻苦读书的孩子们，她们兄妹曾经上学的画面像看电影似的在脑海中一幅幅呈现，同学的调侃、别人的嘲讽、父母的无奈不断地滚动着。

过去的经历有伤心，有喜悦，以至于现在她只记得最深刻的美好和痛苦，回忆的画面清晰得就像刚刚发生过一样。村小的经历在眼前闪来闪去，最后停留在了最苦和最甜的画面上。低年级时，她每次都紧张地瞅着同学送到嘴边的水果，大口大口地吞咽口水，引笑许多围观的同学。这个时候，往往都是自己的哥哥和别人大吵一顿，甚至出手一番，来化解她的狼狈，一句充满期待的安慰话语抚平她内心的创伤。"等哥哥长大，挣钱了，给你买好多好多好吃的，你使劲吃，想吃什么就吃什么。"村上几个调皮捣蛋的男娃娃，一旦有稀罕吃食，就故意在她面前慢条斯理、从容不迫地吃起来，时不时吧唧着嘴，夸张地打着饱嗝。导致她对稀有零食的追求到了一种病态痴迷的程度，看到课本上有关吃的文字或图片，思维就固执地停留在这些字眼和图画上。经常做梦自己躺在了一大堆好吃的东西里面，她那样可劲地糟蹋着，当梦醒的那一刻，口水基本浸透了半个枕巾。

　　蔡文琳的半截香蕉是她最美好的回忆。放学后，在学校南面的围墙下，蔡文琳匆匆塞给自己半根香蕉，迅速地离开了她的视野。晓慈在自家破烂房子的后面，独自一人轻轻撕下香蕉皮（因为她曾经偷偷瞥见蔡文琳也是这样做的），先用舌头缓缓地舔了一下，长长地伸出自己的小舌头，一小口一小口地慢嚼了起来。不知怎么了，她的小眼圈内滴答着泪水，正好落在了手里的食物上，让香蕉多了一些咸涩的味道，喉咙里好像被一团热辣辣的东西堵塞着，下咽得很艰难。

　　直到现在，她还一直感激着蔡文琳，虽然她们没有语言上的交流，但是照面时眼神上的交流也体现着一种美。在晓慈的眼里，蔡文琳不仅人长得美，心也美，整个人美得晶莹剔透。学校的下课铃声吵走了她的回忆，顺着山沟吹来的风有些大，吹红了她的眼眶。

　　痛苦和欣慰就像是酒杯里残存的一丝红酒，而回忆好比再往这个酒杯倒一点新的红酒，虽然这杯酒口感依然，但已经找不回初次入口时的感觉了。我们回忆过去，不是因为过去的生活比现在好，而是因为过去的经历是那样凄惶和温暖，更是自己成长的一种感悟和感激，在苦难的日子感谢自己不断地奋斗和进步，用今天的成就和昨天的过去进行一个面上的比较，在以后的岁月或生活中鼓励自己。

晓慈拧转身子，慢慢地走在河道的小路上，清亮亮的河水从远处弯弯曲曲地流过来，哗啦啦的流水声轻柔舒缓，水面被阳光照得明光刺眼。痛苦和美好的回忆暂时麻痹了自己的思想，走向父母劳作的山地里，不知从什么时候自己的两只手开始拔起了山地里的杂草，左胳膊底下已经夹了一小捆杂草。她的情绪因回忆的挣扎而气冲斗牛，手底下娴熟且快速的劳作，大脑中烦乱而浮躁，她想通过体力的劳作来平复自己不快的心情。

小时候，因为遭受到不公的待遇和羞辱时，她不知在被窝里偷偷哭泣了多少回，也曾抱怨自己父母的懦弱和无能。随着岁月的流逝，她对待事物的标准和认识社会有了自己的思考，她那一瘸一瞎的父母在自己心中伟大了起来，在成长的岁月里，她没有少一份家庭的呵护和疼爱，和同村的女孩相比，她还是幸运的。父母缺衣少食、省吃俭用供自己读书。如今，她为自己能出生在这样的家庭而感激，为有这样眼界的父母而骄傲，父母虽然没有给自己创造一片蔚蓝的天空，但是却培养了她过硬的翅膀和翱翔蓝天的本领……

心情逐渐恢复了平静，她感激自己的父母，朝着身边的母亲露出了浅浅的微笑。

毕业就意味着解开了自己的枷锁，开启了新的生活，多少个日夜的付出将会换来每月两百多元的固定收入，这也许是贫寒家庭父母眼中最好的礼物。

在静谧的夜晚，韩家庄的一切都归于平静、安宁，微风从河道中慢慢散开，满身泥土味的庄稼汉躺在星空相伴的家中，享受着远近不同、此起彼伏的蛙鸣和蝉叫，好像在为韩家庄的人们演奏着一首永恒不变的催眠曲。

村子里还时不时传来几声给乡亲们带来安全感的狗叫声，带着对丰收的祈盼，带着对新生活的憧憬，整个韩家庄的人们进入了自己五彩斑斓的美梦中。

韩满财的鼾声响起来了，伴随着父亲的呼噜声，韩晓慈也沉入了自己甜甜的梦乡。

第六章　算　计

韩家庄的夏季永远是一派繁忙的景象，通向四沟八岔山地的土路上时不时闪现着忙碌的身影。

午饭时，参加完乡上计划生育工作大会的村支书吴仲达走在回村的道路上，以往昂首阔步的他，今天不知受了什么打击，让这村里的"头号人物"显得十分沉闷，在公路上缓缓行走，略微驼背，两只手抄在身后，帽檐压得很低，别人完全看不清他的面部表情，对马路上熟人的招呼爱理不睬，显得格外消极。

此时，吴仲达的脸色其实很难看，乡党委书记在大会上狠狠地批评了他，因为韩家庄村的计划生育工作在全乡十三个行政村中排名是垫底的，不是他执行力度不够，而是他家的大儿媳妇已经生了个女娃，他多盼望二胎生个男娃，在村里执行计划生育政策的时候，显得有些底气不足，但是不论如何，上面的政策不能不执行。哎，支书暂时还没有想好周全的良策，低头盘算着。

陡然，支书的脸上舒展了许多，想到了解决办法。他打起了许二柱家的主意，思谋着先把许二柱的儿媳妇报上去，一是他家媳妇已经生了两个女娃，二是许二柱经常在群众面前挑战他的权威，对他安排的事情落实不积极，简直不把他这个村支书放在眼里，更深一层分析，许二柱那个弱家薄业，谅他也干不了翻天的事情。

为了做实这件事情，他想先和村"两委"班子其他成员开个碰头会，到时候他会安排别人在会上提议，只要一表决，大家基本上没有什么意见，这样程序一走，变成了集体研究的结果，和自己也没多大关系，上报乡里，直接结扎，今年的工作任务可以完成了。吴仲达思考得非常全面，处理得格外谨慎。

支书脸上露出了一丝不易察觉的笑容。不知不觉中，已经到了村口，他往上提了一下帽檐，拍了拍裤腿上的细土，整理了一下自己的衣服，不论在外面多狼狈，在村里人面前必须是整洁的，因为他是村里的关键人物。

在门前坡道下，二儿子吴建伟焦灼地等他，好像有什么重要的事情要与他商议。在吴仲达眼中，老二简直就是个败家子。他没好气地说道："不去地里帮你妈干活，在这里磨蹭啥呢？"吴建伟早已习惯了他爹的口气，回道："等你有个事情商量一下呢。"吴仲达瞪了一眼吴建伟，说道："啥屁事，进屋说。"父子俩一前一后进了院门。

刚进院门，吴建伟就迫不及待地表达想买辆摩托车的想法。

建伟的这一想法不知刺痛了吴仲达哪一根神经，他几乎暴跳如雷，破口大骂："你个不争气的 玩意儿，出去打了几年工，别人家的娃娃都能挣钱回来，你每回出去不挣钱不说，还伸手向家里要钱，我到底做了什么孽。二十大几的人了，连个媳妇也讨不到，想骑摩托，你先给老子领着来个炕上骑的吧。"

吴仲达嘴里还在七零八碎，但声音小了，再也不理眼前的这个败家玩意，独自推开了堂屋门。

吴建伟一脸茫然地站在院子中，见自己的父亲进了屋子。败惺惺地折身出了院门，仍是一副打定主意买摩托车的表情。坡道下面的公路上，乡政府的干部正骑着摩托车呼啸而过，扬起一股呛人的尘土。他朝着已经跑远的摩托车，啐了一口痰，心里暗自骂道："不要显摆，老子马上也就骑上摩托车了。"喜悦堆满了脸庞。简单人的快乐就是这么单纯、直接，不为生计考虑，只为自己考虑，从未顾忌过他父亲的感受，惆怅的滋味是别人的，快乐是自己的，开心就好。

吴仲达进屋后，顺手捞了个枕头垫在头下面，侧身躺在前炕，鼻孔里喘着粗气，想着一些烦人的事情。大儿子吴建雄结婚三年多了，生了个丫头，儿媳妇肚子不争气，害得他在计划生育工作上作难，虽说日子早已分开过，但是关键时候还得照应他们。二儿子吴建伟自从初中毕业后，一直待在家里，最近几年和村里人虽出去打过几次工，但吃不了苦，受不了累，干几天就回来，待几天又出去，把挣的那点钱早花在车轱辘上了。他越想越烦，已经翻了好几次身。

陡然间，支书坐了起来，分明想到了什么好事，他盘算着托人把许二柱家的女子说给建伟当媳妇，这女子现在也快二十了，个头虽不高，但人还算标致，配这个败家玩意绰绰有余。这么一想，许二柱儿媳妇上报的事情得先缓一缓，思谋着这两天抓紧抽空到许二柱那里探探口风，听听人家的意见。如果能成，先不报他儿媳结扎的事情；如果不成，再开会、上报也不迟。在牵扯自己切身利益的事情面前，吴仲达处理得十分细致。

午饭时间到了，吴仲达心里的疙瘩化解了一些，感觉有点饿了，起身往厨房里走。妻子正在做饭，吴建伟已不知去向。

"什么时候从地里回来的。"吴仲达探着身子问妻子。

"回来一会儿了，饭就好了，建伟去他哥家吃饭去了。"妻子回道。

吴仲达"哦"了一声，不再回应，坐在了厨房门槛上，准备一根纸烟，刚才的烦心事让他忘记了抽烟。现在心情好转，想来一支解解饿和烦。

"晌午的时候建伟说想买辆摩托车，不知你是怎么考虑的。"妻子试探性地问丈夫。

"买个屁。"吴仲达消减的火气又蹿了上来。

"建伟娃岁数大了，得赶紧给寻个婆姨了，现在哪家还不盼着把丫头嫁给光景好的人家，置办上个摩托车，也让媒人好说些，眼下娃娃不吃苦，娶个媳妇就有人管了，也会大变样，你说是不？"

吴仲达搓了一下胡子拉碴的脸，再也没吭声，但妻子的话他似乎听了进去，只顾吸他夹在手指中的半截香烟。

天完全黑得看不见人影了，忙碌一天的庄稼人早早进入了睡梦。吴仲达刚脱了上衣，准备上炕，一天的烦心事让他忘记了学区马干事给他通知的事情。现在他又急急穿上衣服，准备出去传话。老伴还以为出了什么不好的事情，慌里慌张地跟着套好了脱下的外衣，引得吴仲达笑出了声。原来学区马干事让他通知韩晓慈去县教育局参加岗前培训。吴仲达拿起手电筒，一边提鞋，一边系纽扣，匆忙出了门。

沙路上的石子在布鞋底下发出嘶嘶的声音，邻居家拴在门口的大黑狗懒懒地叫了几声，河道里的蛙声由先前的一片变成现在的零星几声，反而给沉寂的黑夜增加了一丝生机，手电筒一束光线伴随着吴仲达的脚步在地面上不断向前移动。吴仲达加快了步子，穿过河道上的小石桥，直奔韩满财院门。

"哎，满财……"几声急促的喊叫声，再次引发了周边农户家犬的狂叫声。韩满财对黑夜主动登门的人感到奇怪，一边猜测，一边应声，披上他那件破了洞的上衣出了屋门。

打开院门，发现是村支书吴仲达，这个满年也上不了他家几次的村里领导，登他家门就有好事发生。不是帮乡里送一袋面，就是帮县里送救济款。今天又上门了，他先是吃惊，赶忙满脸喜悦地问道："支书，什么好事？屋里进。"韩满财做出了请支书进门的姿态。

吴仲达向韩满财院里瞟了一眼，发现屋里一片漆黑，没有亮灯，心想，穷得连灯都点不起。笑嘻嘻地说："不进去了，说完我就走，娃娃们睡下了，就不打扰了。"

说话间，两人圪蹴在了院墙下，韩满财窘促地摸着自己的口袋，发现没带烟叶。支书让出自己的纸烟，两个人点燃了香烟，远远看上去，像两团跳跃的小火苗。吴仲达点着烟后，说道："是这么个事情，你给晓慈娃说一下，学区通知她明天去县教育局参加岗前培训，这娃娃出息了，也能减轻一下你的负担。"

"就是，就是。"韩满财重复着，心里已乐开了花。

"还有个事情，每年乡上分配给我们村子发放救济款的名额就那三两个，晓慈娃娃毕业了，马上吃上公家饭了。下王庄、庙沟村，还有高家堡这几个组都有困难户，今年的救济款到了，我想先给其他组的这几家，你没啥意见吧？"支书好像是在征求韩满财的意见。

"好支书哩，没意见，这些年，我们家净给党和政府添麻烦了，我心里感激党和政府还来不及哩，能有啥意见？晓慈毕业了，我们也跟着松活了。"韩满财满心感恩地回答。

"你们两口子厉害，带了个好头，整个大队以前没几个娃娃上学。现如今，家家户户以你们为榜样，都争抢着供娃娃上学，这就对了。咱们这个地方穷，就是要多走出去些学生娃，读书的家庭才是有希望的家庭。我虽是个村支书，也上过几天学，但是觉悟比起你来，差远了。"吴仲达说完后，响起了一阵咳嗽声。

"支书，可不能这么说，你们家庭条件好，我们要不给娃娃们供书，不要说儿子娶不上媳妇，恐怕丫头也难嫁出去。"

"你也胡说哩，丫头还怕嫁不出去。那今年的救济款的名额再不给你了。"

"以后也别给我了，我沾政府的光够多了，其他组的那些困难户我也知道，给他们吧。"韩满财满怀歉意地回话。

受穷人盼着受穷人好，他们的难处也是自己的难处。这就是朴实年代里憨厚庄稼人的情怀！他们勤劳勇敢地面对贫瘠的土地，生活的压力不曾压弯他们的脊梁，他们坚韧不屈，爱恨分明，活得真实真诚。

"这样，你赶紧给晓慈娃说一下，让她收拾去，我回去了。"吴仲达说话间起了身。

"支书，那我就不留你了。"

"那你快回屋去。"吴仲达扭头挥着手，说话时已经下了门前的小坡。

韩满财眼看着吴仲达过了小石桥，转身关上篱笆院门，小跑着进入屋子，一间大屋里面套一间小屋，晓丰和他们两口子睡在大屋，套屋安排女儿晓慈居住。韩满财摸出了压在炕席下面的火柴，点亮了屋里的灯，顺便点燃了一根旱烟棒，大声招呼里屋的晓慈出来，说有好事情宣布。

这个家庭自组建之日起到吴仲达来到之前，没有一件事情让韩满财这么开心过，即使晓慈考上地区师范学校和儿子考上省城重点大学时候，他虽高兴过一时，但高额的花费即刻浇灭了内心兴奋的小火苗。而今，韩满财真的是发自肺腑地开心，整个人笑成了一团，眼睛眯成一条线，在灯光的照映下，像一颗剥了绿皮的核桃。

里屋的晓慈已经出来了，坐在了炕栏石上，被父亲今晚的表现着实吓了一跳，心里不安地等待着父亲的宣布。睡在炕上的妻子侧身半趴了起来，被子盖在下身，仰着头，焦急地看着韩满财。蜷缩在炕头上的老花猫，不知发生了什么事，站起来伸了一个懒腰，跳下炕，出了屋门，此刻的消息，对它来说也许有些多余。韩满财环顾了一圈，见晓慈坐在了身边，把刚才吴仲达关于晓慈参加岗前培训的话语转述了一遍，不同的是，他的声音更高，语气中交错着欢笑的情感。

听完这个天大的好消息后，屋里每个人脸上都露出了久违的笑容。晓慈妈赶紧穿了衣服，打开炕上的破箱子，给晓慈翻腾出一件像样的衣服，准备明天去县城的远行。晓慈脸上露出了得意的笑容，内心的湖面好像有无数浪花在翻腾，高兴得不知道做什么了。屋里灯亮到深夜，即使熄灯了，躺在炕上的每个人也没有入睡，完全沉浸在这久违的喜悦中。

公鸡打了第一遍鸣后，晓慈妈就下了炕，生火准备早饭，锅里煮着两个鸡蛋。往常，晓慈妈都会在鸡第三遍打鸣后才起身，今天起得格外早，很明显，这个女人高兴得一晚上没合眼。往常烧开一锅水就算完事了，家里的早餐一般都是开水泡馍馍。现在，锅里多了两个鸡蛋，显然是给晓慈准备的。

天刚刚放亮，晓慈起身梳洗完毕，在院子里抖搂着自己的头发，想让清晨的微风尽快吹干长发上的水汽。她有些着急，一边抖搂头发，一边在院子里快走。出门时，她妈取出了一双新布鞋，顺手塞给了备好的两个鸡蛋，晓慈硬放下了一个。家里人一般都舍不得吃鸡蛋，存够一定数量，拿到乡上去卖，用来贴补家用。两个鸡蛋对这个家庭来说，似乎过于奢侈。

汽车到达县城时，北关街道里除了忙着赶早市的零零星星的老人外，整个街道显得过于冷清。离公家人上班的时间足足还有一个小时，晓慈不慌不忙地朝着县教育局的方向走去。走到县城大十字路口时，一家牛肉面馆正在开门营业，门里飘出了一股诱人的香味。在地区上学时，除了食堂里的饭菜，她从来没有下过一次馆子，她想今天索性破例下一次馆子，反正自己快要挣工资了，感受一下这里的氛围和所谓的享受。

她又犹豫了一会，内心挣扎后最终侧身进了饭馆，现在这里还没有吃饭的人，老板娘殷勤地询问晓慈的要求，随后拉长声音，向后厨喊了一声"一个细的"。大概五分钟后，一碗热气腾腾的牛肉面端在了晓慈面前，香味立刻直往她鼻孔里钻。面上有翠绿的蒜苗，几片香菜，红色的辣椒油，清清的汤底下能看见面条和几片牛肉。蒜苗的清香、牛肉的清香、汤的清香混合在一起，口水已经不自觉地流了出来，恨不得把那一碗面一口吃干净，吃了一口后，她不知道想到了什么，眼圈里幸福的泪水打起了转转。

在南关的教育局办公楼里，副局长唐秋生眼圈有些发红，昨天晚上他又加班到了深夜，今天他比以往上班的时间早很多，右手边摆放着自己修改好的新任教师岗前培训班上的讲话稿，手里正在认真翻阅着今年毕业学生登记表。按照县委要求，为切实解决教师生活问题，毕业待分配的学生要采取就近就地分配的原则，师范学校毕业的学生要分配到家庭所在乡镇任教，所在乡镇教师队伍满额的可在邻近乡镇分配。局长把这个任务交给了分管基教工作的唐秋生，这两年都是他在提初步分配方案，局长和局党委会议更是一致通过。今年，他比往年更加谨慎，尽可能把党的关怀和县委的要求体现在分配环节上，他扶着自己的大黑框眼镜，认真地翻阅了好几遍登记表，对每一位学生的户籍地和家庭情况认真思考，结合家庭情况，按照家庭条件分配学校，条件好的家庭分配远一些的学校，条件差的家庭分配近一些的学校，唐副局长考虑得非常全面，开始在面前的草纸上写初步分配人选的名单。起草好分配方案初稿后，又叫来了人秘股股长，从底册上查看各乡镇学校的教师队伍人员情况，进一步核定教师编制缺额情况，又在草纸上调整了起来。分配方案完成后，唐秋生拿着毕业学生分配的初步方案敲响了隔壁局长办公室的橘黄色单扇木门。

回到办公室，他喝了一大口茶，嚼起了早晨出门时带的半个馒头。忽然，他好像想到了什么事情，放下了手里的馒头，点燃了一支香烟，翻看起了石门乡中心学校分配的两个女学生。从登记表上的 2 寸黑白照片看，两个女娃娃长相一样俊俏，从家庭成分来看，工人家庭的薛莉莉更胜一筹。

原来唐副局长的儿子唐俊茂在石门乡政府上班，别人给孩子介绍的对象不是工人就是个体，不符合他们家的要求，即便有介绍事业单位上班的女娃，长相也入不了他妻子挑剔的眼。眼看儿子马上二十四岁了，他特别着急，同一年上班的其他单位的几个老同学，全抱上孙子了，儿子连对象还没瞅下，他多想儿子能追求到自己未来的幸福，让他尽快抱上孙子。

他转而又笑起了多事的自己，儿子追求的幸福掌握在儿子的手里，他干着急也没什么用，万事随缘吧。唐秋生这么想着，再次燃起了抽剩下的半支香烟。

上午九点，新任教师岗前培训班在县教育局大会议室正式开班，在县教育局局长热情洋溢的讲话结束时，会场响起了雷鸣般的掌声，主持开班式的唐副局长宣布开班式正式开始，岗前培训拉开了帷幕……

第六章　算　计

第七章　村　宴

八月的骄阳像张火伞。

午饭后，天上没一丝云彩，蓝湛湛的。阳光透过杨树密密层层的叶子，把圆影照射在地上。公路边垂柳细枝一动不动，树影缩成了一团，蒙着一层尘土的叶子乏困地打了卷。向远方望去，寂静无人的公路上，似乎有一片透明的水汽在散漫地升腾。这样的天气，劳作归来的人们总是感到特别疲倦，如同刚刚睡醒似的，昏昏沉沉不想动弹。连河滩杨树林里的小鸟，全都张着嘴巴歇在树上，懒得再飞出去觅食了。

一阵响彻云霄的鞭炮声响了起来，惊醒了午休的庄稼人，赶走了夏日的疲倦。人们纷纷拖拉着鞋，跑出院门，四处张望、查探鞭炮声的来源。又是一阵清脆而猛烈的鞭炮声响起，冒出了片片呛鼻的白烟，声响结束后，整个韩家庄几乎都听到了几个被惊吓碎脑娃娃被惊吓的哭叫声。

鞭炮的响声是从村子东头吴仲达家里传来的，几个好事的年轻婆姨，放下了怀里吃奶的娃娃，撂下了手里正纳的鞋底，直扑吴家的院门，卧在院门口的狗，不知发生了什么，也跟着跑了进去。不一会儿，吴支书家里买了摩托车的消息，风一样传遍了村子里的山山湾湾。

韩家庄的庄户人家倾巢而动，家家户户的男主人手里拿着大红被面，提溜一挂鞭炮，陆陆续续来到吴仲达家里，鞭炮声一阵接着一阵响，噼里啪啦，震耳欲聋。

吴仲达家刚宰杀的四只大公鸡，横七竖八地躺在厨房里，脖子里倒溢出的鲜血，丝丝流着，洇红了好大一片地面。烟囱里黑烟直冒，笼屉里蒸汽腾腾。几个厨房干活的中年妇女兴高采烈，时不时地用挂在脖子上的白毛巾擦着额头上渗出的大汗珠子。几个小伙子在吴仲达长子吴建雄的带领下，怀里抱着从周边邻居家借来的碗盏、盆子、桌凳……干劲十足，来不及揩一下脸上流出的汗珠。整个韩家庄的乡亲把吴仲达家围得水泄不通，吴仲达院子里、屋子里全塞满了看热闹的人。

韩满财妻子正在翻箱倒柜找一条整洁的被面，柜子里的东西乱七八糟地摆放在了炕上，还是没发现一条能拿出手的被面，炕上的席片被里外翻转了一下，未见能买一条被面的钞票。两口子你瞅我，我看你，四目对视了一会。

"不要翻腾啦，五十块钱全让晓慈拿去参加县上培训了，屋里一分钱也没有了。"韩满财低下头，抽起了呛人的旱烟卷。

"哎呀，这可怎么办哩，吴支书对咱家没啥说，这几年救济款从没落下过我们。他们家有喜事，别人家全去了，我们家不去不合适，住在一个村子，会让村里人说闲话，更让支书脸上无光啊。"妻子无奈地说道。

"你说得对着哩，理是这个理，可为了这两三块钱，我们总不能找别人去转借吧。"韩满财长长地呼出了一口气。

"唉！虽说一个娃娃毕业了，日子也没变一下，光景还是这么愁人。"韩满财妻子无奈地叹息着。

"不该把蔡志昌妻子主动借的两千块退还了，要不然……现在也能顶个急事。"韩满财开始埋怨起妻子。

"你没一点主见，退还蔡志昌家的钱肯定是对的。钱好用，情难欠，蔡志昌两口子是精明人，他们不是天上的观音菩萨，做好事情要回报哩。再说晓丰娃今年上学的学费和生活费，我们种的豌豆和小麦卖完就凑够了，如果用了蔡家的钱，欠蔡家的人情，你能还得起吗？"这一番话是妻子深思熟虑过的，说得韩满财无言以对，自顾低头把弄起了他的旱烟卷。

妻子话音还未落，许二柱腋窝下夹着大红被面，掀开了韩满财屋门的帘子。

"小伙子，走，给吴支书家恭喜。"许二柱爽朗的声音。

"唉！没有拿得出手的东西，怎么去哩？空甩两手上吴支书家的门，还不让左邻右舍笑话死啊。"韩满财从炕栏石上跳了下来。

"没事，我给你准备好了。"许二柱抽出了夹在胳膊下的被面，左手一个，右手一个，在韩满财面前抖了一下。

韩满财两口子死灰一般的面孔瞬间有了颜色，满眼感恩地看着许二柱，就像一个长时间哭闹娃娃看见了新奇的玩具一样。此刻，在他们夫妻眼里许二柱简直就是救人于苦难的观音菩萨。

"啥事都让你帮衬，欠下你的情，我们两口子这下辈子也还不完啊。"韩满财妻子有些难为情地望着许二柱，瞎眼好似有了光亮。

"有啥呢，不就一个被面嘛，又不是啥值钱的玩意。这些都是儿子结婚时亲戚朋友送下的，再不用就过时了，你们再不要花钱买了。"许二柱回道，已经折转了身体。

韩满财捏灭了烟卷，跟在许二柱后面，笑盈盈地出了门。

梁二老汉驱赶着羊群朝着山湾走去，手里的拦羊棒时不时挑起路上的石子，不偏不倚地向头羊的方向打去，老汉一声骂羊声后，传来了轻松自嘲的歌声：

哎嗨……哎嗨呀……

老汉枉活六十八，

只会上山和爬岇，

人家自有人家福，

老汉受苦自己知，

白在世间走一趟，

来世我要当县长。

河滩里，韩晓丰心里偷笑着梁二老汉唱的曲子，心想："梁二爷啊！你还要当县长，依我看当个村长都费劲吧。"顺手将大黑骡子的缰绳拴在了一块大石头上，坐在离大黑骡子不远处的一棵白杨树下，拿起揣在怀里的一本书，认认真真翻看起来，头靠在树干上，右手边放着他脱下的布鞋，鞋面磨开了一个小小的洞，两个赤脚片子露在强光下，正接受太阳强光的杀菌和消毒，这两个脚片子确实有些臭。对村里发生的事情，他根本没有心思去关注。现在，他唯一操心的就是让大黑骡子吃得饱饱的，赶在天黑前翻一遍手中的书。

整个世界对他来说都是安静的，晓丰完全沉迷在了自己的书本中，河道的流水似乎也完全跟着他的思维跳跃着流淌。

蔡文琳已站在了他的身后，这个美丽动人的女子就这样默默地注视着自己心爱的人，害怕打扰他，又怕被村里人发现，焦急和欣悦地欣赏着靠在树干上漏出的半个后脑壳。好在今天的村里人几乎都跑到吴仲达家观看那个稀罕玩意去了。她不忍心打扰看书的晓丰，便默默地等着。

晓丰出门前喝多了凉水，他站直了身子，放下了手中的书，光着脚丫，径直走向面前的河道，解开裤腰带，一泡热尿融进河水，流向了远方。

蔡文琳看到晓丰的举动后，红着脸转过身，但是心里却嘻嘻笑着，骂着自己的心上人"真是个二杆子，一点也不害臊"。

晓丰感觉一下轻松了许多，准备回到原地时，发现蔡文琳正背对着自己，他恓惶地把两个脚片子快速地伸到了自己的破鞋里，忙说道："你怎么来了。"

蔡文琳轻轻地转过身，回道："我看你在这里……河道里湿气重，不要光脚，会落下病。你怎么不到吴支书家里去啊？"

"我爹去，我还要给骡子铲草，就不去了。"

"哦，你在学校还好吧？"蔡文琳关心地问晓丰。

"挺好的，你呢？"晓丰拿起了放在地上的书。弯腰拿书的时候看到一张报纸包着的东西，指着地上的东西问蔡文琳："这是什么？"

蔡文琳赶忙捡起地上的东西，说道："我前天去县城了，这是我给你买的球鞋，你在学校要上体育课，费鞋。"说着把手里的东西递到了晓丰面前。

晓丰打心眼里喜欢这个时时处处为自己着想的女孩，他早就想有一双自己的球鞋了，只是没有多余的钱去买罢了。上次已经接受了蔡文琳的一百元。现在对蔡文琳送上的球鞋，没必要再推脱，本想给蔡文琳做个承诺，可是他一时间竟不知如何开口，两片嘴唇抖动了几下，怔了一会，挤出了一句："谢谢！"

拴在石头上的大黑骡子缰绳开了，已经跑到河滩地里贪婪地吃着快要成熟的麦子。晓丰急急忙忙直奔麦田，没来得及和蔡文琳道别，待他拉回大黑骡子时，蔡文琳已经上了河道边的小路，留给他的只是一个靓丽的背影。

韩满财和许二柱是最后到吴仲达支书家恭喜的，肩并肩走进了吴支书的院门。吴仲达笑嘻嘻迎了上来，双手亲切地握着每一双进入院门的手。院子中间摆放着一辆崭新的"幸福牌125"摩托车，车身上挂满了红色的被面。许二柱和韩满财把各自的大红被面放在别人被面上，打了一个结，顺手点燃了进门前从蔡志昌小卖部买的两百响鞭炮。点燃的瞬间，如星的红点一颗颗炸裂开来，像是下入油锅里的豌豆子，舞动着欢快的步点。人们捂着双耳，纷纷闪避。一股刺鼻的火药味弥漫了整个院落，加上前面来人燃放的鞭炮，地上落了厚厚一层红红的鞭炮卷，像给院子铺上了一块红色的地毯，看上去格外喜庆。

鞭炮声结束，几个顽皮的小学生快速步入现场，你争我抢地搜寻着未爆炸的炮仗，如数家珍般装进了自己的小口袋。

吴仲达的堂弟吴老六扯着嗓子，叫着这个，喊着那个。他受吴仲达的委托，全权负责今天事情的办理。吴老六嗓门大，能服众，对村子庄户人家大大小小的喜事非常上心，凡是村子上遇上婚丧嫁娶的事情，主家一般会请他组织，由他协调，每件事情他办得漂漂亮亮，令主家非常满意，村子里辈分一样的人给他取了个贴合身份的外号"吴大嗓门"。

刚从厨房出来的吴老六，胡茬上粘着一丁点肥猪肉，右嘴角一道油水痕迹着实亮眼，嘴里塞着两个大肉丸子，麻利地安排着人手，切菜的切菜、洗碗的洗碗、抹桌子的抹桌子、摆酒的摆酒……一切井井有条。

"三星照、六六顺、八马跑、酒你喝……"吴仲达院落上空飘荡着庄稼人爽朗的划拳声。不知是哪个多喝了二两的年轻人提议，要亲眼近距离瞧一下这个摩托车跑起来的样子，立即得到满院附和。吴建伟在众目睽睽之下，顾不上拿掉摩托车上挂的几十匹大红被面，潇洒地叉开双腿，骑了摩托车上。放下了脚踏杆，狠踩着脚踏杆，轰隆隆……本来已经发动了，吴建伟故意熄灭了，再次狠踩脚踏杆，轰隆隆……轰隆隆……在吴建伟的操作下，摩托车出了院门，人们紧跟着摩托车的车辙，你推我搡地出了院门，在门前坡道下的打麦场上，吴建伟不停地变换着档位，在众人面前演示了一番，可谓挣足了面子，虚荣心得到了极大的满足。一番操作后，回到了院中，摩托车再次停放在了原地。

院落东边桌子上传来了一句话惹人笑的怪话："哎呀呀，了不得，这个东西趴下都跑这么快，站起来还不得飞啊。"

哈哈哈……逗乐了满院子看热闹的人。

大锅里的烩菜已经炖好了，桌子上两凉两热四个菜已经上齐，吴仲达从屋里到院里巡视了一圈，查看着院子里摆放的八张方桌，以防落下一户乡亲。进入堂屋时，又退了出来，喊着吴老六的名字，吴老六忙扬下了一杯烈酒，颠颠地立在主家边上，听候安排。

吴仲达抹了一把自己胡子拉茬的右脸，说道："是这么个事情，赶紧安排人把韩满财的妻子和他家的晓丰请来。"

吴老六不明白支书的用意，但是主家安排了，他只能去执行，从院子中间的一个桌子上，轻轻捣鼓了一下正在划拳喝酒的蔡文旭，蔡文旭是蔡志昌堂哥的儿子，比吴建伟小一岁，两人在上小学时关系甚好，简直就是死党，自从晓丰上高中后，慢慢和蔡文旭的交往少了。上学时候一起干些让老师头疼的坏事，没少挨老师的惩罚，这年轻人调皮捣蛋的事情干得多，人心眼倒实在。此刻，打搅了正在喝酒的蔡文旭，他嘴里嘟嘟囔囔着，有些抱怨地出了吴支书家的院门，朝着满财院落方向一路小跑。

韩满财妻子再三推辞着蔡文旭的央告，蔡文旭只好硬拽着晓丰出了里屋。出了韩家院门，蔡文旭松开了晓丰的手，晓丰耷拉着脑袋，跟在蔡文旭后面，像一只胆小的兔子一样。在外面他潇洒自如，在村子里他胆小谨慎。

蔡文旭扭头微微一笑，问了晓丰一句荤话："大学里漂亮女学生多，你找下对象了没，是不是已经亲了女学生的红嘴嘴?"

韩晓丰的脸一下红了，忙说道："没有，不敢胡说，等毕业后工作了再找。"

在韩晓丰的眼里，蔡文旭是个十足的捣蛋鬼，爱开玩笑，尤其这几年，喜欢说些不着边际的荤话。上小学四年级的那一年，蔡文旭在自家的田地里捉了一只鹌鹑，羡慕坏了整个学校的男娃，一大群娃们整天围在蔡文旭屁股后面，想摸一摸这个不好捉到的稀罕东西。他表现得倒很大方，高年级的男娃们，全部都领略到了鹌鹑的奇特。

面对低年级的学生，蔡文旭突发奇想地给一年级娃们定了个规矩，谁要是撒尿撒得远，谁就能摸一下这个稀奇玩意。在学校操场后面的一块空地上，蔡文旭画了一条线，一堆碎脑学生，站在线内，踮起脚，挺着肚子，腰里狠狠使着劲。在蔡文旭"预备，一、二、三开始"的喊叫声中，一排排小水线顺着身体滑了出来。蔡文旭背着手，煞有其事地查看着结果，撒尿远的小娃，屁颠屁颠跟在蔡文旭的后面，骄傲地进了四年级教室，留下一群失望的娃娃，暗恨自己白白撒了一泡尿，羡慕地看着成功者的背影。

此时，吴仲达院门外面的空地上，上小学的一堆娃娃手里端着碗，大口地往嘴里拨拉着香气四散的烩菜，时不时吸着流下的清鼻涕。

吴仲达见韩满财妻子没来，便给吴老六交代，完了找人给送上一碗，让满财媳妇尝尝。

院子坐满了村里的男男女女，吴建伟、韩晓丰、韩晓平、蔡文旭、蔡文琳、蔡文霞、许春雪，还有村上的三个年轻人坐成一桌。蔡文琳有意挨着韩晓丰，也许是同龄人坐在一起的缘故，她退却了羞涩，多了一些泼辣。称自己不爱吃肉，把碗里的鸡肉全部拨拉到了晓丰面前的碗里。

"你们瞧，古话说得好，女出外姓，不顾自家。看蔡文琳，眼里压根没我这个哥哥，只知道把肉给晓丰拨拉，不会拨拉给我啊。"蔡文旭语言中有点挑逗的成分。

蔡文琳反倒表现得十分泼辣，说道："去，让你媳妇给你拨拉去。"

蔡文旭不服气地反问道："韩晓丰是你对象吗？"

蔡文琳昂着头，说道："就你怪话多，不要你管，是不是？反正和你也没多大关系。"

蔡文霞帮蔡文琳说话："哥，你管得太宽了，人家文琳愿意，我看你是馋的吧，我的肉全给你。"

蔡文旭递上了自己的碗，说道："还是文霞好，这才是自家人。"

哈哈哈……除了韩晓丰、许春雪和不爱说话的韩晓平外，其他人咧嘴大笑起来。

晓丰头更加低了，两个脸蛋如燃烧的豆萁一般。

堂屋里摆上了两桌，炕上坐的是村子里的老人和长辈。在堂屋的茶几四周，坐满了村里的各种能人，吴仲达坐在沙发中间，左边是韩满财，右边是许二柱，村长面对着吴仲达，背对门口的是蔡志昌和韩满仓，还有几个村里的日能人坐在另一边。韩满财和许二柱是吴仲达硬拉着入座的，两个卑微的人有些受宠若惊的感觉，夹菜的手似乎有些颤抖，对别人递上的酒杯，一一喝了下去。桌上的两瓶大曲见底了，吴老六又抱来了两瓶，满桌的人，你吹我捧地夸着吴仲达的能干，蔡志昌多次和满财碰了杯，还有村子其他几个能人不仅和满财碰了杯，还直夸满财的两个娃娃有出息，身边的韩满仓好像被忽略了，他恨不得找个地缝钻进去，尴尬、无聊地抖着自己的双腿。

韩满财如做梦一般，今天居然坐在了支书家的堂屋里。以往遇上村子里人家的红白喜事，他来不来根本没人关注，即便来了也没人留意。自己到人家的厨房端上一碗饭，圪蹴在一个不起眼的角落，独自吃着，也没人给他让烟，更别想上桌与村里的日能人碰杯了。

人啊，总是这么现实。当曾经看不起你的人开始尊重你、殷勤你时，从深层次的角度讲，不是别人变了，而是你变了。

几杯白酒下肚后，韩满财双颊绯红，脖子上的青筋充血而膨胀，如同一条条蠕动的小蛇。他失去了拘谨，靠在吴仲达的沙发背上，红色、蓝色破布条接在一起的裤腰带也松开了，呼吸有些急促。不知何时，蔡志昌已经坐在了韩满财的身边，一只手搂着韩满财的肩膀，对着韩满财耳朵说了一些什么关于谅解、原谅的话语。突然间，蔡志昌歪歪扭扭地站了起来，拍着自己的胸脯说道："请大家……见个……证，从……今儿个……开……开始，我和……满财……就是……好……好弟兄，他们……家……的……事情，就是……我……蔡志昌……的……事……事情。"说话间，蔡志昌又喝下了一杯酒。韩满仓狠狠地瞪了一眼蔡志昌，一股无名的怒火蹿了起来，气急败坏地出了吴仲达的堂屋门。

生活啊，也许就是如此吧！回头看看自己走过的路，谁也想不到明天自己究竟会变成怎样。昨天是险阻，是坎坷；今天是平坦，是光环。有了这些回味，也许我们才能真正地认识社会，看清自己，会在之后的生活中找到属于自己的正确定位，进而朝着自己努力的方向不断前行。

吴仲达拉着许二柱的手，摇摇晃晃地在院子里说着只有他们知道的话语。

一直闹到了深夜，走出吴仲达院门的男人们几乎全部跟跟跄跄。许二柱搂着韩满财，头上偏戴着鸭舌帽，也不知道是不是自己的，两人你推我搡、语无伦次地和吴仲达告别。

在夜晚明亮的月光下，他们跌跌撞撞、歪歪倒倒地走回去，就像满财以前的生活道路一样……

第八章 收 获

金秋九月，硕果累累，是收获的季节。退却了夏天的燥热成熟的庄稼地、迷人的山色，是韩家庄一道亮丽的风景线。韩晓慈在母亲的帮助下，正在拾掇着去石门乡中心小学任教的行李。

韩满财目光充满甜美，早早套好了骡车，等在院门口，装上晓慈的铺盖，牵着大黑骡子，挪动开双腿，下了门前的坡道。穿村而过的时候，村庄里老汉、婆姨、娃娃，还有几个务工回来收庄稼的男人目光齐刷刷地聚焦到满财父女身上，羡慕地看着，嘴里不断地咂舌，在他们的眼里满财好像要送晓慈去省委，甚至中央机关上班一样。不停摆着手和他们父女热情地打着招呼。韩满财一直咧着嘴，给打招呼的乡亲们重复着同一句话："送娃娃去乡中心学校上班。"

山地里收庄稼的人们看见他们的骡车时，不约而同地放下了手里的镰刀，眯着眼，招着手，远远地瞩目好久。在山湾劳作的韩满仓，看到满财扬眉吐气地牵着骡子缰绳走在公路上，莫名其妙地把身边劳作的儿子韩晓平踢了一脚。只听见韩满仓嘴里絮叨了好几遍："不听话的东西，让你不好好念书。"

韩满财从来没有像今天这样，以往在村里都是颔首默走，村里乡亲哪有闲情逸致去关注他。今天，他终于在村子里抬起了头，神清气爽，头昂得很高。路过几家不常交往的乡亲院门时，满财头扬得就更高了，好像别人看不见他似的，对乡亲殷勤的招呼，嘴唇有些颤抖地回应着，神采奕奕。这次满财可是在村子里真正放了一次光彩，比买上摩托车的吴建伟还要满足。他强烈地感受到，这才是活人，以前那是过日子。受到别人真正的尊重，原来是这么美好，满财自尊心得到了极大的满足，根本感觉不到自己脚是跛的。

跟在父亲后面的韩晓慈，俨然一副公家人的装束，加上她曼妙的身材和俊俏的长相，让村子几个还未找到对象的男青年心花怒放，不自觉地流出了口水。晓慈从来没有在村里人面前这么高调出现过，多少有些紧张，不好意思地低着头。

几个调皮的碎脑娃娃，不远不近跟在他们父女身后跑了好一会儿，嘴里很有节奏地喊着："韩晓慈，俏丫头，穿新衣，买皮鞋，吃公粮，端铁碗……"韩满财对娃娃们的喊叫声，不理不睬，嘴咧得更大了。

梁二老汉侧躺在马路上面的山湾里，骡蹄子敲打路面的沙沙声由远及近地朝梁二老汉的方向传来，看到满财父女后，放出了高亢的声音和着轻柔的微风在田野里荡漾开来：

羊羔羔吃奶跪下吸，

黑老鸦也有反哺情，

人家嘛娃娃好福气，

娘老子跟着享上福，

老汉嘛无牵也无挂，

过了晌午呀盼后晌。

梁二老汉唱完后，引来了山地劳作人们的一阵低声细语。

走出韩家庄的时候，满财坐在了车辕上，大黑骡子蹄子踩得脚下石子"嘚嘚"发响，时不时打着响鼻。一股凉风吹开了满财破旧的上衣。满财嘴里来回哼哼着一句不成曲调的歌词，具体什么曲词，坐在后面的晓慈也没听明白。总之，满财的情绪是高昂的，心情是美妙的。

看着前面车辕上的父亲，晓慈由衷地希望自己的父亲一直这么开心下去，一种无以言表的幸福感涌上了心头。

拐出山沟，视野一下子开阔了，公路边两排整齐的白杨树一直延伸到石门乡街道，河道里的流水拍打着河岸，流向远方的港湾。麦田里庄稼人扎下的吓唬麻雀的假人，在秋风的吹动下，花花绿绿的飘带迎风起舞，别有一番风味。

过了石门乡人民政府，正前方有两个用砖块砌起来的方形大柱子，柱顶两端横跨着一块呈弧形的钢铁架构横梁，横梁上焊接着用白油漆刷亮的七块圆形铁皮上写着"石门乡中心小学"七个黑色楷体大字。

走进敞亮的校园里，正中间一排新盖的红顶瓦房格外亮眼，大门左右各有两排青色的瓦房，给人一种古朴的感觉，瓦房前后间隔 10 米的距离，两边空地上各放置着 3 个用石头、砖块垒起来的乒乓球案台，面子用水泥灰抹得平整光溜，案边的棱角让小学生的袖口磨得黝黑发亮。每栋房子之间和进入校园的人行道用砖块铺设得齐齐整整，青色的瓦房是学生的教室，新建的红色瓦房是老师们的办公室和会议室。穿过红顶瓦房，是小学的篮球场和足球场，操场的左上角是男女生厕所，右下角是单身教师宿舍和教师家属院。

在负责后勤管理的一位头发花白的老师办公室，晓慈领到了宿舍门的钥匙，面善的后勤老师关切地指着单身教师宿舍的方向，顺手指了一下教师食堂。

到达宿舍门口，晓慈把钥匙插入锁孔的时候，门从里面打开了，薛莉莉灿烂地笑着，迎接着她的到来。六年的同窗友谊，眼下又开启了同事情谊的大门。两个人原以为自己将要散落在石门乡各处的学校里任教，但没想到竟然都分配到了条件最好的中心学校。两个年轻的面孔，相视一笑，紧紧拥抱，格外开心。

几千个日夜的努力，换来了今天的收获，这里是自己职业生涯的起点、社会生活的开始，晓慈在薛莉莉的帮助下，认真地收拾着自己的床铺。

这一夜，是一个让晓慈激动、憧憬、兴奋、向往交织引发失眠的夜晚。此时，她不由自主地想起海子的一首诗句，那行美丽的诗句似乎在耳畔回荡：

第八章 收获

"从明天起，做一个幸福的人……面朝大海，春暖花开。"

每天清晨，晓慈第一个起床，拉开宿舍里她们特意挂上的粉色窗帘，她喜欢让早晨的第一缕晨风吹拂脸庞的感觉。她细致地收拾着宿舍里的角角落落，轻声唱着自己喜欢的歌曲："年轻的朋友们今天来相会，荡起小船儿暖风轻轻吹，花儿香鸟儿鸣，春光惹人醉，欢歌笑语绕着彩云飞……"在她收拾宿舍的时候，薛莉莉躺在床上，伸一个惬意的懒腰后，俏皮地说道："瞧你那个傻样吧！"晓慈总以笑声回应薛莉莉。

新环境，新面孔，新身份，一切都有新意，使得晓慈信心十足，激情四射。课堂上，绘声绘色、潇洒自如地讲解；课后，认真备课，细致批阅学生作业。快乐像海水的层层叠波，她像一条幸福的小鱼儿，龙飞凤舞地在自己港湾潇洒遨游。

石门乡中心学校一下来了两个漂亮的女教师，让石门乡人民政府、变电站、信用社、粮站等单位的单身男青年蠢蠢欲动。甚至石门乡街道里有些干个体的小伙子，也在摩拳擦掌、跃跃欲试。这群青年组成的群体，发动自己的关系，争先恐后地四处打听着韩晓慈和薛莉莉的情况。

晚饭后，越来越多的年轻小伙不约而同地来到中心学校的操场打篮球，由于拥挤和脚掌的踩踏，学校操场上空一阵一阵飘过一层尘灰，呛人的白土直往鼻孔里钻。这些人多半不是来打篮球的，目的是瞄一眼中心学校的两个俊老师。这个时候，晓慈和莉莉基本紧闭宿舍门，如果中间出来去趟厕所，二三十双酸涩的眼睛会目不转睛地送她们去厕所，让她们后背一阵火辣辣的难受。

不知是谁先打听到了韩晓慈是黄金旺妻子的侄女，消息不胫而走，让乡政府大门左边开门市部的黄金旺一下子牛了起来，来他店里买东西的人多了起来，生意更加红火了，就连离门市部最远的粮站职工都来他这里购货。

此前，黄金旺基本看着公家人下班就关门了，近一段时间，公家人一下班，他这里的生意更好了，买烟的、打酒的越来越多，这些人来了，总要在他这里踅摸好长一段时间，打听的情况越来越多是关于韩晓慈的，甚至还有关于韩满财的。而他发挥着生意人伶牙俐齿的专长，吹吹打打地夸着自己的连襟和优秀漂亮的侄女子。说着两家关系非常要好的话，满财对他的话言听计从……

这些吃公家饭的人，买完东西散去后，黄金旺内心又多了一份失落，好像很久以前去过韩满财家一次还是两次，已经记不清楚了。当务之急，是要请晓慈来家里吃一顿晚饭。

午饭后，黄金旺一家忙了起来，又是杀鸡，又是买肉……专门叫来了出嫁到同村的姑娘，晚饭前妻子专门跑到了晓慈的宿舍，死缠硬拉着晓慈往家里带。

当晓慈和黄金旺妻子一前一后走在石门乡的街道里的时候，几个与黄金旺妻子要好的同村的女人专门跑来打听了一下这个漂亮丫头。看着自己熟悉、亲切又陌生的大姨，想起母亲在夜里给她讲过的去大姨家借钱遭拒的事情，晓慈有点后悔到大姨家吃饭的草率决定。她是一个爱憎分明、敢爱敢恨的女孩，虽然受到过良好的正规教育，对农村的一些恶俗在心里进行过批判，但在对待一些具体问题时又矛盾地用农民的方式思考。

下午，黄金旺早早关了门市部，门口贴着一张长方形红纸，歪歪扭扭的八个黑色毛笔字，高调地写着"家里来客，今天歇业"。

晓慈跟在大姨的后面，想起了许多，小时候，跟着母亲他们兄妹来过大姨家几次，在乡里上初中时，和哥哥去过一次，大姨夫好像不怎么喜欢他们兄妹俩，递给他们吃食时，鼻子不是鼻子，眼睛不是眼睛地挑剔他们兄妹的毛病，后来他们兄妹就再也没去过大姨家了。此刻，她用庄稼人憨厚的精明思考着一场所谓的报复计划。

拐过巷道口，黄金旺等在自家门口，望见远处的晓慈后，黄金旺笑吟吟、乐颠颠地迎了上来，嘴里满是抱怨的话语："这丫头，上班这么长时间了，也不到家里来坐坐。"

饭桌上，早已准备好的丰盛晚餐尽收眼底，有荤有素，红的红、绿的绿，色味俱佳，让人看后垂涎欲滴，食欲大增，一副殷实家庭的待客做派。黄金旺一家问长问短，又是夹菜，又是盛饭，相互倒换着桌上的盘子，忙得忘乎所以，满眼都是晓慈，忘记了坐在饭桌右边出嫁了的亲闺女。

饭后，桌子上摆放了水果、瓜子、糖果。黄金旺一遍遍地礼让着晓慈。大姨看着这个出息了的俊丫头，夸奖的词语用了一箩筐。晓慈只是笑着，接过大姨递过的苹果后，说道："大姨、大姨夫，我有个事情一直憋在心里，想问一下你们。"

"你问。"黄金旺两口子几乎异口同声，两双眼睛盯在了晓慈的身上。

"我妈去年做手术时，谢谢你们借钱给我们家，要不我妈的病可危险了。"晓慈故意这么说，想让黄金旺两口子难堪。

黄金旺两口子互看了对方一眼，黄金旺妻子说道："好丫头哩，你妈妈借钱的时候，家里钱全部进货了，没有剩下一分钱，拿啥给你妈啊！"

"哦，我还以为在我们家最落魄的时候，在我妈妈生命危急的时刻，是你们帮我们呢，大姨，我在心里还一直感激你和大姨夫呢，想着怎么报答你们呢。不过也不能怪你们，我们家穷呗。"晓慈脸上带着一种很不自然的笑容。接着说道，"怪不得我妈从你家回去后，伤心了好几天。大姨，你是我妈至亲至爱的姐姐，妈妈从来没有向你开过口，村里看不起我们的人看我们笑话，在困难的日子里，你们也不帮我们一把，害怕我们穷家还不起你家的钱啊。"晓慈还是笑着，夹杂着一种说不清的表情。心里好像在说："你们莫把人看扁了。"她似乎意识到自己言语的错误，心里好像又在说："这不是一种有力的反击和报复吗？"

"哪有，你这个丫头和小时候一样，心好嘴不饶人。"黄金旺妻子笑得十分尴尬，黄金旺不知所措地将面前的水果盘往晓慈前面推，让晓慈吃苹果。

"嘿嘿嘿，大姨、大姨夫，我还得给学生批改作业，你们忙着，我先回去了。"晓慈尽量保持笑脸，说着起身了。

"天还早呢，再坐一会。"黄金旺挽留着。

"不了，有时间我还会来。"晓慈已经迈开了脚步。

"记得要经常来啊。"黄金旺跟在晓慈后面，送到了院门口。

"我记下了。"

从大姨家出来后，西边落日的余晖照红了一片片云朵。晓慈觉得用这样的方式回击大姨和大姨夫很满意。转而，她感到一种隐隐的刺痛，觉得自己说话有点过分，不能按照自己的偏见下意识地去贬低亲戚。大姨也许真有自个的难处，无论亲戚也罢，朋友也好，帮你是情分，不帮你是本分，不能用自己的逻辑对待大姨一家，在内心中强烈自责。

思绪不由自主落在了自己母亲那张愁容满面的粗糙的脸庞上，她后背有些渗汗，吃下去的美味佳肴好像顺着自己的脊背倒插在胃里，翻滚得极度难受，犹如芒刺在背。

她的思绪不受控制地飘到了小时候的画面上：母亲为了她和哥哥冬日能穿得暖和些，把自己棉袄里的羊毛拆出来，给她和哥哥续棉袄。一个冬天她是怎么度过的，何况那年冬天那么冷。当其他小朋友在她面前说"瘸子配瞎子，没有好日子"时，她就和别人拼命吵、拼命打。为了自己父母的颜面和兄妹的尊严，她和哥哥经常也是伤痕累累。身体表皮的伤好了，留在心里的伤疤犹如昨天一般疼痛。

她刚刚来到这个世界的时候，肯定是单纯而善良的。不是她不能坚守最初的纯净和美好，而是没有真切地感受到人情冷暖。当明晰地感受到痛苦时，才发现原来不是所有的微笑都能够换得应有的尊重。于是学着去适应，或者说学着改变，变得不再单纯和善良。

晓慈的匆忙离去，让黄金旺郁闷了好一阵，不断抱怨自己的妻子不会说话。他们明显感觉到了晓慈的不舒心，看到了晓慈眼中的反感和憎恶。请来的贵客不欢而散，黄金旺心情是压抑的，他很清楚，以后晓慈很有可能要嫁给"公家人"，万一要有个啥事，求人也能找个门路。他又为没给韩满财妻子借钱的事情自责，责怪着自己的妻子，口气生硬地说道："当时你妹妹来借钱，就应该借给，那钱留下能下崽啊，满财家的娃娃这么有出息，还害怕还不上两个臭钱啊。"

"你没开口，我怎么借啊。"妻子反驳道。

"操你妈的，是你亲妹子，又不是我亲妹子。在家里，你做主的事情还少吗？"黄金旺爆了粗口。

夫妻两人争吵了很久，未来得及送一下出嫁了的女儿。屋子里的灯一直亮着，也没人去关，夫妻两人翻来覆去，彻底失眠了。

黄金旺又点燃了一根烟，炕栏石边放的烟灰缸插满了烟头，他有了自己新的打算，想在过年时主动上一趟韩满财的家门，拉近一下两家的关系。

夜里，韩满财坐在打麦场的一个麦垛背后，山地里的庄稼丰收了，加上自己高昂的情绪，今年农活干得比往年都利索。此刻，额头的皱纹舒展开了，卷起两个裤管，在地上划拉着只有自己能看懂的符号，计算着今年的收入。

对韩满财来说，这是一个风调雨顺、收获满满的好年份。

第九章 请 客

残风卷碎了最后一片秋天的黄叶。

冬天悄无声息地来到了韩家庄，像柳絮一般的雪花，轻飘飘地洒向大地，整个世界仿佛一下安静了下来。清晨，白茫茫一片，地上铺了一层厚厚的雪毯，光秃秃的树干也披上了银色大衣，到处一片洁白。北风呼呼地刮着，将丝丝寒意悄悄渗透到人们身体里，家家户户的烟囱里都冒着青烟，袅袅升空，整个韩家庄笼罩在寒冷的氤氲之中。

太阳刚刚从东边的云阳山顶冒出，红光四溢，温和得如母亲绵柔的手。在院门口，韩满财双手放在破旧的棉袄里，面朝太阳，后脑勺顶在自家墙角上，时不时地跺着双脚，脚上一双黑色皮鞋格外惹人眼，这是晓慈用第一份工资给他在县城百货市场购买的。他那双生冻疮的脚，在皮鞋的庇护下，也许能平安过冬。双脚暖烘烘的，心里美滋滋的，两只眼睛眯成了一条线，正享受着冬日的暖阳。

对面山湾里的梁二老汉手里拿着方头大铁锹，院子里的雪堆一铁锹、一铁锹往院门外的一棵杏子树下垒着，来来回回，慢慢悠悠，劲使得很匀称。时不时摸一摸被积雪压得垂下的杏树枝条，他疼爱这棵杏子树。这两年牙口越来越不好，自己树上的杏子虽然一个也没吃，但是村里的娃娃们却没少吃他的杏子，尤其在杏子成熟的时候，会招来村里不少小学生，他站在树下，满意地给娃娃们分配自己的杏子，甭提心里有多快活。

劳动是艰辛的，但也有收获时的快乐和喜悦。

铲完地上的雪后，梁二老汉手撑在铁锹把上，望着远处白茫茫的群山，扯开了嗓子：

> 红彤彤的太阳照沟沟，
> 白花花的雪片盖山头，
> 大路上的妹妹好好走，
> 莫要回头啊招手手，
> 你那手是招魂的印，
> 哥哥容易着上个病。

蔡志昌听着梁二老汉的酸曲，手抄在后面，出了院门，朝着满财院门的方向张望了一下，不慌不忙地迈开了双腿。

"咳……咳……"两声有气无力的咳嗽声，满财不紧不慢地睁开眼睛，像刚睡醒的孩子一样懒懒的。蔡志昌站在满财右侧，学着满财的样，靠在了院墙上，好像两个没有及时完成作业受到老师罚站的学生娃娃一样，似乎谁也没有做好说话的准备。

太阳慢慢地升高，地面的雪层无声地消融着，村子里公路上来来回回的人越来越多，小娃娃们吃过早饭后在自家门前又蹦又跳，胡乱喊叫着。散落在村子里的羊倌们吼喊着打开了羊圈门，驱赶着自己的羊群往山上走，村子里立刻升腾起一阵咩咩的羊叫声，韩家庄也跟着热闹了起来。

"我知道，你还在生我们两口子的气，我婆姨虽然上了你的家门，你们口头上答应谅解我们，但心里还在恨我们。我们腆着老脸借给你们两千块，哎……这钱在你家过了个夜，你婆姨就急急地给我们退还回来了。看来你是不会真心真意谅解我们了。"蔡志昌慢吞吞地说，满脸没有任何表情，望着眼前灰塌塌的大山。

"蔡哥，没有的事情，万万不要多心，我们两口子不是你想的那样。主要是晓丰娃上学的钱够了，晓慈也上班了。暂时再也没有用大钱的地方，所以就……"韩满财似乎在安慰蔡志昌。

"也对着哩，那河滩里的地，你总该种吧。如果不种，河滩里我送还给你的地，说明你这辈子也不原谅我们了，两家的仇算是结深了。"蔡志昌有些着急。

"好好好，河滩地我们春上肯定种，这你总该放心了吧。"韩满财转过脸，盯着蔡志昌。

蔡志昌似乎还是有些不放心，没有任何表情的脸上露出了十足的疑惑。

韩满财看穿了蔡志昌的心思，继而说："咱男人一口唾沫一个钉，说话算数。"

"哎呀，我相信你哩。"蔡志昌脸上泛起了一丝红润，继续说道，"下午，我让琳琳丫头来请你们两口子到家里一起吃顿便饭，咱们两家要好好说一会儿知心话。"

"饭就不吃了，好意我们领了。"韩满财一边辞让着，一边使劲挠着自己发痒的后背。

"哎，必须来，你去给晓丰妈说一下，晚饭不要再做了。"蔡志昌边说边起身，还没等满财推辞，便下了坡道。

从安排妻子主动上门，到在村支书吴仲达家酒后的高调表态，蔡志昌在众人面前丢尽了脸面，对满财积极主动的讨好表现得无以复加。对他这个村里的能人来说，在韩满财夫妻面前，几乎都有些作践自己。过去在满财面前趾高气扬，何曾正眼瞧过韩满财一家。现在，在满财夫妻面前变得低眉顺眼，无论自己两口子怎么低三下四，满财两口子好像还是不领情。在村里人面前，谁人不高看自己。而今，从来没有这么下贱过，倒究为了啥，难道仅仅是为了能找个可心的女婿吗？是，好像也不是。他矛盾着，思想像一锅煮沸的开水，翻腾得比较厉害。

午饭后，蔡志昌两口子便早早地忙活起来，鸡圈里最大的一只红公鸡已经搁在了菜板上。文琳忙前忙后，开心得有些过头，文霞不能体会父母的用意，只得顺从家里大人的安排，在她母亲的指挥下择菜、和面。

离晚饭时间还很早，蔡志昌家的烟囱里青烟缭绕，来小卖部买东西的乡亲们都能闻到香喷喷的炒鸡肉味。蔡文琳快速地打扮了一下，快捷如飞的脚步朝着韩满财的院门。十几年没有来过韩满财家，整个院子、屋子还有屋里摆放的东西，和她穿开裆裤来过的时候一模一样。一切犹如昨天，熟悉的画面，让她喉咙里发堵，内心如针扎一般，疼惜着自己深爱的晓丰。

在蔡文琳的软磨硬泡下，韩满财夫妻俩出门了。满财妻子没有合适的理由或借口拒绝这个上门的娃娃，因为她觉得自己欠文琳丫头的情，多少次在蔡家的小卖部里，这个娃娃体谅他们的难处，没收过她一分钱。要是换蔡志昌家的其他人，她死活也不肯去。眼下，她不好意思夺了文琳的脸面，再说，她也打心眼里喜欢这个俊丫头。

韩满财夫妇刚跨入蔡志昌院门，蔡志昌两口子就笑呵呵地迎接这两位特殊的"贵客"，欢迎这类的词语在蔡志昌妻子嘴里不停地重复着。蔡志昌不愧在外面闯荡多年，见过世面，拉着满财的胳膊说道："贵客到来，蓬荜生辉。"满财根本没听懂蔡志昌的话，舔了一下两片无知的嘴唇，问蔡志昌："蓬荜和生辉是谁啊？"蔡志昌不知如何作答，自顾自地笑了起来。

韩满财结婚后，再也没上过蔡家的门，何况，两家还有过不愉快的过去。婚前，曾来过蔡志昌家几次。那时候，蔡志昌还和他父母挤在一院旧房子里，和自己的房子也没什么区别。而今，旧房子早成为回忆了，变成气派的七间拔廊房子，主墙、跨墙都是用砖块砌起来的，主墙砖缝全用白色的石灰粉填充，缝隙勾得细腻流畅，非常讲究。廊檐下一尺宽、约莫七寸厚的一排木板，上面雕着镂空的图案，有山、有水、有花、有草，折射着匠人不凡的手艺，和整个房子搭配得浑然一体，看上去别具一格。

屋子里归置得更加讲究，家具色系完全一致，擦得明明亮亮，碎小东西摆放得整整齐齐。蔡志昌夫妇再三地把满财夫妻让到前不久新买的沙发上落座。说话间，蔡文霞已经倒好了茶水，沙发前面的深红色长条木桌上摆放着一碟瓜子、一碟花生、一碟糖果，摆出了一副城里人的待客样子。

韩满财妻子虽在蔡志昌妻子主动上门借钱的第二天清早，来过一次蔡志昌家里，但急急进门，匆忙放下钱又急急出门了，根本没来得及也没任何闲情逸致来欣赏蔡家的房屋。此刻，她左眼滴溜溜转动着，细致地观察着蔡家的屋子，似乎没有任何一丝落下的痕迹。

两个丫头在蔡志昌妻子的率领下，利利落落地开始上菜。蔡家人不停地招呼着满财夫妇夹菜，时不时用自己的筷子给满财两口子夹着菜。蔡文霞把主食端上了桌子，满财夫妇窘迫地吃着蔡家的饭和菜，连嚼菜的声音都变得很小。眼看饭吃得差不多了，蔡志昌从柜子里拿出了一瓶浓香型好酒，这还是他供销社上班的亲家送给他的，他一直没舍得喝。

蔡文琳倒了满满四杯，放在两家大人的面前，转身帮二姐蔡文霞收拾碗筷，出了堂屋，在厨房里刷洗锅碗瓢盆。

蔡志昌夫妻举起杯子，在他们站起来的同时，韩满财夫妇赶紧站了起来，蔡志昌抑扬顿挫地说道："女人们就此一杯，再也不让多喝。一来欢迎你们两口子上门，二来感谢你们能够冰释前嫌，三来希望我们两家常常走动，弥补这近二十年交往的空白。干杯！"就这几句话，如果放在前几年，蔡志昌根本不会说得这么主题突出和层次分明，这一切缘于他亲家的熏陶，让这个精明人能上得了大台面。

韩满财妻子十分拘谨，碰杯的手在瑟瑟发抖。

韩满财嘴唇颤抖着，想说什么，但憋了半天，似乎说不出一句回敬或感谢的话语，一口吞下了满杯酒，呛得咳嗽了起来。妻子赶紧递上了茶杯，蔡志昌在他后背轻拍了几下。韩满财呷了好几口茶，呼吸才顺畅了许多。

两个人你一杯、我一盏，喝得越来越多，话也越来越多。相互吹捧起来，韩满财整个脖子和脸红得通透。"你蔡哥本事大，日子过得好，我一个穷家，和你们家的一丁点都比不了，你家里要钱有钱，要粮有粮，我……"满财有些难受地说不下去了。

第九章　请　客

蔡志昌大喘着气，太阳穴上的血管剧烈地跳动："好兄弟啊，你能看得起我，还能原谅我们的过错。现在好日子不算啥，日子一直好才是真正的好。日子好坏是由人创造的，只要人有本事，就没有过不上的好日子。你家的两个娃娃，让你调教的本事大着哩，我羡慕都来不及，你满财兄弟才是韩家庄真正的能人啊。"

两个男人，你一言，我一语，相互吹捧了很久。两个女人坐在不远处，谈论着一些无关紧要的话题。

夜已经深了，蔡志昌安排文琳送满财夫妻回家。满财妻子搀扶着自己的丈夫，蔡文琳打着手电筒，把晓丰的父母送回了家里。即便自己的父亲不安排，她也要送晓丰的爹妈，这是她最乐意干的事情。对今天父母的请客，她十分满意，表现得最为积极。

第二天，蔡志昌请韩满财夫妻上门吃饭的话题在韩家庄的女人们之间悄悄四处流传，甚至也有部分嘴碎的男人在添油加醋，被加工得越来越邪乎。在村子的一个角落里，七八个人挤在一起，有男人，有女人，谈论着这件让他们感到匪夷所思的事情。有人说："蔡志昌不仅把河滩地给了满财，还在满财面前下跪道歉哩。"有人马上反驳道："是满财夫妻上门跪求蔡志昌，蔡家看他们可怜，才给的河滩地。"更有人不甘落后地说道："哎呀，你们说的都不对。以前蔡志昌占满财地的时候怎么没见他可怜。其实，是满财托蔡志昌找他供销社的亲家，要把韩晓慈调到县城学校去教书，满财是上门送礼的。"连送的礼品和给的现金都编得有棱有角，好像自己亲眼见证和参与了这件事情。

总之，韩满财和蔡志昌算是攀上交情了。站在蔡志昌一边的许多村里人，都在心里骂蔡志昌没出息。后悔当初跟在他后面帮腔，说韩满财的坏话，在蔡志昌强占韩满财河滩地时落井下石，共同欺负残疾的韩满财夫妇。

虽然他们中间的部分人早就开始和满财谈攀论交了，但也只停留在口头上，没有实质性的动作。从蔡志昌妻子的主动上门，到在吴仲达家蔡志昌酒后的高调表态，再到请韩满财夫妻上门。这一系列的事件，无不向村里释放着强烈的信号：蔡志昌正在向韩满财示好和靠拢。蔡志昌葫芦里具体卖的什么药，他们还不明白。但可以断定，蔡志昌和韩满财只会越走越近，不可能再像从前那般疏远了。

他们本来和韩满财没有任何过节，只是想攀上蔡志昌这棵村里的大树。自己觉得和满财不来往，困难时就会得到蔡志昌的帮助。这些年，蔡志昌似乎也没有在自己困难时提供过任何帮助，如今，再也不能跟风扬场了。他们似乎越来越明白，自己的事情还是得用自己的脑子，用他人的脑子办自己的事情，只会越办越糟，有可能还要断了自己的路。不管怎样，还是要先和满财搞好关系，每个人都在心里打起了小算盘。

无论是韩满财主动上蔡志昌的家门，还是蔡志昌邀请韩满财上门做客，在村支书吴仲达的眼里都无关紧要。最令他头疼的是二儿子吴建伟的婚事，买上摩托车的当天，村里人全来恭喜的时候，借着酒劲，自己和许二柱虽扯东拉西地说了好多，但一句关于儿子婚事的正题也没顾上说。现在，吴仲达跷着二郎腿，手里夹着半截烟卷，头靠在沙发背上，额头上的皱纹挤在了一起。

"哎呀呀，蔡志昌都能请韩满财上门，我为啥不能请许二柱到家里吃一顿饭？聪明反被聪明误啊。"吴仲达右手在大腿上拍了两下，为自己想到的好主意乐得手舞足蹈。此刻，他从蔡志昌夫妻的一贯表现中，坚信了韩满财是蔡志昌请上门的，具体两家有什么秘密，他也顾不上管，反正和自己也没多大关系，着急忙慌地穿上棉袄出了门。

一只喜鹊不早不迟地飞到了自家院子里一棵白杨树上"喳喳喳"地叫着，吴仲达心里觉得，他要办的这件事肯定能成，喜事就要降临了。

出了自家院门，四下张望了一下，下了门前的坡道，远远看见许二柱正赶着几只瘦羊在河道里的一处冰窟窿里饮水，他大步流星地朝着许二柱走去。

吴仲达喜笑盈腮地站在许二柱身边，无话找话地说："怎么这么早饮

第
九
章

请
客

083

羊?"

"昨天我出了趟远门，回来天都黑了，家里的娃娃们根本不操心，连羊都忘记饮了。"许二柱抱怨自家孩子的不成事。

"娃娃们，有些事情根本指望不上，家里的事情就没操心的习惯。"吴仲达说着，掏出了口袋里的纸烟递给了许二柱，划着一根火柴，先后点燃了两个人手里的纸烟。他提了一下自己的帽檐，问许二柱："下午，你没啥事情吧?"

"没啥事情。"许二柱紧张地急速回答。

"是这样，你晚饭不要在家里吃了，来我家里吃，我想和你谈些事情。"吴仲达又提了一下自己的帽檐，帮着许二柱赶河道里乱跑的羊羔。

"我吃罢饭再来，乡里乡亲的，怎么能到你家里吃饭。"许二柱推辞着。

"哎，又不是什么山珍海味，一顿家常便饭，再不要推脱。我等你，早点来啊。"吴仲达一边说着，一边朝小石桥走去。

许二柱瞧着吴仲达的背影，对吴仲达的异常举动受宠若惊，恰似一个丈二和尚——摸不着头脑。支书请了，不能不去。自己儿媳妇生了两个丫头，有可能要与他谈计划生育工作，许二柱猜测着吴仲达的请客用意。

吃过午饭后不久，许二柱便早早地来到了吴仲达家里。

两个人坐在堂屋的沙发上，无话找话地闲聊着，吴仲达时不时地说上几句上级领导重视农村发展的话语，畅谈着农村美好未来的一些不着边际的套话。

因许二柱的早到，吴家今天的晚饭比往常丰盛，更提前了许多。晚饭后，吴仲达打发走了自己的妻子和儿子，拿出了上墙柜子里存放了好几年的两瓶酒，两人慢慢地喝了起来，聊天的话题也渐渐接了地气。

吴仲达转弯抹角地夸了一会自己的儿子，又夸奖着许二柱的女儿。进而讲着计划生育政策，似乎有意提醒许二柱。

许二柱喝得有点多了，对支书夸奖自己女子的话语没有听进去多少，对计划生育政策倒是全部听进去了。他两只手在胸前来回摆动，说道："支书，如果是因为我儿媳妇生下两个丫头的缘故，这顿饭你就没必要请我，你直接安排就行了。我们虽然是个穷苦老百姓，但对党的政策还是要积极落实哩。我知道，计划生育工作是现在农村的重要任务，对你的工作我家更要积极支持哩。"许二柱说得有些口干舌燥，满满喝了一口水，继续说："前天夜里，我们一家人商量了一下，生两个丫头好着哩，咱们家不能和上面的政策对着干。我许二柱服从政策，你该给乡里上报就上报，年后收拾一下，我安顿儿媳妇去乡里结扎。生个男娃是为了自己死后过年过节的时候有个后人上坟。死都死掉了，还能管以后的事情嘛。秦始皇那么厉害的人，现在谁知道他的后人啊！"许二柱激动地站了起来。

吴仲达拉着他坐下，又碰了好几杯酒，许二柱酒量明显不是吴仲达的对手。大喘着气，趴倒在了面前的桌子上，嘴里还在断断续续地说着计划生育、后人之类的词句。眨眼的工夫，呼噜声已经响了起来。

吴仲达肠子都悔青了，面对这个粗鲁人，自己不该拐弯抹角，应该直奔主题。没想到，这个许二柱死活不上套，这顿饭算是白请了，他惋惜地拿起了桌上的两个空酒瓶摇了一下。随后，他叫来了儿子吴建伟，搀扶着许二柱出了门。

洁白的月亮挂在了白生生的天空中，星星闪闪发亮，吴仲达脸上写满了失落，望着空中的月亮深深地吸了一口气。随后，"唔……"发出了呻吟般的叹息声。

第十章　表　扬

"好球，传过来啊……"

中心学校外面能清楚地听到校园里的喊叫声，操场上打球的单身男青年们并没有因为天气变冷而减少，热情反而更加高涨。面对两颗又软又美的好果子，他们动用着一切可以利用的关系，千方百计地想着吃下其中的一颗。

晓慈对这群男青年极度厌烦。最近一段时间，她吃过晚饭后，便默默地在办公室里逗留很久，直到这群令她厌烦的青年男子散去后，才慢腾腾地回到自己的宿舍。

刚开始的时候，坐在办公室里，晓慈心里烦躁得要命，一直在咒骂这帮令她憎恶的家伙，内心像一个被人不断投入石子的湖面，长时间无法平静。经过一段时间的自我调整，她渐渐喜欢上了这里，初夜的办公室如同自己地区师范学校的"安乐园"。可以安静地在这里思考自己教学的不足，如何引导班级调皮捣蛋的学生爱上书本，爱上学习。这期间，晓慈几乎把学校征订的杂志和报纸翻看了个遍，报纸上介绍其他地方教学特色方法的文章着实让她着迷，阅读后她紧闭双眼，结合自己教学实际，认真思考，并在第二天的课堂上付诸实施，细致地观察学生们的变化和反应，令自己不满意的地方在夜晚继续思考和完善教学方式方法。杂志上关于提高教师教学能力等方面的文章，她基本上一字不落地认真研读，甚至还专门摘抄在了精心准备好的笔记本上。

得到回报或收获的前提是辛勤的汗水和努力，这似乎已经是一个深入人心的道理。晓慈的付出收获了丰硕的果实，期中考试后，二年级一班、二班的语文和五年级一班的数学成绩在全乡学校中都是最高的。五年级一班的数学成绩甚至超过了县城学校同级学生成绩。要知道，中心学校的五年级一班在她任课前是学校老师认为最差的一个班。在晓慈的教导下，这个班级现在是呱呱叫的好班。连学区领导和校领导都主动要求听她的课，凡是其他学校来人要听课的，校领导都会安排在晓慈的课堂上。学校内部还组织其他老师轮流到晓慈的课堂听课。她是中心小学名副其实的教学能手，"教学能手"这四个字并不是她自封的，是全乡教师会议上学区领导讲话时评价她的词语，并且她的名字在大会上多次被提到。让学校好多资历老的老师眼红，甚至嫉妒。

时间，是奋斗者的忠实见证。

这一喜人的教学成绩，让她更加体会到了"一分耕耘一分收获"这句话的真正含义。连她的好朋友薛莉莉似乎也不像以前那样过分亲近她了。在每天夜里睡觉前，晓慈主动会把自己当天的所学所思，及时给好朋友薛莉莉分享，时不时把学校杂志和报刊那一期或那一天的好文章推荐给好朋友薛莉莉。但是薛莉莉只在口头应承着，每次都是"记住了，我去看"敷衍她，似乎从来没有付诸行动。她催促过薛莉莉几次，有时候她的过分关心，反而让薛莉莉感到反感。薛莉莉有时也会说上几句让晓慈难受的话语，诸如："你是教学能手，我又不是，你好好学，我有自己的事情做。"慢慢地，她和薛莉莉谈论的话题不再围绕教学方面，两个人即便说话，也是一些无关紧要的寒暄而已。

近一段时间，晓慈回到宿舍后，基本会撞见正和薛莉莉说话的同事闫万才。只要晓慈回到宿舍，闫万才便知趣地退出。起初，晓慈认为，闫万才是四年级二班的班主任，而薛莉莉是任课老师，他们在谈论学生成绩和教学方面的问题。自从她被学区领导封为"教学能手"后，学校要求各个班级的班主任和任课教师一起讨论教学方面的问题，而薛莉莉和闫万才只是其中的两个人而已。她慢慢地发现，薛莉莉和闫万才交往越来越频繁。

有时候，闫万才午饭后就会来到她们宿舍。晓慈只得知趣地退出宿舍，离开那张舒适的木架子床，给好朋友和同事提供"讨论教学"的地方。

闫万才也是地区师范的一名毕业生，比晓慈早毕业两年。中等个头，鼻梁架一副黑边框眼镜，加上他不善言辞的性格，给人一种斯斯文文的感觉。他父亲是乡粮站站长，闫万才平时上完课即可回家，住在离学校不远的粮站家属院。

最近，好朋友薛莉莉细心地打扮着自己，甚至一天要换好几套衣服。从薛莉莉反常的举动来看，晓慈断定，她和闫万才开始谈恋爱了，只是薛莉莉没有对她有过任何透露，自己只得假装什么也不知道。

晚上，学校操场打球的人散去后。晓慈才出办公室的门，右手放在宿舍门把手上推门的时候，听到宿舍内说话的声音。晓慈停止了推门的举动，退到窗户边上，透过窗帘的一丝缝隙，她看见闫万才正抱着莉莉，像是在说话，更像是在亲吻。她的双颊有些发烫，轻轻地再次折回到自己的办公室。

薛莉莉和闫万才的恋情是秘密进行的，除了晓慈，没有人知道他们在谈恋爱。给薛莉莉介绍对象的同事和亲戚们络绎不绝，薛莉莉从不拒绝，一一见面，照旧吃饭。用薛莉莉自己的话说，她是在享受青春赐予的光环。和闫万才私下交往后，她收敛了许多。只要闫万才叫她去自己家里吃饭时，薛莉莉都会拉上晓慈，鼓动着闫万才叫上好几个男女同事，一起嘻嘻哈哈在闫万才家里大吃海喝。凡是闫万才要求她独自出席的活动，薛莉莉基本会婉拒，从不明目张胆地和闫万才走进学校师生的视野中。

如果有同事拿她和闫万才开玩笑或是故意试探，她都会解释得令同事十分满意。个别时候，略显生气，给别人一种她和闫万才只是同事、是好朋友的关系，并无任何男女之间的事情。这一点薛莉莉无不发挥着自己的聪明才智，加之她伶俐的口齿，做得可谓滴水不漏。

渐渐地，再也没有同事拿她和闫万才说事了。她和闫万才的交往也不像以前那样频繁，只有在同事下班后，学校人少或无人的情况下，闫万才才敢偷偷摸进她的宿舍（这一点是薛莉莉要求闫万才必须做到的）。

薛莉莉和闫万才隐秘的交往，让晓慈，或者说是韩满财受益很大。以往，韩满财到乡粮站交公粮时，都会受到工作人员的冷语恶言，诚惶诚恐地遵照人家的旨意，又是过风车，又是晒粮食。虽然在出门前早早就把最好的粮食晒得"咯嘣"作响。粮站工作人员好像在履行着什么手续一般，冷冰冰的表情下一张可怕的大嘴，抓起一粒麦子送进窑洞口一般的嘴里，眼中没有任何色彩，交粮的农民们紧张地等待着他们的指示，如果人家心情好，用手指向磅秤边，吐出"过秤"时，交粮的庄稼汉几乎高兴得要跳起来。最害怕这些人用他那挑剔的牙口，咬完麦子后，说出"去那边晒"的话语。他们就会垂头丧气地走到粮站院墙边日头照射强烈的地方，倒出自己的粮食，轻轻摊开，无助的眼神中全是期盼，盼望今日阳光来得更猛烈些，快快晒干自己的麦子（虽然粮食已经晒得很干了）。上公粮，是一个让老百姓心累的苦活，他们心甘情愿地把自己的好粮食交给国家，却要经受粮站素质低下工作人员的百般刁难。他们一般都是天不亮就套好骡车出门，天擦黑才能回到自己家，往往是两头不见日。

今年，满财和同村的两户人家一同拉着上交的公粮出了门。在晓慈的说情和薛莉莉的安排下，闫万才给自己的父亲打了招呼。对满财拉来的粮食直接上秤入库了，一起的庄邻也跟着沾了满财的光，早早把粮食上交了。就连平时高傲的蔡志昌小舅子，在粮站站长的指挥下跟在满财的屁股后面，帮忙抬着满财的四袋粮食，亲近地和满财拉着交情，嘘寒问暖，满脸灿烂的笑容，和往常冰冷的面孔相比，让人有些作呕。

为了回报满财，一起交粮的乡亲在石门乡街道的门市部里买了一包纸烟，硬塞到了满财的口袋里，是感谢，更是感激。第一次享受到了爽快的交粮。坐在车辕上的韩满财，吆喝着自己的大黑骡子，心里非常满足，饱经风霜的脸上虽深藏了喜悦的表情，但内心却欢腾起来了。在明天，或者是后天，韩家庄将流传关于他交粮不用排队，蔡志昌小舅子主动抬粮，粮站站长亲自接待等等话题。这一切不用他去宣传，今天一起交粮的村民就是最好的宣传队员，从这些人嘴里说出来，更能折服村里人。满财似乎已经看到了村里人议论他时满脸尊崇的表情。

朴实庄稼人的满足就是这么简单，这种满足无不散发出浓郁的乡土气息。他们为了生计，面朝黄土背朝天，即便偶尔占了小便宜，占的也是本本分分、光明磊落。

中心学校的校园里，下课了的学生娃娃们你推我搡，叽叽喳喳，一片吵吵闹闹的场景。

教导主任叫上韩晓慈一起进了校长办公室，校长名叫曹清云，皮肤黑，嗓门大，面相凶恶，像庙里脚下踩着恶鬼的天王。两个眼睛犹如一对铜铃，在紧张和生气的时候，瞪得特别大。不论高兴还是烦闷，脸上的表情从来不反映他的内心世界，穿着和打扮是农民的装束，老师们在私底下叫他"曹黑子"。晓慈在内心中尊重他，也十分怕他。虽然曹校长多次表扬过她，但是晓慈并不觉得是校长真心的表扬，因为在曹校长脸上看不出夸奖自己的任何表情。

曹黑子抬起耷拉的眼皮，扫了一眼教导主任和韩晓慈。说道："小韩，你准备一下，明天县教育局唐副局长要来我们乡调研乡村教育工作，早上去的是几个偏远的学校，下午到我们这里。唐副局长要求听课，我考虑了一下，觉得还是听你的课程比较合适，也会给中心学校长脸。"曹校长侧了一下脸，对教导主任说，"你去把小韩早上的数学课，和下午其他老师的课程进行调换。没有问题吧？"

"没有。"晓慈和教导主任异口同声地回答。

曹清云"嗯"了一声，低下头看着手里的文件。晓慈和教导主任便退了出来。

虽然自己在学区领导、学校领导和其他学校老师面前讲过很多次课了。但在教育局领导面前还是第一次。晓慈既惊喜，又担心。惊喜的是校长安排自己的课程让唐副局长听讲，担心的是万一自己讲砸了的后果。她趴在自己的办公桌上，认真看着明天要讲的课程，细致地备课，反复用手势比画着，在办公室来回走动，声音慢慢放出来了，一副正在认真投入讲课的姿态。模拟了好几遍，她想尽自己最大努力把这堂课讲精彩，为了自己，更为了学校。

第二天下午，五年级一班教室左右两边的过道里坐了6个人，右边过道后面坐的是曹清云，曹清云前面是学区区长，左边过道最前面坐的是唐秋生，其他三个人晓慈并未见过。晓慈在教室门外做了几个深呼吸，尽可能让自己紧张的心情平复下来，不慌不忙地走向讲台，从粉笔盒中轻轻地抽出了一支粉笔，她讲得滔滔不绝，绘声绘色，学生们配合得非常默契——这是晓慈多次努力的结果。旁人听得津津有味，唐秋生和其他听课的人，脸上时不时露出敬佩的神色。整个课程反映出了晓慈教学的能力和水平，下课铃响后，晓慈结束了自己的课程，所有听课领导一同起立后，教室里响起了热烈的掌声。

在学校的会议室，曹校长围绕学校师生队伍现状、教师队伍建设及提升教育质量等方面进行了详细汇报。唐秋生对中心小学和曹黑子的工作提出了表扬。同时，对晓慈课堂上精彩的讲解给予了很高的评价。

"你曹黑子，这几年长进不小啊。中心小学教学质量不仅大幅提高，就连新入职的老师也被你指导得呱呱叫。"唐秋生看着坐在正对面的曹清云。唐副局长直呼曹校长曹黑子，一是因为他们两个是同学，二是因为两个人私下关系很好。

"主要是教育局领导得好，还有学区指导得到位，我们只是抓好落实而已。"曹清云两个眼睛瞪得很大。

"不要过度谦虚，我唐秋生不是拍马屁的人，再说也不会对你曹黑子拍马屁。你们学校由各班班主任和任课教师一起讨论教学办法工作这一经验，值得在全县推广。"

在校长办公室里，唐秋生又一次和韩晓慈、薛莉莉进行交流。这一次对韩晓慈是表扬，对薛莉莉则是鞭策。

"小韩，很高兴和你见面。从你的课堂效果来看，你能很好地把控课堂，已经积累了一些教学经验，说明你对自己所教的课程已经有了深入思考，你是一个合格的好老师。但是，你要明白经验有时候不一定能起到正面的作用，要随环境和学生的变化，不断调整自己的教学方案和讲课重点，不要犯经验主义的错误。"唐秋生抿了一口水，对站在晓慈身边的薛莉莉说道："小薛，你和小韩是一起到中心学校任教的，要多向小韩老师学习啊。"唐秋生语重心长，说话的口气是长辈对晚辈的关心。

"谢谢唐局长的关心和鼓励，我会努力做得更好。"韩晓慈用一种表态式语气，回答得干脆利落。

薛莉莉以一种极度不情愿的表情，象征性地点了点头。

"去吧，你们忙去。"唐秋生右手向外摆了一下。

送走了唐秋生一行人，曹校长在老师们面前又狠狠地表扬了韩晓慈，号召老师们向晓慈学习。几个嫉妒晓慈的中年女老师，撇着自己的嘴，鼻子里发出"哼"，不屑一顾的表情和没一点吸引力的脸庞揉搓在一起，看起来异常丑陋。好朋友薛莉莉看晓慈的目光也不像以前那般和蔼友善了，脸色难看得犹如死了亲人一般。

吃过晚饭后，晓慈一个人孤寂地行走在石门乡的街道。她想一个人静静，这种奇妙的心情无法给同事、给好朋友薛莉莉说。街道里的积雪在午后阳光照射下不知不觉地消融了，消融后的雪水在傍晚的路面上又结了一层薄薄的冰。晓慈缓缓地走在街道的冰面上，吹来的寒风有些刺脸。

表扬，又是表扬。每次领导的表扬虽都是简短的几句话，却是鼓励她持续攀登教学高峰的阶梯。这是对她课堂成绩的肯定，更是自己不断努力的收获。她多么希望薛莉莉也能和自己一样，认真钻研教学课程，她们一起努力，一起进步，该是多么美好的一件事情啊。

晓慈转身朝学校方向走着，走得还是很慢。一般这个时候，在宿舍里薛莉莉都会和同事闫万才在"讨论教学"。更进一步说，薛莉莉今天因为自己受到表扬的缘故情绪很低落。薛莉莉是一个十分要强的人，但也有缺陷，从不在工作上努力，每天想着天上掉馅饼的好事，为了自己某些利益会不择手段，见不得别人超过她。薛莉莉和闫万才的交往就是出于某种利益的驱动。最近，自己受到的表扬有些多，如何和薛莉莉进行和善的沟通是多么令她头疼的一件事情。

晓慈想起了在一本杂志上看到的一句话："出众的人往往是孤独和寂寞的。"她深以为然。

晓慈跨过了学校大铁门上高高的门槛，她多想把自己收获的表扬甩在门外，让街道的冷风把这些惹人眼红的东西吹到其他地方去，好让自己一身轻松重新出发。

第十一章 过 年

　　雪片轻柔妖娆，在如镜子一般的天空里轻松自在地飞舞着，像小小花瓣一样，飘飘洒洒地洒向大地，带给了人们一个冰清玉洁的童话世界，飞舞的雪花亲吻着山峦、亲吻着树林……亲吻着韩家庄屋外的一切。

　　韩满财手里拿着扫帚，在自家院落门前扫开了一条小路，扫开的小路，不一会儿，又被落下的雪片覆盖了，眼前的山变得玲珑剔透、银装素裹。满财身上冒着热汗，自言自语道："好雪啊！腊月大雪半尺厚，麦子还嫌盖不够。"

　　远处的打麦场上一伙放了寒假的学生娃娃，正在雪地里嬉耍打闹，一个被雪球打哭了的学生娃，哇哇直哭朝自家走去。外出打短工的村民陆陆续续回来了，家家户户都在准备过年的东西。

　　天放晴后，急不可耐的乡亲们结伴去乡里采购过年的物品。有些赶着骡车，有些坐上手扶车，还有步行前往的。下午满载而归，物品五花八门。总之，把一年辛苦挣来的钱，大部分都撒在石门乡的街道了。

　　在村子学校操场破旧篮球架下更少不了闲聊的人群，乡亲们聚集在一起，谈论着各自感受到的外面缤纷多彩的世界，时不时拌上几句嘴。个别爱吹牛的中年人把外面的世界吹得天花乱坠，让没出过远门的年轻男娃娃们内心激荡，满眼流淌着向往的清泉。

　　村子里时而响起一阵阵凄厉的猪叫声，引发周边住户几个爱管闲事的家犬狂吠好一阵子。这种声音，结束要到腊月二十五左右了。眼下，每个家庭中的女人们大概是最繁忙的，发面、切肉、择菜、洗衣服，还要拾掇房子角角落落，整个村子弥漫着节日前忙碌而欢愉的气氛。

梁二老汉出了今天杀完猪的庄邻家，腰带上别着大烟锅，右手时不时捋一下胡须，左手拎着一条肥猪肉，上自家门前的坡道时，高声唱起来，歌声是幽怨的，也是忧伤的，但梁二老汉似乎沉浸在了这种忧伤的幸福中：

> 人家过节有人疼，
>
> 碗里有菜又有肉，
>
> 老汉过节无人问，
>
> 碗里没盐又没油，
>
> 夜里想起干妹妹，
>
> 模样俊俏好身材，
>
> 搂上我的俏妹妹，
>
> 寒酸日子变甘甜。

梁二老汉边唱边进了自家的院门。

韩满财的烂房破屋中，比往年要热闹许多，主动上门帮妻子发面、蒸馍馍的人争先恐后，好像要被别人抢去一样。晚饭后，到满财家里串门的人更是接踵而来，和满财谈天说地、问长道短，聊着今年田地里的收成，一起谋划着明年的打算，对满财夫妇言语上的关心是无微不至。

蔡志昌忙碌了一天，杀完了他家的那头大白猪，把整扇的猪肉分割成一条一条，搁置在铺着尿素袋的地面上。案板上放着两个猪大腿，一只是给在供销社上班的亲家准备的，另一只准备送给韩满财。他把送给满财的猪肉装进了一个刚翻腾出的新化肥袋，打发蔡文琳拎着猪肉出了门。最近，他有事没事就往韩满财家钻，拉拉家常，满财两口子对他两口子也不像以前那样生分了。反而，多多少少还能感受到满财两口子言语中的亲热，这一点，令蔡志昌十分满意。

虽然村子里的人都在私底下说蔡志昌是个"见利忘义""见风使舵"的小人，但是却没有人敢在他本人面前说，他也顾不了那可恶的流言，只管做他认为对的事情。从自己和满财的矛盾中绝交，再到自己精心培育起来的交往。蔡志昌明白了一个道理：人与人之间的交往，往往是越走越近、越走越亲。

蔡文琳拎着二十多斤的猪后腿，但她一点也不觉得沉，脚底生风般来到了韩满财院门，和韩晓丰正好打了个照面。在文琳眼里，自己亲爱的人儿好像又消瘦了一圈，刚想说几句掏心掏肺的话，不知趣的晓慈在关键时候掀开了屋子的门帘，她只得把到嘴边的话语咽了回去。晓慈快步走到了她跟前，接过了手里的东西，他们三个几乎并排进了院门。

韩满财这些年从来就没杀过猪，自己虽年年养猪，但过年时也就到乡里割上三五斤猪肉，凑凑合合过上个穷年。肥猪全被自己卖了，所得收入给娃娃们凑了学费和生活费。个别年份，许二柱家要是杀猪了，满财过年时也能多上几斤肥猪肉。但是许家条件也一般，多数年份和满财一样，把自己的大肥猪卖了补贴家里的日常花销。

往年，自己家的肉不到正月初五就吃完了，这期间，还得吃上几顿素面条。往后正月的日子，只能闻着邻家炒肉的香味。今年，晓慈放假回来时，用自己挣的工资不仅给父母买了一身新衣服，还割了十斤肥猪肉，加上现在蔡志昌送的，在满财眼里肉已经太多了，他中指不停地在搁置在案板上的猪肉按一下、比画一下，心里美滋滋的，今年，能美美地过个肥年。

吴仲达此刻坐在炕头，内心着实很着急。马上到了小年，过了年自己的儿子又长一岁。小时候盼着娃们快快长大，长大了大人们的烦心事更多。如今，老二连个对象都没定下，他打发吴建伟去叫自己的堂弟吴老六了，披着呢子大氅，坐在炕栏石上，手里燃着一根纸烟，谋算着二儿子的亲事。上次请许二柱吃饭，只怪自己闪烁其词，没有一句说到正事。在计划生育工作上做文章，显然不成了，许二柱对自己儿媳结扎的事情，已经表态了，这根本不是他的软肋。哎……只得请吴老六上一趟许家的门，让他在中间穿针引线，听听许二柱家的意见。这些泼烦事情，让他竟忘记了自己手中点燃的纸烟已经烧到了中指和食指上，滚烫的烟头，让他回过了神，伸出舌头来回舔着烟头烧伤的食指与中指的指头缝隙。

"哎呀"一声，吴老六半个脑袋伸进来，左右张望。吴仲达召唤着堂弟坐在了身边，让了一根纸烟，吴老六摸出口袋里的火柴，慢慢悠悠地吸了起来，时不时吐出两个烟圈。又害怕吴仲达责怪他像个小娃娃，快快地吹了一口气，忙吹散面前的烟圈。

"有个事情，我想请你帮个忙。"吴仲达说完话，继续用舌头舔着烟头烫伤的地方。

"哥，什么事情，你安排。"吴老六有些吃惊地问。心里想，堂哥是村子里最有权势的人，此刻竟如此客气。肯定是他办不了的事情，难道自己比吴仲达还要有能耐。

"建伟娃岁数大了，早就到成家的年纪了，我想让你上一趟许二柱家的门，穿针引线一下，能不能把春雪丫头娶到我们吴家来。"吴仲达说话的语气很柔和，不再是原先那般硬邦邦的。

"好事情，你们好眼光，许家的那丫头很不错，是个干农活的好材料，我明天就去。"吴老六心中的疑惑瞬间释然了。

"明天上门先不拿东西了，主要是听听人家的意见，如果许家有意愿，我们再拿上礼品正式上门。提早拿上这些招惹眼的东西上许家门，万一不成，让庄户邻舍笑掉大牙哩。"吴仲达接着又补充了一句，"这个事情，你先不要对任何人说。你知道就行了。"吴仲达支书是叮嘱，更是安排的口气对吴老六说。在村里人面前他过分爱惜自己的颜面，处理任何事情都格外谨慎小心。

吴老六点了点头。接受了吴仲达交代的任务，记住了吴仲达的叮嘱。

早饭后，吴老六提前穿上了准备过年的新皮鞋，到了许二柱家里。许二柱热情地把吴老六让到炕头入座。上炕前，吴老六把自己的新皮鞋脱下后，小心地搁在了炕栏石下边的拐角处。盘腿坐在炕头，和许二柱面对面坐着，两人中间摆放着炕桌，许二柱的妻子坐在炕栏石上。说话间，两人卷起了旱烟卷，东拉西扯地说了一堆，抽完一支旱烟卷后。吴老六话语逐渐转入了今天的谈话正题。

"许哥，今个我上你们家门，想给你家春雪丫头介绍一门好亲事哩。"吴老六说道。

"好事情嘛，一家养女百家求，不知道你介绍的是哪家的娃娃？"许二柱问道。

"就是咱们村子里的，我堂哥家的建伟娃。"吴老六回答得有点骄傲、自豪。

"咱们这个穷家，吴支书能看上吗？娃们的婚事，还要讲个门当户对哩，人家吴支书门风高……"

"嘿嘿……看你这话说的，吴支书家找的是儿媳妇，又不是出嫁女子，和家庭条件好坏没关系。"

"她吴六叔，时代变化了，社会进步了，现在的娃娃有自个主见，不像我们年轻时候的那阵子，婚姻大事还要听一下娃娃本人的意见哩。本人要愿意，就算找上个讨饭的，我们也没意见。本人要不愿意，就是找上座金山，娃娃以后还要怨悔娘老子哩。"许二柱妻子接过话题，说话有些走风漏气。在她内心里，压根也瞧不上吴仲达的建伟娃，这个吴建伟不是一个合格庄稼人的材料，以后会苦了自己丫头。碍于吴仲达是村支书的缘故，只好把决定权推到自己丫头的身上。

"许嫂说的话对着哩，也在理得很。"吴老六抓了一把烟叶，细致地卷起了卷烟。

说话间，许春雪掀开了堂屋的门帘，她妈不失时机地叫住了春雪丫头，示意她坐在堂屋的小板凳上。

"你吴六叔给你介绍对象来了，是吴支书家的建伟娃。我和你爹没啥意见，主要听你的。你二十过的人了，自己的事情，该自己拿个主意。当着你吴六叔的面，把你的想法说一下，也好让你吴六叔给吴支书回复。"许二柱妻子挤眉弄眼地说，像是在提醒自己的丫头，这门亲事不靠谱。

"我不找，还小呢，再说一个村子低头不见抬头见……过两年我再考虑找对象的事情。"许春雪有些害羞，更有些生气，燥辣辣地起身出去了。其实，谁也不了解这个女子的内心，她心里非常细腻，早有了自己喜欢的人，只是还未表现得强烈而已。

"他吴六叔，你不要生气，这丫头让我们惯坏了，我抽时间再给做做工作，说说好话。"许二柱妻子对丫头的答复非常满意，假情假意地给吴老六解释。

"娃娃们大了，有自己的思想，很正常嘛，那就不打扰你们了。"吴老六弯下腰，拿起了自己的新皮鞋套在了脏脚上。

出了许二柱家的门，吴老六出气时都感觉不那么顺畅，败惺惺地上了吴仲达家的坡道，在进门前，把自己皮鞋上的一点稀泥，轻轻地用大拇指来回搓擦了好几下。

吴老六刚进到屋子，吴仲达着急忙慌地跳下了炕，连鞋也没顾上穿。忙问道："啥情况？"

"许二柱两口子倒没啥意见，主要人家女子不同意，说自己还小，过上两年再考虑自己对象的事情。"吴老六一股脑说道。

吴仲达的情绪一下子从高山顶跌到了深沟里，一屁股歪在炕栏石上，没有了声音。吴仲达内心明明白白，胳膊拗不过大腿，哪是春雪丫头不同意呀，是许二柱两口子压根看不上他的吴建伟，哎！不争气的建伟呀，吴仲达陷入了苦痛中。

吴老六见状，说了几句宽慰的话，折身走了。

愁闷了一整天，吴仲达几乎没怎么吃饭。

三天后，吴仲达像什么事也没发生过一样，体体面面出现在村里，指手画脚地处理着村里大小事情。

韩家庄小年夜的鞭炮声此起彼伏，家家户户都在忙着打发灶王爷上天，庄稼人扯下了厨房灶台墙面上灶王爷的画像，在灶火口点燃，画像两侧"上天言好事，下界保平安"的吉言在火红的烈焰中渐渐化为灰烬，祈盼着一家来年的吉祥平安。

娃娃们每天都细说着过年的日子，一天好几回，从柜子里拿出自己的新衣服比画上好一阵子，偷偷从家里整卷鞭炮上撕下几个，远远地点燃，满足地翘起小嘴。聚拢在一起，相互安抚着焦躁的心，口里一起喊叫着乡俗谚语："小娃娃你不要急，过了小年就是年；二十三，糖果粘；二十四，扫房子；二十五，糊窗户；二十六，卤大肉；二十七，宰公鸡；二十八，把面发；二十九，蒸馒头；三十晚上熬一宿，大年初一扭一扭。"年似乎在孩子们眼里来得有点太慢了。

日子终究在大人的眼里还是过得太快了，年来得总是那么让人猝不及防。年三十，韩满财早早地起了身，拉上晓丰把院子和院门外打扫得干干净净，妻子和晓慈把炕上铺的烂单子换成了新单子，屋里的角角落落收拾得整整齐齐，擦得干净明亮。炉子上煮着一锅土豆，锅盖在蒸汽浮动下，像哼着小曲的新媳妇。案板上剁碎的大肉和葱花均匀地搅和在一起，等待着土豆的加入。

家家户户都在贴春联，院门口、廊檐下都挂上了大红灯笼，整个韩家庄到处弥漫着快乐的节日气息。娃娃们全都穿上了新衣服新鞋，在村子里的大人面前显摆着自己的衣服和鞋子。调皮的几个男娃娃，时不时掏出口袋里拆散的鞭炮放一声响，比赛着鞭炮声的响亮。庄稼人的骡子笼头上也绑上了红布条做的丝带，就连家里看门狗的脖子上也系了一条红绸缎，甚至空猪圈的矮墙上也粘上了红色的吉字，"猪羊满圈"四个黑字格外入眼，一切是那么喜庆与欢脱。

晚饭后，家家户户院门口、廊檐下的大红灯笼全亮了起来。满财妻子被蔡志昌的妻子早早拉着去了村子里的其他人家，正在和一伙婆姨东拉西扯地闲扯着，嘴里不停地塞进杂七杂八的吃食。蔡志昌在吴老六家早早地上了牌桌，周围围了一圈看热闹的中年男人。满财拖拉着双腿进了许二柱的院门，许二柱家也有一堆打牌的庄户邻居，满财伸长脖子看着这一伙打牌的乡亲。小娃娃一伙一阵出了这家，又入那家，口袋里塞满了糖果，手里拿着咬了几口的苹果，新衣服的袖口已经沾上了清鼻涕。今天的韩家庄乡亲们吃得满肚流油，满财晚饭吃了好多块肥猪肉，口干舌燥，嗓子眼里像着了火一样，大口地喝着许二柱递给他的糖茶。

晓丰、晓慈、文琳、文霞、春雪等十几个未婚男女青年在蔡文旭和吴建伟的带领下，挨家挨户登门拜年，整个韩家庄的公路上进进出出的全是人。每家的院门几乎大敞着，无论是自己平日多厌烦的人，今晚只要上门了，都受到贵客般的招呼。

男男女女的一群年轻人，有说有笑。路边不知谁家的憨娃娃扔来了一个炮仗，吴建伟赶紧护住了身边的蔡文霞，弄得文霞不好意思地说了声："谢谢。"吴建伟说话自带幽默，几个笑话讲完后，一群年轻人笑得前俯后仰，跟在这群人最后面的韩晓丰，也变得不再那么拘束。走在这伙人前面的蔡文琳，在拐进自己邻居家门口的时候，故意退到了最后面，扯了一下晓丰的袖口，好像有话要对他说。晓丰便停下了脚步，眼瞅着其他伙伴进了村里长辈的大门。

"到我家去，我想和你说一会儿话。"蔡文琳说着迈开了脚步。

"你爹妈不在家吗?"晓丰跟在她的后面，紧张地问。

"不在，全出去了。"文琳顺手关上了自家的院门。

蔡文琳径直把晓丰带到了自己的屋子，给坐在炕栏石上的晓丰倒了水，端起自己的口杯，坐在了晓丰对面的椅子上。椅子边上是一台缝纫机，文琳的左胳膊肘撑在缝纫机面上。也许是走得急，两个人大口地喝着茶杯里的温水。第一次进姑娘的闺房，晓丰双手不知所措地抱住茶杯，眼睛一直看着自己的鞋面，不敢直视蔡文琳那漂亮秀气的脸蛋。

相反，蔡文琳表现得非常大方，也许是在自己房间的缘故。她上下打量着这个让自己日思夜想的人儿，对晓丰的窘态，她发出了清朗的笑声，笑声似乎有一种格外迷人的东西。

外面的马路上一阵乱七八糟的脚步声夹杂着男女说话的声音，这群年轻人从文琳邻居家出来了，吵吵嚷嚷走过了文琳家的院门，进了下一个庄户人家的院门。

"我们走吧，你听，他们全过去了。"晓丰把手里的茶杯放在了面前的缝纫机上，站了起来。

蔡文琳嘴里应承着，人却丝毫不动。

晓丰起身后，刚抬起自己的右脚时，文琳闪身拉住了他的手。晓丰感觉自己浑身的血往头上涌，这只绵软的手静静地停留着。后背发热得直冒汗，整个脸庞好像浇了一壶沸腾的开水，热辣辣地发烫，自己好像身在热气腾腾的笼屉里。也许是爱的使然，晓丰一下子把文琳揽入怀中。各自都能清晰地听见对方的呼吸和心跳，四片嘴唇紧紧地贴在一起，紧张给晓丰造成了一种眩晕的感觉。

"你不想我吗？"蔡文琳深情地看着晓丰问。

韩晓丰紧张的嘴唇像蜜蜂的翅膀在抖动，小声地吐出了一个字："想。"

在出门前，他又亲了蔡文琳俊俏的脸蛋。脸蛋轻柔得像蓝天下飘浮的云彩一般。一切是那么的享受，又是那么的销魂蚀骨。

很快他们两人融入了大部队的潮流里，跟随这群人进家入户，一直玩到了凌晨。

过年不仅是一个全家团圆、共享天伦之乐的日子，还是一个满怀生机、为来年积蓄力量的日子，对于每个人、每个家庭都有着特殊的意义。

回到家后，韩晓丰辗转反侧，眼前全是蔡文琳俊俏迷人的嘴唇和窈窕诱人的身影。自己虽然无法完美诠释爱情的定义，但在心里实实在在地装下了蔡文琳，他只想和她生活在一起，朝朝暮暮，一生一世……

爱情在不知不觉中产生了，晓丰已经彻彻底底爱上了蔡文琳。

第十二章　失　算

大年初二，黄金旺两口子手拎大包小包来到了韩满财的家里。看到满财一家人后，黄金旺在一种讨好心理的驱使下，热情地抓住满财的手，脸上，甚至全身都流露出一片喜气洋洋的热忱，仿佛过年的快乐从他的心里全部溢了出来，流淌到了全身。一时间，弄得满财好像成了上门的客人一样，手足无措。

十几年没上过满财的家门，坐在满财家热炕上，嘘寒问暖，对这个连襟从来没有像现在这么关心过。墙角边的一个面柜上，摞起了黄金旺拿来的礼品，有酒，有烟，有麦乳精，有橘子罐头，还有七零八落的其他碎小东西，一副在外挣了大钱生意人的上门礼数。

血浓于水。韩满财妻子看到主动上门的大姐后，所有的怨恨不复存在了。为了自己的命，她曾经在大姐面前开过口，遭受过无言拒绝的冷漠。又见亲人面，小时候点点滴滴的生活在自己面前浮现。在缺吃少穿的岁月，大姐没少疼惜她。自己能原谅没有任何血缘关系的蔡志昌夫妻，还有什么好记恨大姐的。她拉住了大姐手，和小时候拉起大姐的手感觉一模一样。

满财的妻子深切地明白，人不能活在仇恨中，更不能活在仇恨亲人的自我世界中，活在仇恨中的人是没有快乐的，活在仇恨亲人世界中的人只会更加痛苦，是不会获得真正的幸福和快乐。

黄金旺妻子看着眼前的妹妹，右手捋了一下妹妹鬓角的头发，几根白头发跳了出来，眼角的皱纹也挤在一起，她情不自禁地摸了摸妹妹的瞎眼。在她相对优越生活的眼里，妹妹吃了太多太多的苦。她想着，如果妹妹当时不嫁给韩满财，也许就不会吃这么多的苦、受这么多的累。转而一想，不嫁给满财，或许就不会有这么出色的一双儿女。她因没能在妹妹最需要的时候伸出手而自责，两颗泪珠不受控制地流了下来。

人一生中的很多事情，似乎在冥冥之中早有了定数，谁又能说得清楚呢。

蔡志昌夫妻陪着满财家上门的客人，并没有人去请他们两口子，是他们自己主动上门来的。蔡志昌妻子帮着满财妻子炒菜、做饭，蔡志昌进门就上了满财的热炕，炕上男人们的聊天附和着做菜女人们的话语，女人们的话语迎合着炕上男人们的话题，满财屋里整个是热热闹闹的景致。

屋外的景致别有一番回味，梁二老汉赶着饮水的羊群朝河道里慢悠悠地走着，村里的几个爱看热闹的小媳妇朝他喊叫："哎……梁二爷，唱几句啊！"老汉也不避讳，直接开了嗓子，歌声如任人践踏的小草，但却极具穿透力，听上去好像在自嘲，实则讽刺着不守孝道的年轻小媳妇：

你说让我呀唱几句，我就给你呀唱几句。

阳间的日子苦又甜，年轻媳妇子笑开颜。

公公烧炕嘛又喂猪，婆婆做饭嘛又洗衣。

老汉我一人也舒服，羊皮褂子敞口子开。

怀里的馍馍冻成冰，我吃一半留一半，留下一半喂虱子。

"哈哈哈，梁二爷还一天操心身上的虱子呢。"几个小媳妇笑着说道。

韩满财打发晓丰去请许二柱，邀请许二柱到自己家来吃一顿饭，陪着上门的稀客喝几盅。满财请许二柱是出于一种感恩，更是一种回赠。这些年，他没少吃喝许家的好东西，更没少接受许家的恩惠和帮助。在自己落魄得不成人样时，这个许二柱把自己当人看，无论是苦难，还是所谓的辉煌，许二柱看自己的眼神从来没有变化过，他真诚地感激许二柱。

"小伙子，啥好吃的，还专门让娃娃请我了。"许二柱人还未进屋，声音却先进来了。

"没啥好吃的，进来说。"满财隔着窗户缝说。

"哎哟，来了这么多亲戚啊。"许二柱笑呵呵地说道。

炕上的几个人顺势下了炕，请许二柱上坐。全部坐妥后，满财的一片片掉了黄油漆的炕桌上陆续摆满了热菜。黄金旺从包里取来了自己带来的酒，一起喝了起来。满财家庭自组建起，从来没有过这么多人聚在一起吃饭的场景，屋里一下子热闹了起来，老花猫被挤在面柜下面，贪婪地舔啃着客人丢到地上的干骨头。

说话声时小时大，深夜才渐渐地没有了声响。家里来了客人，晓慈只得再次到邻居许二柱家和许春雪挤在了一起。外屋里满财、黄金旺和晓丰的呼噜声渐渐响起来了。里屋躺下的两姊妹，谁也没有睡意，她们回忆着苦难的过去，怀念着离世的父母，憧憬着未来美好的生活。

韩满仓午饭后在自家院门口徘徊了很久，眼睛一直瞅着满财的院门。他心想，满财家里多少年没有来过客人了，今天来了贵客，肯定会安排娃娃来请他这个大伯上门作陪。他可以不请满财，但满财必须得请他，因为他们是亲弟兄，更是满财的长兄，这似乎在他眼里已成为一种规矩。眼瞅着蔡志昌两口子和许二柱进了满财的屋子，满财家进出的两个娃娃，一个也没有朝他家走来，晚饭时间已经过了，一颗失落、郁闷的心似乎在颤抖，在儿子韩晓平的喊叫中，快快不快地进了自家院门。自家的饭菜也很丰盛，嚼在自己的嘴里，竟有一股中药的苦涩味，内心烦乱得像猫抓一样，妻子和儿子说话的声音，听上去竟然是如此刺耳。自己的弟弟如今是真的活出人样了，十几年不上门的亲戚也上门了，过去的仇人变成了知己……韩满仓想得出神，夹在筷子中间的菜也忘了送进嘴里，即使放进了嘴里，也忘记咀嚼。一股嫉妒之火真真切切地在心头翻滚，推过眼前的碗筷，直挺挺地躺在炕上，呼吸不再那么均匀。

妻子和儿子以为他生病了，关切地围在他的身边。妻子伸出了一只手准备摸一摸丈夫的额头。韩满仓恶狠狠地说道："死不了，有啥可摸的。"妻子更加不放心了，打发韩晓平出去请大夫。韩晓平还未出门，被韩满仓急急叫住了。

自己的反常举动，让妻子和儿子受到了惊吓，他翻身坐了起来，说："我没事，你们不要心焦。他妈的，什么世道，瘸子和瞎子都活出人样了。"话语中发泄着一种不满的情绪。

妻子和儿子明白了，原来他在为韩满财家生气，而且生了这么大的气。

"啥事情把你气成这个样子了？"妻子关切地问。

"不是个好东西的韩满财，挑担上门了，没叫我，叫许二柱和蔡志昌两个外人作陪。眼里根本没有我这个哥哥，真不是个东西。"韩满仓嘴里七零八落地骂着韩满财。

"哎呀，你看你，心眼这么小，不叫就不叫嘛，你又不是吃不上饭，再说，他那个穷家，能准备上好东西？过年吃得还不如我们喂猪的。"妻子像是在开导丈夫，更像是在帮腔。

"嘿嘿，你说得也对。"韩满仓心情似乎舒展了一些。

"爹、妈，你们怎么能这么说小叔呢，为了晓慈和晓丰上学，他们这些年过得多艰难。从我记事起，就没看见过小叔和婶子脚上穿过袜子，更不要说是新衣服了，身上穿的不是救济衣服，就是别人送给的破衣裳，我们可是韩家庄唯一一家与他们有血缘关系的人。他们不论种田，还是收田，帮过我们的还少吗？相反，我们帮过他们吗？在他们困难的时候我们看笑话，他们日子稍微过得好了点，我们又开始嫉妒。我念的书不多，但我越来越明白，做人不要丢掉亲情，更不要卖掉良心。"韩晓平说得很激动，后面甚至拉起了哭腔。一席话，说得父母张口结舌，韩满仓夫妇没想到平常少言寡语的儿子竟说了一大堆很有道理的话。

碍于自己的家长地位，更碍于自己的颜面。韩满仓恼羞成怒地骂道："滚，你个没出息的东西，等着别人骑到你头上拉屎撒尿吧。"

韩晓平摔门而出，身后的两片门扇"哐当"作响。

他们应该为儿子韩晓平感到高兴，至少他是一个对社会现象进行观察和分析的年轻人。后代的思想应该比先辈的理念要先进，这是时代发展中新文化、新思想的熏陶，更是一群年轻人相互交流的结果。否则，社会就会停止，何谈一代更比一代强。

儿子的一席话犹如晴天霹雳，韩满仓妻子内心受到了强烈的冲击，重新开始审视自己的缺陷。在对待满财一家上，她何曾有过一个长嫂该有的气度，她还跟在别人后面一起笑话满财一家。

韩满仓妻子以一种自责的语气，说道："他爹，晓平长大了，说得有些道理。这些天，你没看见村子里的人吗？有事没事就往满财家跑，无非就是以后能沾点他们家的光。我们这些年，确实做错了，给他们啥也没有帮衬过，满财有想法也是正常的，我们错在前，怪不得满财一家。晓平还要娶媳妇哩，以后日子就是年轻人过了，我们不要把路走断了，起个好头，让晓平和晓丰两弟兄以后也好交往。俗话说，天晴了旁人好，天阴了自己人好。"

如果说儿子的一席话是一道闪电，那么妻子的一席话就是雷声，雷电交加使韩满仓醒悟了过来。思考着满财一家给自己家带来的好处和温暖。他斜视了一眼妻子，有气无力地点了点头。

这些年在对待自己弟弟一家时，与其说是自己的妻子苛刻，倒不如说是自己授意下培养起来的恶毒。

韩满仓妻子为了进一步提起丈夫的兴趣，好让他的心情快速好转。对丈夫说道："我想明天到蔡志昌家去，把他家的文霞说给晓平当媳妇。"

韩满仓情绪一下子高涨了起来。"有把握没？那丫头模样俊，能吃苦，是个好人选。那么多到蔡家给文霞丫头提亲的人，蔡志昌两口子都没答应，我们家晓平人家能看上吗？"

"不试一下，怎么知道成不成。"韩满仓妻子为了能让丈夫估算这件事情成功的概率。继续说道："你一年基本都在外面跑，有些事情你不清楚，这一年我没少巴结蔡志昌妻子，就是为了他家的二丫头。"

"你能行！还是你有办法。"韩满仓满脸舒展开了，夸奖着自己的妻子。满财引起的不快在谈论儿媳妇的话题中烟消云散了。

韩满仓妻子都记不清自己为村上的多少年轻小伙子说成了媒，在自己儿子的亲事上，自己出面多少有些不自在，在选定媒人时，韩满仓夫妻又陷入了苦恼中，思来想去，夫妻二人商量了好一会儿。最终决定还是由妻子出面更为妥帖，因为妻子有一张能言善辩的好口才和这几年说媒积累的好经验，这些是村子里其他说媒人暂时不具备的"优秀"品格。

第二天傍晚，韩满仓妻子细致地包装整理着礼品，两块砖茶，两包白砂糖，两盒饼干，还有韩满仓从煤矿带来的两条高档香烟，齐齐整整地装在大红提包里。趁着村里人吃晚饭，公路上没人的时候，韩满仓妻子才提上显眼的大红提包，慌慌张张地出了自家院门。韩满仓夫妻是有顾虑的，人多出门，如果不成将成为村里的笑柄和闲聊的话题，不利于儿子后面找对象，在这一点上他们尽可能地发挥庄稼人的聪明才智。

蔡志昌一家正围在一起吃晚饭，看到韩满仓妻子手里的红提包，明眼人都知道是怎么一回事。瞬间，高兴坏了蔡文琳，以为是韩满财夫妻托村上最日能的"红娘"给晓丰提亲来了——当然这个对象自然是她本人了。为了不打扰大人们说事，文琳拉上二姐端着饭碗回到自己的侧屋里去了。这也恰是满仓妻子最期望出现的结果。

蔡志昌妻子要给满仓妻子盛饭，满仓妻子赶忙阻拦，你拉我拽地撕扯着。蔡志昌妻子只好作罢，两口子快速扒拉着碗里的饭菜。饭毕，谈话的主题逐渐明朗起来。

"今天，我是专门给自己晓平娃来说媒的，我们家里的条件你们两口子也清楚，娃娃是光脸还是麻脸，你们天天看见哩，就听听你们两口子的意见。"韩满仓妻子边说边把提包里的礼品往蔡家的桌子上摆。

蔡志昌刚要开口，他妻子在蔡志昌的胳膊上拉了一下，抢先说道："对着哩，好事情嘛，晓平是我们看着长大的娃，你家也是村里的拔尖户。我们两口子打心眼里同意这门亲事。"蔡志昌妻子眼睛从满仓妻子身上转到了自己丈夫身上，望着身边的蔡志昌。

蔡志昌不明白妻子的用意，话已说出，难收回，只得默许了妻子的说法，从自己的衣服口袋里摸出了一根纸烟，夹在指头缝里，竟然忘记了点烟。

蔡文琳在堂屋窗户下面，轻手轻脚地偷听屋里的说话，谈话的内容和自己丝毫无关，两个眉毛紧蹙在一起，高昂的情绪一下子摔得粉碎，再也不顾大人们是否能听到门外的动静，狠踩着地面，风风火火走过了堂屋外的走廊。

蔡志昌妻子干脆的回答令韩满仓妻子非常满意，两片嘴唇扯到了耳朵根子下面。对蔡志昌夫妻说道："既是这样，那我们就看下个好日子了，让两个娃娃先订上个婚。"

"老嫂子，你也清楚我们家的情况，我们对你家的晓平一百个满意。你出门之前，不知和你家掌柜的商量了没？我们家全是丫头，二丫头我们准备要招上门女婿，好给我们养老送终。只要你们同意，哪天订婚都成。"蔡志昌妻子不紧不慢地说。

蔡志昌对妻子的回答十分满意，划着了一根火柴，点燃了夹在指头缝里的香烟，满足地深吸了一口烟。

听到蔡志昌妻子的回答，韩满仓妻子的心情好像煮沸的开水里加了一大块冰，瞬间凉了。

"是这样啊。我们也就晓平一棵独苗，还指望娃娃给我们养老送终哩。"韩满仓妻子一时之间不知道该把自己局促的双手放在什么地方。

"那怎么办哩？要不你们权当吃亏了，彩礼我们一分也不要，把儿子招到我家吧。我们保证，对待晓平就像自己的娃娃一样疼惜。"蔡志昌妻子高调地给满仓妻子做了空口承诺。

韩满仓妻子再也听不下去蔡志昌妻子美妙的言词了，摆了摆自己的手。她甚至忘记自己是怎么走出蔡家院门的。

送走满仓妻子后，蔡志昌妻子把刚才韩满仓妻子坐过的炕栏石扫了又扫，跪在炕里头整理起了被子，给丈夫说道："就她那个木墩儿子，还想攀高枝。又不是个大学生，还想娶我们家文霞娃，也不撒泡尿照照自己。"

蔡志昌什么话也没说，吐出了一口烟，伸出大拇指，在妻子面前晃了晃。

几天后的一个深夜，蔡志昌妻子把韩满仓妻子提到自己家里的礼品原封不动地送到了韩满仓妻子手里。韩晓平和蔡文霞两个娃娃的亲事也告一段落。准确地说，是没有开始就画上了句号。除了他们两家，韩家庄的其他庄户人家并不曾知晓。村子里的人们沉醉在节日的欢庆中，也没有闲人去注意这件事情，全在忙着走亲访友，忙着招待上门的近亲远客。

韩满仓妻子在这次失败的说媒中重新审视了自己。自认为在儿子的亲事上操之过急，高估了自己和蔡志昌妻子的关系。应该请旁人出面，也许满财夫妻才是韩家庄最合适的人选，如今已经彻底完了，再也没有机会把蔡文霞娶到自己家了。她的内心是非常矛盾的，为自己过去对待满财一家的态度自责，对满财一家的所有不满心里释然了，忽然间，又在心里嫉妒起了那个优秀的侄子。

不管怎样，蔡志昌妻子的确没有答应他们的提亲，这与满财一家无关，但是，她又必须承认曾经让她看不起的满财家，侄子晓丰就是很出色，这是现实。她不论愿不愿意，都必须得接受这个令自己无法接受的现实，就算她再怎么努力，也改变不了这残酷的扎心现实。

门外的风吹着厚厚的棉门帘，闷声碰打着门扇。韩满仓妻子眼前时不时闪烁着满财夫妻一瘸一瞎帮助自己干农活的情形，她的思想十分烦乱，望着眼前烧得发红的炉盘，长长地出了一口气……

第十三章　订　婚

　　一百零一、一百零二……晓丰正在院子里做俯卧撑，这早已超过了自己体力的上限，上身已经湿透了，额头上的汗珠直往下滴。此刻，俯卧撑已经不是一项体育运动了，他似乎在拼命惩罚着自己。

　　晓丰脑海里如一团乱麻，灵魂拷问着除夕之夜亲吻蔡文琳的冲动。两百个俯卧撑后，他累瘫了，在妹妹晓慈的帮助下，才勉强躺在了炕上，母亲拉开被子盖住了他的上身，关切地骂道："二杆子，不知道累啊，有这么些力气，还不如去公路上扫些羊粪回来烧炕。"

　　他并未理睬母亲，大脑在过度运动中慢慢清醒了，拥抱蔡文琳、亲吻蔡文琳的画面像电影一样来回滚动，鼻孔里似乎也闻到了蔡文琳脸上雪花膏的香味。他真的还想拥抱文琳那柔软且婀娜曼妙的身体，还想亲吻那轻柔且富有磁性的嘴唇，还想……他不敢往下想，紧闭着双眼，内心在央求着，让这难熬且享受的回忆赶快结束吧。他越不想就越想，好像有股力量拽着自己的思绪，不偏不倚地停留在那些让自己回味的场景上。他实在受不了被思念折磨的滋味，一骨碌从炕上翻了起来，穿上棉袄出了门。

　　顺着山沟吹来的冷风，加之晓丰剧烈运动完不久的身体，一阵一阵地打起了寒战，他双手不由自主地拉紧了棉袄，尽量把这逼人的冷气抵御在外。快到蔡家院门的时候，外面的冷空气似乎让他有些清醒了。他开始后悔自己的行为，内心做着猛烈的斗争，慢慢地向后退缩。退几步，在原地愣一会儿，再退几步，再在原地愣一会儿，眼睛始终没有离开过蔡家的院门。面对村里简易主路上来回走动的人们，晓丰两颊发红，主动打着招呼，好像别人看穿了他焦躁不安的心思一样。

在晓丰做好准备离开的时候，蔡文琳出了自家的小卖部，照见不远处的晓丰。哎呀！自己盼望的人儿终于出现了，晓丰两个眼睛似乎停止了转动，平静的心一下子像只活跃的小白兔，怦怦直跳，焦躁的心几乎提到了嗓子眼上。转过身，不慌不忙朝河滩小树林走去，蔡文琳跟在心爱人儿的后面，保持着一定的距离。在他们约会的地方，晓丰停住了脚步，靠在自己无数次靠过的白杨树上，蔡文琳的脚步离自己越来越近了，轻盈的脚步是如此沉重，每一步好像都踩在了自己的心坎上，晓丰的心颤抖得更加厉害。

当蔡文琳站在自己面前时，晓丰环顾了一圈，村子的公路上没有一个行人，在视野范围内没有任何动物的踪迹。他什么也没有说，一下子把蔡文琳紧紧地揽入自己的怀中，发烫的脸蛋再一次贴在一起。

在分开的岔路口，晓丰再次亲吻了她的脸蛋，向文琳做了一个等自己毕业就结婚的承诺。蔡文琳咬着嘴唇，害羞地点了点头。

这个朴实的姑娘，内心很火热，又不失庄稼人的本分。她真切地爱着晓丰，爱得执着而热烈。她愿意为自己爱的人去做任何事情。这几天，她每天都想着让自己心爱的晓丰抱她、亲她。因为她愿意嫁给他，做他的婆姨，在未来的某一天，给晓丰生一对可爱的儿女，连孩子的名字她都在黑夜中思考了好久。她根本不在乎晓丰的家庭条件，她的爱与晓丰是不是大学生无关。她宁愿晓丰和自己一样，做个勤勤恳恳的农民，就算晓丰是村里最懒散的穷农民，她也愿意和他生活在一起，睡在破铺烂盖的土炕上，她满心也会觉得幸福。如果和自己不爱的人生活在一起，就算睡在高档席梦思床上，也会使她无比沉痛。

月亮已经爬上来了，梁二老汉的身影来回穿梭在羊圈里，给他的小羊羔悉心地添加着草料，河滩里能真切地听到他那动情的歌声，那么清晰，那么舒缓，那么自然，又是那么直接：

十五的月亮呀十六圆，

被窝里想起了干妹妹，

哥哥亲上了妹妹的嘴，

手手搂住了妹妹的腰……

晓丰听到梁二老汉的酸曲声后，心里多了一份担忧，莫不是梁二爷看到他和文琳亲吻的举动了？脸上一股热热烘烘的感觉，加快了脚下的步子。回到家，他思想更加混乱，想通过看书让自己平静，以此赶走想念文琳的念头，翻了几页，又把书合上了，书本字里行间好像全是蔡文琳的影子，他真的坠入爱河的漩涡了。爱情竟是如此奇妙，想见她、怕见她，又不得不见她。天啊，自己快点毕业吧，这样他就能很快和思念的姑娘结婚了，天天在一起，也不用这么痛苦地思念。

同样，蔡文琳躺在自己的房间里，满脑子都在回忆着晓丰说过的话语，憧憬着他们的美好未来。晓丰毕业后，她就顺理成章地成了自己爱人的妻子，韩家的媳妇，她似乎有点迫不及待。无论晓丰毕业在哪儿工作，她都会悉心照顾好自己的公公婆婆，带好他们两个人的娃娃，在韩家的土地上操劳。晓丰个把月回来一次，她也很满足，因为自己的丈夫是公家的人，要听公家的安排，不能为了儿女情长，毁了他的前途。这一点她已经做好了思想准备，农忙后，她会带着娃娃到丈夫工作的地方去看他，给他洗衣、给他做饭……像电影里的男女一样，手挽手地一起去买家庭需要的零碎东西，一起去菜市场买菜……她想着想着，竟然不知不觉地笑出了声，这一切太美好了。睡在旁边的二姐蔡文霞一句"神经病"打断了文琳的幻想。回过神后，文琳怎么也接不上刚才美妙的遐想，她有些埋怨地在二姐的后背上捣了一拳。

其实，蔡文霞也在苦恼中，这个家把心思全花在了三丫头文琳身上。爹妈不是忙着家里的光景，就是忙着和韩满财攀交情，完全忽略了她的心思。她在内心里十分喜欢吴仲达的二儿子吴建伟，这个在村里人眼中不成器的小子，她却钟情得要命。吴建伟说话幽默搞笑，经常逗得她开心不已，只要吴建伟一张嘴，她就会笑出声。她喜欢和这样的人生活在一起，虽然自己很少说话。喜欢听自己喜爱的人喋喋不休，即便自己不说话，也会觉得幸福。真是"情人眼里出西施"。今天下午，吴建伟在小卖部买东西时，趁她找零钱的时候，拉住了自己的手，就是有些太短暂，她愿意让吴建伟拉她的手，一直不放开也愿意。

吴建伟对自己拉蔡文霞绵手的事情，一副满不在乎的表情。在他眼里，蔡文霞除了长相俊俏以外，几乎全剩下傻了，在自己面前，温顺得像个小羔羊。他后悔当时没有亲一下蔡文霞的嘴，如果蔡文霞不让亲，他也会强硬地去亲。他在脑子中策划着自己的行动方案，越策划越觉得可行。吴建伟是个做事雷厉风行的小伙子，起身准备穿衣服去实施他的行动，柜子上的钟表正好敲响了零点的钟声，他只能翘首期待着早上的太阳。

吃过早饭，他匆匆忙忙到蔡家的小卖部门口，来得过早，只好在小卖部门口徘徊，瘦长的脸上挂着两个黑眼圈。蔡文霞提着喂鸡的桶子打开了自家的院门。

"先不要急着喂你们家的鸡娃子，给我买个烟，完了再喂去。"吴建伟迫不及待地开口了。

"等一下不行吗？"蔡文霞回道。

"不行，一晚上没抽烟，把人瘾死了，再不抽一口我真的会死。"吴建伟催促着蔡文霞，一副无赖的样子。

蔡文霞放下了鸡食桶，进了院子，吴建伟焦急地站在小卖部门口。眼睛滴溜溜乱转，没瞧见村子里一个人影，他倒踏实了许多。一会儿，小卖部的门从里面打开了。

在蔡文霞打开门的时候，吴建伟迅速抱住了蔡文霞，迅速地在蔡文霞的嘴唇上亲了一下，速度之快，犹如蜻蜓点水一般。

蔡文霞整个人呆滞了，还没等她反应过来，吴建伟就像羚羊碰见了觅食的饿虎一样，消失得无影无踪。

好一会工夫后，蔡文霞挪动起自己呆滞的双脚，才想起喂鸡的事情，但脑海中想得更多的是吴建伟的样子。她暗恨着吴建伟，有时候，恨意恰恰是一种爱意，有多恨就有多爱。

回到家后，吴建伟紧闭自己的屋门，耳朵竖了起来，对任何脚步声都很敏感，他为自己刚才的行为后怕。蔡文霞那个傻丫头，会不会给蔡志昌告状？蔡志昌是不是已经走在来家的路上，来揍自己一顿，越想越害怕，内心忐忑不安。慢慢地，除了家里人的声音，并无一点外人的语调，靠在被子上的吴建伟睡着了。一觉醒来后，心里放松了，自己母亲的午饭已经做好了，他吃了几口，眼睛时不时地朝门外面瞟，看来蔡文霞并没在蔡志昌面前告状，吴建伟心里松弛了许多，大口地吃起了饭，饭后，揩了一下嘴，想去找自己的死党——蔡文旭。

虽然只有几百米的距离，他还是骑上了自己的摩托车。自从买了摩托车后，这个年轻人几乎连上厕所都骑着摩托车。他本想把自己的收获与蔡文旭分享一下。转而一想，不能对蔡文旭讲，因为蔡文霞是他的堂妹，蔡文旭一定会责骂他，甚至可能会出手。当他踏进蔡文旭院门的时候，听到了旁人的声音，蔡文旭家来了亲戚，他只得折返回来。

这几天，他买东西的频率越来越高，蔡文霞再也没在小卖部出现过，他为自己唐突的行为后悔。每天夜里，蔡文霞的影子会时不时地在自己面前晃悠。他一点也不觉得蔡文霞傻了，反而觉得她是那样的温柔可爱。

下午，他再一次来到蔡家的小卖部碰碰运气。天啊，蔡文霞正在里面。看见吴建伟进来后，蔡文霞向后退了两步，说道："你要买东西就买，不买就走，不然，我叫我妹妹了。"

"给我拿包烟，你这几天去哪儿了，我想对你说声对不起。"吴建伟的歉意是真诚的。

"我去我大姐家了，你太坏了。"蔡文霞递上了香烟。

"我能娶你吗？"吴建伟递给了拿在手里的钱。

蔡文霞没有收他的钱，什么也没有说，低下了头，像是在点头，也像是在摇头。

晚饭饭桌上，吴建伟对自己的父母表达了要娶蔡文霞的想法。

"就你这个样子，蔡志昌能同意把自己那么漂亮的丫头嫁给你？你白日做梦呢？"吴仲达教训自己的儿子。

"反正我有把握，你只管找媒人上蔡家的门就是了。"吴建伟胸有成竹地说。

吴建伟撂下话，起身走了。他母亲直夸建伟有眼光、好眼力。

吴老六又一次在吴仲达的安排下，拎上吴仲达准备的礼品进了蔡志昌的院门。

蔡志昌两口子的答复和对韩满仓妻子的答复一样，同意这门亲事，就是招上门女婿。蔡志昌两口子打心眼里看不上吴建伟，在他们夫妻眼里吴建伟就是典型的"二流子"，想用吓唬满仓妻子的方式推掉这门亲事。

吴老六把蔡志昌夫妇的话语向吴仲达转述，吴仲达不同意自己的儿子倒插门。叫来了吴建伟，把蔡家的想法说给了自己不成器的儿子。

吴建伟听到后，当即表示同意。

气得吴仲达从炕上跳了下来，光着脚在吴建伟的屁股上狠狠地踹了一下。骂道："你个没出息的东西，上门女婿倒扒皮，你羞我们吴家的先人哩。"

吴老六拉住了堂哥吴仲达，开始做吴建伟的思想工作。"好娃娃哩，你还年轻，天下好女子有的是。你爹在村里也是数一数二的人物，家里有吃又有喝，又不是穷得端不起饭碗了，儿子让人家招了女婿，会遭人耻笑的。"

"你们不要劝我，反正我就要和蔡文霞在一起，我是王八吃秤砣——铁了心。"吴建伟摆出了坚定自己想法的表情，头扬得像个捣蒜锤。

对儿子吴建伟的言语，吴仲达妻子不知怎么去改变儿子的想法，嘴皮子抖动着说不出一句劝解的话语，瘫坐在沙发的拐角处，不断地抹着眼里流出的热泪。

夜晚，整个吴家的长辈全聚到了吴仲达家里，好话歹话说了一大堆，没有一个人能劝动吴建伟。吴家的长者一个个气得吹胡子瞪眼，对这个辱没家风的晚辈恨得咬牙切齿。最后丢给吴建伟的答复是吴家再也没有这个羞先人的后代，爱干啥干啥，一群人不欢而散。

吴老六再次上了蔡志昌的门，把吴仲达，更准确地说是吴建伟的想法回复了，吴家同意了蔡志昌两口子的要求。

蔡志昌两口子对吴家的同意，赫然惊恐，话已说出，事已铸成，唯一能改变的就是自己的女儿蔡文霞了。

"她吴六叔，我们两口子的要求你们吴家同意了，我们高兴得很哩。就是不知道文霞的意思，丫头大了，多少也得听她本人的意见。你说是不是?"蔡志昌妻子怨悔自己的行为，不该用对付满仓妻子的方式对待吴家人。

"就是，时代在进步，社会在发展，听她本人的意见是对的，不能像我们过去一样，婚姻简直像是口袋里装上买的羊毛。"吴老六多么希望蔡文霞拒绝这门亲事。

蔡志昌妻子叫来了二女儿蔡文霞。

"霞霞，你吴六叔前两天到家里给你说媒了，介绍的对象是吴支书家的建伟娃，我和你爹要招个女婿，吴家的人答应了。现在，我们征求你本人的意见，你要同意，找个好日子就订婚，你要不同意，说一声，好让你吴六叔回去给吴支书家里人回话。"蔡志昌妻子紧张地看着蔡文霞，生怕蔡文霞吐出同意两个字。蔡志昌点了一根纸烟，等待蔡文霞的答复，焦灼得忘记了吸烟。

蔡文霞害羞得低倾着头颅，右手大拇指和食指抠着左手食指的指甲。

"丫头，没事，你放心说，我们建伟不是受苦的材料，你和他结婚了，往后可能要跟着吃苦哩。不同意就不同意，我们吴家不会因为你不同意而记恨你们家。"吴老六引导着蔡文霞，也想让她说出"不同意"这三个字。

蔡志昌夫妻对吴老六的引导十分满意，报以笑颜。

蔡志昌接着吴老六的话题说道："你吴六叔说得句句在理，建伟就不是安心过日子的娃。娃娃你要好好思谋，你现在的决定关乎你以后的日子，可要想明白啊。"

蔡文霞眼睛扫视了一圈屋里的三个人，两个脸蛋绯红，坚定地说出了"同意"两个字。

听完自己女儿的回答，堂屋里三个大人的脸拉成了球鞋底。吴老六更是失望得不知如何是好，拿起蔡志昌炕上的扫炕刷，在自己的手心里打了两下，气急败坏地出了蔡志昌家堂屋门。

"你的眼睛让屎尿糊住了吗？还是你在哪个三岔路口遇上了鬼，你看上的吴建伟，旁人连正眼也不瞧一下，以后吃屎都赶不上个热的。"蔡志昌妻子心里翻腾得厉害，骂着自己眼里不争气的丫头。

蔡志昌长出短气，用拳头砸着自己的大腿。妻子骂得还是不够解气，准备拿起门后的扫把时，蔡志昌急忙拉住了妻子，打发蔡文霞出了堂屋门。

蔡志昌开始开导自己的妻子，说道："哎呀，事已至此，再也不要说了，我们以后还要仰仗文霞他们哩。你把话说得这么绝，以后一个家庭怎么生活啊！我们命苦，要是有个儿子，也不至于弄成现在这个样子。"

妻子望了一眼蔡志昌，眼睛里的泪水已经刷刷地往外流，哽咽地说道："我们挑来挑去，挑了个最差的，往后的日子怎么过，这人还怎么活啊。"

蔡志昌安慰着妻子，也安慰着自己："这全是命，人啊，命是天定的，吃三两的命在五两的秤杆上就站不住。"

"哎……哎……"蔡志昌夫妻俩长吁短叹，久久不能入睡。

正月十六是个好日子，吴建伟和蔡文霞订婚了。他们两个人的爱情简单而曲折。

两个年轻人订婚的当天，许二柱的儿媳妇在乡里做了结扎手术。村子里的乡亲们忙完了吴家和蔡家的事情后，纷纷拎着鸡蛋、白砂糖、麦乳精等礼品，涌入了许家的院门……

第十四章 初 爱

渐渐地，村子里人们议论的话题不再是蔡文霞和吴建伟的婚事，也不再提许二柱儿媳妇没生下男娃就结扎的事情。三个一伙、五个一群商议着外出揽工的地点和主家开出的条件，出不了外的村民，在自家盘算着田里的种子、化肥以及所种植小麦、豌豆等的品种。

蔡文琳每天晚饭后都会在自家院门口晃悠到深夜，以防错过自己心爱的人——韩晓丰。她和晓丰每天黑夜都会出现在河道的小树林，两个人不再那么拘束和紧张，相反，变得更加自然和洒脱了。无话不说，畅谈着美好未来。只要坐下来，文琳都会把头轻轻地靠在晓丰的肩膀上。有时候，他们即便不说话，也会靠在一起待上很久。最后，相互在恋恋不舍地亲吻和拥抱后离去。这是他们两个人分开前履行的特定手续，就像其他人见面时握手一样流畅。

夜晚，清冷的残月抚摸着云阳山顶，淡淡的、柔柔的，似乎多了一份惆怅和牵挂。天空深邃而悠远，遥望夜空，不禁使即将分别的人儿思绪万千、浮想联翩。文琳靠在晓丰的肩头，右手挽着晓丰的左胳膊，目不转睛地盯着缓缓浮动的月牙。晓丰时不时拿起右手抚摸一下文琳的脸庞，轻声轻气地念着苏轼的《水调歌头》，又重复了一遍里面的几句词："人有悲欢离合，月有阴晴圆缺，此事古难全。但愿人长久，千里共婵娟。"晓丰念完后，蔡文琳侧着脸说道："你念得真好，不知道为啥，我看见你比谁都亲。"晓丰没说什么，用右手食指在文琳的鼻子上轻轻点了一下。

在分别前，文琳给晓丰的口袋里塞了从她父亲那里撒娇卖乖得来的一百元，拥抱……亲吻……然后，各回各家。

晓丰的母亲已经为返校的儿子收拾好了一切。

晓慈在今天午饭后回到了石门乡中心学校。她正躺在自己宿舍的木床上和薛莉莉聊着过年的开心事。

中心学校的校园里又恢复了假期前的紧张和忙碌。

阳光透过教室明亮的玻璃洒下了和暖的光辉，照在一张张快乐的、兴奋的童真小脸上，每张小脸都像一朵盛开的花朵。笑意全部写在稚嫩的眉梢，孩子们洋溢着春节后满足的愉悦。晓慈站在讲台上，粉笔灵巧地在黑板上写着，时不时环视着自己的学生。用睿智的眼眸注视着不专心听讲的学生，在她的眼中，充满了对教学的认真、对学生的高度负责。

每年春季开学的时候，中心学校基本都会有老师和其他农村学校的教师交流调换。不同的是，中心学校的老师去其他村小担任领导职务，而其他村小的老师进了中心学校后还是一名普通教师。

晓慈的心思不能完全地投入到教学工作了，因为从榆树沟学校调来的一名张姓男老师，吸引了她的全部注意力，分走了她业余时间的大部分心思，爱情的小火苗似乎正在徐徐燃起。在夜晚的办公室，晓慈拿出了自己地区师范学校的毕业照。天啊！他和自己曾经喜欢过的那个男同学简直一模一样，连走路的姿势都分毫不差。她的思绪飘在了地区师范的校园里，美好的回忆让平静的心再次激荡了起来，高大的身影在眼前闪现，俊朗的身材如此逼真，球场上潇洒的步伐如昨天一般，一举一动似真似幻地浮现在眼前，她煎熬着，挣扎着，享受着。

思念是一种感受，即使痛苦也会觉得幸福；思念是一种体会，即使心碎也会觉得甜蜜；思念是一种经历，即使破碎也会觉得美丽。虽早已成为过去，但那份温存和甜蜜的挣扎却让晓慈久久不能忘怀，那是自己青涩爱情的开始，更是悲伤和无言的结局。

当从同事们口中得知新调来的张老师还没结婚，甚至连对象都没有的消息后，她简直欣喜若狂，刹那间，张哲宇这三个字便深深地印在了脑海，她开始思索和设计着对他说的第一句话。

每节下课铃响后，晓慈都会在教室里磨蹭一会儿。当张哲宇从自己上课的教室门口路过时，她才急急忙忙地走出教室。有时候正好碰面，张哲宇就会对她报以微笑，点一下头，算和晓慈打了招呼。有时候，张哲宇走得稍微快了，晓慈只能跟在的他后面，一副不开心的样子。如果张哲宇主动向自己说上两句话，晓慈也会感觉很满足，在自己编织的爱情童话世界里高兴好久。

自己的好朋友薛莉莉更是一反常态，对闫万才好像失去了兴趣，爱理不睬，有时甚至会说上几句让闫万才别再来烦自己的狠话。在只有他们两人的时候，薛莉莉又会用几句敷衍的话语来安慰闫万才。薛莉莉的内心其实极度纠结。既怕让别人知道她和闫万才的交往，又怕贸然和闫万才断交后，引起一些不必要的麻烦。不论是在校园，还是在校外，薛莉莉看闫万才的眼神变得不再羞涩和期盼，更多的是从容和冷漠。

渐渐地，闫万才来宿舍找薛莉莉的次数越来越少了，直至闫万才的脚步再也没有到过单身教师宿舍。

而薛莉莉在晓慈面前谈论的重点越来越多的是新来的老师——张哲宇。薛莉莉是一个非常有心机的女孩子，不会因为别人帅气的长相而去讨好对方。她在业余时间做足了功课，把新来的张老师家庭情况打听得清清楚楚。张哲宇不仅长相帅气，父亲还是平安乡的乡长。平安乡是全县人口最多且经济发展最好的乡镇。工人家庭出身的薛莉莉，在家庭环境的影响下成长，心里要比农民家庭的韩晓慈更清楚，乡长和乡粮站站长手握权力的分量。千方百计、挖空心思地讨好张哲宇，目的就是想成为张哲宇的恋人。

只要一见到张哲宇，薛莉莉会立刻冲上去，和这位帅气的老师打个招呼，拉几句家常，眼睛里充满了渴望，脑子在高速运转着，生怕说出不合时宜的话语。

晓慈不相信薛莉莉会喜欢张哲宇，在晓慈的心目中，薛莉莉已经和闫老师有了亲昵的举动。他们已经是名副其实的恋人，只是暂未公开而已。

无数次和晓慈的闲谈中，薛莉莉明显表露出对张哲宇的爱慕之心。而且，薛莉莉正在用自己的行动实现自己的想法。

晓慈只能怪自己在追求爱情方面优柔寡断，不能像对待工作一样雷厉风行。难道像地区师范学校一样和自己喜欢的人擦肩而过吗？她在内心中问着自己。现在自己工作了，应该抓住这次机会，可是喜欢的人，也是自己好朋友正在追求的人，晓慈无助地挣扎着。聊以安慰自己，心中说道，随缘吧！

薛莉莉是个非常执着的人，对张哲宇近乎疯狂地追求。只要是自己喜欢的，薛莉莉就会排除万难去积极争取。张哲宇开始对她的这种直白性格不屑一顾，觉得一个女生没有一点矜持是不讨人喜欢的。但是张哲宇并没有明确拒绝薛莉莉，薛莉莉还是按照自己的方式进行着，没有任何放弃的打算。

张哲宇对薛莉莉的态度让晓慈似乎收获了一点希望。

有些事情，时间是可以解决一切问题的，也许是上天的眷顾吧。在五一后，学校就开始着手六一儿童节的文艺节目，各年级各班的学生都要准备一个节目，年轻老师们也被分配了相应的任务。晓慈和张哲宇分在后勤服务组，一起负责学生节目演出的安排和学生家长观看节目时的落座工作。这是她和张老师第一次共同负责一件事情，晓慈十分认真，可以光明正大地去找张哲宇，光明正大地一起讨论某一细节问题……张哲宇在场的情况下，晓慈都时刻注意着他的一举一动，生怕他从眼前消失。对晓慈来说，有时候欣赏也是一种极大的满足。尤其张哲宇认真起来的样子更是让晓慈心旷神怡，晓慈每天总想着为张哲宇做一件事情。总之，这段时间的晓慈是幸福的、快乐的、满足的，整个人看上去充满精气神。

晓慈隐约地感觉到张哲宇老师对自己也有好感，对她说话的语气不再生硬，变得关心起来，甚至有一种男性对女性该有的温存。有几次，自己感觉快要对张哲宇说出爱慕的话语时，讨人厌的薛莉莉都会恰如其分地插到他们中间，对张哲宇嘘寒问暖，甚至一厢情愿地做出一些过分亲昵的举动，好像晓慈不在他们面前一样。张哲宇反而拘谨得像个小姑娘，脸色通红地逃离薛莉莉带给他的不自在。

最近，薛莉莉频繁约见张哲宇，只要薛莉莉单独约见张哲宇，帅气的张老师会要求薛莉莉叫上韩晓慈，薛莉莉内心中总有千万个不愿意，虽闷闷不乐，但还装出一副开心快乐的样子。

薛莉莉更加细致地打扮自己，在镜子前旋转一番，时不时向晓慈问一句："好看不？"像在征求晓慈的意见，更多的是显摆自己优越的家庭条件。慢慢地，晓慈以各种方式拒绝与张哲宇、薛莉莉共同外出散步，自己朴素的穿着显得格格不入，这一点正是薛莉莉希望得到的结果。

每周末从家里回来时，薛莉莉会变着花样地往学校带她妈妈做的好吃的。然后，送到张哲宇老师的宿舍或办公室，让不了解内情的学校师生以为两个年轻的老师即将登记结婚了。

周一晚的教师会议后，张哲宇出门时不小心碰了一下闫万才，闫万才不顾张哲宇的道歉，满口脏话，在没有任何防备的张哲宇脸上扇了两个耳光。最后，在学校领导的批评和教育下，才平息了此事。张哲宇表现得倒很大度，觉得也没啥，反而无理的闫万才只要见到张哲宇时满眼都是憎恨和厌恶，学校的老师们都在私底下说着闫万才的不是，只有闫万才和薛莉莉内心最清楚这是怎么一回事。

乡谚：男追女隔座山，女追男隔层纱。在薛莉莉死缠烂磨的追求下，她终于实现了自己的凤愿。她和张哲宇恋爱了，这次的恋爱是引人注目、明目张胆的。薛莉莉恋爱的开始是晓慈恋爱愿望的终结，晓慈虽没有在张哲宇面前表达出喜欢的话语，但她内心还是有一种说不出的失落和莫名的难受，就像丢失了自己心爱的一件东西似的，又一次翻出了地区师范学校毕业照，看着自己曾经暗恋过的帅气男孩愣神半天。自从薛莉莉和张哲宇确定恋爱关系后，晓慈只要一闲下来，就会不由自主地在宿舍翻出曾经的毕业照片愣神好一会儿。

哎，可怜的姑娘，你的爱情怎么来得这么慢，你爱情的火苗什么时候才能完全燃烧起来啊。

晚饭后，薛莉莉主动到张哲宇的宿舍去说话，就像当初闫万才主动到她的宿舍一样。不同的是，张哲宇的宿舍只有他一个人住，与晓慈和薛莉莉的宿舍只有一墙之隔。有时候，他们说话的声音稍微大一点，隔壁宿舍的晓慈也会听得清清楚楚。

薛莉莉和张哲宇的交往越来越自然，互相之间的关心也越来越流畅，时不时在学校老师面前秀一波恩爱。当然有闫万才的场合除外。除了没有睡在一张床上和没拿到民政局发的结婚证外，他们在别人眼里简直就是一对恩爱的小夫妻。收获了爱情的薛莉莉，生活在喜悦的包围中，对自己班级的几个调皮学生似乎更有耐心了。

薛莉莉和张哲宇来来回回穿梭在石门乡的街道里，一起到学校后面庄稼地的田埂上散步，在人少的地方相互拉着手，在近处不见人影的地方做着一些过分亲昵的举动，让远处偷偷瞥见他们亲昵举动的年轻男女想入非非。

天气越来越热了，中心学校的操场上打球的人随着薛莉莉的高调恋爱变得稀少了。未婚男青年躁动的心死死盯着还没对象的韩晓慈。中心学校的一部分老师更是忙得不亦乐乎，这些未婚男青年中间总有一两个自己的亲戚，或者是亲戚的亲戚，吃了他们的饭菜，拿了他们的礼品，学校的老师们卖起力来使足了劲。到晓慈宿舍、办公室的同事络绎不绝。在晓慈面前说着被介绍对象的好话，把对方夸得像花儿一样，好像天下所有的男人都比不上自己介绍的男子。说着让晓慈把握机会这类的话语，碍于同事的颜面，晓慈不好直接拒绝，同事们则热情依旧，隔三岔五晓慈与被介绍对象见面，但对他们介绍的人晓慈从来也没去瞧过。

一些没有与中心学校老师有关系的男青年，更是急得像热锅上的蚂蚁。个别胆大的"愣头青"自己主动跑到中心学校找晓慈表白，惹得学生老师不知发生了什么，围了过来看热闹。晓慈则慌慌张张挤出人群，满脸热辣辣地冲进自己的宿舍，紧闭门窗，心里咒骂着无耻的男青年。

这些令她讨厌的男青年给她心里留下了阴影，但凡下课后，听到陌生男人的声音时，她都感到异常紧张，时刻做好逃跑的准备，这些事情给她带来了无尽的烦恼。

晚饭后，又有几个到学校找晓慈的愣头青，恰巧碰上了校长曹黑子，这几个"愣头青"被曹黑子指着鼻子骂后，灰溜溜地跑了。自此以后，再也没有男青年轻率地跑到学校找晓慈，这让晓慈天天紧绷的心放松了许多，内心感激着让她害怕的曹校长。

学校一位比自己大几岁的女同事，放学后不顾晓慈的拒绝，硬拉着晓慈的手去了学校的家属院，说是要请晓慈一起到家里吃顿便饭。进了屋子，这位大姐安抚着晓慈说道："既来之，则安之。"麻利地准备做饭，其实菜和肉在昨天就准备好了。晓慈则帮助她一起做饭。

半个钟头后，同事的丈夫带着一个陌生的小伙子来到了家里，本来和晓慈做饭的同事，一改故辙地把自己推到了外屋的沙发上，与上门的男青年面对面坐下。他们两口子则进了厨房，晓慈打量了一下坐在自己对面的小伙，整个一副龇牙咧嘴的表情，本来心里有些难为情的晓慈，瞬间释然了许多。反正不是自己喜欢的类型，根本无所谓去挑剔对方。屋里静得连掉下一根针都能清楚地听见。厨房里同事丈夫一只耳朵紧贴着门缝，听不到任何动静，便失望地开始张罗起了开饭。饭桌上，同事夫妻把坐在一起吃饭的小伙子夸得天花乱坠，晓慈只是听着，没有发表任何意见，反而自己比任何时候都放松了。这顿饭她确实吃了不少，倒弄得年轻小伙细嚼慢咽，看上去十分尴尬。

饭后晓慈进行了自我反思，尤其对同事家吃饭多的原因进行合适的总结：一是自己中午吃得少，饭菜符合自己的口味；二是自己对这个男青年没有一丁点感觉，只是换地方吃了一顿可口的家常饭。她这么反思的时候，心里忍不住地发笑。

饭后，晓慈借故要离开了，同事夫妻便打发男青年跟了出来，让送一下晓慈。同事的家就在学校的家属院，没有几步就到自己的宿舍了。这个男青年和晓慈并排走着，想说什么，晓慈根本就没给他任何说话的机会，三步两跨地进了自己的宿舍，狠狠地将宿舍门摔上了，寂静的初夜只听到"咣"的清脆声，门外的男青年被晓慈的反常举动怔住了，灰溜溜地原地傻站了一会，垂头丧气地走了。

隔壁宿舍里，张哲宇不知说了什么，逗得薛莉莉开怀大笑。晓慈冷清的宿舍里，烦恼瞬间涌上了她的心头……

第十五章　升　职

七月后，金与火交争。

走进七月，仿佛才真正到了炎热的夏季，骄阳似火，使人乏困，让人难熬。正午毒辣的太阳晒得县城柏油马路有些发烫，走在路上的城里人汗珠往下直滚，两边的柳树被太阳晒得越发往下垂了，仿佛一群挨了老师批评的小学生，没精打采地耷拉着脑袋。

唐秋生坐在自己的办公室里，忙得连中午下班的时间都忘了。从去年 11 月开始到今年 6 月份，他利用了大半年的时间，把全县的学校都跑了一遍，有些偏远山区的学校他甚至跑了四五趟。他还蹲点了一段时间，看学校的建设、听老师的意见，有时还深入到学生家庭，了解学生家长对乡村教育的看法。他完全是一个教育工作狂人，对自己钟爱的教育事业更是有着狂热的工作激情。

近一个月，唐秋生亲自执笔撰写的乡村学校建设和加强农村教育的调研报告，几易其稿，还是觉得没有写到核心深层次的内容，又组织了教师座谈会。这几天，他几乎中午都没回家，在自己的办公室凑合一顿，额头上沁出的汗珠经常挂在脑门上。草草吃完晚饭后，便急急折回办公室，认真翻阅着上级有关文件，对下一步加强农村教育工作进行思考和谋划，提出的意见建议越来越具有针对性和操作性。最后，他才满意地把稿子交到了文书手里进行整理。

自从新学期开学以来，他几乎每周都要催促周末回到家的儿子相亲的事情，追问儿子见没见过石门乡中心学校的两个女老师或者有没有瞅下喜欢的女孩等这类问题。唐俊茂每次都以事情多、工作忙为理由，不正面回答他的问题。有时候，儿子一句话也不对他说。最近，他好像转变了自己的观念，他和儿子再也不谈关于找对象和结婚的话题，说得更多的是鼓励儿子在工作岗位上尽职尽责的话题，讨论一些县上经济社会发展的事情。

与儿子俊茂的交谈中，唐秋生发现，唐俊茂不仅对社会现象有了深层次的思考，而且有自己独特的分析和判断事物的标准，这一点让他很高兴。进而在自己心里做了决断，关于儿子找对象的事情，完全由俊茂自己去选择，以后陪伴儿子过日子的应该是他自己喜欢或满意的人，而不是他们夫妻相中或意愿的人。一切按照儿子的想法走吧，他再也不过多干预和要求了。

近期，唐秋生早出晚归，工作任务越来越多，不是下乡调研，就是忙于分管业务工作。他撰写的一篇关于加强农村基础教育的调研文章，获得了县领导和地区教育局的一致好评，指出的问题实际而具体，具有针对性，提出的解决办法切实可行，具有可操作性。在地区日报刊登后，引起了全地区教师们的议论，大家对唐副局长指出的问题深有感触。地区教育局基于唐秋生提出的意见和建议，专门组织了一次教育工作者会议，由各县（市）的教育局局长、部分乡村学校的老师代表参加，唐秋生作为特邀嘉宾出席会议，是全地区唯一一名参会的教育局副局长。局长年龄偏大，高血压又犯了，正在住院就诊。地区教育工作会议，唐秋生以双重身份参加了。唐秋生长时间在教育战线工作，业务素质很硬，把上级的文件和要求几乎都能背下来，加上他曾经有过乡村教师的经历，了解老师和学生的所思所想，加之他良好的口才及工作岗位上的反思总结，在地区教育者工作会上唐秋生围绕"如何提升教师队伍素质、提升学生学习能力和加强基础教育建设"发表了十分精彩的言论。里面发言的有些内容，他不知在多少个黑夜里进行过思考，在高昂情绪的催动下，发言声音洪亮，具有很强的穿透力和感染力。发言结束后，会场里掌声如潮。不光其他县（市）参会的教育局领导交口称誉，地区教育局局长更是赞不绝口，就连地区主管文教工作的肖副专员也大加赞扬，说道：

"要提升全地区的教育水平，提高农村教育质量，必须靠像唐秋生这样想干能干的领导干部！"

随后，地区教育局专门下发了加强农村基础教育的文件，把唐秋生所在县列为试点县，并从地区财政局下拨了一笔专项经费，用于农村学校的基础建设和教师队伍能力提升培训等。鉴于教育局局长身体状况，经县委常委会讨论后，任命唐秋生为县教育局局长，56岁的老局长调到了档案局工作。

唐秋生从教育局副局长岗位扶正后，亲自带领人员再次前往偏远山区的学校。部分山区学校的教室有些已经成了危房，按照地区下拨的经费数目，他召集相关人员进行核算，把全县基础设施相对差的20所学校列入了重新建设范畴，作为强化农村基础教育的试点。在学校建设的过程中，他定期不定期地到项目建设现场，查看工程进度和严把工程质量，每到一处建设工地，经常会听到他对分管领导和相关责任人说的一句话："教育是国家事业发展的重要基础，学校则是基础的基础，修建的学校是良心工程，谁要在这上面动手脚、坏良心，别怪我唐秋生心眼狠，一定会把王八羔子送进班房子。"

因农村学校的基础建设，十几个山区学校的学生娃娃们只好分散在村子各家的空房间里，家里有空房子的村民都在积极腾着自己的房子，村干部和学校的校长把村民自家腾空的房子看了一遍，最后选择了几家相对集中的人家，这一家是一年级，那一家是二年级……没选上房子的村民反而很不乐意，他们也想为村上的教育工作做点贡献。当然，学校用的房子都是村民免费提供的。在朴实憨厚的百姓眼中，自己没有赶上读书的好年头，有遗憾。眼下农村的生活发生了翻天覆地的变化，都想让自己的娃娃学习文化知识，把书往大里念，好走出这个山脚圪塔。在娃娃们的教育问题上，没有文化的他们眼光却放得比较远。

唐秋生完全投入到了他的新岗位上，涉及教学方面工作的事情，他都亲自把关审核。自己曾在副局长岗位上，提出要在全县学校中推广石门乡中心学校各班班主任和任课教师一起讨论教学的经验，但被搁置了。现在他又重新提了出来，基教股到石门乡中心学校进行了学习总结，和办公室商讨后，拿出了一个具体的推广方案。

各学校的校长分批次到石门乡中心学校，学习他们的教学经验和做法。晓慈是学校的优秀年轻教师，她把自己的教学心得向校长们介绍，大家听得津津有味，频频点头。

校长们学习后，及时在学校老师们中进行讲解，谁也不曾想到，一个小小的乡中心学校，竟然能有这么好的教学方法，县城的老师们似乎有些被打脸，憋着一股劲地往前冲，老师们更加忙了，学生们也忙了，全县所有的学校都在紧张忙碌的教学当中，学生们的进步最明显，考试的成绩又提高了，家长们高兴得合不拢嘴，直夸新上任的教育局局长有本事，是个为人民解忧、真心为群众办教育的好官。

如果说学生成绩的提高是老师辛苦的结果，这一点无可争议。但最重要的是老师教学方式和态度的改变，很多时候，很多事情，决定一切的是态度。有了正确的态度和辛勤的努力，就能把压力转化为动力，进而踏上成功的舞台，获得别人的掌声——掌声是对努力奋斗者最美的鼓励。

夜晚，一声响雷打破了县城的宁静，一道闪电划破黑夜的长空。雨水伴着雷声和闪电的光亮下了起来，豆大的雨点砸在窗户的玻璃上，发出噼里啪啦、乒乒乓乓的声音，雨水顺着玻璃窗往下流，整个天地处在雨水冲刷之中。雨点密得根本看不清窗户外面的世界，只听见街道柏油路面上哗哗啦啦流水的声响。

办公室里唐秋生站起来舒展了一下身体，走到窗户前，嘴里念了一句"雷声千嶂落，雨色万峰来"。点燃了一根纸烟，闷热的办公室在雨中、风中凉快了好多，雨似乎小了许多，风却越来越大了，"呼——呼——"西北风好像一头发了疯的狮子在吼叫，外面的雨跟着风吹着街道里的大树，树木被刮得痛苦地摇着头，似乎在呜呜地哀鸣。唐秋生又念叨了一句"北风不惜江南客，更入破窗吹客衣"的诗句，坐到了办公室的椅子上。

自从任局长以来，他几乎每天晚上加班到深夜，有几次甚至加班到了凌晨。他对工作兢兢业业，对每项涉及学生和教师的事情处理得分外细致。

天一亮，他便穿上衣服出门了，手里拿着凉馒头，到农村查看各处学校建设工地，是否因昨夜的大雨存在受损情况。对这些事的处理上唐秋生十分认真，一整天辛辛苦苦，进山出沟，一处工地挨着一处工地地跑。早过了吃晚饭的时间，唐秋生一行才从西边最后一处工地上回来。好在西边的雨虽下得大，但是工地并无任何受损。每到一处他都会催促施工人员在保证质量和安全的前提下，加快施工进度，争取在秋季开学的时候，让娃娃们搬到新教室上课。

作为一名土生土长的山里人，唐秋生深切地明白教育对山区孩子的重要性。他理解农民，更了解农民，他是一个地地道道从农民家庭成长起来的孩子，他深刻地明白知识确实可以改变命运，他今天的幸福生活全是读书带来的结果。他也曾目睹过一起上学的同学因为各种原因失学的痛苦。作为现任的教育局局长，争取不让一个娃娃失学作为自己教育事业的追求目标。在他看来，改变山里群众最快的致富路子，就是让娃娃们有学上、上好学，基础教育是关键。只要娃娃们打好了学习基础，将来考个中专、大学没任何问题。只要一个家庭能有一个学生娃娃走了出去，这家就有希望，生活环境也会随着学生的毕业得到极大的改善。自己和身边的好多同学便是山里学生最好的例子，他们一起在求学道路上奋斗的好几个初中同学生活过得有声有色，其中有一个还在省委机关工作。

公路上的人影稀疏斑驳，西边快要落下去的太阳把山顶上的残云照射得红彤彤的。唐秋生肚子里已经咕噜噜作响，饿得前胸贴后背，快到石门乡的时候，他想到了自己的老同学——中心学校的校长曹黑子。曹清云的家就在石门乡的驻地——石门村，在离学校不远的地方，唐秋生对曹清云家的位置十分熟悉，就像到自己的家一样，径直推开了院门，大步流星地进了堂屋，一屁股歪坐在沙发上，曹清云夫妻正在川道田里修被夜里雨水冲坏的田埂。

唐秋生打发到曹清云家里做客的外甥女，给自己和司机倒茶和拿馍馍，弄得小丫头既紧张又害怕，不敢给他们倒水，心想没有见过的人到舅舅家里还这么有理，吓得跑到田里叫舅舅和舅妈去了。

"嘿嘿，我们的举动把曹黑子家里的小丫头给吓坏了，还要自己动手哩。"唐秋生对司机说。

翻箱倒柜地在堂屋里找了一会，没有找到任何吃的东西，司机见局长动手，没好意思翻腾，只好跟在唐局长的屁股后面。唐秋生出了堂屋门，转身往厨房里走，从锅台上的蒸笼里发现了馍馍，他左手一个，右手一个出了厨房，司机手里也拿着一个馍馍，两个人狼吞虎咽地边吃边往堂屋里走。

曹清云夫妻跑到家中的时候，唐秋生又拿了一个馍馍从厨房里吃着出来了，照见进院门的曹清云夫妇时，把手里咬了一口的馍馍塞到了曹清云妻子手里，说道："赶紧做上些便饭，把人饿死了。你们再不来，馍馍把肚子都填饱了。"

曹清云的妻子手里拿着唐秋生咬剩下的馍馍，进了厨房，曹清云和唐秋生一前一后进了堂屋。

曹清云在堂屋门后的凉水脸盆里洗着手，说道："你升官了，我还没上你家门给你道喜，你倒跑着上我的家了，是不是给我显摆你的日能来了。"

"曹黑子啊！你当学生的时候，我就是你班长，我用得着给你显摆？你应该早习惯了被我领导。再说，没有我的领导，你能干好工作？我今天专门来敲打敲打你，不要因为你们中心学校的教学成绩好，你就以为你能行得很。"唐秋生给曹清云递给了一支纸烟。

"你们以后见面的时候，再不要相互揪掐了，老了还相互编排。"曹清云妻子到堂屋里提上茶壶，快出门的时候说道。

"女人们不懂，咱们这是一种情结。"曹清云说。

"一见到你我就想起我们一起上学的那些日子，仿佛就像昨天刚刚发生一般，生活上是苦的，但精神上却很甜。"唐秋生回忆着过去。

曹清云紧跟着对唐秋生说道："我们上学那会儿，正是国家困难时期。有时候，我还挺佩服我们一起的那帮同学，缺吃少穿的，愣是一个个都忍了下来，有时候拼命学习好像能顶饿一样。"

　　"现在我们的国家变得富裕了，老百姓吃饭穿衣有了保障，那怎么让我们山区的老百姓真正富起来呢？"唐秋生问曹清云。

　　"要想富口袋必须先要富脑袋。"曹清云脱口而出。

　　"你曹黑子算是说了句有水平的话。这就是我为什么要加强农村基础教育的出发点，我在深山沟里长大，条件比不了你们川区的百姓。山里的百姓真是'背上黄田捞日头'，一年到头，吃有了保障，但还是没有多少钱，能短时间内改变山里人命运的就是读书，家里只要能出个大学生，这家就能脱贫，更能致富。"唐秋生若有所思地望着曹清云家里的天花板，转而说道。

　　"作为教育战线上的工作者，我们站在这片家乡的土地上，应该为自己钟爱的事业努力奋斗，为提高全县学生的教育质量而努力，让更多的娃娃走出大山，你说是不是？"唐秋生好像在征求曹清云的意见。

　　曹清云点了点头，没有说话。

　　停顿了一下后，唐秋生继续说道："当某一天我要死去的时候，我不想带着任何遗憾离开。如果我在教育局局长的岗位上没有任何作为，人们不仅要戳我的脊梁骨，骂我唐秋生的祖宗十八代，更会遭后人的唾弃。现在县委、县政府把这个重担交给了我，我就必须在工作岗位上日益精进，要对得起党和政府发的这份工资，更要对得起全县 30 万父老乡亲。"

　　唐秋生喝了一口水，继续说道："后期，我计划开展全县教师的轮岗交流，可能会让一部分人不满意，但至少我要让学生满意、让家长满意。你觉得怎么样，有什么好的意见和建议？"

　　"我们完全落实好教育局的安排，交流有助于取长补短，相互借鉴。"曹清云回答道。

　　在曹清云家里吃了两大碗汤面片后，唐秋生抹着嘴出了院门，一阵微风吹过后，唐秋生笑着，拍了一下裤腿的泥土，望了一眼远处家乡的那座大山，说了一句："哎！风吹雨落相思地，那山那水甚欢喜。"

　　送走唐秋生后，曹清云陷入了沉思中，反复思考着唐秋生刚才的一番话语，他反复琢磨了好几遍，自言自语说道："人家升职是有能力的，他的心在下边，一定能成为一个称职的教育局局长。"

第十六章　缘　分

秋唱着金黄色的丰收之歌再一次向韩家庄走来了。

秋季，是个美丽的季节，收获的季节，金黄的季节，同百花盛开的春天一样让人向往，同骄阳似火的夏天一样让人沉醉，同白雪皑皑的冬天一样让人着迷。眼下，是庄稼汉眼中最美的色彩，不久后，汉子们怀里的汗衫口袋里会多一些让人眼馋的钞票。

河道里、山湾里，有的庄稼笑弯了腰，有的庄稼打直了身，黄得发亮，熟得脆响，仿佛催促着庄稼汉快点收割，庄稼人拿着镰刀上下挥舞，熟透了的庄稼在汉子们挥舞的镰刀声中舒适地倒下了。成群的麻雀时不时地从庄稼田里腾空而起，又像下冰雹似的纷纷散落在满是尘土的道路上，随着几个碎脑娃娃的到来，又呼啦啦地飞了起来，洒落在庄前屋后的杨树上。

家里最后一把庄稼收割完的时候，晓慈也结束了暑假生活，返回了自己的工作岗位。

薛莉莉继续沉浸在自己甜蜜的爱情中，晓慈隐隐约约听说薛莉莉和张哲宇的婚礼将在春节期间举办。

今秋，晓慈的穿着打扮也一改往日的简单朴素。碎花点的裙子，白色的确良衬衣，乳白色皮凉鞋，走路的步点轻快又有点急促。加上她漂亮的脸蛋和醉人的酒窝，让人有一种忍不住多看一眼的冲动。如果说以前的她是灰姑娘，那么现在的她就是皇宫里的公主，格外惹人。这身衣服还是晓丰在省城按照自己同学的打扮，给亲爱的妹妹置办的。就连平时不怎么看她的薛莉莉，都有些羡慕嫉妒，问她哪儿买的这么好看的裙子和凉鞋。

晓慈对待工作的态度是积极的，成绩是有目共睹的。

从家里返回学校时走得有些匆忙，把自己的备课本和笔记本（主要内容是自己教学心得）落在里屋的炕头上了。从宿舍小跑着到了石门乡的街道里，搜寻着同村人的身影。心里盼望着能碰到村里到石门乡办事的乡亲，好帮自己捎个话给家里，让父亲明天把东西捎回来。

走在街道的路上，别人投来的目光让晓慈感觉不自在。尤其，几个干个体的男青年，嘴里打着口哨，更让晓慈浑身觉得不舒服，似乎连路也不会走了，先迈左脚还是先迈右脚。心想，还是算了吧，正要转身回去的时候，远远看见了吴仲达的大儿子吴建雄正在路边卖镰刀的小摊前。高兴时刻，晓慈忘记了所有的不自在和不舒服，跑到了吴建雄身边，说完自己的事情后，转身时又叮嘱吴建雄无论如何也不要把自己交代的事情给忘记了。吴建雄满口答应着。

吴建伟出门打工了，摩托车顺利地成了吴健雄的交通工具。回到家里，撂下自己买的东西后，到父亲的院子里停放摩托车时，正好碰见石门乡下队的两个干部，一个是计划生育马专干，一个是乡党委秘书唐俊茂。吴建伟说自己有东西要捎到乡里，让这两个人稍微等一下，急急骑上摩托去了韩满财家。马专干和唐俊茂便在吴仲达的陪同下，在院门口等着吴建雄。吴仲达让他们两个进屋等，他们说在外面晒太阳。吴支书抽出了纸烟，唐俊茂还没学会吸烟，对支书递上的香烟扬起双手拒绝。

还没有抽完一根纸烟，吴建雄出现在了他们面前，把韩晓慈的东西给了没抽烟的唐俊茂，说道："唐秘书，麻烦你把这两个本本带给中心学校的韩晓慈老师。"

唐俊茂接过吴建雄手里的两个本子，说道："放心，没问题。"

马专干和唐俊茂一前一后骑在摩托车上，轱辘碾压起了一股呛人的尘土。

坐在后面的唐俊茂，随手打开了晓慈的笔记本，字形正倚交错，字体清新飘逸，线条匀称，整个页面的字体如行云流水，似春日开放的丁香花，有一股清香。看完后，唐俊茂合上了晓慈的笔记本，心想，自己的字也不差，在石门乡政府工作的人中没有几个能比得上，但是比起这本笔记本上的字来说，还是略显逊色。他想象着笔记本主人的模样，有些不服气，要亲自会一会笔记本的主人。

唐俊茂是石门乡党委秘书，相对优越的家庭生活条件，比同龄人略微胖一些，健壮的身躯，饱满的形象，对待上门办事的群众热心热情，有良好的群众口碑。石门乡见过他的老百姓都说唐秘书长着一副当大领导的相貌。一起的同事全在想办法往县直部门调，而他似乎对调往县城一点兴趣也没有。每天埋头伏案，认真地处理着自己手头的工作，他想通过自己出色的工作能力和业绩来换得提拔或调动，而不是利用自己父亲的影响来谋取工作岗位，这是他作为一个有思想、有能力的男人的起码尊严。在爱情方面，他经常拒绝同事或朋友给他介绍的对象。他外表冰冷，内心却很火热，相信缘分由天定。只是自己爱情的天空还未出现蓝天。有一天出现蓝天的时候，他将全力以赴、奋不顾身地去追求自己的爱情。唐俊茂对待爱情的态度十分严谨，他认为和自己不爱的人生活在一起，比结束自己的生命还要可怕。

到乡政府的院子后，唐俊茂也没顾上吃晚饭，他不爱吃食堂的面条。何况，饭点早就过了。唐俊茂手里拿着两个本本，来到了不远处的中心学校大门口，这是他到石门乡上班后第一次到中心学校。一位走出校门的老师告诉他，韩老师在宿舍，顺着手指的方向，唐俊茂到了晓慈的宿舍门口。

咣咣咣。一阵轻柔的敲门声。

"来了，请稍等一下。"晓慈在里面回应道。

吱呀一声。门板下面掉了漆的褐红色木门打开了。

晓慈站在门口的台阶上，看着面前的唐俊茂，还以为又是一个来纠缠自己的讨厌鬼，正要折身时，看到唐俊茂手里的笔记本，说道："你好，你是?"

唐俊茂有些仰视地看着晓慈，碎花点的裙子在一股轻风的吹拂下，左右轻摆，晓慈捋了一下鬓角的碎发，一张美丽动人的脸完全呈现在了唐俊茂的眼前。这就是自己喜欢的模样，老天爷啊，你总算开眼了。晓慈的模样和身材使唐俊茂感到一阵眩晕。结结巴巴地说道："我是……是乡政府的唐俊茂，这是吴支书儿子……给你带的东……东西。"说完，拿起了手里的笔记本。

晓慈接过自己的东西后，说道："谢谢，麻烦你了。"

"不麻烦，你客气了。"心神稍微宁静了一些，唐俊茂说话利索了。

短暂的沉默后，晓慈推开了宿舍门。唐俊茂本还想说几句话，可又不知道说什么，东西已经给了，只得折回了乡政府。

到自己办公室后，唐俊茂认为狂风吹走了黑云，自己爱情的蓝天终于出现了。直觉告诉自己，韩老师还没有对象。为了稳妥，他想去问一下自己爸爸的好朋友曹叔叔，不知为什么，曹叔叔的那张黑脸让他犯怵。他拍了一下自己的大腿，从床上站了起来，想到了吴仲达。

中午，唐俊茂骑上摩托车去找吴仲达了，吴仲达不清楚，便跑到韩满财家里帮唐秘书打问晓慈对象的事情。吴仲达把自己打问的结果告诉唐秘书后，唐俊茂几乎飞舞了起来。

回来后，怎么约见韩晓慈成了唐俊茂心中的难题，设想的约见办法一个个被自己推翻了。他思来想去，想给晓慈写一封信，更形象地说是一封情书。这是他第一次给喜欢的女生写信，开头部分让他十分艰难，怎么写都感觉不是那么完美，桌子上已经撕下了十几页不满意的废纸，真是万事开头难。绞尽脑汁地思索了好半天，又拿起了桌上的钢笔。

韩老师：

您好！

很冒昧地打扰你，说声"对不起"。

自见到你后，我心跳的频率就再也没有任何规律而言，你含蓄美丽的模样在我心中是一幅永不褪色的优美画卷，站在画卷前的我，是孤寂和无助的。我无法忘记见到你时的情景，没有你，我似乎就一无所有了。

我满脑子都是你，你的声音回荡在我的耳朵里，欲罢不能……我中了你的毒，全世界唯独你有解药。

我的爱因你而生，我的情因你而动。

我害怕黑夜的到来，更期盼黑夜的到来。夜晚可以没人干扰地想你，想你的时候让我常常忘记了早上的太阳。我是平静湖面上泛着的一叶小舟，正在驶向你那芳草萋萋、树木繁盛，扬着生命之绿、天空之蓝的目的地。我更希望你能给小舟划桨的时间，好让他平静地归入你美丽的港湾。

一切曾经的生活都因你而变得甜蜜无比。

我想和你在一起。

唐俊茂

9 月 13 日晚

快到中午下班的时候，唐俊茂请了半小时假，走入了石门乡邮政局墨绿色的大门。在寄件人地址处，写上了自己县城的家庭住址。把这份信件迫不及待地投入墨绿色的邮筒里，满怀期待地回到了工作中。

当晓慈从办公室分发报纸的老师处拿到信件时，还以为是远在省城上学的哥哥给自己的来信呢。看到寄信地址是县城的，她有些诧异，自己没有在县城的好友或熟人啊。好奇心使然，轻快地回到宿舍，撕开了信件。先看到落款"唐俊茂"这个名字时，自己好像已经记不清了。从头开始读起了内容，脸上不自觉地泛起了绯红，匆匆撕碎了信件包括信封，扔到了炉子下面的垃圾斗里。记忆搜寻着唐俊茂的影子，模糊的记忆淡化了他的外貌，可以肯定的是，他不是自己喜欢的类型。对他这种表达爱意的方式，比起上门直接找自己或找人请吃饭的见面方式，晓慈觉得还是很文明，也能让双方避免不必要的尴尬，唐俊茂的这一做法反而给晓慈留下了好印象。

周五下午，唐俊茂一下班，就着急忙慌地往家里赶，进门后，见到母亲的第一句话就是："有没有我的来信。"母亲吐出"没有"这个词时，唐俊茂的情绪一下子从沸点降到了冰点。

夜里唐俊茂辗转不寐，自己暂时还没高明的办法获取晓慈芳心，又担心让别的男青年捷足先登。这样的想法，注定了心被折磨得凌乱不堪。如同指间点燃的烟，燃烧着心事的孤单，飘进嘴里，落入心底的却是牵肠有毒的念想。

近段时间，唐俊茂接连给晓慈写了好几封信件。全部石沉大海，没有任何回信，他多希望晓慈给自己回一封信，哪怕没有任何内容都行。光亮的头发不再那么平整，学会了吸烟，指头缝里经常夹着香烟，把中指和食指熏得有些发黄，在相思的熬煎中和爱情的等待中，他似乎有些发疯了。

爱情，一切全是爱情惹的祸，多么折磨人的爱情啊。自己一颗热烈的心，似乎在昨夜的寒风中被撕裂了，也许唯有明晨爱情的太阳可以缝合。

唐俊茂的心事全部写在了脸上，儿子的变化引起了父亲的注意。晚饭后，父子两人相约去跑步，这当然是唐秋生提出的。他发现儿子最近既不和他交流，也和妻子说话少了，有时候表现得很烦躁。他想通过跑步的机会，和自己的儿子谈一下。在体育场，两人一前一后地慢跑着，跑了两圈后，两人靠在跑道边上的双杠上。

"茂茂，看你闷闷不乐的样子，你是不是有什么心事？"唐秋生呼吸急促。

"也没啥，就是……"唐俊茂停顿了。

"是不是工作不顺心，还是……"唐秋生关切地问儿子。

"不是，工作挺好的，就是……有一件我自己的事情，不知怎么跟你说。"唐俊茂望着远处高低起伏的群山。

"有啥事不能对爹讲的，说不定我还能给你出个好主意哩。"

"这个事，你帮不上忙。"唐俊茂说话的语气有一些无奈。

"说一下，我听听。"唐秋生关爱地说。

唐俊茂曾想请自己的父亲帮忙，让中心学校的校长曹清云出面，可能会达到自己预想的结果。毕竟，曹清云是韩晓慈的领导。他很快打消了这个念头，不愿意通过以权压人的方式获得自己的爱情。他想得到晓慈，但要通过他自己的方式去争取。

"我喜欢上了中心学校的一个老师，人家根本不理我。"面对父亲的追问，说出了自己的心里话。

"哪个老师？"

"韩晓慈，韩老师。"

"那是个好老师，我知道，也见过。"原来自己的儿子受到了爱情的打击和折磨，唐秋生心里很高兴，说明儿子有看上的姑娘了，只是还未得到好的结果而已。

"你见过？"唐俊茂惊讶地看着自己的父亲。

"见过，我是教育局局长，她是学校的老师，而且是一位很优秀的老师，我还听过她讲课呢。"唐秋生说。

"需要爹给你帮忙吗？要不找你曹……"

唐秋生还未说完，唐俊茂就打断了父亲的话语，说道："算了，这事你就当不知道，自己的事情还是我自己办吧。"

"好，等你佳音。"

黑夜还没完全笼罩小县城，远处高低起伏的群山好像是谁在用画笔勾勒一样，县城街道里亮起的灯光一直铺到了路的尽头。上晚自习的男女高中生，从各道道巷巷涌到了街道主路上。几个到县城卖农作物的周边庄稼人，扯着嗓子，便宜处理着自己的白菜、洋芋等，把清静的街道闹成了一团。

回到石门乡后，唐俊茂决定利用星期天晚饭后的时间，主动找晓慈谈一下。出门前，他把自己凌乱的头发梳了一下，尽量把自己收拾得整齐一点。

唐俊茂再次来到了晓慈的宿舍门口，伸出准备敲门的手又收了回来，深深地吸了一口气，缓缓地吐了出去，再次伸出了手。

咣咣咣。唐俊茂的心都提到了嗓子眼。

"吱呀"一声，门打开了。光彩耀眼的韩晓慈出现在唐俊茂的眼前。薛莉莉已经和自己的恋人到外面散步去了，只有晓慈一人在宿舍。

唐俊茂鼓足了勇气说道："我可以进去和你说吗?"

晓慈进了宿舍，唐俊茂跟在后面进来了。晓慈没有拒绝他的原因，也许是因为上次欠他人情，也可能是唐俊茂几封信件的缘由。

进到宿舍后，唐俊茂拘束得像个见了老师的小学生，站在宿舍的炉子边，满脑门渗出的汗珠子如干完重农活的庄稼人一样。他拘束的样子反而让晓慈好笑，只是没有笑出声罢了。

"找我什么事?"晓慈问。

"我……我能不能经常来见你?"唐俊茂声音有些颤抖。

"见我干什么?"晓慈不屑一顾地说。

"我给你写了信，你是不是忘记回信了，还是……"唐俊茂没有正面回答晓慈的问题。

"哦，我忙。"晓慈轻描淡写地回答着。

桌子上钟表的秒针嚓嚓地走着，每一秒都走得那样镇静自然，每一秒却又走在唐俊茂的心坎上，令他心跳加速。

过了好一会儿，晓慈说道："没事的话，我要去忙了。"

"那你忙，我明天再来找你。"说完，唐俊茂出门了。

唐俊茂虽不是自己心目中伴侣的样子，自己倒是对他不反感，这是晓慈直观的感觉。

每天晚饭后，唐俊茂就会出现在晓慈的宿舍，每次都是简单的几句话。两个人越来越熟悉了，话语语气变得不再生硬，不知从哪天开始，两个人的聊天也变得随和了起来。近两天，他去中心学校时，专门给晓慈带了几本《读者文摘》杂志。当然，这几本杂志是他每周末回家后专门跑到新华书店购买的。

晓慈发现，唐俊茂是个非常有思想的人，有文化、有素养，懂得尊重别人。看问题的方式、判断事情的标准和别人也不太一样。晓慈有些地方受益颇多，甚至喜欢上了和唐俊茂聊天。

每次和晓慈见完面后，唐俊茂都会激动好一阵，情绪高涨，心情舒畅，连秋日里落下的树叶在他眼中也变得那么多情火辣，山上发黄的野草在风中看上去是那么温柔地摇曳，感觉每天早晨的自己都是从睡梦中笑醒的。

爱情的火苗在慢慢地燃烧，唐俊茂嗅到了幸福的味道。这一切是天意，是缘分。

第十六章　缘　分

第十七章　登　门

如果把人的一生比作变换的季节，那么一个人发光的青春时期，就像春天一样是优美的孕育时期，生命的果实像播种在田里的庄稼一样在美丽平静的气氛中等待雨水的滋养和浇灌，而爱情犹如田里施的肥料，能加快种子生根发芽的速度。

唐俊茂找晓慈的次数越来越多，由每天晚饭后的一次增加到了两次，午饭后和晚饭后都会来。虽然晓慈和唐俊茂的谈话中并未表达半点关于恋爱的意思，自己也从来没有拒绝过什么。在唐俊茂的邀请下，还去了两次石门乡政府，进过唐俊茂的办公室。在晓慈眼里，这个比自己足足长四岁的唐俊茂，考虑问题全面，有时候带给自己的关怀就像兄长一般。她清楚唐俊茂喜欢她，在追求她，只是她自己暂时还没做好恋爱的准备。

唐俊茂频繁地找韩晓慈，时不时地会碰到晓慈的好朋友薛莉莉。起先薛莉莉并未关注这个长相普通的男子，偶尔碰上到宿舍找韩晓慈的唐俊茂也只是客气地打个招呼。

慢慢地，薛莉莉和晓慈的谈话中，唐俊茂出现的次数越来越多，薛莉莉以关切的语气在晓慈面前询问唐俊茂的家庭条件。晓慈并未深层次地了解过唐俊茂，回答薛莉莉的只是自己知道的一些情况。如"他是石门乡的干部，至于他的家庭情况我没有问过，也不想问那么多"。不知为什么，薛莉莉立刻会露出不满的表情，丢出一句"我又不和你抢"这类的话语，一时间弄得晓慈十分尴尬。

在唐俊茂频频与晓慈见面的时候，薛莉莉发挥着自己的专长，已经把唐俊茂的家庭情况打听得清清楚楚。在对待这种事情上，薛莉莉的能力是毋庸置疑的。她觉得晓慈除了长得比自己好看一点点外，气质和家庭条件远远无法和她相提并论，她甚至怀疑唐俊茂是不是看错了人，也许是找她的，恰巧被晓慈撞上了。因为晓慈的教学能力和唐局长儿子的青睐，薛莉莉在内心和晓慈较着劲，她们友谊的小帆船恐怕再也不能正常前行了。如果说晓慈出众的教学能力是造成她和好朋友薛莉莉友谊的裂纹，那唐俊茂的追求便是导致她和薛莉莉友谊破裂的鸿沟。

最近，好朋友薛莉莉对张哲宇越来越凶狠了，在张哲宇面前摔盆子掼碗，骂骂咧咧。再也没有主动去过张哲宇的宿舍，晚饭后，张哲宇邀请她出去走走时，更是置之不理。如果张哲宇上门来找她，她当着晓慈的面，说着张哲宇窝囊废这类的难听话，弄得张哲宇莫名其妙，只得难受地离开。如果恰好碰到上门来找晓慈的唐俊茂时，薛莉莉的态度立即一百八十度大转弯，又是让座，又是倒水。在唐局长儿子面前，薛莉莉谈吐文雅，彬彬有礼，俨然一副大家闺秀的做派，和面对张哲宇时截然不同。多少年的交往，晓慈还没发现自己的好朋友具备这样的能力，真实的面孔用油彩掩饰得非常完美。

夜里，张哲宇以为薛莉莉遇到什么不开心的事情，坐在床边开始哄薛莉莉，就像妈妈哄生闷气的娃娃一样。薛莉莉背对着张哲宇，脸上扣着一张报纸，根本不想看这个哄她的男人。晓慈为了不使张哲宇难堪，默默出了门，听见薛莉莉肮脏的话语，咒骂得十分难听，说她怎么看上一个"狼不吃狗不闻的男人"。当初可是她整天缠着张哲宇，此时骂得却十分有理。这是没有幸福的爱情。

不知什么时候外面已经下起了雪粒，晓慈在覆盖了一层雪粒的操场上走出一个大白兔的样子。看见张哲宇出来后，晓慈回到了自己的宿舍，薛莉莉睡觉的姿态和她出门前一模一样，没有一点点变化。

大约过了一个钟头，"咣咣咣"门响了。

晓慈以为是唐俊茂来了，不由自主地看了一眼写字台上的闹钟，快十一点了。

"谁啊?"薛莉莉开口了。

"是我。"张哲宇的声音。

晓慈准备穿衣服下床时,被薛莉莉拦住了。她轻声说了一句:"你先不要管。"

咚咚咚。敲门声大了一点。

"哪个王八蛋?"薛莉莉失去了淑女的风范,破口大骂。

"好你哩,你出来到我宿舍里说行不行?"张哲宇近乎哀求的声音。

"没啥好说的,已经说得那么明白了,还说个啥?"薛莉莉狠劲地咬着自己的牙关。

"不说也行,你先开门,我到街道里给你买了水果和面包,你先吃点吧。"又是一种近乎哀求的语气。

"我不饿,你再也不要来烦我了!"薛莉莉对于张哲宇近乎下贱的温存不屑一顾,发出了歇斯底里的声音。

晓慈实在听不下去了,三把两把穿好衣服,不顾薛莉莉的阻拦,把门打开了。她再次走入了雪地里。开门的时候,张哲宇歉意中一股和善的表情,对她笑了笑(晓慈看到的笑比哭好不了许多),这是一种比语言更深沉的感激。

最终,张哲宇再也没能哄乖他的恋人,一对快要走进婚姻殿堂的恋人彻底分手了。

人啊,是多么有情,又是多么无情。能够编织幸福的梦想去尽力实现它,更能亲手毁灭编织的一切,制造世间的悲剧。

张哲宇和薛莉莉分手后,学校里的女老师们私下都议论纷纷,有说张哲宇不是的,有说薛莉莉不是的。最高兴的人当属闫万才,当之无愧是一个看热闹不嫌事大的旁人,满嘴净说些风凉话,到处散布薛莉莉和张哲宇分手的流言,被他那张细碎的嘴加工得十分难听。

张哲宇被薛莉莉甩在了半路上，那张英俊帅气的脸庞失去了往日的风采，整个人消沉了许多，一副灰头土脸的样子，就连学校的同事看着也格外心疼。

在办公室，晓慈本想安慰一下张哲宇。没想到，张哲宇已经想通了，更想开了。"韩老师，你不用安慰我，是我自作自受。只怪我自己不能成为薛老师想要的人，无论怎么样，我毕竟爱过她，她也爱过我，基于这一点，我一辈子也不会怀恨她。"

从薛莉莉和张哲宇不幸的爱情中，晓慈想到了一句话："活在仇恨当中的人是没有快乐的，有些人，留在身边是一种疼痛的暖，可是真的松开手，便化作了无法释怀的不甘。"她认为，自己一旦恋爱最起码要做到有始有终，当然选择恋人时对方也必须有同样的想法。

薛莉莉的生活又回到了往日的平静中，似乎什么事情也没发生过一样。

唐俊茂还是从不间断地往中心学校跑，无论遇到多忙的事情，都没有改变自己这一行动。在和晓慈近三个月的愉快沟通中，他一旦聊起涉及爱情方面的话语时，晓慈总是闪烁其词，不给他一个肯定的答复，这让唐俊茂很着急、很苦恼。

最近几天，每次他到学校找晓慈时，都会被专心等在学校大门口的晓慈好朋友薛莉莉拦住。出于对别人的尊重，唐俊茂只能听薛莉莉说一些乱七八糟的话题。有时候，如果唐俊茂硬要走进学校大门，薛莉莉会以晓慈在给学生辅导作业或晓慈正在校长办公室谈工作这类的借口搪塞他、阻止他。

有时候，薛莉莉一下班，连饭都顾不上吃，早早地就往石门乡政府跑去，一门心思地去找唐俊茂。

刚开始，唐俊茂还主动和她说一会儿话。后来，她主动和唐俊茂谈论一些关于爱情之类的话题时，让唐俊茂很不舒服，慢慢地他开始回避薛莉莉。薛莉莉想用自己的老办法，把追求张哲宇时的手段用在了唐俊茂身上。

夜晚，在宿舍里，薛莉莉开始说些唐俊茂的话题。例如"唐俊茂来找自己，自己找唐俊茂，发现唐俊茂是个非常体贴的男人"这类的话语。

晓慈完全相信了薛莉莉的话语，因为最近她再也没见过唐俊茂。从薛莉莉和张哲宇的恋爱事情上，晓慈相信薛莉莉有这样的超能力，可以做到让唐俊茂喜欢她。

她不自觉地在心里开始厌烦起了唐俊茂，又暗自庆幸没答应唐俊茂的追求。

次日中午，晓慈快到宿舍时，看见薛莉莉正和唐俊茂站在宿舍门口。薛莉莉看到走来的晓慈后，故意装作没看见晓慈，赶忙把自己的手放在了唐俊茂的胳膊上。唐俊茂对薛莉莉的举动感到诧异，抽走了自己的胳膊。准备离开时，看到了站在自己身后不远处的晓慈，唐俊茂准备和晓慈说话时，晓慈根本没给他机会，直接进了自己的宿舍，留给了唐俊茂"哐"的一声。

学校的老师们又流传薛莉莉和乡政府唐俊茂恋爱的事情。这个流言当然出自薛莉莉之口。薛莉莉相信，热心的老师会加工得更加贴合实际，更能让晓慈断了对唐俊茂的念想。

躺在床上，晓慈觉得唐俊茂有些卑鄙，拆散了张哲宇和薛莉莉，张哲宇老师所有痛苦都是唐俊茂带来的，唐俊茂的样子让她感到十分恶心。要是他提前出现，说不定自己还能和张哲宇走到一起。她喜欢过张哲宇，但也不想吃别人吐出的东西。她是一个农村传统爱情观念的忠实守卫者。

唐俊茂更加困惑，为什么晓慈不再理他了。他一下子明白了，是讨人厌的薛莉莉惹下的祸端。他心正不怕影子斜，可恶的薛莉莉不知在自己追求的人儿面前说了什么话，让晓慈对他的态度急转弯。他开始费尽心机地躲避薛莉莉，而薛莉莉却挖空心思地讨好他。他在薛莉莉面前说的有些话已经够狠了，可是薛莉莉还是三番五次"贱兮兮"地找他。

面对唐俊茂说狠话时，薛莉莉也很伤心，更让自己颜面扫地。为了自己认为的好前途，在她看来脸面算不了什么。

几天后的一个夜里，唐俊茂做了一个大胆的决定：周末要上一次韩晓慈的家。和晓慈见面谈一下。

星期六一大早，唐俊茂跑上跑下地在石门乡的街道里开始买东西。摩托车的后面绑的是一些蔬菜和肉制品，两个把手上挂着水果和麦乳精。满怀期望、高高兴兴地出发了。

到韩家庄已经临近中午了，先到了吴仲达家里，吴仲达指给了韩晓慈的家门。唐俊茂本想拉上吴支书，吴支书的一句话点醒了他："娃娃，你们是年轻人，一个人去妥当些，也好说话。"

"有人吗？"唐俊茂头探进韩家的院门。

韩晓慈掀开了屋子门上的棉布厚门帘，看到突然造访的唐俊茂，一股热辣辣的滚烫在脸上窜流，紧张情绪中有一丝生气，声音颤抖着说道："谁让你来的，你来干啥啊？"

"我自己来的啊，看看叔叔、阿姨。"唐俊茂反而表现得很平静，好像自己很有理一样。

听见屋外的陌生男人声音，满财一瘸一拐地出了屋子，只见一个穿着精细毛呢料的陌生小伙。唐俊茂见到满财出来，赶紧热情地握住了满财的手，开始自报家门。

"叔叔，你好，我是晓慈的对象，我来看看你们。"他夸大了与晓慈的关系。

旁边的晓慈赶忙说道："你胡说啥呢？"

"好，好，屋里进。"满财礼让唐俊茂进屋。

唐俊茂麻利地取下摩托车上的所有东西，满财要帮忙拿，唐俊茂说自己可以，两个手里拿得满满当当。害怕晓慈阻拦，唐俊茂紧跟着满财进了屋子。

晓慈认为唐俊茂有些得寸进尺，不给自己打招呼，贸然上自家的门，有些生气。生气归生气，厚脸皮的唐俊茂就坐在自家的炕栏石上，总得招呼吧。她妈妈也有点紧张，对上门自称是"女婿"的男子，丈母娘似乎还没做好心理准备，在厨房唠叨着晓慈的不成熟，抱怨晓慈不提前打个招呼，好让他们准备一下。

晓慈很无辜，没法给自己的母亲解释，只能听她妈的唠叨，帮着做饭，心里骂着讨人厌和憎恶的唐俊茂。

唐俊茂的心渐渐地平静了下来，环顾着这间昏暗的屋子，破墙烂柜。除了穷，还是穷，和自己殷实的家庭比起来，还不如自家放东西的杂货屋。他虽不是农民，但经常下乡，去过的农村人家也不少，至少到目前为止，还没碰到晓慈这样的农家。在内心泛起对晓慈的同情，男子汉的一股怜悯之情瞬间升起——要帮他们改变生活，以后再也不会让晓慈吃苦受累。

大概是早上没有吃饭的原因，对晓慈妈妈端来的饭菜，他刚开始几口吃得还很斯文，而后狼吞虎咽，吃了满满两大碗面条。这是他吃过的最好吃的面条。他本想再吃半碗，但第一次上门，害怕被晓慈家人笑话。

满财还不住地夸他："好小伙，饭量也行，能吃就能干，是个当庄稼汉的好材料。"

满财妻子说道："你不要说昏话，我刚听晓慈说，人家是乡里的干部。"

满财回道："干部吃好了身体也才能干好工作嘛，才能更好地为人民服务。"

唐俊茂有些不好意思地笑着。想跟晓慈说什么，但是晓慈根本不理睬。

在晓慈家里，唐俊茂表现得非常积极，帮晓慈收拾碗筷，还摆出了一副要刷锅洗碗的架势。晓慈妈妈急忙拦住他，说道："这不是男娃娃干的活，让晓慈干。"唐俊茂跟前跟后地围着满财，满财要给骡子添草时，他立即接过背篓，也不取掉粘在衣服上的黄草。走之前，还帮满财把院子扫了一遍，裤腿上沾满了细土。这些粗活他可是从来没有干过的，在满财家却干得细致认真。

唐俊茂走后，满财夫妇夸了好一阵子。唐俊茂出色的表现，给满财夫妇留下了好印象。

周日下午回到学校，放下自己的东西后。晓慈立马到了石门乡政府，这是她第一次主动找唐俊茂。在乡政府院子的篮球场，晓慈眼里闪着凶光，说道："没有我的允许，请你不要再往我家里跑。"说完，转身就要离开。

唐俊茂拉住了晓慈的胳膊，晓慈甩开了唐俊茂的手。唐俊茂拦在晓慈面前，说道："我真的喜欢你，就想娶你。"

"我没考虑过要嫁给你，也不想嫁给你，请你不要打破我们几个月建立起来的友谊，你好好对待薛莉莉。"晓慈的话语说得有些重。

"请你相信我，你一定误会啦！"唐俊茂无助地看着晓慈走远的背影。

唐俊茂对薛莉莉几乎没有任何语言交流了，态度也变得越来越差了，凡是薛莉莉来找自己，他都避之不见。

薛莉莉心里想，你唐俊茂不见我，总得上门见韩晓慈吧。每天午饭、晚饭后，她总会在学校门口磨蹭老半天。

又是一个晚饭后的下午，天黑得越来越早，也越来越冷了。薛莉莉等待的人出现了，薛莉莉把唐俊茂再次拦在了校门口。唐俊茂根本不理薛莉莉，只管往里面走，薛莉莉甚至拉住了唐俊茂的胳膊，唐俊茂狠狠地甩开了。说道："请你尊重自己，尊重你的好朋友，也尊重我。我不喜欢你，如果你还有点羞耻感，请你做一个令人赏识的女孩子吧！"

唐俊茂折转身，回乡政府去了。

薛莉莉眼中的泪水在打转，站在原地，两条小腿像灌了铅一样，沉重得无法挪动。唐俊茂的话语在耳边回响——"如果你还有点羞耻感，请你做一个令人赏识的女孩子吧。"

随后，便是长长的一阵寂静。

对张哲宇的哀求她漠然置之，对唐俊茂冷淡她乐此不疲。受到一厢情愿的打击后，她才真正审视了自己，觉得对张哲宇太过于冷酷了。

开弓没有回头箭，自己只能咬紧牙关往前走——薛莉莉在内心安慰着自己。

一阵寒风过后，她感到脸上凉滋滋的，天空开始飞舞起了冰冷的雪花。

第十八章　婚　礼

寒假如期而至。

每当岁月的脚步迈进了寒冬腊月，过年的氛围就日渐浓厚起来了，韩家庄最热闹、欢庆的时刻来临了。人们在小小的村子里欢快愉悦，孩子们欢声笑语，大人们忙忙碌碌，恰到好处地映衬着和谐欢跃的村庄，整个一片其乐融融的和谐天地。

白色的炊烟吊在腊月的风里，飘忽摇曳，蜿蜒起伏，有几分昂然，也有几分恣肆，在暮色合拢的傍晚时分，略带一些矫情地弄出几分诗情画意，西边丹雅山顶的残雪把整个山的起伏线映衬得更加明显，薄如蝉翼的炊烟缭绕在村子的上空，每家木质房门的屋子里飘出一股炒肉的浓浓香味——韩家庄最美的风景莫过于此。让人忍不住想起了陶渊明的《归园田居》中"暧暧远人村，依依墟里烟"的诗句。

谁也没想到，吴仲达的二儿子吴建伟今年居然打了个满年的工，他跟着村里的汉子们出去得最早，回来时却是村里最后一拨。蔡志昌夫妇对吴建伟的表现倒是欣慰了不少。这个放荡不羁的年轻人，从和蔡文霞订完亲后，重新有了对生活的认识，有了对爱情的责任。他不想让那么好的姑娘跟着自己受罪，哪怕多苦、多累，也要让亲爱的文霞过上好日子。回到家，把自己打工挣下的两千元，给自己的父母一千块，剩下的一千块便急急送到了蔡文霞的手里。

吴建伟回到家后，吴仲达夫妻和大儿子吴建雄两口子还是苦口婆心地劝解他，好让他回心转意，散了这门亲事。

吴仲达坐在吴建伟的旁边，在吴建伟的肩膀上拍了拍，再也不像以前说话的口气了，似乎有些哀求地说道："伟娃，这个事情我都想了一年了，你还是打消做上门女婿的念头吧。"

吴建伟看了一眼父亲，说道："爹，我知道你们为我好，可我就看上蔡文霞了，其他的女子入不了我的眼。"

"哎呀，我的好娃娃哩，我们辛辛苦苦把你拉扯大，上别人家的门，端别人家的碗，吃别人家的锅底饭，我们于心不忍啊。天下女子多的是，我们慢慢给你寻，总会寻下的。"吴仲达说到了伤心处，嘴唇颤抖了好几下，再也没有往下说了。

吴建雄接过父亲的话题说道："建伟你出去打工一年了，在外面的风一点没吹醒你，思想还是没一点变化，招女婿是立人家墙旮旯的，我们家里条件也算可以哩，你还是把这门亲事早早散掉吧。"

"哥，做人做事得凭良心吧，人家文霞答应下我了，我不能把人晾在河岸上，以后她还怎么嫁人哩。"吴建伟说道。

建伟的母亲被丈夫劝解儿子的一席话，说到了难受处，声音中带着一种哭腔，说道："伟娃，你是妈妈身上掉下来的一块肉，妈妈怎么忍心把你送到人家去。你爹也常在人前头走，让外人知道我们的儿子招了女婿，还不让人们笑掉大牙啊。"

"妈啊，都啥年代了，你们怎么还是过去的老封建思想啊！"建伟有些不耐烦了。

吴建伟的大嫂说道："建伟，你万万不能冲动。你知道我们村子王家的招女婿张学年吧，吃了早上没后晌，家里没有一个心疼他，两个手干重活都变形了，自从到我们村以后，我从没见过张学年穿过新衣裳，穿的全是村子里人给的补丁衣裳，比前些年的韩二叔还可怜。你把蔡家的婚事推掉，嫂子明儿个回趟娘家去，找我爹，给你说一个攒劲的媳妇。"

听完大儿媳妇的话语，吴建伟的妈妈已经放开声音哭了。

他们一家，围在吴建伟的身边，举例子、做比较，又是吓唬，又是规劝，费尽口舌地想让吴建伟回头。

吴建伟心里的不耐烦彻底爆发了，说道："你们再不要劝我，蔡家就算是火坑，我也要往里跳哩。"

儿子是铁了心了，坐在炕栏石上的吴仲达，失去了往日的风采，一滴清鼻涕挂在鼻尖上，吴支书也没顾上擦。"啊嘿嘿嘿嘿……"开始哭出了声音。

满炕跑来跑去玩耍的吴健雄小丫头，以为吴仲达没有吃到奶糖而哭，把自己吃到嘴巴里的奶糖吐出后，恋恋不舍地往爷爷手里塞。

吴建雄扇了吴建伟一个巴掌："我没有你这么没出息的弟弟，让爹妈伤心，你就好受得很吗？"说完，拉着自己的妻子，抱起炕上的娃娃出了吴仲达的堂屋门。

夜已经很深了，蔡志昌家的灯还亮着。今晚，他们夫妻特意让二女儿文霞和他们睡在了堂屋炕上。

蔡志昌妻子摸了一下睡在边上的蔡文霞的头发，说道："霞霞，要不和吴家的亲事就算了吧！一个村子低头不见抬头见，上屋里放个屁下屋里就闻到了。你说呢？"

"妈，你都给我说了一年了，我耳朵都起茧子了。吴建伟变了，你们也看见了，他真的会对我和你们好呢。"蔡文霞一副无奈的表情。

"死丫头，一说这话就急眼，妈妈还不是为了你好啊！"

蔡志昌披着被子斜坐在炕头上，点了一根纸烟，说道："霞霞，你妈说得对着哩，我们这一年就想把你们的婚事给拖黄了，你这个丫头是个犟脾气，听不进去我们一丁点好话啊！"

"爹，不是我不听，我真看上吴建伟了，就算跟上他讨饭吃，我也愿意。"蔡文霞回答得很坚定。

蔡志昌妻子侧起身准备说话时，让蔡志昌拦下了。说道："你睡下，急啥呢！娃娃都这么大了，我们再不唠叨了。"

蔡志昌忽然间换了一个人似的，以央告的语气对蔡文霞说道："爹以后再也不说了，爹求你一件事，爹和你妈妈到老了，干不动活的时候，你不要嫌弃我们夫妻俩，把你们吃剩的饭，给我们两个老鬼端给一碗。我们死掉后，还有老大和老三哩，你们看着哪里顺眼就埋在哪里。"蔡志昌的眼里流下了两串眼泪。

"爹，你说啥呢，我发誓，只要我们有稠的，绝不会让你和妈喝稀的。"蔡文霞跪在了自己父亲面前，帮父亲揩掉了眼里的泪水。

蔡志昌的妻子把自己的头捂在被窝里，浑身抽搐，再也没有了言语。

两天后，吴老六领着吴建伟来到了蔡志昌的家里，谈论着两个娃娃结婚的事情。又把一些该在结婚前履行的手续办理了一下，两家开始张罗着两个年轻人一生中的大事。

吴建伟和蔡文霞婚礼的日子定在了腊月二十日，这个日子是邻村的张道士给算的。这几天，吴、蔡两家都比较忙，每天不是到县城，就是到乡里买这买那，给两个娃娃准备结婚的东西。定厨子、请客、刷新房等一堆碎头巴脑的事情，两家大人忙得不可开交。

距离婚礼还有七八天时间，蔡志昌专门叫来了大女儿蔡文秀两口子。蔡文秀帮着家里发面、收拾屋子，给文霞缝着新婚的被子，大红被面上两个用金丝线绣成的鸳鸯活灵活现。蔡文秀丈夫在外帮忙，推磨、压面等，做着一些男人们该干的力气活。蔡志昌两口子还是蛮高兴的，毕竟要把别人家的儿子招进来。相反，吴仲达夫妻的情绪并不高昂，内心压抑得很，两个老人也就随便应付一下上门的人，屋里屋外的大事小情，全由大儿子吴建雄两口子在操持。

蔡志昌专门把堂屋右边的一间空屋子又粉刷了一遍，把屋子里的炕栏石换成了松木做的，大红油漆刷了好几遍，地面用红砖块铺得整整齐齐，顶棚用金色的塑料条带重新装饰了一番，还添置了几件像样的新家具，归置得妥妥帖帖。

蔡文旭带领着村上的几个年轻人，在蔡文秀丈夫的指导下，开始给蔡文霞收拾新房。红、黄、蓝、绿、紫等颜色组成的拉花从屋子顶棚的四个角拉到中心的彩色塑料绣球处，用红色纸张包住的灯泡正好穿绣球而过，四角的拉花到中心绣球的弧度恰到好处。打开屋门，两张对称斜贴的不大不小的光屁股男女宝宝塑料画一目了然，右手边的墙面上用大头针勾勒出的一个大大的双喜，大头针之间的距离是一样的，针的顶端用红毛线串了起来，双喜里面空心的地方，用撕得软嘟嘟、毛茸茸的红毛线填充起来，看着既饱满又松软，双喜下面一道算错了的一年级数学题"1+1=3"，和双喜的布置方式一模一样。左手边的墙面上斜八字形贴着两张外国女子的图片，硕大的半个乳房露在外面，大红嘴唇娇艳欲滴。红色的窗帘拉得严严实实，窗户上一张红纸剪成的双喜贴在正中间。

相比之下，吴仲达家倒没这么讲究，除了在吴建伟的屋子门口挂了一个红门帘、窗户上贴了一张红双喜和炕上的红色新床单外，其他和往常没有任何区别。

这对新人结婚正日的头一天，两个年轻人坐上蔡文秀丈夫（他们的大姐夫）开来的三轮车，到石门乡街道里的美发店把自己的头发收拾得引人注目，街道上见到他们俩的人都知道，这一对年轻人要结婚了。吴建伟的头发用发胶固定好造型，上面还撒了些细细的彩色粉末，在阳光的照耀下，明光缭绕，光彩四射。蔡文霞的头发全部盘了起来，固定得有模有样，像唐朝后宫妃子的发型一样，插着六朵塑料玫瑰花，用一块大红丝巾盖住了整个风鬟雨鬓的秀发，透过纱巾，朦胧里的可人模样让街道里的光棍汉们垂涎三尺，想入非非。

夜里，蔡文霞和吴建伟怕弄乱自己的发型，一夜未睡。吴仲达两口子坐在建伟的身边，吴支书老婆子用右手在儿子的脸上摸了摸，攥住建伟的手说道："娃啊，到了蔡家要打心眼里尊敬蔡志昌两口子哩。早上要早些起来，把院子给打扫干净，你能干的活要抢着去干，不能和在我们家一样，睡到太阳照到沟蛋子上才起身哩。"建伟妈看了一眼身边的儿子，吸了一下鼻涕，又继续说："蔡志昌经常外出，你要把蔡家的重担子给担起来，不要让人家厌烦你，才打头过日子哩，就要先把苦给吃下……"说到后面动情处，已经老泪纵横了。

吴仲达给建伟让了一根烟，自己也点了一根，说道："你妈说的要全记下，去了把自己收拾整齐，上门女婿也要把人活好哩，有啥不好说的事情，你就给文霞丫头去说，让她找自己的爹妈说去，你可千万不能顶撞蔡志昌两口子啊。一天操心着把蔡志昌的骡子给喂饱饮好。"

吴建伟答应着自己的父母，声音温柔得像个出嫁的女娃。老两口你一言我一句，说了许多，重复了许多，左叮咛，右嘱咐。话已经说完了，后面听不到说话的声音，老两口就一直坐在吴建伟身边看一眼、摸一把，始终不愿离开。

桌子上的摆钟，敲响了零点的钟声，吴建伟害怕熬坏自己的父母，催着让他们回去休息。吴仲达两口子出了建伟的屋子，轻轻拉上了门。后半夜老两口躺到自己的热炕上，心里难受地说了一夜话，两个眼肚子发肿得厉害，眼里布满了血丝。

蔡志昌夫妻也是一夜未眠，担忧着自己未来的生活。

清晨，鞭炮声在韩家庄响了好一阵子，蔡家娶亲的人和村里看热闹的一大堆娃娃们你推我搡地进了吴家的院子。

娶亲的人把穿戴整齐的吴建伟从屋子里引了出来，进了吴家的堂屋。建伟出门前，给自己的爹妈各自敬了一碗茶，在写字台上摆放的吴家先人照片前上了三炷香后，便跪下来磕了三个头。屋门口挤满了看热闹的婆姨、娃娃们，村子里一个上了年纪的吴姓白胡子老汉站在吴建伟边上嘴里念念有词：

东方太阳西方雨，

五谷杂粮全长齐，

> 锅灶唠叨即时休，
>
> 米面夫妻到白头。
>
> 出了吴家门，
>
> 进了蔡家屋，
>
> 常感父母恩，
>
> 莫做无情郎。

白胡子老汉说完后，一阵鞭炮声响起，屋里的一群人挤挤巴巴地跟在吴建伟的屁股后面往外走。

吴仲达夫妻跌跌撞撞把自己的儿子送出了院门，妻子放开声音嚎叫："我的心肝啊……"又一阵鞭炮声和人们嘻嘻闹闹的叫声掩盖了吴仲达妻子的嚎叫声。吴健雄的妻子急忙捂住了婆婆的口，扯拉着向堂屋走去，吴仲达妻子失去控制跌倒在沙发上，哭声没有丝毫减弱。吴仲达虽没有哭，但那张脸比哭还难看。吴建伟的姑妈抓着吴仲达的胳膊，担心自己的哥哥做出出格的事情。吴仲达进了院门，不知所措地拿起了立在大门后的扫帚，自己的妹妹忙夺下了扫帚，拽着吴仲达的左胳膊往堂屋里拉。

吴老六是今天村里最忙的人，他是蔡、吴两家喜事的"主持人"，上下跑，招呼着亲戚和庄邻先到吴家坐席，吃完席的人，又往蔡家引。

吴建伟进了蔡志昌的院子后，平辈的年轻人和村里的小媳妇就开始挑逗起他来了，这些人闹腾得厉害。蔡文秀的丈夫被蔡家一辈的嫂子和小舅子们画了个包公脸，脖子上被染上得五红六绿。蔡志昌两口子坐在堂屋里正对门专门摆下的两把椅子上，蔡文霞和吴建伟在长者的指导下在院子里跪下起来地拜着，长者说完一句，他们按照长者指引的方向鞠一躬。

> 拜东方，东方五谷香，
>
> 拜西方，西方庄稼旺，
>
> 拜南方，南方牛羊壮，

拜北方，北方财源广。

敬完神灵后，两个人跪到了蔡志昌夫妻的面前，再次遵照长者的指引，给蔡志昌夫妻敬了茶和酒。蔡志昌夫妻面上咧着嘴，心里苦岑岑，左手端着女儿敬的茶杯，右手端着女婿敬的酒杯。一群看热闹的村里帮忙的乡亲，时不时说上几句丢丑的玩笑话。最后，在长者一句"夫妻恩爱到白首，儿女绕膝满堂彩，送入洞房"的话语中结束了这简单又复杂的婚礼程序。

天还没亮透时，韩满财一家就让蔡志昌妻子请到了自己的家里，满财两口子没事找事给蔡志昌家里帮着忙。晓慈、晓丰和村里的其他年轻人一样，帮着给各桌子上倒茶、上菜的简单活。趁着没人注意的时候，文琳总会偷偷地在晓丰手里塞上些好吃的。

梁二老汉在山顶上静静地看着村里蔡家的红火事，羊群散落在他的四周，伴着蔡志昌院子里传来的一阵鞭炮声，莫名的难肠充斥着老汉的内心，压抑的、苍凉的、悲鸣的歌声从他的心里徐徐蒸腾了起来，顺着山顶上吹来的冷风四散开来：

　　哎嗨哟……
　　红洞房呀方正正，
　　红艳艳的双喜，
　　亮堂堂的灯，
　　俏妹妹呀俊模样，
　　白嫩嫩的脸蛋，
　　娇滴滴的嘴，
　　看得哥哥呀乐开怀，
　　亲一口呀心发慌，
　　猴急搂住往洞房里钻。

第十八章　婚礼

159

村里人一天吃了两顿席很开心、很满足，就是心疼自己的腰包，要随两份礼。要是随一份礼，吃两顿席更合他们的意。

相比而言，蔡家更红火一些，吃完席后。吴家远处的客人断断续续都走了，院落门口变得冷清了许多。

吴仲达夫妻一天都没有吃饭，亲戚朋友的安慰丝毫没有起到一点作用，天黑了，自己大儿媳妇端来了两碗鸡肉汤，宽慰话说了一大堆，老两口用湿毛巾擦了一下肿胀的眼睛，开始在肉汤里放了两疙瘩馍馍，才往嘴里送。

吃完蔡家的席后，结婚真正喜庆的节目才开始上演——闹洞房。闹洞房的除了村子里几个和蔡家没有血缘关系的男青年外，其他的都是吴家和建伟同辈的男人和小媳妇们。这些人嘻嘻哈哈地在文霞和建伟的洞房里折腾了好久，出新房门时，不论男女嘴里都叼着香烟。

来蔡家的亲戚朋友比起吴家的要多太多，划拳声一直持续到了凌晨，院门口好几处有村里醉酒男人们吐下的肮脏物。蔡文旭铲来的土覆盖起一个一个小土包。天明吃过早饭后，亲戚朋友才一个接一个地走了，走之前拉着蔡志昌的手，说了一堆祝福的好话。"招了个好女婿，看着攒劲得很，好好领着娃们过日子。"究竟怎么样，反正和自己也没有多大关系。

蔡志昌妻子早早地给文霞和建伟准备好了回门的礼品。三天后，吴建伟和蔡文霞来到了吴仲达的屋子。老两口激动得不知道是该坐下还是该站着。

蔡文霞帮着自己的婆婆在厨房里给他们做好吃的，坐在饭桌上时，老两口不断地给新媳妇夹菜。

吴仲达停下手里的筷子，对蔡文霞说道："你们两口子有啥事要多商量，多听你父母的话，把日子往前过，有啥难事了，就来给爹说一声。"蔡文霞点着头，没说什么。

看着儿子和儿媳的背影，吴仲达夫妻额头皱纹里写满了哀伤。用他们自己的话说，心已经死掉了。

晚饭后，蔡文霞和吴建伟才回到了自己的新房。

偎在被窝里的新婚夫妇，筹划起了明天的新生活。

第十九章　拜　年

薛莉莉多情的出现，犹如横在唐俊茂和韩晓慈之间的一条大河。不能及时化解他与晓慈的误会，就见不到心爱的晓慈，这让唐俊茂分外苦恼，他真切地体会了"求之不得，寤寐思服；悠哉悠哉，辗转反侧"这句话的深刻含义。

眼下，心爱的晓慈已经放了漫长的寒假，石门乡的街道里再也没有让他心动的任何事物了。唐俊茂在办公室里打转，灵机一动，产生了一个大胆的想法，何不再去晓慈家，这样就没有薛莉莉的阻拦了。

晓慈放假后的第四天，唐俊茂出现在了韩家庄，晓慈虽不怎么理睬他，好在满财夫妻还是挺热情的。后来，他基本隔天就跑一次，每次上门不是肉，就是菜，花样不重。他想通过这种方式在未来老丈人、未来妻子面前表决心，进了韩家，他看见活就干，给饭就吃，从不挑剔。来回跑了七八次，晓慈看他的眼神好像也温柔了，最重要的是晓慈的哥哥韩晓丰很看好他，觉得他是个可靠的男人，这让唐俊茂本来缺失信心的内心一下子充实了。

在唐俊茂的眼里，晓慈的哥哥有学识、有文化、有素养，说话的方式都和别人不太一样，尤其在和晓丰谈论农村社会经济发展时，晓丰提出的某些观点不仅切合当下农村实际，还很新颖独到，看待问题眼光毒辣，分析问题有理有据，解决问题思路清晰，唐俊茂认为自己在晓慈哥哥身上学到了很多。更让他刮目相看的是晓慈残疾的父母，家徒四壁的家庭在缺衣少食的情况下，能把两个娃娃培养得优秀上进。这是同样家庭条件下别的人家不具备的一种精神，觉得晓慈的父母具有情怀、责任、担当的胸襟。哪怕晓慈家庭再破烂，他也要努力争取娶到晓慈，愿意成为这个家庭的一分子。

夜里，他开始认真反思自己，在有些事情上优柔寡断，处理问题瞻前顾后，不能干净利索地解决一些麻烦事情，他决心要改变自己，做一个雷厉风行、敢想敢干的男人。

晓丰对三番五次上门的唐俊茂也留下了深刻的印象，能自然融入他们遭人嫌弃的家庭中，在他家的烂炕上坐得那么舒适，根本不挑剔他母亲从塌陷的厨房里端来的粗食淡汤，最重要的是很尊敬自己残疾的父母，看他父母的眼神都很和蔼。在晓丰看来，一个人无论怎么把虚假的情义装饰得如何真实，但眼睛却无法装饰，从唐俊茂的眼睛中，他发现的是真诚和真心。他认为唐俊茂不是一个嫌贫爱富的人，人很正派。他为自己的妹妹高兴，能有这样一个男人追求晓慈而感到心情愉悦。

晓慈从唐俊茂疯狂的行动中，她坚信唐俊茂是真的喜欢自己，这种喜欢是真心实意的。自己的父母，连同有文化的哥哥似乎也对唐俊茂很满意。可是一想到薛莉莉，就如鲠在喉，好像自己是破坏薛莉莉和唐俊茂关系的坏人。她很烦闷，也很压抑，似乎不那么讨厌唐俊茂，反而有一种淡淡的倾慕。

天快黑了，当晓丰牵着大黑骡子出门到河道里饮水的时候，晓慈跟在哥哥的后面，她想把自己心里的话和哥哥谈一下，让哥哥给自己出出主意，多少年了，自己多少难题都是哥哥解决的。晓丰也看出了妹妹的烦恼，大黑骡子在河道冰窟窿里满满地喝了一气，肚子大得要撑破了，晓丰把大黑骡子拴在了河道白杨树的树杈上，和妹妹坐在河道边上的一块大石头上。

"丫头，把你的烦心事给哥哥说一下呗。"

晓慈一股脑地把唐俊茂给自己写信，到学校找她，到薛莉莉分手，再到学校老师们的流言等等细节给晓丰说得清清楚楚。连自己地区师范喜欢的男生和自己曾默默喜欢张哲宇的事情也没落下。

晓丰听完后，很有逻辑地说道："其一，我觉得找一个自己爱的人，倒不如找一个爱自己的人。其二，我认为你和薛莉莉根本就不是朋友，充其量是同学兼舍友而已，真正的朋友是能在你思想迷茫的时候给予指导，能在你消极的时候给予鼓励，但是从薛莉莉的身上你要吸取教训，把她当成一面镜子，来对照自己的不足，也未尝不可。其三，从唐俊茂多次上我们家的表现看，他是真正喜欢你的。我虽不是唐俊茂，但哥哥也是男人，最能体会爱上一个人时的心情。其四，人要活得有尊严、有价值，只要心正，有啥可怕的。你不要担心你和唐俊茂恋爱后学校老师们的流言。我们家遭受的流言还少吗？爹妈如果因为流言能省吃俭用供你和我上学吗？建议你抛弃自己的偏见和你认为的颜面，和唐俊茂做一次真诚的谈话。"

哥哥的话好像是打开自己心门的钥匙，晓慈内心泄洪的闸口打开了，烦闷如同污浊的洪水一样浩浩荡荡排了出去。

"哥，谢谢你。"晓慈心情好了许多，又开始关心自己的哥哥，"哥，你有喜欢的人了吗？"

晓丰看了一眼晓慈，笑了一下说道："有，你也认识。"

晓慈在强烈的好奇心的驱使下，忙问："谁？"

"以后你就会知道。"

蔡文琳远远地出现在河道里，看到晓慈也在，她在不远不近的地方停下了脚步，脚底下不断地踢着河道边的碎石子。

晓慈给哥哥做了个鬼脸，起身拉着她家的宝贝——大黑骡子，知趣地先走了。路过蔡文琳的时候，叫了一声"嫂子"，蔡文琳的脸刷一下红到了耳根。

两人钻进了河道旁的小树林，拥抱、亲吻，一切都是那么熟悉。结冰的河面在月光的映照下，如一条洁白的丝带，飘向了远方看不到的地方。

清晨，两只喜鹊在满财房子后面的白杨树上早早地就开叫了，"喳喳喳"喳喳喳"。满财咳嗽着出了屋子，掀开门帘后，妻子正好撞在了自己的怀里。

"喜鹊子怎么叫得这么欢，今个家里不会来个亲戚吧？"韩满财问妻子。

"年三十的，还能有哪个亲戚，该不是乡政府的那个唐家娃娃来哩吧？"

妻子说着。

两口子话还没有说完，院门口便清晰地传来了"突突突……轰轰轰……"摩托车的声响。隔着篱笆院门，满财夫妻看见了熟悉的面孔，唐俊茂又来了。

取上摩托车后面捆绑的礼品后，小跑着到了满财夫妻的面前，说道："叔、婶，我来看你们了。"

韩满财接住了唐俊茂手里的东西后，说道："你这娃娃，来就来，再不能拿东西了。"

唐俊茂没说啥，只是嘿嘿地笑着。

满财妻子掀开了门帘，让唐俊茂进屋。进屋后，唐俊茂掏出了包里的东西，两条大前门，四瓶皇台酒，还有一堆水果和糖果。

满财瞄了一眼桌上的东西，说道："你这个娃娃，都是受苦人，拿这么贵重的东西干啥？"

"这不快过年了吗？这些东西是我爹妈准备给你二老的。"

"哎，你爹妈也真是的，花这些冤枉钱干啥啊。"

晓慈从里屋出来了，说道："妈，人家愿意拿就拿呗，你还害怕我们家没地方放啊！"

"憨丫头，一点没教养，净说些风凉话。"满财妻子有些生气的样子。

晓丰在河道里给大黑骡子饮水回来，看到熟悉的唐俊茂后，亲切地打了个招呼。便叫上自己的父母，三个人出了院门。晓丰说道："你们想到哪里转就到哪里去转，一个小时后再回来。"说完自己先往村子里的其他地方去了。满财夫妇明白儿子的意思，老两口只好往许二柱家走。

屋子里的晓慈和唐俊茂再也听不到院门口的说话声和脚步声了。

一阵沉默后，唐俊茂开口说道："你肯定误会我了，我和薛莉莉啥都没有，你应该相信我。"

"你让我怎么相信你？"晓慈用一种质问的口气说。

"那请你在今后的生活中和行动中考验我吧。"

又是一阵沉默后，唐俊茂试探性地问道："你们开学后，你能不能不要拒绝见我？"

"看你表现。"晓慈似乎已经原谅了他。

"我保证一定会好好表现，争取早日把你的名字写在我家的户口簿上。"坐在炕栏石上的唐俊茂站了起来。

"哼，那你就努力吧。"晓慈说得很轻蔑，也很俏皮。

如果说把人的一生比喻为一本书，那么，唐俊茂书本里最具意义的一页即将翻开，无论它是色彩斑斓，还是暗淡无光，能在自己书本上谱写生活的只有自己。里面的内容无论是幸福美满，还是悲惨痛苦，创造故事和把握情节的也只有自己。

午饭后，唐俊茂骑上自己的摩托车走在了回乡里的公路上，他心情相当不错，哼着小曲，吹来的寒风从来没有如此温暖过，公路两边扬起的尘土似乎有一股香甜的气息，反倒没有一丝呛人的感觉。他的眼前都是晓慈清秀挺拔的身影，他兴奋地操作着摩托车在原地打了三个转转，才恢复了正常的骑行状态。此时，这个快 27 岁的大龄男青年完全像个快乐的憨娃娃。

开心的他，不知怎么才能分享自己欢愉的心情。乡政府的晚餐桌上，他自掏腰包摆了几盘卤肉。和同事们说话的语气里全是幸福，提前给大家拜着早年。兴奋，真的太兴奋了。

让他意想不到的是薛莉莉又出现在了眼前，唐俊茂的心情如旺盛的火焰上浇了一盆冷水。

不见，她就会等在自己的宿舍门口，让同事们笑话他。见，她就会得寸进尺，让自己十分不舒服。自己的话已经说得那么绝情了，她还是锲而不舍，这种精神如果用在其他地方，保证能拿第一。唐俊茂心里烦躁地想着。

好在自己心爱的晓慈不在，他想最后和薛莉莉谈一次，让她不要再来烦自己。唐俊茂打开了宿舍门，走了出来，自顾自地向前走着。好在街道里的人们都吃完饭了，异常清冷，薛莉莉从容地跟在唐俊茂的后面，没有一点羞怯之意。走出了石门乡的街道，唐俊茂在一块看不见人的田埂上停下了脚步。转过身，唐俊茂不耐烦地说道："你怎么这样？我已经说得很清楚了，请你庄重点，再不要纠缠我了。"

薛莉莉摆出了一副可怜的样子，说道："我真的喜欢……"

还没等薛莉莉说完，唐俊茂打断了她的话，说道："行了，你不是我喜欢的人，我们没有未来。"

薛莉莉眼睛里泛起了泪花，说道："你能不能给我个机会？"

唐俊茂压制着自己向上蹿的火气，说道："没有机会，告诉你一件事情，我和晓慈恋爱了，我想娶的人是韩晓慈，她才是值得我发疯的人，你不是，请你以后不要再找我，更不要烦我。"说话间唐俊茂已经迈开了双脚。

薛莉莉冲上来，从后面搂住了他的腰。

唐俊茂掰开薛莉莉的手指，几乎在怒吼："滚，拿开你的脏手，不要脸的玩意。"唐俊茂几乎跑出田埂。

薛莉莉的泪水开始哗哗落下。有谁同情她呢，是一厢情愿，还是自取其辱，所有的痛苦是她自酿自斟自饮的苦酒。

天完全黑了，冬日的寒风吹到了人的骨子里，薛莉莉回到了石门乡的一个远房亲戚家。她失落的不是唐俊茂的拒绝和言语上的侮辱，而是失去了一个可以往上爬的梯子。

韩晓慈，讨厌的韩晓慈。她开始恨自己的好朋友韩晓慈，除了脸蛋出众一些，又有什么啊，韩晓慈家庭条件不如自己，气质没有自己秀丽，连胸都比不上自己的一半，瞎眼的唐俊茂，简直就是一个不识货的主。

夜里，薛莉莉产生了一个不可思议且十分大胆的想法。她想趁着唐俊茂和韩晓慈恋爱关系还未公布的情况下，何不到县教育局找分管人事的领导，说她是唐俊茂的女朋友，把自己调到县城的学校去。她翻来覆去地推算了好几遍，觉得可行性极高，就算别人知道了自己不是唐俊茂的女朋友又能怎么样，年轻人分手很正常啊。反正也不会有任何损失，何况，中心小学的老师们都以为自己正在和唐俊茂谈恋爱，教育局的人就算要打问一下，这些老师一定可以给自己帮忙。

天还未亮，薛莉莉便开始洗漱，精心地打扮着自己，坐上了石门乡第一趟去县里的汽车。到县城里，她觉得这里才是自己实现抱负的最好地方。在县城的一家饭馆里吃了早饭，调整了一下自己的情绪，朝着教育局的方向走去。

从一个走出教育局大门的工作人员处打问到了负责教师调动的办公室和具体负责人，她来到了人秘股。

进了人秘股的办公室，看见上次她和韩晓慈报到时的一个熟面孔，还是一副冷冰冰的模样。好在办公室只有一个人。她鼓起勇气，说道："你好，我想找一下人秘股的赵股长。"

坐在办公桌前的那个人好像在起草文件，忙得连头都没顾上抬，回道："我就是。"

薛莉莉连忙走到赵股长的办公桌旁，说道："赵股长，你好，我是石门乡中心学校的老师，我叫薛莉莉"。

赵股长抬起头瞅了一眼，又继续低头干自己手里的活，没有任何感情色彩地说道："什么事？你说。"

"我是唐局长儿子唐俊茂的女朋友，想找你帮个忙。"

薛莉莉说完后，赵股长立马从椅子上站了起来，让薛莉莉坐在了边上的一个原木凳子上，拿起了桌子边的暖瓶，准备给薛莉莉泡杯热茶，赵股长冰冷的脸庞似乎红润了许多，语气低柔地说道："什么事情，你说，只要在我的权限范围内，我尽量想办法给你解决。"

薛莉莉感受到了唐局长的威力，兴奋大胆地说道："我想……能不能把自己调到县城工作？"

赵股长立刻表现出一副吮痔献媚的嘴脸，礼让着薛莉莉喝茶，自己也拿起了桌上的茶杯，说道："调动工作要通过县人事局，这个事情得给局长汇报。"

薛莉莉兴奋的心情一下子紧张起来了,大脑高速运转,尽力发挥着自己的聪明才智,说道:"股长,我就是不想让俊茂的父亲知道,才偷偷找你的。如果办不了,你就当我没来,千万不能让唐局长知道。"薛莉莉从凳子上站了起来。

赵股长立即对薛莉莉说道:"你先坐下,不要着急嘛,我保证不说。有一个办法可以让你先到县城来教书。"

"啥办法?"薛莉莉的心里又燃起了希望。

"我正在起草全县教师轮岗交流的方案,让部分教学突出的县城教师到山区学校蹲点教学,把好的教学经验和做法在工作中给山区老师进行分享和交流。当然,山区学校的部分老师到县城各学校进行提升锻炼,把学到的方法回去后用到实际的教学工作中,达到提高山区教学质量的目的。"赵股长说得清楚明白。

薛莉莉追问道:"这和我又有什么关系呢?"

赵股长笑了一下,说道:"在交流的教师人员中,我把你加进去不就行了。"

薛莉莉会心地笑了一下,捋了捋鬓角的一丝头发。

赵股长继续礼让着她喝茶,又说道:"这次山区学校到县城的教师不多,你只要到了县城的学校,好好工作,后面再想办法把你调进来,也不是多大的难事。"

薛莉莉喝了一口茶,说道:"谢谢赵股长,我一定会好好表现,认真努力工作。"

赵股长不顾薛莉莉的再三阻拦,执意把薛莉莉送到了县教育局的大门口,自己才折返到了办公室,他在轮岗交流的人员名单里划掉了一个拟定的山区教师名字,换成了石门中心学校的薛莉莉,送到了分管副局长的办公室。

赵股长觉得新局长唐秋生上任后没有老局长那么看重他了,自己每时每刻都盼望着进步，无奈新局长是个工作狂，经常以工作业绩评判干部。帮唐局长办成了这件事，教育督导室主任的职位岂不离自己又近了一步，他嘴角似乎明显在往上扬。

薛莉莉走在县城的街道上，整个心都沸腾了。

一边走着，一边自言自语："出门没看吉日，倒是遇上了贵人。"她兴奋得几乎忘记了回家的道路。

第二十章　对　象

吴建伟和蔡文霞结婚后，韩家庄受到刺激最大的莫过于韩满仓夫妇，儿子韩晓平眼下成了村子里年龄最大的未婚男青年。满仓两口子心里有火无处发，他们并不嫉妒吴建伟娶了蔡文霞，是他们不同意自己的儿子做上门女婿。儿子的对象问题成了他们最扯心的难题。有娶媳妇的钱，却不知该往哪里花。

他们两口子痛苦的焦点全部聚焦到了儿子韩晓平的身上。韩满仓年年把韩晓平往煤矿上领，几年下来，晓平除了岁数往上涨，其他还是没有任何变化。二丫头写信回来问弟弟的婚事，满仓夫妻害臊得都没法给远在新疆的二丫头回信。

夫妻两人在深夜里盘算来盘算去，村子里合适的丫头也就剩下许二柱家的许春雪和蔡志昌的三丫头蔡文琳了。要娶蔡文琳怕蔡志昌以刚出嫁二丫头为由拒绝，许春雪倒是蛮合适。一谈起许二柱的家庭情况，他们觉得许二柱会在彩礼问题上"狮子大开口"。自己家里虽有钱，也不能往冰窟窿里扔啊，自认为与许二柱两口子的私交不好往来。他们总是以自己的方式，考虑着对方，把自己的做事风格，当成别人的办事手法，荒唐而又可笑。最终，夫妻二人在黑夜里达成了一致，待春节后再寻。

在他们为儿子对象操心讨论的时候，睡在侧屋里的韩晓平也在为自己找对象的事情烧心。言语不多的小伙子，在心里想着自己喜欢的姑娘，他既不喜欢许春雪，也不喜欢蔡文霞（当然，蔡文霞已经和吴建伟结婚了）。他内心真正喜欢的姑娘是蔡志昌的三女儿——蔡文琳。蔡文琳楚楚动人的模样让他心力交瘁，不见，白天想得慌；见了吧，夜里又闷得慌。如何追求蔡文琳，成了自己心里最难缠的事情。

近段时间以来，他有事没事就在自家院门口转悠，远远盯着蔡家院门的动静，只要蔡文琳走出来，他眼睛一刻也不离蔡文琳，时刻注意着她的一举一动，生怕她从眼前消失。对韩晓平来说，远远地欣赏也是一种极大的满足。如果运气好，和路过自家门前的蔡文琳说上几句话，那他立刻变得眉飞色舞，高兴好久。这个不善言辞的男青年总想着为文琳做一些事情，既怕蔡文琳不知道，又害怕蔡文琳知道。

不知何时，这个连初中都没读完的小伙子，开始喜欢上了不知从哪里得来的一本诗集。黑夜里，总能听见他念叨诗句的低沉声音，对《那一世》与《见与不见》的优美的那几句诗词，反反复复地在嘴里念叨着："那一世，我转山转水转佛塔，不为修来世，只为途中与你相见。""你见，或者不见我，我就在那里，不悲不喜；你念，或者不念我，情就在那里，不来不去；你爱，或者不爱我，爱就在那里，不增不减。"有时他读得深情，好像声音是从心里发出的一般，夜里让不经意听到的人们，也能感到自己灵魂在悄悄地破碎。

他本想在蔡文霞的婚礼上，趁着人多、人乱的时候，向蔡文琳表达一些自己的想法。好不容易坐在了蔡文琳的对面，连文琳的呼吸也可以清晰地感受到。也许自己不该直勾勾地看着蔡文琳，把蔡文琳给看毛了，可有谁控制得了？蔡文琳舒展的脸庞狰狞了起来，眼光中露出了吓人的凶光，带着三分倔强，七分凶残。哎，被文琳丫头那残酷却不失美丽的眼神扼杀了他所有冲动的想法。

蔡文琳无论表现得怎么凶狠，在晓平眼里反倒更加有趣可爱了，自己只会增加对文琳的炙热之爱。晓平手里还在拿着那本诗集，翻着、念着，也许是诗句打动了自己，眼睛被泪水彻底地模糊了。

又是一个折磨得他失眠的夜晚。

吴建伟和蔡文霞如胶似漆的新婚生活，让村子里的好多年轻人羡慕坏了。建伟更是大变样，村里人直夸蔡志昌有眼光，寻了个好女婿。小夫妻俩的表现更是让蔡志昌夫妻满意，经常笑得合不拢嘴。每天家里起得最早的就属文霞和建伟，待蔡志昌夫妻起床时，建伟早已把院子打扫得干干净净，骡子饮了水也拴在了院门外的骡槽上，蔡文霞把早饭端到桌子上等着家人上桌。有时候吴建伟到河道给骡子饮水时，撞见正在河道里给羊饮水的吴仲达，吴仲达心里多少会有一些不舒服。吴仲达希望看见儿子的变化，这虽然也是他们夫妻盼望的变化，但内心终究还是有些不平衡，只能在心里责骂自己的儿子。"让你日能啊，如今活成龟孙子了吧。在吴家你是条龙，到了蔡家你变成条虫了吧，哎！穷鬼命啊！"

在旁人眼里，蔡志昌夫妇一下子成了村子里最舒坦的两个人，蔡志昌真正成了甩手掌柜，妻子开始学着描眉画眼，吃了早上不问后晌。一天到晚串门子，吃饭还要蔡文霞专门叫，家里的事情交给了吴建伟，用他自己的话说，叫放权。其他权放得干干净净，唯独财权还死死地握在自己手里。蔡志昌变得敞亮了、大方了，村子里只要有人开口借钱，百八十块全都爽快地答应。

只有躺在夜里的热炕上，蔡志昌夫妻才说一些暖心暖肺的难受话。

蔡志昌问妻子："哎，当家的，你觉得建伟娃娃怎么样？"

"能怎么样，女婿终究不是自己身上掉下的肉，哪能跟自己生的娃娃一样，做错事了，想打就打，想骂就骂。"妻子说道。

"我多少有点别扭，建伟表现得越好，我这心里就越难受。家里人之间太过客气了，相互也就生分了，反而没有家的感觉了。"蔡志昌冷静地分析着目前的家庭现状。

"你再不要胡思乱想，我看建伟娃娃脑子好使得很嘞，过完年，你还是出门的时候把他带上，提前把你的营生交给他，以后他们生下娃娃了，我们两口子操心着把孙子给带好，其他的事情让建伟和文霞自己蹦跶去吧！"妻子用思考未来的方式化解蔡志昌心里的纠结。

"不行，再过上两年，我再带建伟出去，这两年我还得先存下一些钱，以防万一。我给村子里的人借钱，目的就是让村里的人先帮我把钱存下，我用的时候再找他们要。如果我们两口子没钱了，还不得让这两个小兔崽子撺出去啊，到时候，我们哭都找不到坟头。"蔡志昌用一种农民的狭隘思想思考着自己未来的生活。

妻子没有说话，默认了蔡志昌的说法，她在内心中也是十分赞同的。

蔡志昌睡下了，又坐起来了，说道："我现在最头疼的是文琳丫头以后嫁人的事情，我们现在给韩满财又是低头，又是说好话，就差磕头下跪搞好两家关系，目的就是想把琳琳嫁给他家的晓丰。万一他们晓丰毕业不找我们琳琳怎么办，我们现在办的事情完全是剃头挑子———一头热呀！"

"车到山前必有路，船到桥头自然直。愁有啥用？"妻子安慰蔡志昌，但在内心深处，她比蔡志昌还犯嘀咕。

在吃晚饭的时候，韩满财夫妻正式盘问晓慈找对象一事。

"晓慈，我看这个姓唐的娃娃就不错，这段时间没少往我们家跑，来了不嫌弃，人也实在。"满财对唐俊茂还是很满意。

"爹，我知道了。"

韩满财妻子揉了揉瞎了的右眼，说道："你如果看不上那个娃娃，就给人讲清楚，不要一心二用，落下个不好的名声。"

"妈，你说的我都清楚呢。我总得了解一下吧，不可能全来找我的见一面就嫁给他吧。"晓慈说得似乎有理，满财夫妻不作声了，心思放了吃饭上。

吃完饭收拾碗筷的满财妻子，还是有些不放心地给晓慈说道："我还得给你说几句敲耳钟的话，你是上过学的人，又是老师，不能因为找对象把自己的名声搞臭了。娃娃，你活到一定年龄就知道了，好名声可是女人最好的嫁妆。万万要操心，过完年，开学的时候，你去买上些东西，把唐家的那个男娃娃看一下，也算是礼尚往来，不要让人家觉得我们爱占便宜。你们没有订婚之前，他如果给你送贵重礼物，你一点也不要收，不要让人觉得你没见过世面。我们家虽穷，做人得有做人的志气。"

"妈，八字没一撇的事情，你想得也太远了吧。"晓慈说着出了门。

成功的家庭必有成功家庭的哲学，这和家庭地位、金钱的多少没有直接的关系，身教与言传同样重要。

满财隔壁墙的院子里，许二柱夫妻也在愁着女儿许春雪找对象的事情。

对吴仲达家的吴建伟，他们夫妻压根瞧不上，对丫头的推辞他们倒很满意。可是，这一年陆续上门来提亲的几家，条件和娃娃本人都很不错。有一家当兵的男娃娃，人也精神，家里条件还特别好，他们夫妻格外看重，可是无论多好的男娃，许春雪这里都成了垃圾，说啥都不同意。为春雪的婚姻事情，她父母可是不分白天黑夜地劝说，掰烂泡碎说得把嘴都快磨破了。

许二柱夫妻把春雪丫头叫到了堂屋里，又一轮的谈心谈话开始了。

许二柱尽量压制自己的情绪，还是有些过于急躁地说道："娃娃，你一天心里究竟想啥呢，把你日能的，是要上天啊。"

妻子赶紧插话，走风漏气地说道："娃娃，你23的人了，不小了，现在还有人上门说媒哩。再过上两年，倒找人都没人要了，错过了这几家，后头你再想找，后悔恐怕都来不及。我看你是跳过肉架子吃豆腐的命。"

许春雪和她父母顶起了嘴："妈，我有我自己的思想哩，你们再不要逼我，就算我以后找下个讨吃的，也不到娘家门口讨饭，你们把心放宽。"

许二柱鼻孔里冒着粗气，两个嘴唇在颤抖。

许二柱妻子害怕惹怒许二柱，语气柔和地说道："你这个娃娃，脾气怎么这么倔，娘老子都是为了你好，又不是把你往火坑里推，你怎么就这么不理解我们。"

许春雪和她妈妈硬生生地杠上了，语气生硬地说道："妈，不是我不理解你们，你们也要理解我哩，没瞅下合适的，如果瞅下了，我就算跟上跳崖也不回头。"

许二柱气得不知如何是好，光脚片子下了炕，拿起了炕栏石下自己的烂布鞋，在许春雪的后背上抠了两鞋底。许春雪的哥哥听到声音，赶到堂屋里拉住了父亲，抽掉了父亲手里的烂布鞋。许春雪哭着出了堂屋门。

儿子开始劝解许二柱："爹，春雪已经是大人了，她的事情你就让她自己作主吧。不合她自己的心意，以后要怨你们哩。"

许二柱根本没有听进去儿子的话，不好的情绪波及了无辜的儿子，骂道："滚、滚、滚，全是一些让老子不省心的娃。"

儿子一脸无奈的表情，唉声叹气地出了堂屋门。

"哎，老话说得对对着哩。娘老子的心在儿女上，儿女的心在石头上。"许二柱边说边卷起了旱烟卷。

在石门乡另一头的薛莉莉家中，她父亲今天刚从单位回来，盘腿坐在炕头上，手里燃着一根纸烟，毛呢料的崭新中山装，举手投足之间一副公家人的做派。她母亲坐在火炉旁的炕栏石上，手里正"嘶啦嘶啦"地纳着鞋底。

母亲看了一眼女儿，开口问道："莉莉，你找下你们学校的对象，最近怎么不见上我们家，暑假时候可没少来啊。"

薛莉莉不屑一顾地回答道："吹了。"

"啥?"她母亲把纳的鞋底扔在了炕上。两个眼睛大大的瞪着，等待着薛莉莉的解释。

薛莉莉一副无所谓的表情，说道："不合适就吹了呗，就这么简单，你老是盯着我干啥?"

她母亲惊讶中带着一种哀伤的语气，说道："哎呀呀，我的好娃娃哩，你做事怎么这么让人操心，我还给村子里的人说，你找下了个你们学校的老师，夸口年后可能就办喜事哩，你倒好……做事就怎么这样欠考虑啊，我怎么跟村里人说啊。"

她父亲跟没事人一样，说道："没事，年轻人嘛! 不合适就早点吹，老爹支持你!"

薛莉莉坐在了她父亲身边，拉住她父亲的胳膊摇了摇，撒娇地说道："还是老爹好!"

薛莉莉母亲无助地对自己的丈夫说道："都是你惯坏的，总有一天你就惯不动了，把娃娃尽往歪路上引。"

"哈哈……"薛莉莉和父亲笑了起来。

在县城拥挤的抢购人群散去后，唐俊茂回到了县城的家，唐秋生夫妻围在回家过年的儿子身边，好像自己的儿子离开他们一年半载一样。吃过午饭后，趁着天气不错，妻子早早向街道里的市场奔去，抢购过年的东西。唐秋生和唐俊茂再次来到了体育场，慢悠悠地走在跑道上。

"最近有什么进展？分享一下你的爱情故事。"唐秋生以朋友的口气问唐俊茂。

唐俊茂说道："喜忧参半。"

"哦！具体一点。"

唐俊茂把上晓慈家的过程和次数毫无保留地说给了自己的父亲，在薛莉莉追求自己的这件事情上，唐俊茂在父亲面前只字未提，他觉得这是一件不光彩的事。

听完自己儿子的话语后，唐秋生说道："好事，以这个速度，年底你就要当新郎，我就要当公公了。在不久的将来，我也就抱孙子了。"

"没问题，你就瞧好吧。"

"加油！"

父子二人开始慢跑。

夜里，睡在自己柔软的床上，唐俊茂怎么也睡不着，他在自己父亲面前似乎吹了牛。但想到和晓慈的交往过程，最起码在最近一段时间内，晓慈对他的态度确实转变了，基于这一点，他又认为没在父亲面前吹牛。不过他更加担心自己的爱情，他担心薛莉莉可能死性不改，会在中间搞鬼，让好不容易态度转变的韩晓慈再次翻转。

每家有每家的烦心事。

从韩家庄的韩满仓到县城的唐秋生，无不牵挂和操心儿女找对象的事情，只是沟通和表达自己想法的方式不一样罢了。

对象、对象，还是对象，每个适龄青年都在寻找着陪伴自己一生的"对象"。

除夕的鞭炮声再一次响起来了，人们憧憬着新一年的生活……期盼着自己有一个好的收获，未婚的青年男女想着得到一个真心相爱、走完一生的伴侣。

第二十一章 攀 权

新学期又开始了。

石门乡中心学校的教师队伍中又少了两名老师，老师们似乎习惯了每年春季同事调走的事情，正应了一句话"铁打的营盘，流水的兵"。但是这一次走的两位老师让中心学校的老师们着实吃了一大惊，太出乎他们的意料了。

张哲宇老师是主动要求到周边村小学去的，从村小到中心学校不是一件容易的事情，从中心学校去村小就十分容易，因为从来没有人主动要求到村小去，何况还不是担任校长职务，而是一名普通的小学老师，学区领导一般也不会拒绝，反而会表扬他吃苦耐劳的品格。而薛莉莉的名字赫然出现在了县教育局红头文件上，到县城城镇一小轮岗交流，她是石门乡唯一一名到县城轮岗交流的老师。至于她是怎么到县城学校轮岗交流的，只有她自己明白，具体的过程是教育局赵股长在中间操作的结果。

张哲宇再次回到了他熟悉的村小，他主动要求到村小的原因，无非就是不愿意再看到薛莉莉，让自己不自在。而今，薛莉莉到县城轮岗交流的事情也让他感到诧异，自己为了逃避薛莉莉所做的这件事情似乎有点多余了，早知道薛莉莉到县城交流，他说啥也不会再回到村小教学，村小的条件比起中心学校可是差远了。自己已经到岗了，事已至此，只能接受现实了。

薛莉莉到城镇一小报到后，完全陶醉在一种让她新奇的甜蜜之中。这才是她想要的地方，这里的一切才能与自己的身份和地位相匹配（虽然她没半点身份和地位）。她太需要这里，就像自己想象的那样这里同样需要她。

在工作上，她要比在石门乡中心学校时上心好多，开始认真备课，认真思考。这当然是学校明确要求的，自己也全力发挥主观能动性，想方设法提高自己教学班级的成绩。也许只有这样，她才能成为这里真正的一分子。

城镇一小的老师们家庭基本都安在了县城里，学校没有开办食堂，到这里上班将近一个月内，薛莉莉几乎把县城的"美味"吃了个遍，自己的工资不够，她就求助外地的父亲。只有在下午放学后，别的老师都回家了，留下她一个人在办公室兼宿舍里，才有些孤独和忧伤。

晚饭后，她漫无目的地穿过县城熙熙攘攘的街道，行色匆匆的人们不时与她擦肩而过。小贩们的叫卖声、汽车的鸣笛声……似乎全与她无关。县城里似乎还没有一块地方能安放她焦躁不安的心，薛莉莉转而拐进了一条巷道，朝着县城阳洼山走去，山下到山上被经常光顾的闲人们踩出了一条曲曲折折、白刺光光的小土路，土路两边的野草冒出了浅绿色的芽尖尖。在半山腰的一块平整的土台上，她回过头望着山下的县城，高低错落的各机关单位办公楼分布在街道的两侧，办公楼后面的家属区和居民区红顶的瓦房簇拥在一起。街道里的路灯亮了起来，红顶瓦房的灯光由零星几点不一会儿工夫全部亮堂了起来，整个县城完全陷入了夜晚的宁静中。

会打扮的美人儿薛莉莉出现在县城的街道里，给人一种很不俗气的感觉，很快引起了机关单位未婚年轻干部的注意。凡是给她介绍的对象不在县城机关单位上班的，薛莉莉都会拒绝得干净利落。凡是在机关单位上班的，她都会认真对待，在稍微有点文化和社会地位的人面前，表现得温文尔雅、落落大方。有时候，她表现出一种恰到好处的害羞，反而更加能激发年轻男人一种青春的活力。县城一家稍微上点档次的餐厅因她的到来，生意也跟着好了很多，请薛莉莉吃饭的年轻干部接二连三。

薛莉莉才真正意识到自己还不完全属于这里，她只是暂时交流轮岗来的。她有点着急，更有点伤感。为如何尽快成为这里的一分子而绞尽脑汁，冒充唐俊茂女朋友的事情只能到此结束，要想调动自己的工作，只能依靠别人，不能再继续装成唐局长儿子的女朋友了。忽然，她的目光停留在了县委的机关大楼，这个只有四层高的楼房，在她眼里是庄严神圣、高不可攀的。如果能在那里面找到一个称心如意的男人，那该多好啊！不仅能解决自己工作调动的问题，还能成为一位名副其实的官太太。望着远处亮起灯光的县委办公楼，她完全沉浸在了自己的幻想当中，出神了好半天。上山的时候并未太过留意，小土路被行人踩得光溜溜的，在向下走的时候有些地方让脚下打滑，薛莉莉竖起两只胳膊，左右摆动，掌握着身体的平衡，小心翼翼地向着山下走去。

在近二十天的时间内，薛莉莉经人介绍陆陆续续认识了十几个青年男干部，这些人给她还是多多少少带来收获的，至少让她更加清楚地明白了一点，要想调动自己的工作，最起码得找个县委机关或政府权势部门的副局长或副主任才能有希望。

在她眼里，这些男干部长相标致的，没有社会地位，更别说权力了，和她这个小老师没有任何区别。家里有点地位的，看上去人又"刺毛嘟当"，一点不展样。最终经过思考后，她暂时和在电视台工作的林业局副局长的儿子谈起了恋爱。在薛莉莉的内心深处，她清晰地给自己定了一个生活伴侣的标准，就是机关权势部门的副科级以上领导干部。一旦有了合适的人选，她将继续把电视台的对象给"蹬"了。眼看日子一天天过去，还没出现自己心目中祈求人选，薛莉莉反而陷入了无尽的急躁和苦恼中。

机会总是留给有准备的人。就在薛莉莉心急如焚的时候，县委办副主任侯斌文出现了。他是来城镇一小提前看点的，明天县委书记要来调研。在校园里，侯斌文看到了走出教室的薛莉莉，眼睛都在放光。薛莉莉看见这个个头矮小、穿着体面的男人在教育局副局长、校长和副校长等一群人陪同下出了校园的大门，出校门时，这个男人扭过头又看了一眼薛莉莉。薛莉莉感觉到这是个有身份的人，否则，教育局领导、校长和副校长不可能同时陪同他。当然，她清楚地知道这个男人多看她几眼意味着什么，她自身有股诱惑男人的魅力，这一点她从来不怀疑自己，她是个第六感极强的人，用眼角的余光可以看出他喜欢她。

第二天，县委书记准时出现在了城镇一小的校园里，在教育局、县委办和学校领导的陪同下，结束了城镇一小的调研。县委书记调研时，侯斌文并不走在前面，而是一直不远不近地跟在县领导的后面。这一次，侯斌文又看到了薛莉莉，同样，薛莉莉也看到了这个有点身份和地位的侯斌文。与昨天不同的是，薛莉莉穿着更加艳丽了，侯斌文看得欣喜若狂，薛莉莉时不时故意撩一撩自己的秀发，把侯斌文看得心花怒放、沉醉其中。

好在城镇一小有一位侯斌文的中学同学，在中间为侯斌文穿针引线，这一点也正是美人儿薛莉莉所希望的。星期五放学后，侯斌文把薛莉莉约到了县城最高级的饭店，吃了一顿丰盛的饭菜。饭后，他们又一起爬了阳洼山，无话找话地谈了许多，谈论到全县教育工作，侯斌文侃侃而谈，听得薛莉莉目瞪口呆，更加佩服眼前的这个男人了。在几个小时的谈论中，薛莉莉只是个听众，但是她很喜欢当侯斌文的听众，侯斌文在自己喜欢的人面前可谓表现得非常完美。第一次的约见，效果十分理想。

在每天放学的时候，侯斌文几乎都会出现在城镇一小的校门口，等待着薛莉莉。侯斌文对薛莉莉的吸引力是强大的，他这么年轻，就当上了县委办的副主任，虽带个"副"字，但在西北偏僻的小县城里，到处被人尊敬。

和侯斌文开始交往后，薛莉莉很自然地蹬掉了电视台的"对象"，她感觉校长和副校长似乎开始真正尊敬起她来，因为自己是交流轮岗教师的缘故，刚来到这里，根本没几个老师和她交往，如今，几个老教师也有事没事到她办公室坐一会，说上几句话，自称要沾沾贵气。在他们眼里，县委办副主任是个很了不起的职位，因为离县领导最近，扶正是早晚的事情。这一切让薛莉莉的虚荣心得到了极大的满足。

侯斌文找自己的次数越来越多，有时候，她也会主动到县委门口等待在办公室加班的侯斌文。今天，薛莉莉坐在侯斌文干净整洁的办公室里，眼瞅着侯斌文忙碌的身影。侯斌文也许故意在薛莉莉面前表现自己的权力，把办公室刚参加工作不久的一位年轻干部狠狠地批评了几句，弄得年轻人一头雾水，自己没有什么错误，侯主任批评，只能快快接受，说着道歉的话语，紧张地退出了侯斌文办公室。在薛莉莉眼里，侯斌文威风凛凛，让自己有一种敬畏，觉得他高深莫测，也更加说明了一点，在自己工作调动的事情上，侯斌文完全是有能力办理的。

终于，他们的话题扯到了主题上，关于两个人的婚姻问题。侯斌文在自己喜欢的人面前把自己的底交清，他34岁，离过婚，没有孩子。在侯斌文给她说自己过去不幸婚姻的时候，薛莉莉的脑子几乎停止了转动，她尽量压制着自己情绪，但心中封闭的火山口已经开始冒烟了。她再也坐不住了，冲出了办公室，走在昏暗灯光映照下的街道上。

为了到办公室见侯斌文，她穿上了前两天买的新裙子。她到底为了什么，脑子乱哄哄的，好像街道上擦过她身边的人们都在嘲笑她。欺骗，欺骗，侯斌文的话语无疑是一记响雷，炸得她耳朵都在嗡嗡作响。长相、个头、年龄她都能接受，不就矮一点，长得难看一点，比自己大十岁嘛。可是侯斌文有过一段婚姻，让她怎么也迈不过自己的心坎，如果她也有过失败的婚姻，倒很乐意接受。自己虽谈过恋爱，但还没有结过婚。她想着，走着，忘记自己已经站在了街道中间，一辆吉普车不断地鸣笛，刺耳的喇叭声，让她清醒了过来。

回到自己的办公室门口，她好像看见了同事们嘲讽的目光，似乎听见了同事们讥笑的话语："让你能，不就找了个二婚嘛！"

薛莉莉难受地坐在办公室台阶上，双手抱住膝盖，像一只迷失了方向的小牛犊，她忘了自己是如何躺在床上的。

一晚上没有合眼，早上下床时，晕晕乎乎地摔了一跤，水泥地擦破手心好大一块皮。一整天无精打采的，情绪在不断地波动中，她所有的幻想终究是泡影而已。

侯斌文纠结了一晚上，感觉自己能够完全征服薛莉莉，被胜利冲昏头脑的他，在心爱的人面前说出了自己的秘密，当然，这个秘密是很多人都知道的。薛莉莉眼睛只盯住了他的职务，没有发挥好自己的特长，未及时全面深入展开了解而已。

放学后，侯斌文像往常一样出现在城镇一小门口，等了好久也不见薛莉莉出来。侯斌文只好硬着头皮到了薛莉莉的办公室，开始安慰和央告薛莉莉，希望能得到她的谅解和宽恕。这个已经离过婚的男人，加上他伶俐的口齿，在哄骗女人这方面不仅有经验，还有能力。薛莉莉已经收拾好东西准备到侯斌文的家里一起做顿晚饭，顺便畅快地聊一下，好让彼此能更深入了解对方——这当然是副主任侯斌文提议的。

农村有句俗语："饿狗咬了个干骨头——不扔没肉，扔了可惜。"薛莉莉此刻的心情恰如此喻。

侯斌文的房子在县委的家属院，房顶上面的红瓦比邻居家的要新一些、艳一些，可能是最近两年内新换过的缘故。不大不小的院子和其他家属院的面积相当，院子右侧是自己修建的一间小厨房，靠厨房墙放置着一辆"幸福"牌摩托车，院门正对的是主房门，由一条红砖铺成的小道连接两门，推开主房门便是客厅，客厅左侧的墙面两端各开一扇门，套着两间卧室，两间卧室的大小和客厅面积相仿。时兴家具家电一应俱全，席梦思的双人床，17英寸熊猫彩色电视机，红灯牌录音机……

侯斌文娴熟地做了几个家常菜，和薛莉莉坐在客厅的沙发上，吃完饭，两个人一起洗了碗筷。而后，再次坐到了沙发上。打开了电视机，谁也没有心思看电视。

侯斌文慢条斯理地表达自己内心的想法，至于真实还是虚假，只有他自己最清楚，说道："我毕竟是离过婚的人，你是美丽的，更是动人的，和你这段时间的交往，是我人生中最美好的日子，希望你能考虑我，我没啥大本事，绝对会对你好。"

老江湖薛莉莉根本不吃这一套，她无论如何也不会嫁给一个离过婚的老男人。她怕伤侯斌文的自尊心，委婉地说道："你各个方面我都很满意，和你认识我也很高兴，从你身上我学习了好多（具体学到了什么，恐怕她自己也说不清楚），但是我家里肯定不同意我和一个离过婚的男人结婚。"

侯斌文低下了头，不再作声。

沉默了一阵后，薛莉莉继续说道："我愿意把你当成哥哥，就像自己的亲哥哥一样看待。"

"在我心里没法把你当成我的妹妹。"侯斌文抬头看了一眼斜对面坐着的薛莉莉。

"你会的，我相信你。"

哎！

又是很长时间的沉默，只有电视里呜哩哇啦的声音。

薛莉莉再次打破了沉默，说道："如果妹妹遇上什么难事，有一天求当领导的哥哥时，你不会拒绝吧？"

侯斌文眼睛里闪烁了一下，出于一种大男子的英雄气概，说道："不会，我一定会全力以赴。"

"那咱们拉钩。"薛莉莉伸出了白皙的小拇指和侯斌文粗壮的指头拉了一下。

侯斌文问薛莉莉："你能不能提前说一下自己的事情，好让我有个思想准备，也好考虑找哪个领导，提前和人家预热一下关系。"

薛莉莉觉得时机成熟了，说道："你清楚，我只是暂时交流轮岗到一小的，我想让你帮我把人事关系转到一小，你该不会拒绝吧？"

侯斌文思考了一下，说道："事情倒不是个难事情，我尽力而为。"

薛莉莉为了能让侯斌文帮助自己，甚至拍了侯斌文很多马屁。侯斌文很受用，拍着自己的胸脯向薛莉莉保证。

他们坐在沙发上无话找话地说了一夜。时令快到小满，天亮得早了，侯斌文和薛莉莉一起出了家属院，侯斌文在锁院门的时候，隔壁邻居家女主人恰巧也出门了，她和他们热情地打了招呼，这个女人正是薛莉莉一小的同事。

白天，一小的老师看薛莉莉的表情似乎变得不一样了，有些女同事还主动问她和侯主任的结婚日期。有些结了婚的老女人说得间接一点，说要请她吃饭，故意低眉顺眼地征求她的口味，爱吃酸的，还是爱吃辣的，让薛莉莉浑身十分不自在。

她和侯斌文的各种谣言在校园里传得沸沸扬扬，她很无辜，也很清白，但是谁又能相信她呢？为了攀附权贵，把自己置身于谣言的漩涡，又能怪得了谁呢？

第二十二章　会　面

　　薛莉莉到城镇一小轮岗交流，石门乡最高兴的人莫过于唐俊茂。这样他不必再担心什么，和自己心爱的晓慈见面也不会有人横加阻拦。他甚至在内心期盼，薛莉莉关系调动到一小更好，省得在自己恋爱问题上徒添烦恼。

　　近段时间内，他和晓慈频繁见面，两人之间的交流不仅顺畅了，也让彼此更加舒心了。晓慈每周末从家里回来，都会给他多多少少带一点家里做的吃食。这一点，足以证明他喜欢的人也在渐渐地喜欢他。

　　唐俊茂整个人都变了，干事情更加积极了，情绪高涨，自信十足。回到家，在他爹妈眼里，以前少言寡语的儿子现在变得活力四射，吃饭时还要唱上几句流行的歌曲。

　　五月的天，既没有刚入春时的料峭之寒，也没有盛夏时的炎炎浮躁与慵懒。不再生冷的微风时常光顾，仿佛从西伯利亚的深谷里悄悄而来，又从房前屋后的杨柳枝杈间悄悄溜走，温和而不疏淡，热烈但不拘束。天空湛蓝，艳阳高照，草木欣然。

　　唐俊茂在午饭后主动约自己的父亲出去散步。父子两人不紧不慢的细碎步子，款款走进了县城的街道，向着他们父子经常光顾的体育场走去。空气清新，舒适宜人，风轻轻地从耳边吹过，柔柔的，软软的，此时美好的天气正好映照着唐俊茂美好的心情。

　　现在体育场没有什么人，本打算小跑两圈的父子俩，因午后日照强烈，靠在了树荫下面的双杠上。唐秋生看得出儿子今天兴致不错，猜想儿子谈恋爱的事情应该进展顺利。以朋友的口吻开始问儿子："从你的情绪可以看得出，你恋爱的事情应该不错吧。"

唐俊茂对父亲说道："你把彩礼准备好就行了，你儿子出马，还能有不成的事情嘛！"

"放心吧！我在三年前就给你准备妥当了。"唐秋生点燃了一根纸烟。

唐俊茂难为情地看了看自己的父亲，说道："我和韩老师谈得还可以，我觉得得先请个媒人啊！"

唐秋生立即附和道："对着哩，我自顾高兴你的婚事了，差点把乡俗忘了，媒人就请你中心学校的曹叔叔，正好在石门乡，方便点，这任务交给你去落实，曹清云不会为难你这晚辈的。"

"嗯，我下周回去就找曹叔叔。"

唐秋生扔掉了纸烟把子，说道："在请媒人之前，你去和韩老师说一下，春种也结束了，正是农闲的时候。是不是双方的家长先见个面，提前沟通一下？"

"嗯，我回去先和她商量一下。"

父子二人肩并肩出了体育场。

周日下午回到石门乡，唐俊茂没顾上回乡政府，就先进了中心学校的大门，他想尽快把双方父母见面的事情落实下来。

在晓慈的宿舍里，唐俊茂把双方家长见面的事情说了一下，更多的是在征求晓慈的意见。

晓慈思考了好一会儿，吞吞吐吐地说道："我回去问一下我爹妈的想法。"

"要不我和你一起回去，征求一下二老的意见。"唐俊茂急切地问。

"我周末回去了问，你再不要去了。哦，对了，你爹妈是干啥的？"晓慈问。

"我爹是你们的顶头上司，教育局局长唐秋生。妈妈是食品公司的工人。"

"啥？你怎么不早说？"

"你也没问啊！"

"你个骗子，十足的大骗子。"韩晓慈感觉自己可怜的自尊心受到了伤害，用一种狭隘的方式思考着自己的婚姻。在她心中，自己不是攀龙附凤的人，宁愿嫁给一个农民的儿子，令她没有想到的是唐俊茂竟然是双职工家庭的独生子。在和唐俊茂时疏时密的交往中，她感觉到已经对唐俊茂产生了好感，甚至或多或少爱上了这个男人。她担心自己残疾的父母会在唐俊茂显赫的父母面前抬不起头，更会让唐俊茂父母瞧不起。

唐俊茂看出了晓慈的心思，说道："我真没有骗你，我爹妈比较开通，我爷爷奶奶也是农民，再者说，我娶的是你，我爹妈找的是儿媳妇，和你家庭和父母没有多大关系。"

"我觉得你爹妈肯定会看不起我们一家人，我们之间不合适，还是算了吧！"韩晓慈说。

唐俊茂听完晓慈的话语，脊背瞬间有一种患重感冒的感觉，冰凉的身体支撑不住自己的头颅，埋下头，不再看着晓慈，轻轻地吸着鼻子，似乎发出了一种抽泣的声音，说道："我是真的想娶你，我，包括我们家的任何人都不会对你们家有任何意见，何谈看不起啊。"

看到唐俊茂可怜的样子，她知道她的话严重地刺伤了唐俊茂的心，她的心软了，说道："你先回去，我需要冷静地思考一下。"

唐俊茂还是每天来中心学校找晓慈，他感觉到晓慈有了一些变化，他们的聊天不再那么顺畅，每次提到双方家长见面的事情时，晓慈总是支支吾吾，给不了他肯定的答复。

出了中心学校，走在石门乡的街道上，唐俊茂想到了曹清云，他想请曹叔叔出马，给自己帮忙。

他折转身，在门市部里买了礼品，朝着曹清云家的地方走去了。他没到石门乡上班前，几乎每年过年都跟着自己的父亲上曹叔叔的家门，自己到石门乡上班后，曹清云的妻子叫他吃过两次饭，他有些害怕曹叔叔，每次吃完饭就回去了。如今自己都27岁的人了，还有啥怕的，他边走边想，径直到了曹清云的门口，犹豫了一会，他鼓起勇气进了院门。

唐俊茂把和晓慈前前后后的交往向曹清云说了一遍，他本想保留一些，转而一想，想让曹叔叔帮忙，就没必要保留了，尤其晓慈对待两家条件的担忧，更是说得一点不剩。

曹清云听后，哈哈笑着，说道："我说你娃娃怎么老往我们学校跑，有好多次，我隔着办公室的玻璃把你看得清清楚楚。你小子，眼睛才尖得很，多少人惦记着韩老师哩。"

唐俊茂低下头，嘿嘿地笑着，搓着手掌，此时，自己感觉不怕曹叔叔了，反而有点亲近他了。

曹清云老婆笑了一下，对丈夫说道："你把娃娃说害羞了。"

"有啥可害羞的，二十大几的人了。男大当婚，女大当嫁，我替娃们高兴呢。你不知道，韩老师是个好丫头，我们儿子小，要是年龄相仿，我都想把韩老师娶进来当儿媳妇。"

"那你要操心给娃娃好好帮忙哩。"曹清云妻子叮嘱着丈夫。

曹清云侧过脸，对唐俊茂说道："你放心，曹叔叔给你说话，但是你要保证，以后要对人家丫头好哩。"

唐俊茂在橘黄色的灯光下点了点头。

在课间休息的时候，一位老师传话给韩晓慈，让她去一趟校长室，曹校长找她有事情谈。

在去校长室的路上，晓慈心里各种猜测，校长一般都不会主动找她，她又把自己教学工作上的事情思考了一下，自己并没有犯错误，她还是有些忐忑，战战兢兢地敲响了曹清云办公室的门。

进了校长室，曹清云把晓慈让着坐在了办公桌前面的一张椅子上，询问了一下晓慈家里父母的情况后，说道："娃娃，今天找你来不是和你谈工作，主要是谈一下你找对象的事情。"

晓慈忐忑的心更加悬着了，说道："校长，我会认真工作，不会因为找对象的事情耽误学生的成绩。"

曹清云以长辈的身份，舒缓地说道："娃娃，不要紧张，我虽是你的领导，但也是你的同事，从你工作和生活上看，你是个好娃娃。我是替唐俊茂娃娃给你说话的，你们两个的事情我都知道了。唐俊茂是个好娃娃，我从小看着长大的，我了解那娃娃，秉性好，心眼实，脾性好，为人实在。"

晓慈并未作声，低下了头。曹清云继续说道："你们都是大人了，我希望你们两个年轻人能结合到一起。你的顾虑和担忧不是没有道理，我家也是世代农民，到了我这一辈，我才当了个老师，我最了解农民，也最能体会农民的难处。"曹清云喝了一口水，接着说道，"唐秋生和我关系非常好，他祖上世代是农民，到他这一辈才成了干部。当然，唐秋生比我强，人能干，有思想，有魄力，才当上了局长，他们两口子是开明人，也是从小吃苦长大的。所以说，娃娃，你的担忧就有些多余了。"

晓慈听了曹清云的话，不知怎么说，只说了"我担心"三个字，再也没有往下说。

曹清云又喝了一口水，说道："不用担心，如果唐秋生夫妇胆敢在你父母面前表现出歧视的表情，我绝对饶不了他狗日的。"曹清云说着粗话都出来了。

曹清云看了一下晓慈，问："你能看上唐俊茂娃娃不？"

晓慈咬着自己的下嘴唇，满脸通红，点了点头。

曹清云笑了笑，说："以后他们一家有对你不好的地方，你尽管给我讲，我去收拾他们。你们也不小了，我在你们这个年龄，都当爹了。你去给你父母说一下，和唐秋生夫妇见个面，相互认识一下，让他们也为你们的事情提前沟通一下。"

晓慈"嗯嗯"地答应着。

上课铃响后，晓慈出了曹校长的办公室。

曹清云的话显然起了很大的作用，在晚饭后，晓慈和唐俊茂再一次商量了双方家长见面的事情，达成了一致，初步定在下一周周六县城见面，具体地点由唐俊茂负责安排。

唐俊茂回家后，把约见晓慈父母的时间安排给父母说了一下，唐秋生夫妻很高兴，开始策划具体的见面地点，提前预热自己要说的话。唐秋生妻子问唐俊茂晓慈父母的具体情况时，儿子一五一十地向自己的父母说了一下。唐秋生妻子听完后，情绪一下子降到了极点，原本说说笑笑的家里没有了她的声气。在她心里，农民无所谓，天下农民一茬人哩。她还无法接受晓慈父母一瘸一瞎，觉得和晓慈父母做亲家有失自己的身份，以后成了亲戚要上门，会让左右邻舍笑话，会在人前让他们抬不起头，更会拖累自己好不容易走在人前面的家庭。

几十年的夫妻生活，唐秋生从妻子的表情看出了她的心思，说道："你这个人别的学得怎么样，我倒不清楚，把小市民势利眼倒学得根深蒂固。我们儿子都27岁了，你是没见过我们儿子找的对象，那丫头要长相有长相，要能力有能力，教学业务强得很哩。你见了，保准满意。"

妻子瞥了一眼唐秋生，说道："长得好又不能当饭吃，家庭那么烂包，说到底，将来还是儿子的累赘。"

"妈，人家也有儿子哩，怎么成了我的累赘了。"唐俊茂有些生气了。

唐秋生妻子鄙夷不屑地对儿子说道："有儿子能干啥，还不是个种地的，干啥事情还不得靠你帮衬。"

"妈，你不了解情况先不要胡说，晓慈的哥哥在省城读的可是重点大学，前途比我好得多。"

"啊！"唐秋生夫妇几乎是异口同声，露出了诧异的表情。

"你这个娃娃不早说，把妈妈吓了一跳，如果是这样，那这家亲戚还有得个攀。"唐秋生妻子的眉头舒展了许多。

唐秋生拉过了桌子边的烟灰缸，点了一根纸烟，说道："了不起，就算不是儿子的婚事，我也要见一见这对苦难夫妻。太了不起了，我是农民的儿子，我最能体会农民的苦楚了，他们夫妻残疾，却能把两个娃娃培养得如此优秀，韩老师父母身上有种精神哩，就凭这一点判断，他们培养的孩子品行也不会差。"

"妈，我给你说清楚，见到晓慈父母你要是敢表现出看不起的情绪，我可跟你没完。这一点，晓慈担心得很呢。"唐俊茂开始给自己的母亲下了最后通牒。

"哎呀，你这个娃娃，放心吧。妈妈还急着抱孙子哩。"

在石门乡的街道里，韩晓慈引着自己的父母在服装店里给自己的父母从里到外买了合适的新衣服。对双方父母的见面，满财夫妻觉得也很妥帖，只是顾虑唐俊茂的家庭，担心晓慈嫁过去后，会遭受公婆的白眼。他们夫妻想抓住这次见面的机会，也想了解一下唐俊茂的父母。

约见的时间到了，满财夫妻早早就等在了路口，从里到外穿的都是新的。到县城差不多快中午了，唐俊茂引着晓慈和晓慈的父母往县城一家高级的饭馆走去。

唐秋生夫妻早早就在饭店门口等着。见到晓慈父母，唐秋生拉住韩满财的手，左一声老哥，右一声老哥叫着，直到入了座，两个女人也拉着手，唐俊茂母亲说着"坐车太累，让你们跑一趟"等客气话。两个年轻人跟在后面，最后才进了饭店的包厢。入座后，唐俊茂便招呼服务员开始上菜。

唐俊茂妻子看到韩晓慈后，满意得没话说了，一直都是笑呵呵的。她怎么也想不到，这么漂亮的丫头，竟是眼前这对残疾夫妻的女儿，这要是碰在街道里，打死她也不相信。

双方家长的聊天很融洽、很真实，也很客气。

从唐俊茂父母的表现和说话的语气，晓慈觉得她的担忧显得多余了，正是因为这一点，她反而更加尊敬唐秋生夫妻了。饭后，唐秋生夫妻再三挽留满财夫妻住到家里，好好再聊聊，满财夫妻以家里无人照看为由，婉拒唐秋生夫妻的挽留。

满财夫妻从唐秋生夫妻的话语和表现中，觉得唐秋生夫妻是文化人，懂道理，识大体，知书达理，自己的丫头嫁过来也不会受欺负，他们内心的顾虑也有所消减。

又一个周六，曹清云在黄金旺的陪同下，拎着唐秋生家准备的厚重礼品进了韩满财的院门。

黄金旺知道唐俊茂追求韩晓慈的事情后，他开心不已，乡政府总算有个自己的亲戚了，自己门市部的东西也好卖给公家，乡政府是个大单位，有了这个稳定的大客户，自己至少能有个千儿八百的纯利。听乡政府一位来他门市部买东西的干部说，唐俊茂要找媒人去晓慈家里说媒，把他急坏了，生怕漏掉他这个亲戚。唐俊茂丝毫不清楚他和晓慈家的关系，已经把曹清云请成了媒人，等黄金旺知道后，已经晚了，是他自己要求陪曹清云给唐俊茂说媒的。当然，这种事情多一个说好话的人，总比多一个说坏话的人强，是谁都会答应他的要求。

满财赶快让晓慈请来了许二柱夫妻，许二柱妻子进了院子就钻到厨房里帮满财妻子做饭。许二柱陪着晓慈的领导和大姨夫喝了起来，划拳声一声比一声响。

曹清云夸着满财培养了一对好儿女，后把唐秋生家里的想法说了一下，满财夫妻同意唐秋生夫妻在暑假给两个娃娃订婚的提议。

直到太阳落山的时候，曹清云和黄金旺才出了满财屋，满脸得意地走在了回石门乡的公路上。

第二十三章　谣　言

　　薛莉莉和侯斌文的谣言如同龙卷风一般，纷纷扬扬地传出了城镇一小的校园，吹到了县城的街道里。在县城的大街小巷蔓延，成了闲散女人们茶余饭后的谈资，在各单位家属院门口闲聊的女人们几乎每天都要拿出来练练自己的舌头。有些无聊的妇女甚至跑到城镇一小大门口，专门要认识一下"薛老师"。

　　在后面的几天里，谣言被加工得越来越恶毒，有人说，薛莉莉肚子里怀上了侯斌文的娃娃；更有人补充说，在医院B超室门口碰到过薛莉莉，怀的还是双胞胎，可惜流掉了。说得有鼻子有眼，就连做B超的时间和医生名字都编造得有板有眼。

　　侯斌文被谣言击打得抬不起头来，以往他走在街道上，昂首挺胸，盛气凌人，现在是垂头丧气，生怕遇到熟人。自己是县委办副主任，认识的人又太多了，别人一见面就问他婚姻的事情，说是准备多喝几盅他的喜酒哩。有些人更是怪话连篇，说他是梅开二度，满脸红光，一看就是夜里小媳妇伺候得好。自己啥事没有做，却被人胡传乱编得有鼻子有眼，没想到，自己没吃成猪肉，倒让猪尿泡给打了，惹了一身臊臭气。这几天下班后，他不敢直接回家，待到天完全黑了，街道上没有人影的时候，才偷偷摸出县委大院，进自己的家门如同做贼一样，担心碰到左邻右舍引起让自己尴尬的关切。

　　最让侯斌文接受不了的一件事情，县电视台的那位干部居然跑到县委副书记那里告了自己的黑状，告他破坏正常恋爱的男女关系。县委副书记在下午的办公会上已经严肃地批评了侯斌文，批评他生活作风有严重问题，已经不是一个合格的共产党员了，简直是抹黑党的形象。躺在床上，他认真反思着自己，希望能尽快打发走薛莉莉，这样有些谣言会不攻自破了。

噩耗的速度远远超过了自己的计划。

在夜里召开的县委常委会会议上，领导们专门讨论了个别领导干部的作风问题。在决议中，县委副书记提议免去侯斌文县委办副主任职务，调离县委办公室。县委书记在会议结束的时候，要求各常委要对分管领域进行深入调查研究，对发现的干部身上的不良苗头性、倾向性问题，要及时予以纠正，必要时要严肃处理，决不能给党和人民脸上抹黑。

第二天早上，侯斌文回到办公室时，同事们和他打招呼的表情与往常分明不同了，他感觉有事发生了，办公桌上的任免通知几乎让他眼前发黑。他压制着自己麻乱的情绪，为自己的不成熟感到强烈自责。在他眼里，楼道里来回忙碌的同事看他的眼神都带着冷嘲热讽，这种眼神可以杀死他，只好拿起那沉重的、失去一切光环的通知单，灰溜溜地出了这间曾经让自己光彩耀目的办公室。

薛莉莉的痛苦一点也不亚于侯斌文，她一个姑娘家，被谣言击倒在了床上，整个人处在一种重感冒的状态中，走路时身体摇摇晃晃，再也没有往日的风采。

分管教育工作的副县长专门找唐秋生了解了一些情况，听完唐秋生的汇报后，副县长脸色铁青，明确提出要求，以后对轮岗交流教师要进行严格的审查，尤其要深入了解生活作风问题，并要求立即把薛莉莉退回石门乡中心学校，整顿教师队伍中存在的作风问题。唐秋生在副县长面前再三求情，以学期马上结束，换教师对学生产生影响为由，待期末考试结束后，马上退回去。副县长思考了一下，勉勉强强答应了唐秋生的请求。

作为教育局局长，教育系统出了这么丢人的事情，唐秋生火气乱窜，叫来分管副局长和人秘股赵股长，批评他们把关不严、审核不力。赵股长捏了一把汗，毕竟是他一手操办的，心里暗恨着"操蛋"的薛莉莉，冒充唐局长儿媳妇，差点让她毁掉了自己的前途。同时，赵股长又在心里暗自庆幸，没有及时在局长面前邀功，否则……他不敢再往下想象事情的结果。对局长的批评，他只得怏怏接受，根本看不出一丝不满的情绪。唐局长要求立即下发通知，开展教育系统作风整顿工作，本周六召开整顿大会，明确要求各个学区区长和学校校长必须参加。

随着教育系统作风整顿工作会议的结束，薛莉莉的流言也传播到了石门乡的街道里，也许在明天，将会在人们的口里蔓延到石门乡的庄庄村村。

教育局人秘股的赵股长专门叫来了薛莉莉，他一反常态，说话口气冷淡、生硬，夹杂着一股讽刺的语气，狠狠地数落了一顿薛莉莉，把学期末退回去的事情提前告知了她。

出了教育局的大门，薛莉莉想找一下自己所谓的"哥哥"侯斌文帮忙，在县委值班室门口，值班人员挡住了她的去路，告诉她侯斌文因生活作风问题被免职调走了。她所有的希望破灭了，低着头、慌乱地回到了城镇一小——这是一个让她欢庆喜悦又伤心失落的地方。

石门乡中心学校的老师，辱骂的有之，撇凉腔的有之，体谅的有之。闫万才听到薛莉莉的流言和提前被清退回来的消息后，耻笑的烈火在胸膛燃烧，不知哪一根神经烧出了问题，出校门后在石门乡街道里一蹦三跳，很像一个精神失常的病人。

薛莉莉母亲听到自己女儿的丢人的事情后，正在庄稼地里锄草的她瘫坐在地上。她曾为娃娃能到县城当个教书匠高兴了好一阵子，逢人便夸她娃娃有本事，是个出色的教书人。发生了这么丢脸的事情，她今后在村里还怎么抬头呀！越想越难肠，眼睛里止不住的泪水"滴答滴答"往黑土里钻。早过了晌午，庄田地里干活的女人们早就回家吃饭了，只有她还坐在田里，一撮撮嫩绿的豆苗压在她的屁股下面，没了生机。

一阵有气无力的脚步声停在了薛莉莉母亲的身边，原来她的丈夫回来了。这个在外工作的男人，前天从村里出去打工的村民那里听说了这等丢脸事，急忙赶回家里。他不知怎么安抚妻子，默默地蹲在了她的身边。

看到自己的丈夫，薛莉莉母亲嗓子里难受得发出"咯咯"的声音，说道："都怪你，把娃娃宠坏了，我们的老脸算是丢尽了。以后，在村子里还怎么活人啊，我恨不得把头塞到裤裆里。"

丈夫没有说话，一副愁眉苦脸的模样，一个劲地唉声叹气。

薛莉莉母亲抹了一把挂在鼻尖的眼泪和清鼻涕，说道："你说，干下这种丢人事，以后还怎么嫁人哩。谁家的黄花大闺女染遭离过婚的男人。哎！我们家的这个丢人货，我恨不得捶死她。"气得她妈抓起地里的两把黑土，紧紧地攥在手里。

薛莉莉父亲两只手也在不由自主地发抖，两片嘴唇抖动着吐出了几个字："心有天高，命比纸薄。"两口子相互搀扶着出了地头，看上去让人心疼，好像老了好几岁。

薛莉莉是在石门乡中心学校期末考试后一天的中午回来的，回来得悄无声息。进了熟悉的宿舍，看到晓慈后，她一头撞到晓慈怀里，压抑了好久的泪水再也止不住了。

晓慈安慰着自己的朋友，薛莉莉的感受晓慈虽没有置身其中，但她却能够真切地体会。

躺倒在熟悉的床上，薛莉莉开始认真考量自己的过去，重新思考自己做人的格局。内心无数次地发问，自己到底在追求什么？难道找一个当领导的男人做丈夫就那么重要吗？自己到底是怎么想的，那么多优秀的年轻干部怎么就错过了啊？再也回不去的昨天……眼泪刷刷地往下流。

人啊！也许在失意的时候才能真正认识自己，认识社会。生活的教科书不像薛莉莉教学的课本那样单纯和美好，也绝不像一年级娃娃们的算术题那样直接和简单，它教给人成长和做人的方式往往是残酷的，也许在这种时候，我们才能追问自己到底该不该，内心在挣扎中才能真正认识社会，找准自己，残酷后的痛苦往往是教育成人最好的方式，当然，这种教育方式也是最痛苦、最直接、最有效的。

回到中心学校后，薛莉莉基本大门不出二门不迈，一直待在宿舍的被窝里，每次饭点，都是晓慈把饭打回来，陪着薛莉莉一起吃，为避免和同事见面时的尴尬，到夜深人静的时候，薛莉莉才摸黑跑出去上个厕所，顺道活动一下筋骨。好在过两天就放暑假了，可以利用假期的时间调整一下自己低落的情绪。在自我修复上，她是个内心很强大的女人。

晓慈本想邀请薛莉莉参加自己的订婚仪式，面对薛莉莉憔悴的面孔，担心薛莉莉受到刺激，只得闭口不提了。

学校放假后，薛莉莉是最后一个离开校园的。天黑后，才埋头出了学校大门。石门乡街道里走动的几个人影，她过于敏感地想着，这些人肯定在笑话她，甚至在骂她。这些赶路的人压根就不认识她，谁还会注意一个无关紧要的路人。

以前，薛莉莉从来不敢一个人走夜路。如今，被谣言所逼，胆子反倒大了起来，伴着夜里的月光，悄蔫蔫地回到了自己的家里。回家后，她继续保持大门不出，屋门不迈，村子里的人暂时谁也不知道她回来了。

见到被谣言击溃、消沉的娃娃，父母亲没有一丝怨言，反而安慰和同情自己的孩子。谁曾知道，他们也需要别人的安慰和同情，在他们眼里，哪怕犯下杀头错误的儿女，也是值得疼惜的。父母啊！对子女的爱是多么伟大和无私啊。

薛莉莉父亲回来好几天了，快过了请假的时间，在出门之前，伏在自己女儿的炕头，摸了摸女儿的额头，又摸着自己的额头，细心地对比，确定没有发烧，布满皱纹的额头舒展了一些，说了好多贴心的话。

"再不要胡思乱想，嘴长在别人身上，我们也不能把人家的嘴给堵上。爱说啥说啥去，要抖起精神。娃啊，你还年轻，要好好活人哩。"父亲贴心的话语滋润着薛莉莉心田干涸的土地。

"爹，我给你们丢人了。我没脸见你们，更对不起你们。"薛莉莉眼里的泪水在旋转。

"没，有啥丢人的，不就找个对象嘛！再不能哭了，把眼睛哭坏了可就不值得了。不能老是窝在炕上，吃上些饭，到院子里晒晒太阳去。"说着，薛莉莉父亲用笨拙的双手端起炕头上的碗，准备给自己的女儿喂几口饭。

"爹，你放下，我自己吃。"在亲人的关怀中，薛莉莉的泪水成串地往下流。

"我去上班了，你赶快起来，要多吃饭，你得打起精神，再不能让你妈妈难受了。我过段时间回来给你买双新皮鞋。还想要啥就给爹写信。"薛莉莉父亲像哄碎娃娃一样，鼓励着自己的女儿，让她树立起对生活的信心。

薛莉莉哽咽着，从嗓子发出"嗯"的一声。

最近几天，天气热得让人难受，薛莉莉的心情就像三九天的河水，没有一点消融的迹象。午饭后，在母亲的鼓励下，薛莉莉跟在母亲屁股后面出山劳作了。村里的人倒是没有她想象中的那么无情和冷淡，主动跑过来跟她说了许多温暖的知心话。此刻，她感觉到整个世界从来没有过的温暖，一股暖流在浑身涌动，好像打开了身体的各个器官，体内积压的惭愧气息随着自己的呼吸似乎全部排出体外，整个身体轻松了许多。她抬起了头，自己已经记不清多少天了，一直都埋着头，忽然抬起头后，脖子有种酸疼的感觉，这种酸疼里面有一种说不出的幸福。刺眼的阳光、湛蓝的天空、洁白的云朵、清新的空气，好像都灌到了自己的胸腔里。多么可爱且让人依恋的乡亲和村庄啊！

几十年生活在一个村子里，人们之间的感情也许会在一些鸡毛蒜皮的小事上产生裂痕，又会在相互之间的苦难中紧紧地黏合在一起。在没有牵扯自身利益的事情上，一贯都表现得很大度，需要时，会设身处地为对方解决一些力所能及的烦心事，这当然包括说一些慰藉的话语。精明而又实在的乡亲，亲爱的人们，让人由衷敬佩感激。

薛莉莉年轻的活力在村子里乡亲的真切关怀体贴中又回来了。她开始思考自己的未来，想明白了一些事情。她认为自己为村子做的事情太少了，这里见证着自己收获的喜悦，接纳着自己惆怅的失意，这里是自己成长的避风港，更是自己开心的伊甸园。外面的世界对自己冷嘲热讽的时候，这里的世界带给自己的是赤诚相待。

小时候，她多么希望自己快快长大，到外面的世界去创造一番天地。如今，在外碰得鼻青脸肿，在不如意的时候，更加冷静地看清了世界，看清了自己，外面的世界是自己的，也是别人的，但最终还是不属于自己，这里的小天地才是自己永久值得留恋的地方。无论走到哪里，走得多远，村子从未间断地给自己输送着家乡的营养，村子见证过她的快乐，接纳着她的失意，这里的一草一木将会永远流淌在她的血液里，镌刻在她人生书本的扉页上。

经历这伤心的一幕后，在数十个夜里辗转反侧后，薛莉莉坚定了自己的想法，申请回到自己村子工作，为村里的教育事业贡献一份自己的力量，把更多的孩子送出大山，送到外面的缤纷世界中。

人一旦怀着一颗感恩的心去看待世界、面对工作，将会极其努力。在以后的教师生涯中，她会更加用心和用情，在不久的将来，她一定会成为一名顶呱呱的优秀教师。

第二十四章　立　志

八月的风，不再那么轻柔和缓，汇集着火热的躁动，田地里的色彩如同阳光照耀着生命的幸福。

距离晓慈订婚的日子越来越近了，满财一家如过年一样拾掇着屋子，打扫着院子。别人家的女娃娃订婚都有自己的叔伯婶子帮忙。可自己的哥哥韩满仓还在煤矿，满财有些着急。安顿着晓慈给韩满仓写一封信，邀请他一定要回来参加自己的订婚仪式。晓慈不理解自己父亲的用意，在心里对大伯一家存在着不满，她认为大伯一家对待自己的父母还不如村里的旁人。奈何父亲给自己讲了一大堆的道理，晓慈心中的不满有些消减了，亲手寄出了写给自己伯父的第一封信。

韩满仓收到晓慈订婚的信件，在晓慈订婚的前三天，他专门到煤矿所在的县城里买了一堆给晓慈的礼物，收拾好东西后，和儿子晓平一起回到了韩家庄。

清晨，伴随着初升的太阳，曹清云、黄金旺和唐俊茂来到了满财的家里，吴仲达、许二柱夫妻和韩满仓一家被满财请到了自己家里，吃饭时，小小的屋子挤得水泄不通。满屋男女的笑声如山涧清泉，咚咚欢畅。

蔡志昌夫妻被满财遗忘在了角落里，屋子里并未发现他们夫妻的身影。好在蔡志昌去省城送货了，文琳妈在自家门口等待了好久，院门口被她来回走动的双脚踩起了一层尘土，眼瞅着快到午饭的时间，还是不见满财家里人来请她，她在心里骂着"不是好东西的韩满财"，进院门时狠踹了一脚猪槽边吃食的大肥猪，悒悒不乐地靠在炕头摞起来的棉被上，又在心里默念了起来：

"不知好歹的韩满财，白种了我家那么好的河滩地，自己拉下面子攀交情，换来的却还是冷漠，好心全让狗吃了。""哎，韩满财这个王八蛋。"蔡志昌妻子骂出了声。

结束了忙碌的一天，满财才意识到自己的屋子太旧太小了，这房子起码有四十年的岁月了。家里人凑合住着还可以，以后晓慈对象、结婚了还要有娃娃，晓丰毕业结婚……人会越来越多，怎么住啊，满财又犯了忧愁。点了一支炕桌上新女婿送来的纸烟，卷起自己的裤管，再次搓起了小腿，开始盘算着盖几间新房。思来想去，自己手里没一分余钱，盖房无异于白日做梦。最终，他把盖新房的希望寄托到了儿子的身上，等晓丰毕业了，看娃娃们的本事吧。以后的世事得看年轻人闹腾，自己已经是半截入土的人了，再也没有精力折腾了。

"了不得啦，韩满财和县教育局的一把手成了亲家；真是胡萝卜蘸辣椒，吃出看不出啊；别看韩满财两口子一瘸一瞎，人家屁股底下压着福气哩……"韩家庄的人们聚在一起，有各种各样的说法，焦点始终围绕着韩满财一家。有羡慕的人，有嫉妒的人，更有说粗话撇凉腔的人。

山湾里放羊的梁二老汉真心替满财高兴，满财的幸福生活使得老汉的老皱脸舒展开了，吼叫了一声羊群，放开了声音：

嘚儿喂！

嗨……呀……

鸽子上房雀上树，

老鼠钻洞狗住屋，

大路朝天哎！各有各的走法，

时来运转呀！前世修来的福气，

前半生哟！别看我身无分文，

后半生嘛！你看我金银满屋。

晓慈订婚结束后，韩满仓夫妻心里的惆怅的事又一次翻腾了起来，儿子晓平的对象问题仍然没有着落。计划在年后找，如今，大半年都过去了，还是没有方向，韩满仓心里焦灼得像热锅上的蚂蚁。

内心才真正开始和亲弟弟韩满财做起了比较。"大丫头的日子过得稀松平常。二丫头在新疆，女婿当兵转业安置在了当地的公安局，最起码有了稳定的工作，收入有了保障。每次来信是报喜不报忧，日子究竟过得怎么样，自己还没顾上去一趟。最愁人的还是儿子晓平的对象问题……和弟弟满财相比，他哪一点不比满财强，要钱有钱，要粮有粮，草棚比满财的主屋还阔气，与眼瞎的弟媳妇相比，谁不说自己婆姨身胚直溜，面目展样。自己和驼背弓腰的弟弟站在一起，谁能想到他和满财是一娘所生。自己更是争强好胜，啥事也不愿意落在人后。无论自己多么厉害，不可能一直不老啊！未来，还得是后辈们的天下。满财的两个娃娃更让自己眼红，晓慈端了公家的铁饭碗，找下了家庭条件优越的好对象。晓丰大学毕业，肯定是吃公家饭、端公家碗的人，找个媳妇还不是挑着找。在对待弟弟一家时，该占的便宜全让自己占尽了，自己意识到确实有些过分了。谁又能想到软弱无能的弟弟两口子，能生下强势优秀的两个娃娃，以后，有个大事小情，说不定还要仰仗自己的侄子侄女。俗话说，长江后浪推前浪，一代更比一代强。我家的娃娃咋还不如自己两口子，以后可怎么生活啊。哎……造孽啊！我到底干了什么缺德的事情。"韩满仓越比较越烦躁，炕栏石下面已经丢了一堆纸烟把子。

韩晓平的焦灼和愁闷不亚于自己的父亲，比他小两岁的晓慈订婚了。村子里的人们似乎在用嘲笑的眼光看他，他最担心村里的长辈问他找对象的事情。出于个人自尊心，他基本不涉足村里人多的地方，瞅见嘴碎的婆姨们，远远就调转了走路的方向。

晓平坐在自己的房间里，一想到蔡文琳，他的胸膛就像烈火在燃烧。过两天，就要和自己的父亲回到煤矿了。他内心一点也不喜欢那个黑乎乎的世界，想一直待在色彩缤纷的韩家庄。目前，黑乎乎的世界似乎更能让自己活得舒心一点。他想抓紧在韩家庄待的这两天时间，做些什么，在房间里走来走去，脑子里思考了好一会儿，准备给蔡文琳写一张纸条，让她知道自己爱她。找出了上初中的作业本，在干净的作业本上撕下了一张纸。拿出了抽屉里放了好久的钢笔，吸满了蓝墨水，把那本诗集垫在了纸下面，动起了笔。

脑子里烦乱了起来，不知道写些什么，打开了纸下面垫的诗集，抄了几句自己经常诵读的诗句：

"多年了，你一直在我的伤口中幽居，我放下过天地，却从未放下过你。让我住进你的心里，默然相爱。嫁给我吧，今生今世，只对你好，让我带你远走高飞。"

诗句给他带来了灵感，后面的一句话，真正升华了主题。

从整张纸上裁下写好字的纸条，折叠了起来，塞到裤兜里。来到了蔡志昌家的小卖部，试试自己的运气，他多么期望蔡文琳在小卖部。可惜，小卖部里文琳不在，是她的父亲蔡志昌，晓平只得买了一包纸烟，折身出来。

磨磨蹭蹭地回到自家院子里，父母下地干活了，他拿起了扫帚把院子打扫了一遍，时不时摸着裤兜里的小纸块。这个小纸块在自己的兜里，像一颗定时炸弹似的，让他坐立不安。慢慢吞吞地再次向文琳家的小卖部走去，在离小卖部不远处，听到蔡文琳给别人卖东西的声音。晓平的心里乐开了花，停在了原地，把纸条偷偷地夹在准备买东西的钱里。盯着小卖部买东西走远的学生娃，加快了步子，进了小卖部。又让蔡文琳给自己取了一包烟，递钱的右手紧张得发抖，文琳接过钱后，韩晓平焦躁的心似乎要跳出胸膛，不等文琳找零钱，忙转身，像风一样飘出了小卖部。

晓平忘了自己是怎么回到家的，站在厨房里，心跳声听得真真切切。厨房炉子上的水开了，热气吹得茶壶盖子"叮叮"发响，壶嘴里直冒热气。看到这一幕，晓平感觉到自己心里的那一壶冰水似乎也沸腾了起来。

蔡文琳展开钱时，掉出了小纸块，她弯腰捡起，准备还给韩晓平时，却发现晓平早没影了。文琳打开了纸条，上面的字迹歪七扭八，和入学不久的小学生写的没什么区别。蔡文琳看完纸条上的内容，脸上臊得发烫，心里在辱骂着韩晓平。"癞蛤蟆想吃天鹅肉，净想好事，还带我远走高飞，谁能看得上你，也不撒泡尿照照自己，比起我心爱的晓丰可差远了。"她急速地把小纸条撕得细碎，扔在了门后的垃圾斗里。

夜里，晓平睡在自己房间的土炕上，八月的温度，加上对蔡文琳的渴求，身子一阵阵发烫。从来没有出现过的强烈焦灼，脑海里一直浮现着蔡文琳圆润的脸蛋和丰满的胸部，他恨不得现在就把蔡文琳搂在怀里，抱她、吻她、摸她……晓平做了一个夸姣的美梦，他梦到蔡文琳裸着身子钻进了自己的被窝。

这是自己梦寐以求的事情，多么让人期盼啊！太阳冒花了，晓平揉了揉眼睛，他多想一直把这个梦做下去，永远也不要醒来。

在这世界上，有人惆怅必有人欢喜。

假期内，除了天阴下雨，几乎每天晚饭后，晓丰都会和蔡文琳在小树林享受饭后的美妙。蔡文琳由可爱而俊俏变得妩媚而娇嫩，每当和蔡文琳拥抱在一起，她那细腻的皮肤弹性十足，软绵绵的胸脯让晓丰浑身灼热般难受。

今天，晓丰克制着自己，不能和蔡文琳私下约会了，他担心控制不住自己，做出出格的事情。晚饭后，自己的魂好像被什么人牵走了，鬼使神差地又走在了熟悉的河道里。

八月乡村的夜晚，是多么的浪漫和多情啊，容易让人沉醉。月光透过稀疏斑驳的白杨林，皎洁的光芒洒在河道里，流水声潺潺动听，像音乐家拉响的大提琴一样柔和。

文琳靠在晓丰的身上，乖巧得像只绵软的小羊羔。本想把晓平写给她的信告诉晓丰，她张了几次嘴，什么也没有说，最后把两片绵柔的嘴唇贴在了晓丰的脸上，说道："我看见你可亲了，比我爹妈还亲，就想这样一直靠着你，让你搂着我。"

晓丰在蔡文琳的脸上亲了一下，说道："别说傻话，等我毕业了，我们就结婚。"

"每次你去省城上学，我就觉得自己离你太远了。每天晚上都在想你，你想我不？"蔡文琳拉住了晓丰的胳膊。

"想，和你一样，天天都想。"晓丰捋了捋文琳的头发。

"骗人。"文琳嘴角上扬了一下，一种甜美漫过了她的心头。

"走吧，天太晚了。"晓丰说。

两个人站起来，拥抱，亲吻后，文琳上了河道边的小路，远远看着文琳推开了自家的院门后。晓丰才挪动着步子回家了。

进院门时刚好碰上了晓慈。还没等晓丰说话，晓慈开口了："哥，每天晚上都这么晚回来，又和蔡文琳幽会去了吧！"

"好妹妹，千万不能在爹妈面前乱说啊！"晓丰央求地说。

"放心吧，我嘴紧得石头也砸不开。哥，我们好好谈一下吧。"晓慈坐在了院墙下的石头上，晓丰也跟着坐了下来，说道："你说。"

"哥，你毕业了有什么打算？"晓慈问哥哥。

"用得着问吗？肯定回来啊！"晓丰说。

"哥，你看一下韩家庄的人家，就数我们家的房子最破。"晓慈的指头指向对面亮灯的人家，继续说道："我上班发的工资，自己存了一部分，我打听了一下，现在盖一间房木材和木匠的手工费下来也就一千多一些。盖五间房，也就不到六千块的成本，我攒下了快三千，真的好想给家里盖一院房子。"

"你所想的和我想的一模一样，还要算上砖瓦，一间房下来至少得一千八百吧，人工费不存在，村上的乡亲会帮忙，爹妈给人家盖房时先行下礼着哩。你先不要急，等我明年毕业上班后，就算借钱，我也要给家里把新房盖起来。"晓丰算得比妹妹还细致。其实，他对盖新房的事情不知考虑过多少次了。

"哥，爹妈一天天老了，他们遭了多少罪啊。除了春雪姐一家，过去韩家庄真正能看得起咱家的有几户啊？你算一下，没有笑话和欺负过咱家的人很少吧。别说旁人了，就连我们家的亲戚和大伯们，谁家又能看得起我们啊？我们一家遭受的白眼太多了，我心疼爹和妈，我喜欢韩家庄的山和水，但对韩家庄的大多数人一点也不喜欢，他们太可恶了，我恨他们。爹妈为了让我们读书，省吃俭用，我们过去过的那叫什么日子，何曾看见爹和妈脚上穿过袜子，吃过一顿像样的饭菜……"晓慈嗓子里堵了一团东西，再也说不下去了。

晓丰听得心里有些发酸，调整了一下自己翻滚的内心，开始疏导妹妹的情绪，哲人般地说道："晓慈，你不能这样想，韩家庄是我们的根，有我们的魂，就像脐带一样源源不断地给我们输送着家乡的养分，促使我们不断努力和进步。这里的山山水水、沟沟岔岔连着我们的心。这里的乡亲无论做过什么，他们永远是可爱的，有什么不对的地方，我们都应该原谅他们，同吃一河水，同住一片天。他们其实也有自己的难言之隐，只是表达爱的方式不同罢了，是因为你我过于敏感他们的行为和语言，感受到了那份痛苦，才会有这样真切的体会。是的，我们家确实吃过不少苦，我们小时候穿的哪一件不是政府的救济衣服，我们应该感谢党，感谢政府，感谢爹妈。晓慈，你放心，我毕业后，再也不让爹妈吃苦，让他们好好享享清福。"

兄妹两人说了好久，说了好多，回忆着过去，展望着未来。觉得自己亏欠父母实在太多太多。在月光下，他们立志要改变自己家庭的地位，以后让父母体体面面地出现在韩家庄，让曾经小瞧过的人们羡慕去吧！让曾经轻视过的人们嫉妒去吧！

每一个富贵或贫寒家庭的孩子，在心中都暗暗许诺过为父母尽孝的愿望，让父母过得有尊严、有地位，少吃苦、多享福，坚信自己必有功成名就、衣锦还乡的那一天。可惜在岁月的洗礼中，忘了时间的残酷，忘了人生的短暂，忘了世间有永远无法报答的恩情，忘了生命本身是不堪一击的。

晓丰在晓慈胳膊上拉了一把，兄妹两人悄悄地挤进了低矮的屋子。

吹过了一阵轻风后，夜晚开始变得凉了起来。

又是一个多么让人期待的美好明天！

第二十五章　新　星

又到了九月，一个令人着迷和充满收获的季节。

晓丰又一次坐在了去往省城的汽车里，车窗外的地形地貌还是昨天的样子，大山黄苍苍的没边没沿，河道里的流水紧依山脚的曲线流淌，山水相依，美妙绝佳，随着道路的高低起伏，景致在若有若无之中。川道里成熟的秋庄稼有些弯着腰，有些耷拉着脑袋，等待着主人的收割，公路两边挺立的白杨树依旧是昨天的模样，远处山顶上几个白色的塔尖，渐渐落在了汽车的后面。

坐在汽车最后一排靠右边窗户的晓丰，捏捏了内衣上母亲又一次缝制的口袋，口袋里装着这学期的日常花销，硬铮铮钞票静静地贴着胸脯上结实的肌肉。

父亲递钱的画面清晰地浮现在了晓丰的面前，当残疾的父亲将一沓沓钱塞到自己手心时，晓丰的内心十分不是滋味。看到父亲那双青筋暴跳、粗糙黝黑的大手后，一种难言的苦涩交织着一种亏欠的辛酸。这些钱是母亲头上的汗珠，是父亲脊背上的伤疤……每年家里的这项开支，是多么来之不易啊！粮仓里的粮食没了，猪圈里的肥猪没了，竹筐里的鸡蛋也没了，一切能卖钱的东西全没了……

当他伸出手接钱的时候，父亲问了一句："够不?"像一把尖刀刺在心脏上，滴下的是鲜红的血珠，流下的是亲人的暖泉。每次入校的前一夜，父母都会叮嘱好多，说的是牵挂，讲的是未来。母亲在昏黄的灯光下，整理着晓丰上学的衣物。父亲默默地点上一根旱烟卷，每次都是熟悉的那几句话，说道："去了，好好读。书读好了，一切都会好起来的。将来有了出息，爹也就心满意足了。"晓丰内心翻滚得厉害，嘴里却一句话也说不出来，吃力地从嘴里挤出了两个字"嗯嗯"。父母攒钱的不易让他如鲠在喉。

钱啊，你让人笑逐颜开，又让人撕心裂肺。

父亲送至路口，晓丰上公共汽车前，父亲叮嘱道："差钱，只管向家里捎信，爹有办法！"晓丰根本不敢扭头看一眼自己的父亲，眼睛一直看着前面，大声说道："知道了。"眼泪不听使唤地往下流。快翻过山岭时，他才敢回头看远去的村庄。晓丰知道，父母亲一定还在院门口，眼睛肯定还盯着公路的方向，眼神中有期望和牵挂。

鳞次栉比的高楼映入眼帘，错落起伏的楼房像树林一样，密密麻麻地耸立在省城的天空下，纵横交错的街道里车水马龙，急来急往的人群川流不息，还是昨天那个让人向往的省城。

出了汽车站，喧闹的人群摩肩接踵，车站口各种叫卖声、讨价还价声、小娃娃的哭声、汽车的鸣笛声……把拥堵的街道吵成了一锅粥。

学校的校门还是那么宽阔、高大，寂静中透着威严。宿舍里回来的同学相互寒暄着，一伙一群挨着同学宿舍转，嘴里塞着同学带来的许多可口的家乡特产。城市马路上的灯亮起时，才逐渐消停下来。

晓丰拉过来惯常坐的椅子，坐在宿舍的窗户边，喧嚣的车水马龙的街道，绽放的霓虹灯，有的发出红光，有的发出绿光，有的发出紫光，还有的发出黄光……五彩缤纷，将一栋栋高楼大厦照得通体透明。马路上各色各样车辆的灯像水波一样流过来流过去，变化无穷，编织了省城夜的美景。眼前的色彩慢慢地模糊起来，韩家庄那熟悉的色彩在眼前荡漾。

看着马路上来来往往的人们，晓丰心想：城市的灯火璀璨，后面却含着多少沧桑。每天不停地奔波，不停地努力，被困在这城市的牢笼里，给予自己的无非是一间钢筋混凝土的小小阁楼，到底有没有快乐，会不会幸福呢？他开始幻想着自己的一片桃源，幻想着海边的一座小屋：与文琳在桃花下促膝长谈，在海边光着脚丫漫水散步，既可以触摸春暖花开，也可以感受面朝大海，多美啊！

又一轮紧张忙碌的学习生活开始了，校园里的一切变得井然有序，教室恢复了往日的样子。学校里显眼的位置到处挂着欢迎新同学的标语，和晓丰刚入校时的氛围不相上下。操着各地口音的学生开始活跃在学校的角角落落，充满新奇地探究这个新的世界。

每学期开学的半个月内，都是晓丰最难受的时候，他的胃适应了假期饱饱的一日三餐，到校调整成一日两餐，胃一阵阵痉挛着，和他压制的精神进行着激烈抗争。他坐在最不引人注目的校园角落的一块石凳上，垂下的柳条快挡住了自己一半的身子。一只手在自己肚子上来回揉搓，大约过了一刻钟，自己的肠胃暂时平静了下来，身体舒服了。心里默念："故天将降大任于是人也，必先苦其心志，劳其筋骨，饿其体肤，空乏其身，行拂乱其所为，所以动心忍性，曾益其所不能。"后面他索性出声了："人恒过，然后能改；困于心，衡于虑，而后作；征于色，发于声，而后喻。入则无法家拂士，出则无敌国外患者，国恒亡，然后知生于忧患而死于安乐也。"每当自己挨饿或遇到不如意的时候，这篇古文就是慰藉自己精神的最好食粮。

晓丰认为，现在所有的苦难不过是在铺平未来的辉煌道路。他已经读过诸如《梁启超传》《贝多芬传》《牛顿传》等名人的传记。他坚信，任何头顶光环的人物背后都有不为人知的辛酸故事，能奏出天堂般动人的旋律，必然要经历地狱般的磨炼。自己要想有所成就，吃苦是不能避免的，何况眼前的这点苦和古人们相比简直微不足道，苦更是无从谈起。

捂在破球鞋里的脚丫子出汗多，他想放出自己的臭脚凉快凉快，弯腰准备解开鞋带的时候，面前一双小巧秀气的皮凉鞋包裹着女生婀娜的俏脚，晓丰顺着脚踝看到脸庞，他的同学肖雅妮正花枝招展地盯着自己看。她双目犹似一泓清水，美目流盼，自有一番清雅高华的气质，放假前的长发变成了短发，萦绕着一张云容月貌的脸蛋。如果说蔡文琳有一种农村朴实的美，那么肖雅妮就有一种城市优雅的美，两个女孩呈现给晓丰美的感受不同而已。

晓丰听宿舍的省城同学说起过，肖雅妮的父亲好像是地区行署的副专员。在女同学们眼里，她不仅家庭好，还有一副让女生嫉妒的美貌。在男同学眼里，肖雅妮美得过于清高。学校里各系追求她的男同学一波接着一波，肖雅妮从不理会，如果有男同学纠缠她，她从不顾及别人脸面，会当众让纠缠她的男生出丑，私下里别人都叫她"冷面美人"。

晓丰庆幸没有解开自己的鞋带，放出臭脚丫，因为他的袜子烂得已经露出了两个脚趾。他快速地把两个套着破球鞋的脚放在了石凳下，羞涩地望着肖雅妮。

"问你一个问题。"肖雅妮从容淡定地坐在了晓丰的身边。她声音娇美轻柔，比起文琳清脆甜美的声音别有一番风味。

"啥问题?"晓丰说。

"给你十个人，和你一起遨游大海，你怎么合理地分配任务，达到遨游大海的目的。"肖雅妮说。

晓丰整理了一下思路，回答肖雅妮的问题："我会造一艘船，让3个人收集造船的木材，7个人制造船只，待船只造好后，所有人去练习划船，然后遨游大海。"

听完晓丰的回答，肖雅妮"咯咯"笑了起来，说道："笨蛋，如果是我，既不让人去收集木头，也不给他们分配任务，我要先激发他们对海洋的渴望。而后我们一起朝着遨游大海的共同目标进发。"

她看待问题的方式是不一样的，回答问题的思维每次都是出人意料的。

肖雅妮说完站了起来，从挎包里取出准备好的两个面包，放在了石凳上，步履如飞地走在了校园的黄昏里，留给晓丰一个绰约多姿的背影。

他已经记不清楚这是肖雅妮留给自己的第几个面包了。每次肖雅妮都会在面包下面放置一个小纸条（这一切都是她提前准备好的）。纸条上的内容大多是一些鼓励人、激励人的句子，有时候也会是一些暗含男女之间情感的语句。

晓丰拿起了石凳上的面包，露出了粉色的小纸条，隽秀的字迹让人赏心悦目：

你是一颗挂在天边的灿烂星星，

带着你那闪亮的身影划过了我的黑夜，

那一丝丝光亮恰恰照亮了我心里最黑暗的地方。

近一年来，肖雅妮类似这样的表达越来越多，晓丰似乎还没有做好应对的准备。每次肖雅妮走后，文琳多情温柔的面孔就会在晓丰的眼前不停闪现。

面包，面包。晓丰饥饿的肠胃引发嘴里分泌了大量的液体，手已经不听使唤地揪了一块塞到了嘴里。他尽量控制着自己，泪水还是不由自主地在眼里转了起来。

哎！在饥饿面前，人哪里还有自尊可言啊！

由第一次敏感自尊心驱使下的拒绝到现在的安然接受，他的内心不知在多少个黑夜里经历了无数次的挣扎和反抗，不计其数的伤痕早已变成了纵横万千的干痂。

出于自己敏感的自尊心的缘故，晓丰从不主动接近肖雅妮。如果肖雅妮过分关心晓丰的举动，主动和晓丰说话，表现出一些亲昵动作时，班里几个追求肖雅妮未遂的男同学就会变着法地让晓丰在全班同学面前丢丑。

课间，一个省城的男生说道："我有一双篮球鞋过时了，不想穿了。"另一个省城的男生马上说道："别啊，还好好的，扔了多可惜，给咱们班穿烂鞋的乡巴佬吧。"哈哈哈……几个城市来的学生笑了起来。晓丰的血一下子涌上了头，通红得像窑洞里点着了干麦草，情不自禁地收缩了一下双脚。

城里人的优越感活灵活现地映照着农村人的窘态。

这时，一位来自省东边农村的男同学会帮着晓丰说话："我们都是成年人了，是缘分让我们在一起，我们生活上是贫穷的，但精神我们都是一样的高贵，你们赤裸裸地挑衅，拿同学开涮，还有点同学情谊吗？还有点做人的良知吗？"说话的两个省城男生无言以对，悄无声息地坐在了座位上。

更让晓丰可气的事发生了，上体育课时，那两个省城男同学有投篮的机会，也不轻易出手，而是主动把篮球传给晓丰。一副关心的口吻，怂恿晓丰投篮。他的那双破球鞋根本经不起学校水泥操场的折腾，在他跳起来投篮的时候，鞋底和鞋帮"哧"地一下分家了，两个露出脚趾的烂袜子暴露在大家的视野里。整个操场里笑成了一团，晓丰不知道他是怎么走出操场回到宿舍的。

连续几天，他上课几乎都不敢抬头，悄悄地坐在最后一排的某个角落里，自己老是感觉同学们投向他的都是嘲笑的眼神。课间，肖雅妮到座位边找他时，他会趴在课桌上假装睡觉。每次路过操场，他的脸都会不由自主地发红，他能清晰地听见太阳穴上血管的暴动声。对同学的招呼，他只是点一点头，不敢和同学有眼神上的交流，对此事他耿耿于怀，觉得每个同学都会笑话他，其中当然包括肖雅妮。

贫穷让他在求学的道路上异常艰辛。父母受的是身体上的苦，他受的是精神上的苦。在他看来，精神上的苦远远大于身体上的苦。他宁愿在土地上操磨，舒心爽气地出一身臭汗，也不愿坐在凉爽的教室里遭受冷嘲热讽。

哎……他何曾知道，农民父母受的苦何止是身体上的，精神上的苦毫不逊色于他啊！

他开始用各种办法回避肖雅妮，把校园里自己经常读书或静思的角落换了又换，即便到一个新的角落，也要侦察一下四周，防止肖雅妮的闯入。他觉得这一切都是肖雅妮带来的不幸。没有她的关心，就不会有自己丢人的那一幕幕。

天越来越冷了，周五的傍晚，校园里几乎看不见学生了。肖雅妮的手里拎着一双包装好的男士运动鞋，在校园里搜寻着晓丰的身影，因为她已经向晓丰的舍友打问过了，晓丰不在宿舍。做了三年多的同学，从看见晓丰第一眼后，她就觉得好像在哪里见过他。后来她想到了她们家放置的一张老的歌曲唱片——红河山歌上的封面明星，晓丰和那个封面明星几乎一模一样。也许是来自同一地区的老乡因素，他们的交往倒也自然。从晓丰上课的表现和私下的闲谈中，肖雅妮发现，晓丰是个非常上进且思想不一般的男生，比起城市的学生，晓丰更有一种吃苦耐劳的精神。吸引自己的是晓丰的长相，让自己喜欢的是晓丰的品格。

她从小生活在优越的环境中，只要自己想要的，父母都会满足她。晓丰和她谈论的关于农村的话题，让她既新奇又陌生。在她的认知中，农村的生活就像电视里的一样，有时候让她挺新奇，很向往。与晓丰交流越来越多后，她对农村的认识也慢慢地转变了。以前，她以为晓丰的寒酸都是故意装给同学的。尤其在今年的暑假里，她软磨硬泡自己的父亲，让父亲带她去了三趟地区最穷的农村，她对农村、农民有了一个基本清晰的认知，开始同情晓丰，晓丰的贫穷是真真切切的。

晚自习后，肖雅妮在一棵落光了树叶的梧桐树下找到了晓丰，晓丰正靠在树干上，缩着脖子，紧夹着两个胳膊，手里拿着一本书，正在路灯下翻着，脚上穿着一双粗布布鞋（图书馆里自己寒酸的穿着会引起同学的笑话，宿舍里省城同学会让晓丰不自在，无论多冷，他都会在学校的角落里翻一会书，背一会重点课程内容）。肖雅妮的突然出现，让晓丰猝不及防。

"天冷了，你这里看书不冻吗？"肖雅妮关切地问。

"没事，我马上就回去了。"晓丰放下了手中的书。

"你不要在意那几个省城学生的话语和举动，这是我给你头的一双运动鞋，希望你见谅，更不要见怪。"肖雅妮递了过来。

"我不会在意同学的一切言语，牛奶会有的，面包会有的，你不是也在可怜我吗？我是农村的一株草，来自卑微处，也有卑微处的尊严。不需要你的关心，更不需要你的施舍，请收起你高傲的怜悯吧！"晓丰迈开了大长腿，看都没看肖雅妮。一种自卑感，让他说出了伤人的话语。

肖雅妮怎么也没想到，她的爱是真诚的，没有一丝不妥。她不知所措地站在原地，心里从来没有过的堵塞，这是她第一次遭受到拒绝，内心责问着自己，两颗热辣辣的泪珠从眼眶中滴到了梧桐树下的一片黄叶上。

第二十六章　离　别

小寒前一天，一股冷空气发威，在冷高压的控制下出现了剧烈的降温。韩家庄迎来了冬日里的一场大雪，纷飞的雪花飘飘洒落，宛若轻舞飞扬的小精灵，满天的白色小天使，送来了一地的银装素裹。

韩满财院门前的坡路上，一串一串的脚印把落在地上的雪片踩得白光溜滑。屋里炕上几个村里的妇女，围着拼凑起来的两个案板，案板上的发面里到处都插着揉面的手。地下站着三个女人，等待着炕上女人们手里揉搓出的白馒头。厨房里，许二柱和满财负责灶台上的笼屉。满财出了厨房门，朝北边看了一下，雪花还在纷纷扬扬地飘洒着，刚开始的碎雪变成了鹅毛大雪。满财嘴里嘟囔着："这鬼天气，老子又没得罪你。早不下，晚不下，偏偏临近娃娃的婚事了下个没完。"

韩满财家烟囱里的青烟一直冒到了夜里十点多。后半夜，雪越来越小了。清晨，太阳从云层上爬了出来，慈祥和暖的光芒洒在了大地上。满财院里院外都堆满了大大小小的雪堆，晓丰一铁锹一铁锹把雪堆铲在人力车上，送到了院门外的坡道下。

远处的亲戚陆续来到了满财家，大部分亲戚晓丰两兄妹只是听说过，从来也没见过面。还有一部分亲戚，听都没听父母提起过。一部分所谓的亲戚是不请自来，无非是想和满财攀交情，他们更多地看到的是满财那个县教育局局长的亲家，私心私利让他们扯下了面子，放下了架子，屁颠屁颠地来到了满财家里。

亲戚关系往往是俗气的，常常流于场面上心口不一的寒暄问候。互相之间能沾光、得便宜时，往来便会紧密起来。辉煌时，围着你转的是亲戚；落难时，逃离你最快的还是亲戚。你过得如意时，嫉妒你；你过得落魄时，笑话你。甚至生活中有一部分伤害也是亲戚造成的，他们的性格是多变的，感情是复杂的，内心是矛盾的。"气人有，笑人无，堂系长，表系短，两姨恼，姑舅烦，亲戚脸上假笑意，满口谦卑心中恨。"

上门的全是客，满财身后的亲戚住进了韩满仓家里。满财妻子身后的亲戚安排住宿方面，他们想到的是许二柱家，两家挨在一起，方便招呼亲戚们吃饭。更重要的一点是，许二柱为人直爽，不像村里其他人心里有那么多的弯弯绕绕。

一头大肥猪洗剥得白白净净躺在院子里。这是满财婚后生活中杀的第一头大肥猪，每年都是只见猪跑，不见猪肉，大肥猪一只只卖到猪贩子手里，换来的钞票流进了学校的大门。

两辆贴着大红双喜、挂着大红丝缎的黑色桑塔纳，后面紧跟一辆中巴车，出现在韩家庄时，全村男女老少全都出来了，人头攒动，满财院门口和坡道上看两辆"高级轿车"的人挤得水泄不通。娶亲的队伍和送亲的队伍交错在一起，簇拥着穿一身时兴红衣服的新娘子——韩晓慈，盘起来的头发上，插着一株塑料做的腊梅花，十分逼真。白杨树一样修长的身材，浓妆丝毫没有掩盖她娇美的气质，两个迷人的酒窝清晰可爱，长长的睫毛一闪一闪，整个装束打扮不像农村其他新娘那般俗气，更加让年轻的男人动心。一群人挤挤巴巴地出了满财的篱笆院门，送亲的人们新奇、激动地坐在了小轿车里，深深地陶醉在第一次坐轿车的乐趣中。没挤到小轿车上的一些亲戚，目送轿车过了山垭口，多少有些气急败坏的感觉，只得败惺惺地钻进中巴车里，黄金旺害怕被落下似的，第一个钻进了中巴车。

送亲的队伍中除了一些紧要的亲戚外，村子里的韩满仓妻子、吴仲达、许二柱也被安排坐到了大巴车里。蔡文琳是晓慈专门请来的亲朋，坐在小轿车上，这一点倒让蔡志昌夫妻满意。

　　唐俊茂和晓慈的婚礼在县城的政府招待所举行，前来道贺的人络绎不绝，招待所门口停满了各式各样的车辆。招待所的大厅里张灯结彩，天花板上吊着彩色的气球，气球下挂着五颜六色的飘带，整个婚礼大厅沉浸在一片欢乐的海洋中，服务员个个彬彬有礼，面带微笑，热情周到。唐秋生夫妻站在招待所门口，脸上带着快乐兴奋的表情，笑得像盛开的牡丹花一样。为了给独子举办一个隆重的婚礼，他们夫妻毫不吝啬，置办的东西基本都是县城最好的。更何况，儿媳妇算是真正娶到了他们的心坎里。

　　唐俊茂和晓慈一桌一桌给参加婚礼的人们敬酒，引荐的一位中年同志给新人介绍道，这是教育局人秘股赵股长。晓慈抬头望了一眼，赵股长嘴咧得像老汉们的棉裤腰，晓慈脑海里跳出了她和薛莉莉第一次报到时见到的那张冰冷面孔，与面前这张笑得扭曲的大脸形成了鲜明对比，给她造成了一种恶心的感觉。对晓慈敬上的酒，他昂起头，忙忙灌到了嗓子眼里，一种虚假亲切的唆使，两片大厚嘴唇有些不听使唤地吧嗒吧嗒着，说出了几句祝福的殷勤话语。

　　晓慈家的亲戚和村里的乡亲真正经见了个大世面，在他们眼里，唐秋生家简直富得流油，满财算是捞了个"肥"亲家。个别亲戚生出了嫉妒，酸溜溜地说："满财那个尿样，也能找下这么牛的亲家，还有没有天理了。"又一个亲戚说道："这就叫人不可貌相，海水不可斗量啊。"同一桌上的一个亲戚说道："声音小点，隔墙有耳，以后万一求满财呢！"大家不再作声，怕吃亏似的，不停地抢着手里的筷子，吧唧着嘴，一筷接着一筷地往嘴里送肉，吃得一片狼藉，如秋风卷残叶一般。

　　吴仲达和许二柱回来后，在村口下了车，把晓慈举行婚礼的现场描绘得气派壮观，酒席的场面和味道在见过一些世面的吴仲达嘴里说出后，让村里人听得津津有味、涎水涟涟。

　　韩满仓妻子进了家门，就躺在了炕头，让她没想到的是，唐俊茂的家庭不是一般的殷实，家具家电一应俱全，看得她瞠目结舌，简直到了眼花缭乱的地步。自己的两个女婿家条件还算不错，和唐家比起来，简直连人家的边边角角也比不上，晓慈可算是嫁了个富人家，看来自己小叔子一家要发达了。她只是有些妒忌，并无半点恨意。韩晓平的婚姻问题，才是压在她心里的一块大石头。

一年又过去了，儿子的对象还是没有任何着落。晓慈结婚了，晓丰毕业后，寻个媳妇还不是可劲地挑啊。她在村里算是出尽了风头，儿子咋就这么木讷，一点也不随他们夫妻俩，韩满仓妻子甚至有些怀疑晓平不是自己所生，翻转了好几次身体后，郁闷地下了炕，想到院子里透透风，最好能把所有的烦乱思想吹走。

婚后，唐俊茂简直把晓慈当成个宝，公公婆婆更是疼惜得不得了。只要一出门，回来后手里拎的不是吃的，就是喝的，一个劲地往晓慈手里递。晓慈才清晰地认识到，娘家和婆家的差距不可同日而语，婆家物质方面富裕而舒适。时兴家具、家电齐备，别的不说，光被子就有十多条，夏是夏来，冬是冬。想起自己那个破窟窿烂墙的院落，一种莫名的烦恼涌上了晓慈的心头，她随时准备用有力的手帮扶一把穷苦的娘家。

婆婆对自己花钱大方，出手阔绰。晓慈能感受到她是一位善良、慈爱、无私的长辈。吃过饭，坐在晓慈身边，又给剥糖，又给削苹果，对孙子的渴望时常挂在嘴上。外面飘起了雪花，一家人坐在暖烘烘的房子里，欣赏着正在热播的电视剧。婆婆剥了一根香蕉，送到了晓慈手里。接过香蕉，晓慈拿在手里，端详着，不由自主地回想到了小时候，自己躲在院墙后面吃文琳送的半截香蕉的画面清晰可见。多少年了，她从不主动去买香蕉，更别谈吃了。她尽力控制着自己的情绪，尽量掩盖痛苦和美好交错下的回忆。过了一会儿，抬起头，伸展了一下。白色的果肉溢出淡淡的香气，晓慈轻轻地将香蕉塞在了自己的嘴里，舌尖触到平滑果肉的那一刻，一种细腻而柔软的感觉，舒舒展展地大口嚼起了手里的香蕉，一同咽下了过去痛苦、美好的回忆。新的起点、新的生活，一切随风、随情去吧。失落悲伤时，痛苦的回忆如灿烂星星；

春风得意时，苦难中的美好回忆如皓月当空。

生活需要睹物思人，需要睹物追忆，更需要触景生情。人生，也许有痛苦才会完美，只有与痛苦相伴，人生的道路才不会平淡无奇，有了这些感受，我们才能更好地珍惜岁月、珍惜生活。

而今，韩家庄最寂寞难耐的是韩晓平，他胸膛里安放不下一颗焦躁不安的心。他刚入腊月就回到了韩家庄，每天都写一块小纸片，想方设法地送到文琳手里，但都是石沉大海，未见任何回应。最让他不能接受的是，自己心爱的文琳开始躲避他、逃离他。

下午，他想碰碰运气，见一见日思夜想的人儿。蔡文琳端着一盆洗菜水跨出了院门，瞥见不远处的晓平，别过头，直接将一盆水泼了过来，头也没回地狠狠甩上了院门。在那一刻，晓平看见自己的整个世界崩溃在了眼前，泼在地上的水溅起的泥点沾满了鞋面和裤脚。这个温柔如水的俊丫头在晓平面前表现得冷若冰霜。归来后，他饭也没吃。此刻，他安静地躺在土炕上，如死人一般。即便自己的爱有多执着、有多小心，他终究发现，他只是一个被蔡文琳放逐的可怜人。放手与转身对他来说，如万箭穿心般疼痛，自己的心跳只不过是一种正常的生理机能，他觉得，未来的岁月里，寂寞将会成为他的常态，唯有夜里的思念才使他感觉自己是个活人。从夜里嘴角的一丝笑意可以看出，单纯的思念使他的灵魂不冷清、不寂寞。

韩晓平偷偷摸摸、若有若无地追求，让蔡文琳着实很恼火，她好多次都压制着自己胸中的怒火。无论怎样，他毕竟是晓丰的哥哥，何况，自己以后会成为他的弟媳妇。这么想时，蔡文琳烦躁不安的心就会带来少许的宽慰。这几天，为了躲避韩晓平，她基本没进过家里的小卖部，害怕晓平借着买东西，塞给自己纸条，上面那些肉麻的骚话，让她心里不爽快。她又不能把这些事情说给晓丰，让他们兄弟关系产生裂痕，再说，晓丰会不会觉得是她骚情自己堂哥的结果呢。她思索了好久，只能把这件事憋在自己肚子里，不能给自己的父母说，也绝不能让晓丰知道。他再有一学期就毕业了，到时候，两个人一结婚，韩晓平就会对自己死心。她甚至幻想着与晓丰结婚的时候，自己一定打扮得漂漂亮亮，石门乡街道的美发店水平太差，一定要到县城的美发店去盘头和化妆。两个人一起睡在那个上漏下湿的里屋土炕上，让晓丰抱着、吻着……做夫妻之间做的任何一件事情。她会给晓丰生一个儿子，一个女子，不行，他是吃公家饭的人，计划生育政策规定端公家碗的人只能生一个孩子，那不要女子了。转而，文琳心里又做起了双胞胎的梦想。每天她在家带着一对儿女，伺候着残疾的公公婆婆，种好家里的几亩田地，操心好大黑骡子。农闲时，她就带着两个娃娃到晓丰上班的地方去，给他做几顿可口的家常饭，让晓丰领两个娃娃见见外面的世界，多开开眼界。她要鼓励孩子们做一个和爸爸一样的人，不能像她一样一直窝在韩家庄，连地区也没去过，更谈不上省城了。她越想越兴奋，完全沉浸在自己勾勒的美好生活中，居然一整晚都没有合眼。

午饭后，邮递员送来了来自地区行署家属院的一封信，晓丰看到地址后，便知道是同学肖雅妮的来信。躲在里屋里（晓慈出嫁后，他成了这间屋子的主人），拆开了信件。刚开始的内容，肖雅妮在责问他，为什么那样对她，出言不逊，自己很生气一类的句子，要晓丰必须给她回信道歉。责问的词语不同，意思却一样，整整写了一页。第二页，没了责问，追问晓丰毕业后的打算，后面便是肖雅妮的关心、想念和牵挂一类的内容，她是个很用心的女孩，表达得很含糊，敏感的晓丰能完全感受到肖雅妮那种热切的期盼。

晓丰本想给肖雅妮回封信，沉思了一会，觉得没有任何必要，他只把肖雅妮当老乡、当同学，从来没有过男女之间的那种感觉，自己烂包的家庭怎能高攀副专员的家门。肖雅妮盛气凌人，脾气刁钻古怪，蔡文琳和蔼可亲，温柔可人，他在心里早就把蔡文琳装得满满的，哪还有肖雅妮一点位置。深层次地说，他已经吻过文琳了，在心里蔡文琳其实就是自己的媳妇，只是少了一场酒席而已。晓丰拿起读完的信，塞进了火炉子里，火炉上面的天花板红红地亮了一会，信件最后化成了一堆黑灰。

腊月二十八，晓慈和唐俊茂给满财送来了过年的东西，一些反季的蔬菜和水果，整只羊，还有四只鸡，零零碎碎的东西一大堆。家里住房紧张，唐俊茂和晓慈吃过午饭便回县城了。

韩满财拿了两只鸡、一条烟和一些水果送到了许二柱家里，他饱受了庄稼人的苦，许家虽和他无任何血缘关系，对他一家好得简直不能再好，在他眼里，村里其他人家的关心都是带有色彩的，只有许二柱家的关心是干净的、纯粹的。

许二柱也为满财找了这么好的女婿而高兴，只要看见有人从门口过路，他就忙不迭地宣传满财女儿女婿下乡送东西的这一喜讯。

韩满仓两口子听到韩满财给许二柱送东西的消息后，气不打一处来，妒火中烧，自己该占的便宜让没有血缘的旁人给占了，着急得两口子合计了一夜，早上起身时，每人嘴上挂上了一个明晃晃的大水泡。

大年三十晚上，韩家庄迎来了一场厚雪，家家户户全挂起了大红灯笼，屋顶上一阵一阵地升起了缕缕蓝色青烟，娃娃们过年的热情丝毫没被外面寒冷的天气削弱，屋外回来后，两个小手冻得通红，跺着脚，一蹦子跳到炕上，蜷缩在热炕上，听着一颗颗爆竹"嗵嗵"的响声。

韩满财掀开门帘朝北边瞅了瞅，天黑沉沉的，雪粒还在刷刷地往下落，他忙缩了一下脖子，打了一个喷嚏，说道："鬼天爷，简直冻死个人啊。"

蔡文琳双脚伸进暖烘烘的被窝里，又开始向往她和晓丰的美好生活。外面的雪粒随着冷风打在洁净的玻璃上，给人一种刺骨的感觉。

哎……冬这么冷，春还会远吗？

第二十七章 归 来

春末时节，阳光明媚，繁花似锦。

省城重点大学的毕业生是非常抢手的群体，校园的宣传栏里贴满了国家事业单位和知名企业的招聘信息。学校礼堂里人来人往，热闹非凡，每天都有省内外的好单位来与省城重点大学的学生签约，签订协议的学生个个脸上洋溢着幸福甜蜜的笑容。

晓丰同班同学几乎每天都有签约好单位的，一个个兴奋不已，相互比较着各自初步达成的薪酬。无论多好的单位，开出的待遇多么诱人，也无法打动晓丰。班里和他走得近的几个同学不厌其烦地给他推荐了几个好单位，连班主任也开始做他的思想工作，让他放弃回原籍的想法，应该到外面更大的世界去闯荡一番，好男儿应志在四方。不论别人说得怎么动听，晓丰只是嘴上应承着，心里的想法却从来没有改变过。现在，班里只有晓丰和肖雅妮是准备返回原籍的毕业生，其他同学都签约好了各自心仪的单位。其实，肖雅妮的父亲早就为她联系好了一家省城的事业单位，她刚开始答应了自己的父亲，不知为什么，后来肖雅妮反其道而行之，不听从父亲的安排，执意要回到原籍。她给父亲描说得天花乱坠，自称要在家乡的土地上挥洒青春和汗水，父亲深知女儿的脾性，只好顺从了她的意愿。

过了五月，来学校的单位越来越少了，校园也渐渐宁静了，吵闹声已经不比从前了。校园里各式各样的花朵，一夜之间好像全部绽放了，微风轻轻地吹拂着。漫步在树荫走道上的同学，闻着校园空气里洋溢的一股股清香，享受着离别前的最后一段校园时光。

离别的日子将近，学校周围的饭馆里总是挤得满满的。所有的同学、朋友在那里举杯，怀念着昨天的日子，感伤着明天的分别。四年大学改变了同学的容颜和那颗曾经年轻的心。而成长的代价就是失去纯真的微笑，而多了几分离别的惆怅。无论有多少不舍，都唤不回逝去的四年时光。

宿舍走廊里，每天都有半夜喝醉归来的毕业生，大家脸红得像猪肝一样，大口喘着气，搀扶在一起，时断时续地唱着："时光一去不复回，往事只能回味……你不在眼前像时光难挽回，我们只能梦里相依偎。时光一去不复回，往事只能回味……"让人伤感的歌词，让躺在床上的毕业生们不自觉地拉起被角，捂住了眼睛。

光阴似箭，岁月如梭，四年美好而艰辛的大学生活漏斗中的沙石已悄然流入昨日。黄昏，晓丰漫步在校园的水泥路上，心潮澎湃，思绪万千，点点滴滴跃然而起，历历在目。食堂里有自己吃不起饭的寒酸，教室里有自己发奋的身影，校园里有自己孤寂的思考，宿舍里有自己无奈的自卑……毕业了，也许正是自己期待的日子，期待那些自己生命中终将而至的分别。未知的岁月，未知的人生，未来的一切都是未知的。四年的大学生活，在宿舍和教室间自己不知走过多少趟，此刻，是多么的熟悉，又是多么的陌生啊，一股无名的伤感在心里乱窜。晓丰走进了一片油绿的草坪，坐在一棵梧桐树下。

"我还到处找你呢。"熟悉的声音从晓丰身后传来。

晓丰扭转头，肖雅妮正望着他。他又飞速地把头摆过来，说道："找我什么事？"

"我们能不能一起出去走走？"肖雅妮见晓丰并未起身，又说道，"我明天就回了，想和你说会话，你不会拒绝吧！"

就算班里任何一个同学叫他，他也应该去，因为大家面临各奔东西了，同学一场，不应该拒绝。再者，自己在饥饿的时候确实吃过肖雅妮不少面包，从这点来说肖雅妮对自己是有恩的。晓丰这样想着，站起来了。说道："去哪儿？"

"随便走一走吧。"

两个人并排走着，缓慢地出了学校的侧门。城市的灯火依旧绚丽，不曾歇息过，霓虹灯在街道两侧闪烁，汽车刺耳的鸣笛声，各种小贩设置的摊点，林林总总，路灯下晓丰和雅妮身后拖着两道长长的影子，漫无边际地走着。

"要不，我们去酒吧坐一会儿吧。"肖雅妮提议。

"那地方能去吗？"晓丰从来没去过酒吧，认为那是一个不太正经的地方。

"你啥思想啊，酒吧就是喝酒、聊天的地方，不信你去瞧瞧。"肖雅妮说着，已经朝着对面的酒吧走去。

晓丰跟在后面，牌匾上"情人岛酒吧"五个字格外惹眼。

酒吧里五颜六色的灯光在闪烁，散发着诱惑的色彩，强劲的音乐震撼着心脏，忙碌的服务生来来回回。穿着奇特的青年男子嘴里吐出的烟雾，造成了一种诱惑的氛围，几个发型奇异的女子露出雪白的大长腿，坐在角落里的晓丰，左瞅瞅、右看看，全是新奇的感觉，满耳充斥着酒杯的碰撞声和失控的大笑声。

肖雅妮要了一瓶伏特加洋酒，瓶身上全是洋码字。两个人转动着高脚杯，一口一口地轻抿着，没有任何话语，只能听见清脆的碰杯声，各自的心事都滴落在映照着五光十色液体的酒杯中，慢慢地，顺着喉咙沉下去了。大半瓶酒下肚，晓丰眼中的灯光昏暗了，音乐似乎越来越颓废，眼前来回走动的男女，犹如那飘忽不定的魅影。

晓丰揉了揉眼睛，感觉眼前冒着一簇簇闪亮的金星，半靠半躺在柔软的沙发上，姿势不是很雅观。肖雅妮的酒量要远远大于晓丰，她脸上微微泛红，坐在了晓丰身边，关切地问："你没事吧？"晓丰紧闭着眼，呼吸有些急促，摇了摇头。晓丰胃里灼烧般难受，微微睁开了眼睛，肖雅妮独特娇媚的面孔呈现在了面前，他一只手不受控制地抚摸在肖雅妮的脸上，化妆品淡淡的香味刺激着他的神经，眼里全是蔡文琳的样子，两片唇情不自禁地落于她的额头、眼睛、鼻尖……落在了肖雅妮残留酒味的嘴唇上，当嘴唇碰在一起时，就像绵绵的糖果，异常莹润香甜。肖雅妮并没有任何反抗，只是一动不动，五彩闪烁的昏暗灯光下，看不清肖雅妮脸上是兴奋还是惊愕的表情。突如其来的亲吻像暴风雨让她措手不及，香津浓滑在缠绕的舌间摩挲。她脑中一片空白，只是顺从地闭上眼睛，仿佛一切理所当然。她忘了思考，也不想思考，只是本能地抱住了晓丰。

晓丰嘴里呢喃着："文琳，我想你，我爱你。"肖雅妮高度集中的神经，两只耳朵听得真真切切，一把推开了晓丰，把酒瓶里剩余的一点洋酒全部倒进了酒杯，端起了桌上的高脚杯，一饮而尽，两行泪珠不听使唤地流了下来，在晓丰的胸膛上狠打了两下。他扭动了一下身体，活像一只犯了疯病的老狗。肖雅妮在善良促使下的一种怜惜，矛盾地搂过了晓丰的头，靠在了自己的冰肌玉骨的香肩上，用一种极其同情的目光上下打量着晓丰。

她内心有一种说不出的怅然，是离别的惆怅，是不相爱的难过……他从来没穿过一套整齐合身的衣服，从他一贯的生活习性和日常的消费中，可以判断他家里一定是贫穷的，她虽然没有经历过他阮囊羞涩的生活，但是她能体会他的拮据和无奈。是啊，但凡他家有挣钱的渠道和办法，哪个父母愿意让自己的孩子生活得这么并日而食、山穷水尽啊。她总是在替他着想，徐徐俯下头，在他头发上捋了捋，主动亲吻了他的额头和高挺的鼻梁，自己是多么深爱这个靠在自己肩膀上的男人啊，他的健美有一种农民淳厚的气质，爱，发自肺腑的爱。肖雅妮忍不住又在晓丰的嘴唇上亲了亲，她也说不清自己到底怎么了，失去了女孩该有的矜持。

快凌晨四点了，酒吧里的人们一群接一群地走了，音乐声越来越小了，服务生开始收拾各个桌上的空酒瓶，打扫着酒吧空了的地方。晓丰发红的脸渐渐恢复了正常，呼吸顺畅了，整个人清醒了，站起来伸了个懒腰，轻轻推醒了身边的肖雅妮，两个人一前一后出了酒吧。

好在毕业离校的日子，毕业生们的公寓大门一直都是敞开的。晓丰把肖雅妮送到了女生公寓门口，转身离开的时候，肖雅妮忙问他："我父亲天亮要来接我，你坐我们的顺风车一起回去吧。"

"不要，我自己回，一路顺风。"晓丰答道。

可是……晓丰已经走远了，肖雅妮看着他远去的背影，挥了挥手。

微风彻底吹醒了晓丰，走在空旷的校园里，未来这里将少了自己的串串足迹。他顺口说出了一句感悟至深的句子：

穿梭校园的时光，观的不是景，走的是心；

仰望校园的天空，看的不是天，望的是诗。

离别如期而至，看着同学们一个接一个地离开了，晓丰看着空荡荡的宿舍，心里说不出的滋味，像是一个掏空的蛋壳再也塞不满了。为了挣点零花钱，他几乎跑遍了每一栋男生公寓的每一间宿舍，手里提着装着男士袜子的帆布袋，一间接着一间地敲开宿舍门，介绍着自己手里的产品，记不清吃了多少个闭门羹。尤其几个睡眼惺忪的男生见到站在门口的他时，便"砰"的一声关上寝室门，随后门里传来一句"真讨厌"。他怔怔地在楼道里停一下，深呼吸，安抚着自己不悦的心，撩开两腿，心里给自己打气，敲响下一个宿舍的门。获得微薄的收入足以让他开心好几天，可以正大光明地站在食堂的打饭口，要一份荤菜。他卖出了上千双袜子，自己脚上套的袜子往往不是前面露出脚趾，就是磨得没有了脚后跟。他在内心嘲讽自己："自己是省城校园里唯一会做针线活的男生吧。"

往事如流，总会在不觉间袭上心头，然后漫卷整个心扉，将浅浅遗忘的心事再次勾出。明天的明天，永远的永远，这些经历将是自己一生值得回味的东西。是啊！人生最大的痛苦，不是回忆中有苦难的影子，而是回忆中找不到幸福的源泉。逝去的美好和痛苦，只能留给以后回忆了，这种回忆将在未来很远的日子里变成甜美的往事。

日照当空，晓丰走出校门，站在校园门口，回望了一眼校园里的景致，回过头，看了看省城的天空，内心有无限的感慨。这是自己漫漫求学道路的终点站，告别了一段纯真的青春，一段年少轻狂的岁月，一个充满幻想的时代。哎！让六月的骄阳永远见证我无悔的大学时光吧。大学的青春，是人生中最美好的年华，大学的生活，是人生中最值得珍藏的日子。

晓丰手里提着自己的铺盖卷，进了车站。他心情烦躁，思绪纷乱，静静地坐在座位上，闭上双眼。他不知道汽车是何时发动的，当他睁开眼睛时，汽车驶离了省城，车窗外全是蜿蜒起伏的群山，伴着鸣笛声，穿过了一个又一个的村庄。在离石门乡不远的三岔路口处，晓丰下了汽车，因错过了经过村子的唯一一趟汽车，幸运的他拦住了一辆路过韩家庄的农用三轮车。

晓丰所有的惆怅在家乡暖风的吹拂下荡然无存，他张大嘴巴大口地呼吸着家乡的温馨气息，是那么的沁人心脾。心的律动正和着路的起伏，一切让他那么舒适、享受。一棵棵高耸杨树上的喜鹊窝越来越清楚，熟悉的韩家庄一切的情景和昨天没有任何区别，山还是那连绵起伏的山，沟还是那深邃悠长的沟，我心里默念着："亲爱的韩家庄，亲爱的人儿，我彻底回来了。"

今年，地区人事局的档案室里多了七份省城重点大学的学生档案，地区人事局局长对返回原籍工作的这七个大学生非常重视，专门把他们的情况向分管人事工作的地委委员和行署专员进行了汇报。随后，专门召开了地区人事工作领导小组会议，针对地区直属部门和单位干部知识结构和学历层次进行了深入讨论。大家认为，地区经济社会的发展离不开高素质、高学历的专业化干部队伍。会上形成一致决议，把省城重点大学返回原籍的七位毕业生，根据个人意愿，结合所学专业知识，分配到地直相关单位。其他学校毕业的学生档案转入户籍所在县（市），由县（市）人事部门进行工作分配。

晓丰和肖雅妮大学所学专业是经济学，两人同时被分配到了地区经贸委。肖雅妮从父亲的口中得知这一消息后，她高兴地搂住了父亲的脖子，额头和嘴角蓄满笑意，连举手投足之间都带上了一种轻快的节奏。她高兴得不知道怎么表达自己的感情了，自己喜欢的男人还是没能逃脱，是上天注定让他们在一起，天意、缘分、造化……肖雅妮紧握着两个拳头，嘴里念叨着。

县人事局接到地区人事局让韩晓丰于 7 月 20 日前去办理入职手续的通知后，人事局办公室给石门乡政府转达了地区人事局的通知，最后，这个通知让在石门乡开会的韩家庄村支书吴仲达带了回去。唐俊茂听到这一喜讯后第一时间跑到中心学校，把正在给学生娃娃们上课的妻子——韩晓慈——从教室里硬叫了出来，告诉喜讯后，晓慈高兴得一头撞在了丈夫的怀里，笑着、叫着，甚至哭了起来，路过的老师们以为他们夫妻在闹矛盾，有几个好事的女老师，跑过来摆出了劝架的样子，得知真相后，大家笑着散了。

吴仲达在乡里开完会后，就急急往韩家庄走，走了一路，想了一路，了不得，这个后生才是村里真正的能人，其他人恐怕要落后了。随着吴仲达的到来，韩晓丰要到地区某大单位上班的喜讯在韩家庄风一股、雨一股传播开了。

"哎呀，满财的晓丰娃竟然这么厉害，真是看不出啊！"一位脑袋顶在墙旮旯里正在吸烟的乡亲惊得张大了嘴巴。

"我以前就说过，韩满财家的祖坟占得好，那是个跃虎腾龙的地方，以后肯定要出个大官哩，你瞧，他晓丰儿出息了吧！"另一位乡亲说着，眼睛不由自主地朝着满财家祖坟方向瞅了瞅。

在蔡志昌小卖部墙根下闲扯的一堆人，声音越来越大，话题从未离开过韩满财的儿子韩晓丰，嫉妒的有之，羡慕的有之，捶胸顿足的更有之……

韩满仓妻子听到晓丰到地区上班的喜讯后，手里的挖面勺不知不觉地丢进了水缸里，颠着两只面手急匆匆地跑到了院门外，又急匆匆地跑回了厨房。

蔡志昌妻子听到喜讯的时候正在山地里劳作，撇下了手里刚刚拔下的一把杂草，火急火燎地跑到了家里，把蔡文琳拉到自己面前，一时间不知道说什么，母女俩傻傻地笑了起来。

下班后，唐俊茂推着摩托车出了乡政府大门，他和晓慈商量好了，要给大舅哥道声喜。刚出乡政府的大门就碰上了黄金旺，唐俊茂把喜讯告诉晓慈的大姨夫后，黄金旺说啥也要来一趟，出门时还拉上自己的妻子，开着三轮车迎着晚霞，朝着韩家庄去了。

晚饭后，韩满财寒酸的屋子里挤满了村里前来道贺的亲戚和乡亲邻居，至于是真情流露还是虚情假意，让时间去见证一切吧。反正满屋子全是响亮的恭维话语声。

韩满财家的灯一直亮到了后半夜。

第二十八章　如　愿

　　贫困凋敝下毫无诗意的韩家庄，一群憨态可掬中流露着过分精明的庄稼人，总是在审时度势中改变着自己的行动和言辞，满村又开始流传着韩满财夫妇新的顺口溜。

　　"瘸子配瞎子，定有好日子。"

　　"一双好儿女，好比擎天柱，晚上盖绸缎，三餐沾荤腥，要问谁有钱，肯定是满财。"

　　"好锅配上好锅盖，响鼓配上响鼓槌，寒酸日子沉大海，满财真正放光彩……"

　　韩满财听到村里又流传着自己各式各样的顺口溜，只是呵呵地笑着，想着，这一切是他两个争气的娃娃换来的，给曾经小瞧他的人们狠狠扇上了嘴巴，上了生动一课。美气，美气，太美气了！满财的嘴角上扬得不能再上扬了。

　　晓丰在收到上班报到通知的第三日才动身出发，当汽车到达地区时，临近中午了，他漫不经心地走在街道里，眼前的城门楼吸引了他。

　　据史书记载，地区南城门楼建于明洪武二十四年，在第一次来地区的人们眼中，这座森严肃穆的城楼，赫然矗立。可想而知，这片土地在历史上有多少群雄像沙尘暴一样匆匆来往。走在城门楼洞下，一块块古老的青砖印记着历史，一种厚重的历史气息扑面而来。

　　肖雅妮在接到通知的当天就去地区人事局办理了入职手续，每天上午和下午她都会抽出一段时间到行署门口消磨、游荡一会儿，期待着自己等待的同学快快出现，肖雅妮最终还是等来了自己挚爱的同学。当晓丰出现在地区行署威严的大门口时，肖雅妮的心情立马灿烂了起来，胸中升腾一种甜蜜的幸福感，和晓丰说话的时候自己都感到神清气爽。由她带路，陪着晓丰一起在行署大门口登记后，直接向地区人事局的办公室走去。

到了地区人事局干部科，接待的工作人员对他们十分热情。晓丰委婉地表达了自己想回县上工作的想法后，着实让办公室的三名工作人员和肖雅妮感到诧异。干部科科长给他用心讲解地区工作的好处："多少县（市）的干部想到地区工作，你娃娃到下面工作容易，再到地区就难了，你要好好考虑，可不能意气用事，这是一种不成熟的想法。"在科长眼里，这个学生娃脑子明显有问题。肖雅妮叫晓丰出了办公室，在过道里劝起了晓丰："地区平台大，这里工作升迁的机会多，我建议你就留在地区工作，以你的能力完全可以在这里大展宏图，不要再回你们县了，这是多么好的机会啊……"肖雅妮说得有些着急，她不明白眼前的人儿到底受了什么刺激。晓丰还是坚持自己的想法，转身进了办公室，向科长明确了自己一定要回县上工作的想法。科长表示，这个事情要给局长汇报，他做不了主。随后，瘦高个子科长带上晓丰进了地区人事局局长办公室。肖雅妮急得在楼道里来回走动，右手大拇指时不时搓着左手大拇指。

干部科科长向局长说明了晓丰的想法后，局长放下手里的钢笔，看着晓丰，说道："小伙子，到地区工作是多少年轻县（市）干部梦寐以求的事情，你倒好，这么好的机会不要了。是不是遇上什么难心的事情了？说出来听听。"

晓丰带着一身淳朴的、倔强的憨气，就像黄土里抛出来的一颗洋芋蛋。声音有些颤抖地说道："谢谢局长关心，没有啥难事情，我想到我们县工作，主要是离家近，我父母都残疾，方便照顾父母……"

"哎呀，你这个娃娃很有孝心，我很感动，也很理解，但要慎重考虑，人的一生中，机会和机遇不会太多，我认为选择比努力更重要，你要珍惜现在的这个机会。以后可以把你父母接到身边尽孝。"局长劝起了晓丰。

"谢谢局长，我主意已定，就想回去。"晓丰坚定地说道。

"好吧，我尊重你的意见，同意你回到你们县工作。"局长说完后，望着干部科科长，安排了起来，说道："你亲自送这个娃娃到他们县，告诉县人事局的局长，就说我要求的，要尽快分配他的工作，根据所学专业，建议把这个重点大学的毕业生安排到县经贸委工作。"

科长答道："好，好，我马上去办。"

走出局长办公室前，出于感激，晓丰深深地朝局长鞠了一躬。

肖雅妮见他们出来了，忙走在晓丰身边，问："怎么样，局长同意了吗？"

晓丰满意地点了点头。

干部科科长和晓丰一起走出了办公楼，坐上了地区人事局的公务用车。看着远去的轿车，肖雅妮满脸写满了失落和难过，忧心忡忡地回到了家里。

晓丰有了独立思考生活的方式，他俨然感觉到自己成了一个真正的男子汉，不能只为自己考虑，还要为父母、文琳考虑。他的这个想法是可以理解的，因为在每个人年轻的时候，都会做一些不是那么成熟的事情，也不可能完全把握住自己的感情和行为，每个年龄段都有每个年龄段的思考方式和做事风格。但一个人的痛苦和幸福，往往就是在这时候开始的，而人生也许就从步入社会才算是真正的开端，当经历生活中的各种苦难磨炼后，才能真正体会到人生的意义。

在县人事局局长办公室里，科长转达了地区人事局局长的意见后，县人事局局长表示，他马上向分管的县领导汇报，立即办理晓丰的工作问题，让晓丰下周一来报到上班。

晓丰主动要求到县城上班的消息传出后，村里又一次炸锅了。韩家庄墙根下的一圈人再次议论纷纷。

"你看看，上个重点大学就是好，想到哪里上班就到哪里上班。"一个女人停下了手里纳的鞋底说。

"韩满财娃娃好心肠，为了自己的瘫爹瞎妈放弃了那么好的地方，以后还是有大前途哩。"一位老者捋了一把白胡须说。

"哎，满财的穷家把这么优秀的个娃娃给拖累了，要生在别人家……那娃娃一看就有官相哩，以后还不得当个行署专员啥的。"另一边传来了叹息声。

蔡文琳喜气洋溢的脸上带着得意的神情，跟着刚买的录音机里的唱曲声，嘴里哼哼唧唧着："没有承诺，却被你抓得更紧，没有了你，我的世界雨下个不停……我的寂寞逃不过你的眼睛，特别的爱给特别的你……"蔡文琳在心里把晓丰看成了太阳，更看成了月亮，她愿意是村里的一座山，村子里的一条河，尽管一个在天上，一个在地下，她可以不分白天黑夜地沐浴在他温暖的光辉之下，和他长久地相伴。

天黑后，晓丰和文琳继续出现在不知来过多少次的小树林里，抱她、亲她……又躺在了他那柔情似水的怀抱中。她突然像小孩子一样红着脸问他："你什么时候娶我？"他在她的额头上亲了一下，回答道："明年盖完新房后，我们就马上结婚。"他们两个便在黑夜里计算着盖房子的支出和修建新房的间数、朝向等，两个人彻底沉浸在了未来美好的日子里，久久不愿离去。

肖雅妮在床上辗转反侧，绵柔的枕头似乎硌得自己头疼，她拧开了床头边的台灯，坐在床上，双手抱着膝盖，头发乱蓬蓬的，上牙齿咬着下嘴唇，无声地啜泣着。她的美梦破灭了，老天还是不能眷顾自己，本想和晓丰又在一起，一起上班、一起下班、一起跑步、一起……她知道，他一定会爱上自己的，时间可以解决一切问题的。她并没那么多的俗套，她爱晓丰，别说他是山区农民的儿子，就算他在土地上劳作，也不能阻挡她疯狂的爱恋。她感觉自己已经爱得无法自拔，爱得刻骨铭心，爱得神魂颠倒。晓丰和自己在校园外酒吧的场景出现在了眼前，她多想让自己和他再醉一场，让他再吻一次，即便他把自己当成别人。她想入非非，舔了一下嘴唇，双手捋了一下乱糟糟的头发，再次睡下了，心里有了自己的打算。

星期一大清早，晓丰出现在了县人事局的办公室，拿着分配文件，便到县经贸委报到去了。县经贸委和县供销社在同一栋楼办公，在县城的东段，三层办公楼坐北朝南，给他一种新奇和新鲜的感觉。门卫挡住了晓丰的去路，当知道晓丰是来报到上班的，门卫立马就变了个人，引着他来到了经贸委的办公室。

从门卫口中晓丰得知，一楼是供销社的办公地点，二楼和三楼是经贸委的办公地点，每层楼有十五六间办公室。

在经贸办公室报到后，接待他的是办公室主任，办公室主任是一位面目可憎的中年女人，一副挑剔的嘴脸，说话口气粗俗，在办手续过程中，她还顺嘴飙出过几句脏话，给晓丰留下了极坏的第一印象。

办理完手续后，这个女主任把他领到了隔壁一把手主任的办公室，主任说了一些发挥专业知识，鼓励他好好工作的话，安排晓丰到经济运行股工作。他安排了宿舍，是三楼最把头的一间空办公室，晓丰来时没有带铺盖，暂时住在了妹夫家里。唐俊茂妈妈对晓丰不仅客气，还很疼爱，在百货大楼里给晓丰置办了铺盖和洗漱用具。亲自到晓丰的宿舍里打扫完卫生，又把床铺整理得齐齐整整后，她才满意地离开了，顿顿变着花样地炒菜和做饭。吃完午饭，她硬把晓丰带到了服装店里，里里外外给买了两身时兴衣服，花了她近三百元，才作罢。

家里每天进出着穿着体面、高大帅气的男娃，周围邻居家的几个妇女见晓丰走后，忙凑到唐秋生妻子跟前，站在唐秋生家属院门口问："这么攒劲的小伙子，是你们家的啥亲戚啊？"唐秋生妻子笑着说："俊茂的舅子哥，在县经贸委上班，我没让娃娃上食堂，到家里吃饭。"

"啊呀，经贸委，好单位啊。"一位见过世面的妇女说道。

"好着哩，娃娃是省城重点大学毕业的，本来分配到了地区经贸委，自己要求回来到县上工作。你们也见过我亲家，家里条件不好，两口子身体又残疾，所以这个娃娃执意回来工作，照顾我们亲家两口子哩。"唐秋生妻子说得轻松自然。

惊得几个妇女直咂嘴："好娃娃，你们亲家两口子，能生下这么一对出息的儿女，真是了不起。"一位妇女说话间竖起了大拇指。

"老人们说，刺蓬底下开莲花哩，这句话一点没有假。"站在最右边的妇女接过了话茬。

"可不是吗，唐嫂子，我有个侄女在城镇二小当老师呢，你牵个线，让两个年轻人谈个对象，恋个爱。"站在最左边的妇女不失时机地想攀亲。

大家围着唐秋生妻子问了好多，说了好多。唐秋生妻子在和满财夫妻对亲家这件事情上，心里有过坎儿，如今看来，他们家以后和满财家才是真正的门当户对，自己差点错过这么个好亲家。她切菜剁肉丝毫感觉不到累，反而情绪高涨，哼起了小曲儿。

晓丰出现在县城街道里，身躯凛凛，相貌堂堂，很快引起了许多机关单位女孩子的注意。每天晚饭后，他会到体育场里打一会儿篮球，在球场上挥汗如雨，潇洒自如。不知不觉中，到体育场里锻炼的女孩子越来越多了。看，那就是经贸委的帅小伙韩晓丰，远处几个女孩子手指着他。晓丰根本不知道这一切，只见他，左手接住篮球，半旋身后，接着右手单独抡起，划出一条美丽的弧线，侧着身将篮球砸进了篮筐，"砰"，篮筐发出一声痛苦的呻吟，球进了，球场外几个正在看球的女孩子鼓起了掌。这是他自身具有的迷人魅力带来的意外影响，晓丰脸庞涌上一阵阵的热辣，汗水流得多，谁也看不出他脸上害羞引起的泛红。

直到黄昏的光线一道道消失后，人们才一个接一个地离开了体育场。

又是充满朝气的一天，在工作中，晓丰全身心投入，认真学习上级的文件精神，对每个企业上报的财务报表进行细致审核，分析企业的发展状况。有时候，他还能提出一些建设性的意见建议，这更让经贸委的主任满意他的工作态度和工作方式，有时在会上还会表扬他几句："重点大学的毕业生知识面就是宽，大家有关于经济方面的问题，多向晓丰请教啊。"

肖雅妮上班后，新的工作环境没有给她带来任何新意，工作中昏昏沉沉，处在半睡半醒之中，好像没有一件事情能提起她的兴趣一样，整个人郁郁寡欢，漂亮的脸蛋给人一种灰突突的感觉。就算肖雅妮是这样的状态，地区各单位还是有许多追求她的人。

也许在夜里，她的思维才是正常的，最起码大学的时光还是历历在目，想起晓丰后，她呼吸都有些急促，他是她幸福的源泉，也是她难过时的精神慰藉。一些从来没有出现过的下流、淫荡等令人作呕的思想纷纷涌进了她的脑海，她太思念韩晓丰了，极度痛苦地揪着自己的头发，思念使她彻底发疯了。

不知道谁说的一句话："倔强、固执的女人一旦爱上一个男人后，此生再也装不下任何一个男人，哪怕这个男人是天下最俊朗最富有的男人。"肖雅妮算得上是一个固执和倔强的女孩。

她最近一反常态的举动，着实吓坏了自己的父母。她父亲以为肖雅妮在单位上工作不顺心，所问的问题，女儿一个劲地直摇头。真是女人最懂女人，她母亲一句话问得肖雅妮眼里有了光彩："雅妮，你是不是有喜欢的人了？"肖雅妮向自己的母亲点了点头。她母亲又忙问："是谁，哪个优秀的男娃让我的女儿这么上心？"肖雅妮把自己喜欢晓丰的事情前前后后给父母亲委屈地诉说了一遍，因为她自小至今从来没对父母撒过谎，有啥事都会对父母说。让她母亲想不通的是，一个山区穷苦老百姓的孩子竟不把副专员的闺女放在眼里。他们家要给自己闺女找个对象，愿意娶他们丫头的男孩还不得从地区的最北边排到南城门楼去。

找到了问题的症结，父母一左一右围在肖雅妮身边，他父亲认为这是个好事情，眼下就帮助闺女解决问题，并鼓励女儿找时间请韩晓丰到家里来吃顿饭，让他们夫妻过过眼。这一想法遭到了肖雅妮的拒绝，别说晓丰已经到县上工作了，就算是在地区工作，她短时间内也无法请到家里，何况他不是一个在权势面前容易低头的人，这也是肖雅妮疯狂爱他的一个重要因素。

最后，肖雅妮请求她父亲把自己调到晓丰所在的县，她母亲说啥也不同意，不想让自己的女儿离开自己，这里一日三餐由她照顾，到了县上去，女儿还不得遭罪啊。她母亲表现得越强烈，她就越反感，越要到县上去工作。无奈，母亲太溺爱自己的独生女了，只得顺从了她的想法。为了不让女儿这么痛苦地生活，父亲也答应了她，正好让女儿到基层去锻炼锻炼，可以深入了解基层群众的生活状况，对以后的成长可以做个好的铺垫。

晓丰所在县的一个常委是肖副专员以前的秘书，肖雅妮工作调动的事情办得非常顺畅。她母亲不放心，专门陪她来了一趟。在县委常委办公室里，她父亲的前秘书当着她母亲的面，说了几句措辞夸张、格调低下的恭维话，让肖雅妮特别反感。给肖雅妮安排的新工作单位是县政府办公室，吃饭和住宿都是在常委的指示下进行，县政府办公室主任安排得非常细致。

她母亲把一切收拾妥当后，才坐车返回地区了。

肖雅妮送走母亲后，打问了一下县经贸委的办公地点，曼妙的身材如晨风般跑了起来……

第二十九章　破　冰

肖雅妮的突然出现，着实超出了韩晓丰的想象。他怎么也想不通，这个出身优越、娇生惯养下成长起来的女孩子，竟然跑到自己家乡这个偏僻贫困县城来吃苦。

肖雅妮每天穿梭在县城的主街道里，引得县城个别"二杆子"男青年藏在街道电线杆子或大柳树后面，朝着她吹口哨。这一切倒让接受过高等教育的肖雅妮觉得很好笑、很好玩，有时她还会主动向口哨声的方向走去，吓得几个贼头鼠脑的"二杆子"男青年拔腿就跑。晚餐后，她有事没事都会到县经贸委大门口等待晓丰，最让她满足或自豪的事情，莫过于陪着晓丰一起去体育场锻炼身体。

刚开始，晓丰认为肖雅妮一个人来县城工作，对工作和生活环境不熟悉，作为同学，他有义务带她熟悉县城的环境。他和肖雅妮的谈话交流仅仅局限在工作和对未来的规划，一旦肖雅妮谈起恋爱方面的话题，他就会忙不迭地插入其他方面的话题，打断她的话语。

每天下班后和晓丰一起的时间，是她一天中最快乐的时光，她失去的笑容又回来了，那个曾经光彩照人的肖雅妮复活了。第一天来县城上班，和晓丰见面后，肖雅妮在自己的日记本上写了这么一段话：

"又见到了我那可人自卑的乡下男人，感觉我等待中枯萎的小心脏又恢复到了葱茏的状态。不管我们未来怎样，我想他就足够了，我爱他就足够了。他身上表现出的所有缺点在我眼里都是那么的迷人和可爱，无论我怎么克制自己，还是抵挡不住这股幸福的激流……"

周末从家里回来后，肖雅妮手里拎着大学时准备送给晓丰的篮球鞋。见到晓丰后，她把篮球鞋再一次递给晓丰，说道："这双鞋让我难受了好长一段时间，你那句伤人的话语，我现在还记得清清楚楚，现在总该收下了吧。"

"我说的实话让你耿耿于怀，那以后咱们就只能用假话交流了。"晓丰说道。

"断章取义是你的特长。"肖雅妮嘴角向上翘了翘。

"无理取闹是你的本性。"韩晓丰笑了笑，接过了肖雅妮手里的篮球鞋。

晓丰想，他们现在都是正式的国家干部了，不像大学时候，自己每月都有固定的收入，生活上不会那么拮据了。家庭上肖雅妮是优越的，工作上他们都是平等的，拿的都是同样的工资。不像大学时候，接受肖雅妮的东西会受到来自各方的恶言攻击，以后，他会找机会给肖雅妮送件礼品，作为回赠。

"经贸委的韩晓丰撞上狗屎运了，和肖副专员的女儿谈起了恋爱。""其实，他们在大学的时候就已经好上了……"在县城的机关单位里开始传播着肖雅妮和韩晓丰的各种流言蜚语。有人断言，韩晓丰以后最起码能当个县级领导。

就连平日里趋炎附势、趾高气扬的经贸委办公室女主任，与晓丰说话的语气都柔和了起来，甚至还关心起了他的工作和生活，抱怨上几句食堂饭菜不好的话语。

唐秋生的妻子听到晓丰和肖雅妮的传言后，正在食品公司办公室搜集整理资料的她，心不在焉。索性请了半天假，专门跑到县经贸委找了一趟晓丰。告诉晓丰，要把握机会，在婚姻大事面前，一定得放亮眼睛，好好珍惜肖雅妮等这类的"忠言"。她心里无非想在唐秋生和唐俊茂仕途进步上通过晓丰婚姻关系抱上肖副专员的大腿。晓丰当面对长辈不好说什么，只能一个劲地听她絮叨，点头应和着。看着晓丰的态度，着实让她很满意，留下了一句让晓丰中午到家里吃饭的话后，兴高采烈地离开了。

韩晓丰和肖雅妮的流言蜚语通过县供销社上班的蔡志昌亲家的嘴传播到

了韩家庄。蔡志昌两口子用他们那饱经风霜的庄稼人思维分析着这一事件，无疑给他们激昂的情绪浇灌上了冬日的雪水，蔡文琳什么也没有说，在自己的房间里，捂住脸，呜呜咽咽地流起了眼泪。

周五，晓丰回到家，并没有看见蔡文琳在路口等他的身影。以往不管刮风下雨，他都会远远地看见蔡文琳在路口等着，今天，蔡文琳却不在路口。他心想，可能文琳有什么急事耽误了，晚上再找她吧。

吃过晚饭后，晓丰在蔡家院门不远处旋磨了好久，也不见蔡文琳出门。青年人的世界有别人意想不到的冲动。晓丰不知哪来的勇气，径直敲开了蔡志昌的院门。开门的是蔡志昌妻子，看到晓丰后，枯苗望雨般的殷勤劲使得她那张饱经沧桑的笑脸拧在了一起，乐颠颠地把晓丰引到了文琳的房间门口，便转身折了回来。进了堂屋后，蔡志昌妻子不安心，打发蔡文霞悄悄伏在窗户缝偷看着里面的动静。

蔡文琳看到韩晓丰后，正躺在床上的她，拉起被子把自己捂得严严实实。晓丰往下拽了一下被子，她又把被子拽上去，用力拉住，只听见她"咯咯咯"地笑了起来。这个单纯可爱的女孩，听到自己心爱的人的声音后，所有的不愉快都烟消云散了。

蔡文琳一骨碌翻起来，说道："你不是和副专员的洋丫头好上了吗？还找我做啥呢？"

"看你小心眼的傻样吧，你哪只眼睛看见我和别人好上了。是我大学同学而已，别人瞎传的，你也相信啊。"晓丰说着，坐在了文琳的身边。

"你向天上的神仙发誓。"蔡文琳努起了嘴，一副惹人心疼的模样。

"好好好，我发誓……"晓丰刚举起手，正要开口时，蔡文琳两片滚烫的嘴唇就贴到了他的唇上。

蔡文霞两个脸颊瞬间像两团燃烧的火焰，心里骂着不害臊的妹妹，蹑手蹑脚地回去给她妈报告情况了。

夜里，几个到蔡志昌家串门的女人，正巧撞见了走出蔡志昌家院门的韩晓丰，身后紧跟着蔡文琳。在蔡志昌家的堂屋里，蔡文琳母亲对两个娃娃的事情又胡编乱造加工了一下，听得几个串门的女人瞠目结舌。

第二天，在村里的打麦场上，文琳和晓丰恋爱的事情传得沸沸扬扬。蔡志昌两口子表现得与平常没啥两样，但内心里比任何时候都高兴，他们无时无刻不在考虑文琳嫁给晓丰的事情，如今，终于有了端倪。

韩晓平听到身边乡亲正在议论的话题后，扔下手里扬场的木锨，鼻孔里出着粗气，发疯似的朝家跑去。

许春雪是一个外冷内热的姑娘，谁也不知道她心里一直装着韩晓丰，她只是在心中暗暗地爱着。别看她二十大几了，却是一个十分腼腆的姑娘。她热烈地在心中偷偷地爱着晓丰，但又没勇气公开自己内心的秘密。听到晓丰和文琳相好的传言后，她正路过河道，慌乱得忘记了自己要做的事情，搬起了一块大石头狠狠地向河道里的流水砸去，溅起的水花洒了她一身，坐在河道的一块大圆石头上，捂着嘴，低声啜泣了起来。

吃罢晚饭，韩晓丰向父母正式提出年后盖房的想法，韩满财第一时间想到的就是钱的问题。这是一笔不小的开支，眼下家里虽没有大额支出，盖五间土坯房的木料、匠人的手工费和一些乱七八糟的花费，没个七八千块根本下不来。韩晓丰坚持要盖一砖到顶的五间瓦房，晓丰有自己的理由，家里这两间寒酸的破房子早就是村里最烂的房子了，修建五间土坯房，也不足以改变他父母一辈子的贫寒卑微。

韩满财卷了一根旱烟，说道："你娃娃能得不行了，还要盖一砖到顶的瓦房，村里蔡志昌和你大伯条件那么好都没有盖，要花不少钱哩，盖五间房还不得花个一万大几，能住就行了，可不能显摆啊！"

晓丰还是坚持自己的想法，说道："爹，关于钱的事情，我会想办法，我现在挣工资了，就是问人借，我也要盖瓦房哩。"

"我现在听见问人借钱，手都抖哩，娃娃，你的日子才开始，拉下一河滩的账，今后日子还怎么过？我们一辈子住这房子，日子还不是一样过嘛，算了吧，房子还是不盖了。"韩满财继续搓着干瘪的小腿。

"你爹说得对着哩，你才开始活人哩，不能欠下账。房子再不盖了，多少年都过来了，也不在乎等个三五年。"满财妻子也安抚起了儿子。

晓丰不吱声了，他是一个轻易不做承诺的人，一旦有了自己的想法，就会努力将其变成现实。

星期天一大早就回到了单位，他把晓慈单独从家里叫了出来。兄妹两人走在县城的街道里，晓丰把盖房的想法给晓慈表达后，两个人一拍即合，虽以前商量过，但晓慈还是难掩兴奋。当即表示，可以给哥哥提供五千元，她存了三千多，再向自己的丈夫要一点是没有任何问题的。如果哥哥这里不好借到钱，她想向公公和婆婆开口借钱，坚信唐家一定会给予帮助的。晓丰告诉妹妹，最好先不要问唐家借钱，剩下的他自己会想办法。

下午，肖雅妮准时出现在了县经贸委的办公区域。晓丰觉得，和肖雅妮的交往过于频繁了，他知道肖雅妮是真的喜欢自己，还是自己表现得不够果敢，在一定程度上给肖雅妮造成了错觉，何况自己心爱的文琳已经吃醋了。为了不让县城嘴碎的人们说他攀高枝，为了不耽误肖雅妮，该结束的应该干净利落地结束。他想今天和肖雅妮好好地谈一次。他们没有去体育场，晓丰提议去爬山，肖雅妮欣然接受。

爬到山顶后，在一处开阔的平地上，两个人叉着腰，大喘着气。远处的山山坳坳在夕阳余晖的映照下，像是谁在用画笔勾勒的一样。北边山顶上一处寺庙四周挂的护花铃在晚风吹动下，悦耳清脆。山下水库好像一块绿莹莹的巨大镜子，俯瞰着山脚下县城的街道，路灯发着黄淡淡的弱光。晓丰和肖雅妮的话题从国内经济发展到全省战略部署，再到地区和县上的产业布局等等，说上几句他们的专业术语，如果一位不知情的乡下农民听到他们的对话，可能会把他们当成县委的头头脑脑。山顶上的风越来越大了，他们开始向山脚下移动。到山脚下后，晓丰鼓起了勇气，说道："我准备年后给家里盖几间新房，完了，我就要和我们村上的一位姑娘结婚了。"肖雅妮瞟了一眼晓丰，什么也没有说。在一处巷道口分开后，两个人朝着各自单位的方向走去。

关于晓丰结婚的话语，造成了肖雅妮一种晕乎乎的状态，她再次打开了日记本，书写起来自己的心情：

"你的幸福生活中终究还是没有我，我该怎么面对以后的自己，怎么面对以后的你？其实你该和我走在一起，可我还是矛盾地希望你的新娘比我更好。没有你的日子里，我不敢去想未来的生活，但我可以肯定的是，我的世界将会是一片漆黑……"

又是一个让她辗转反侧难以入睡的夜晚，月光透过雪白的窗帘洒在她的床上，映照着她的忧伤。

清晨，唐俊茂是第一个走进乡信用社营业厅大门的顾客，出门时凑巧把大姨夫黄金旺撞在了怀里。黄金旺从唐俊茂的口里得知满财要盖新房用钱，本来准备存钱的他，和唐俊茂说着话回到了门市部。给妻子交代了一声，揣着三千元向满财家奔去。

黄金旺把三千元钱送到满财手里后，冠冕堂皇地说了一些未来好日子的祝福话语，声称不够，随时张口，他再送来。满财妻子不知如何应对姐夫的这一巨大转变，从她主动上门借钱遭到无声的拒绝，到姐夫亲自上门送钱，让她一时无法参悟亲戚关系。

人心啊……到底是时间改变了人心，还是人心随缘了时间，谁又能清晰地说清楚呢。

晓慈专门请了假，到县城把自己筹措的五千元送到了哥哥的手里。晓丰已经做好了问银行贷款的准备，需要的东西和手续他打问得清清楚楚，准备回家后和父母商量一下，着手实施自己的建房计划。

这一周在晓丰眼里有些漫长，周五一下班，他急不可待地出了办公室。回到家后，听说大姨夫主动借了三千元，让他多少有点激动，加上晓慈的五千，目前有了八千的现钱。三口人围在炕头，合计了起来。满财本来对盖房没啥盼头，看到晓丰拿出五千元现金后，盖房的情绪犹如三伏天河道里的洪水。满财盘算了一下，说今年把猪和豌豆和小麦再卖掉，自己还能凑个一千多。晓丰告诉父亲，剩下的资金缺口，他向信用社贷款。满财犹豫了一下，点了一根旱烟卷，撩起自己的裤管，搓起了右小腿，说："先不要急，咱们现在有了小一万，盖土坯房子绰绰有余，贷款要背利息哩，听爹的，就盖上几间土平房。"

"爹，背利息就背利息，我们手里暂时没钱，用时间换空间，最多贷上三千块，我保证两年内还清，要盖就一步到位，盖几间砖房。"晓丰坚持自己的想法，他父亲也改变不了。

回到单位后，晓丰就让单位的同事帮忙联系砖厂，经贸委和县上的好多工矿、商贸企业打交道多，尤其和县城南边的一家全县最大的砖厂联系紧密，老板听说是经贸委的干部修房，爽快地表示，在原来的市场价格上降低了一分钱，晓丰初步订了四万块砖，交清了砖钱，老板在运输费用上又给晓丰一个相当满意的折扣。

当第一辆蔚蓝色的东风汽车满载两千六百块砖出现在韩满财院门口的时候，村里来了许多看热闹的娃娃，孩子稀奇地趴在这个大家伙前面，东摸摸，西瞧瞧。几个村里的中年男人，未请自到，跳到车厢里，帮着给满财家卸起了砖块。

几天后，满财家院门口红灿灿的砖块码得密密麻麻，垒起十几堵一人高的砖墙。满财要翻盖新房了，村里议论的话题又一次落在了满财的新房上。

满财夫妻每天按时按点套好骡车，上午在河道里拉回来一车石头，下午再到河道里筛回来一车沙，许二柱卷着裤管，钻到冰凉的河水里，帮着满财捞沙子，出了河水后，小腿上的血管长时间在水里浸泡后，像几条蠕动的蚯蚓。院门口，石头、粗沙、细沙一堆一堆，一片欢跃的景象。有时候，村里几个到河道里饮羊的羊倌，也会帮着满财干上一阵。

蔡志昌从省城回来的路上，路过金水驿镇吃饭后，看见一块空场地上有卖木材的，几个松木柱子和房梁引起了他的注意。打听价格后，比县城的便宜好多，省城的货送完后，县供销社的空卡车上装满了木材。他心想，现在村里都在乱传文琳和晓丰找对象的事情，从文琳的口里确信了，晓丰盖完房后，要和文琳结婚的想法，现在，给满财家帮着买木材，也就是给自己的丫头帮着盖新房。

车到达韩家庄，在满财院门口卸完木材后，蔡志昌在满财面前称，是晓丰给钱让捎带的。把车送回县供销社后，蔡志昌专门取了两千块钱，从经贸委办公室楼里叫出了晓丰，在县城一家饭馆里，蔡志昌殷切地对晓丰说道："娃娃，你再不要操心盖房子木材的事情，我每去一次省城，回来就在金水驿镇上把盖房的木材给你捎回来。"

"蔡叔，我把钱先给你吧。"

"你个娃娃，再不要提钱，你们家盖房用钱的地方多，你又刚参加工作，先操心其他的材料款，我的钱，以后宽展了再说。"

吃过饭后，蔡志昌给晓丰留下了刚取的两千块，说了几句长辈对晚辈鼓励的话。

满财院门口，盖房所需的材料准备得妥妥当当，满财粗糙的右手不停地在几个长短不一的椽头上拍打。最后，他满意地坐在码得整齐的椽子上，得意地吸着烟卷，看着西边正在下沉的太阳，满眼流淌着憧憬未来美满日子的碧水。

第三十章　新　生

河道里平静的水，从冬日的素净中苏醒了过来，柳树最先舒展开了黄绿嫩叶的枝条，在微微的春风中轻柔地拂动，韩家庄被大自然迷人的色彩打扮得青青翠翠。提醒农时、催生丰收的吉祥之鸟——布谷鸟，又飞回来了，栖在枝头，不厌其烦地"布谷、布谷"叫着。

韩家庄的山湾里、河滩里全是庄稼人忙碌的身影，他们手里舞动着鞭子，吼喊着骡子，又是一派繁忙的春播景象。

肖雅妮并未因晓丰的话语而改变自己的追求，在坚持自己的追求或想法上，她和晓丰不愧是同一个班的大学毕业生。她每天还是坚持往县经贸委跑，晓丰总是千方百计地拒绝肖雅妮一起散步的邀请，实在躲不过去，就匆匆转一圈，折返回来。当然，晓丰在工作之余，还要考虑盖新房的所有事情，他越拒绝肖雅妮，肖雅妮就表现得越强烈。她是一个占有欲极强的女孩，这种性格与她家庭环境有着密不可分的关系。她坚信只要自己努力，可以获得晓丰的钟情，因为他们有共同的交流语言和人生追求。这一点她有十足的自信和把握，她已经不止一次地读过路遥老师的文学作品，尤其《人生》百看不厌，她用自己细腻的女性思维，在黑夜中无数次地分析晓丰和文琳的恋爱问题。她认定，高加林和刘巧珍的结局，便是晓丰和他们村上那个女孩的结局，晓丰终究是属于她的。这样想的时候，她的内心就能得到一些宽慰，才能勉强在安静的黑夜中入睡。

种完田后，满财两口子投入到了紧张的建房劳动中，院子边角的空地上，搭起了一顶帐篷，支起了木架子通铺床，收拾得干干净净，供木匠们居住。

自己两口子提前借下了许二柱家的一间房子，来回方便在盖房的工地上照应。

许二柱准备把春雪丫头的房间暂时腾给满财一家居住，反正最多也就四五个月。春雪丫头被她妈妈打发去看望生病的外婆了，许二柱在卷起春雪炕上的铺盖时，毛毡下面，炕席片上面，很多小方块的纸片在炕头的席片上铺得密密麻麻。起先许二柱并未在意，把铺盖放在地上时，顺手拿起了一块纸片，是用小学生的田字本裁下的大小一样的纸块，上面用铅笔歪七竖八地几个字："韩晓丰，我喜欢你。"许二柱的脑子里如充血一般，扔下手里的纸块，又拿起一块："韩晓丰，我想你。"他不断地放下手里的纸片，又拿起炕面上的另一块纸片，上面表达的内容全与韩晓丰有关，有些纸片上的字迹在席片上摩擦得已看不清楚了，许二柱瘫坐在光席片的炕面上，屁股底下还有温温的余热。心里胡乱地想着，"怪不得自己的丫头谁也瞅不下，原来她看上韩满财家的晓丰娃了。哎，丫头呀，你看上谁不好，为啥看上晓丰了，他要是个农民还好办，可……人家是吃公家饭的，怎能瞧上你个戳驴屁股的。一个是天上鹰，一个是地上鼠，神仙也拉不到一起啊！"许二柱摘下了自己的鸭舌帽，放在炕栏石上，卷了一根旱烟，慢慢悠悠地吸了起来，吐出的浑烟在眼前飘散。心里又佩服起自己丫头来，"哎……还别说，春雪丫头真是好眼光，晓丰能看上蔡志昌的文琳，我家的春雪一点也不比文琳差，说不定，这两个娃娃前世有缘嘞。"许二柱嘴角不由自主地往上扬了一下。

为了不伤春雪的自尊，许二柱把小纸块尽量整理成原来的样子，把铺盖卷再次摊开。谎称想和满财在夜里好好说话，让两个女人和春雪睡在一起，他和满财睡在堂屋里。这样的安排，他妻子和满财两口子并未反对。

立夏的当天，韩满财的两间破房子被推倒了。这一天对满财一家来说是特殊的一天，具有划时代的意义，告别了不堪回首的过去。

满财家的工地上陆续繁忙了起来，木工活由高家堡的陈木匠做，是吴仲达帮忙请下的。瓦工是蔡文旭的父亲，是蔡志昌要求堂哥留下给满财帮忙的。当然，工钱要比在外面揽工挣得少。其他需要的小工，都是村里不出门的男人和妇女，他们盖新房时，满财帮忙在先，现在他们算是给满财还工。

吴老六手里挥舞着大铁锹，专门负责给蔡文旭的父亲供水泥浆，休息的时候，吴老六发出了内心的感慨，扯开嗓子给众人说道："还是要给娃娃们供书哩，以前农合社有句顺口溜，说得实在得很。干部四两粮，又圈院子又盖房；百姓四两粮，挂地拐杖扶地墙。"

工地旁的一处荒地里正在放羊的梁二老汉看着工地上来来回回忙碌的乡亲，唱出了一嗓子：

灶火里红呀红彤彤，

大锅里气呀气腾腾，

房子里亮呀亮堂堂，

绵炕上展呀展样样，

幸福的日子全赶上，

感谢为民的共产党。

唱完后，老汉生怕别人听不到他粗犷的声音一般，扯着嗓子说道："这是旧社会地主家的日子，我看啊，现在满财一步直接跨上了旧社会地主的日子。"

"哈哈哈……"工地上传来了附和的笑声。

"哎，梁二爷说得对着哩，公家人月月有个麦儿黄，风吹不掉，水冲不掉。老百姓一年才盼个丰收年，老天爷要是不睁眼，一顿冰雹给打光，一场洪水给冲走，就啥也没有了。"旁边正在搬砖的一位妇女说。

工地上忙碌的村民再也没有了声音，陷入了各自的沉思。

蔡文琳完全扮演着韩家儿媳妇的角色，一会儿跑到厨房里帮着做饭，一会儿跑到工地上帮着搬砖……整个工地上随时都能看到她苗条的身影，忙得不可开交。

周末，晓慈和丈夫也会加入建房工地的人群中，她挺着大肚子，干着一些力所能及的活儿。有时，文琳就抢着把晓慈的活儿干了，让她好好休息，以免动了胎气。

芒种前，满财院落的方向，红砖砌起来的墙面，红蓁蓁地矗立在人们眼前。主体工程已经修建完毕，剩下的细活是木匠做门窗，腻子工刷墙了，工地上的人少了许多。人们眼馋地看着满财的砖墙，谁能想到过去贫困潦倒的韩满财，盖起了一砖到顶的五间瓦房。在他们的眼里，韩满财一贫如洗的时代结束了，将开启丰衣足食的新生活。

在县城的人民医院里，唐俊茂一家焦急无助地一阵忙碌，晓慈躺在产房里，声嘶力竭地喊叫着，湿漉漉的头发胡乱贴在她的额头上，眉毛拧作一团，眼睛几乎要从眼眶里凸出来，鼻翼一张一翕，急促地喘息着，嗓音早已沙哑，双手紧紧抓着早已被汗水浸湿的床单。心疼坏了唐俊茂和他妈，唐秋生焦急地在产房外来回踱步，一声新生儿的啼哭声沉下了门口焦急等待的三口人的心。护士把啼哭的婴儿抱出来，告诉产房门外等候的唐家三口是个男孩，产妇等会儿就出来了。唐秋生妻子一把接住孩子，乐得屁颠屁颠往病房走去，唐秋生紧跟着妻子到产房看了一眼孙子后，高兴得像个过年的娃娃，忙跑到了产房外等待晓慈。

晓丰到医院的时候，晓慈已经躺在病床上了，边上围着唐秋生夫妻，嘴里夸奖晓慈能受疼。不一会儿，唐俊茂拎着饭盒进来了，他妈拿出小勺，一口一口地给晓慈喂小米粥。晓慈在喝小米粥的间隙，问晓丰家里房子的进度，晓丰说，快了。唐秋生妻子心疼儿媳妇，不让多说话，他们兄妹再也没有语言上的交流了。唐秋生在一旁时不时把他的厚嘴唇贴在孙子的脸上，一脸的喜悦满足。

眼看着唐俊茂妈妈给晓慈喂完饭，晓丰起身要回去了。唐秋生妻子不顾晓丰的阻拦，一直把他送出了医院大门口。在医院大门右侧，她把晓丰叫到跟前，说道："我听俊茂说，你正在和你们村里的一个女娃娃搞对象，是不是真的？"

晓丰点了点头。

唐秋生妻子用一种城市小资的思想，声音僵硬地说道："我是长辈，也是过来人，找对象可是为了以后的日子，过日子可不像小娃娃们玩过家家。你是一个大学生，又有这么好的工作，怎么能娶个农民，迟早会拖累你。你那个大学同学肖雅妮，你们不是谈得好好的吗？我看你们就般配得很，和你们村的那个女娃娃还是趁早断了吧。"

晓丰没有作声，低着头，两个大拇指搓着。

唐秋生妻子见晓丰默不作声，换了一种语气，说道："你娃娃要不听我的话，将来后悔就来不及了。肖家那么好的条件，多少人想高攀还高攀不上，你倒好……你回去可要好好考虑呢，千万不能意气用事。"

说完后，晓丰转身走了。她满心惆怅地看着晓丰的背影，恨意涌上了心头。此刻，在她眼里，满财这个儿子一点不成器，长的是猪脑子，大学算是念到沟岔里了。

亲戚啊！在交往中往往藏着自己的私心私利。如自己愿时，对方让他们沾光受益，夸奖不绝；不如自己愿时，对方反倒成了不成器的败家子。

晓丰想了一路，他在心里排斥，甚至厌恶起了晓慈的婆婆，从她的话语中可以看出她是一个势利的人，他从小就是在村里势利之人的迫害下成长起来的，对这种人他是最讨厌的。他想，自己的伴侣最起码得舒心，能尊重残疾的父母，是陪伴自己走完一生的人，从肖雅妮一贯的表现来看，这些品质她是不具备的。只有文琳才是自己最理想的生活伴侣。

晓慈出院回到家后，唐秋生妻子变着花样地伺候着儿媳妇，担心自己的大孙子受饿，每天鲫鱼汤、鸡汤备好后，直接送到床头，看着晓慈喝下后，才满意地离开。碰到周围邻居与她打招呼时，生怕别人忘记问她儿媳妇生孩子的事情，时时挂在嘴上，好像提醒自己已经是个当了奶奶的人了，偶尔给邻居描述几句孙子心疼的话，其实，别人压根不爱听，她还是乐此不疲地说个没完没了。她最愿意听到的问话是，问她最近忙啥呢，她高兴地冲到问话人面前，咧着嘴说道："还能忙啥呢，儿媳妇争气得很，生了个带把的，一天操心伺候月子呢。"别人说上几句夸奖话或恭维话，让她心里乐得暖烘烘的，都忘记自己姓名了。

教育局人秘股的赵股长不错过任何向唐局长汇报工作的机会，汇报完工作后，总会拉上几句家常，一副体谅局长辛苦工作的马屁精面孔。他观察到唐局长这几天心情不错，借此良机说道："城镇一小的一位老师退休了，俊茂媳妇教学成绩十分突出，我个人有个想法，休完产假后，能不能把晓慈调到城镇一小，也方便照看孩子。"唐秋生笑嘻嘻地瞥了一眼赵股长，什么也没说。

在周一的全局干部学习例会上，唐秋生在学习结束后，说了几句让赵股长无比尴尬的话语："最近，有些同志过分关心我，还有我的家人，我很感激。在这里，我明确表态，只要我在教育局局长岗位上一天，你们就打消把我儿媳妇调到县城的想法，我不想让全县的老师戳我脊梁骨，也不想丢掉一个共产党员应有的觉悟，更不想让我的党性掺杂上私心而失色，请大家监督！"

散会后，只有赵股长愁颜不展，他想通过这种捷径获得晋升的计划落空了，最后一个疲踏踏地出了会议室。

七月第一个星期日的傍晚，县城迎来了一场细雨，细风在街道浓密的枝叶间低吟，稀疏的雨点滴滴答答地落在树叶上。随后，雨滴顺着树叶滴落在地面上。这样的时刻，最适合阅读。自从开始筹划家里建房的事情后，晓丰每天都在思考着建房的各种琐事。现在，有了闲情逸致，眼睛盯着床边的一张报纸，完全沉醉在里面优美的诗句中。这是一篇让自己充满灵感的诗歌，他记住了这个叫汪国真的诗人，读着里面优美的诗句："我不想用一道樊篱，把我的思想束缚，笑，就灿烂地笑，哭，就晶莹地哭……"

咚……咚……咚，很有节奏的轻微敲门声，晓丰不用想也知道肖雅妮来了，他不耐烦地起身打开了门，肖雅妮站在门口，深情而动人的目光打量着他，晓丰闻到了肖雅妮夏装的香气，这种味道使他相当排斥。如果换作别人，见到肖雅妮颀长且匀称的身材后，会想入非非，激起美妙甜蜜的遐想。

"外面下雨呢，你还来啊！"自从上次和肖雅妮讲清楚自己的事情后，晓丰说话的语气也变了。

肖雅妮没有说话，跟着晓丰进了房间。她是一个高傲的女人，为了爱情变得低眉顺眼，给人一种可怜兮兮的感觉。肖雅妮落座后，两个人的谈话沉闷乏味，没有一点新意。就这样，也能使肖雅妮的幸福达到了极点。

大约半个钟头后，肖雅妮走了，雨越来越密了。她走在街道的雨里，似乎没有力气撑开手里的雨伞，雨一直顺着她的头发流向脸颊，眼睛里无法控制的泪水连同雨水直往脖子里灌。她想恨晓丰，可怎么也恨不起来，咬着自己的嘴唇，难受的她在湿滑的路面上摔了两跤，一绺绺乱蓬蓬的头发粘在了她的额头上。哎，用情最深的人儿啊，往往内伤最多。

"咚咚咚"，又是一阵急促的敲门声，晓丰有些不耐烦了。"有完没完，我要睡了。"

"是我，开门。"门外响起了蔡文琳的声音。

晓丰三把两把穿好衣服，打开了门。

"谁让你这么不耐烦了。"文琳问道。

"没有谁。雨这么大，你怎么来了？你怎么找到这里的？"晓丰一连串的问题，拉着文琳进了宿舍。

"我二姐在医院生娃了，是我大姐的公公把我引到你这里的。"文琳答道。

"啥时候生的？男娃还是女娃？你们家其他人呢？"又一连串的问题，晓丰拿出了自己新买的一个茶杯，准备给文琳冲一杯白糖水。

"后响生的，是个女娃，我妈、大姐和二姐夫在医院呢，我爹看家呢。"文琳利落地回答道。

"哦，对了，你吃饭了没？我请你下馆子。"晓丰忽然间想起爱人的吃饭问题。

"早吃过了，省点钱吧！你们修房子花钱的地方多呢。"文琳关切地说。

摸了一把晓丰床铺上的铺盖，文琳嘴里嘟囔着："你褥子这么薄，怎么不跟我说啊！下雨潮气重。回家后，我给你找一条毛毡，隔潮气。身体要紧，可万万不能落下病根。"

晓丰不知怎么表达对文琳体贴和关切自己的爱，把她深深地揽入怀中，从额头一直亲到了嘴唇。一阵长时间的沉默后，文琳提出要回去的要求后，晓丰并没有拒绝。其实，他是有顾虑的，这里是机关的办公场所，碰上同事，会招致一些闲言碎语。两个人又卿卿我我了一会，一起出了经贸委的大门。晓丰一直把文琳送进了医院，看着文琳进了住院部，自己才折返回来。

蔡文霞生完娃娃后，吴建伟就更加忙碌了，屋里屋外地操心。通过近两年的观察，蔡志昌对吴建伟的表现非常满意。夜里和自己的妻子商议后，决定把自己的营生交给吴建伟去折腾。他带着建伟跑了几次省城，给老客户介绍了自己的接班人，跑了三次后，就让建伟一个人和司机去跑。自己开始操心起了农事，中午从田里劳作回来后，抱着孙子，在村子里暖和的地方转悠，一家人其乐融融，和谐快乐，蔡志昌才真正享受到了天伦之乐。

蔡志昌最盼望的事情，就是满财的房子赶紧建好，最好能在年底时让文琳嫁到韩家，也了却了自己的心愿。他只要一得空，就往满财院子里跑，忙三迭四地帮着满财干一些零碎活。满财是个急性子，希望赶快搬到自己的新房中。房顶上挂完瓦后，匠人便在主屋和侧屋里给盘起了炕，韩满财妻子每天把炕火烧得旺旺的，湿漉漉的水汽往外冒，炕面裂开了小口子，待他搬进新家时，土炕都干透了。

生活有了希望，才会唤醒普通人生活的信心，在平凡又琐碎的日子里，才能找到诗意的生活，人们活得也就有了激情，生活也就有了真正的意义。

第三十一章　较　劲

在丰收的季节里，满财送走了建房的最后一拨匠人，迎来了一年一度最值得庆祝的重要节日——国庆节。

县城街道里挂上了鲜艳的五星红旗，各大机关门口也挂上了喜庆的大红灯笼，县委大门口挂的四个大红灯笼上，写着金黄色的大字"欢度国庆"。人们欢歌载舞，为国庆生，这是一个全国上下欢腾的日子。小小的县城里，各机关单位组织的秧歌队拥上了街头，前来看热闹的四乡八村的村民，把街道围得水泄不通，大人、娃娃脸上洋溢着欢悦。

国庆节的同一天，满财沾上了国家的喜气，搬到了自己新建的房屋里。木匠用剩余的木材帮满财打了几件像样的家具，唐俊茂家里退下来的旧沙发和茶几在满财堂屋里落了户，除了一件破柜子摆在了厨房里，剩下的破烂得不能再破烂的家具暂时摆放在一处不起眼的院墙下面，用一块白色塑料苫盖着。

凡是路过韩家庄的人，都会忍不住多瞅几眼一砖到顶的亮眼的红色砖瓦房。如今，蔡志昌和韩满仓的住房在村里人眼里根本不值得一提。沉睡在新房子里的韩满财，经常让突然袭来的幸福高兴地醒了过来。他怎么也想不到，自己能在有生之年睡在如此气派的房子里，感觉一切跟做梦一样。为证明不在梦里，时常揪一揪自己大腿上的一块肉，疼得蜷缩一下身子时，他又笑起来了。笑，现在不是满财的表情，而成了他生活中的常态。

满财的日子甜如蜜，真正翻身得幸福了。唐秋生家里新买了一台彩色电视机，把原来十四英寸的黑白电视机淘汰给了满财。唐俊茂运到石门乡后，用黄金旺的三轮车送了回来。黄金旺一同帮满财扎起了接收信号的天线，显示富裕的那几根铝线圈高高地出现在了韩家庄村民的视野里。黄金旺一会儿跑到屋子里摆弄着电视上的按钮，一会儿跑到院子里转动着天线，满财夫妻的眼睛随着黄金旺身体来回转动，电视里终于有了声响，调整好画面和音量，固定住绑着天线的木杆后，黄金旺没顾上吃饭，便回石门乡了。满财妻子摸一把电视感叹道："啊呀！这么个盒盒，接上根线线，就出人了。"满财没有说话，不是他不新奇，而是他在唐秋生家里已经新奇罢了。

全村男女老少齐出动，那人头攒动的场面，成了韩家庄一道独特的风景。满财的炕上、地下全是人，门口也挤满了人，院子里也站满了挤不进屋子的人。有人提议把电视搬到院子里看，大家的眼睛都盯到了满财身上。满财同意了，几个年轻人小心翼翼地把这个能"出人"的宝贝搬到了院里，搁置在几个村民提前归置好的方桌上。娃娃们席地坐在最前面，大人们又回了一趟自己屋里，带了小板凳，个子小且来得晚的人被前面的人遮挡得死死的，各自想着各自的办法，满财家的墙头上都骑上了看电视的人。

每天晚饭后，乡亲们早早裹好大棉衣，朝着满财家飞奔而来。家里最后来的几个高个子男人，把猪喂好、把骡子赶到圈里才小跑着到满财家。电视剧《渴望》《射雕英雄传》成了人们热议的话题。有时候，下王庄、高家堡的村民也会结伴而来，瞅一眼韩满财家的电视，直到荧光屏上出现"再见"两个字，然后哗地一下变成一片抖动的"雪花"时，人们才恋恋不舍地散去，高年级的小学生们一路走一路学着电视剧里演员的台词和动作，个别精干的小媳妇哼着电视剧中刚学到的几句"悠悠岁月，欲说当年好困惑，亦真亦幻难取舍……"歌词，有时放开嗓音后，有几分毛阿敏唱的味道。在乡亲们眼里，蔡志昌、韩满仓已经淡出了韩家庄村民的视野，韩满财才是村子里最耀眼的"明星"。

第二天，满财再把院子里踏起的细土扫到外面，院门外面靠在院墙边上的猪圈被骑墙头上看电视的男人们上下时踩得稀碎不堪。曾经门可罗雀的满财院落，如今是门庭若市。满财有了无尽的烦恼，以前穷的时候，他总盼望着村里人到自己的家里串门，现在有了电视机，来的人太多了，直接影响到了他的正常生活。满财在心里默默地期盼着，每家每户都过上好日子，买上属于自家的电视机……他的期盼绝对是发自肺腑的。

看着每天蜂拥而至的村民往满财家里涌的时候，韩满仓就有一种说不出的难受和失落。一旦走进满财院里头，好看的电视剧暂时能麻痹他嫉妒的神经。最近，他简直和村里其他人一样，变成了一个十足的电视迷，推过饭碗，裹好棉衣就往亲弟弟的院子里钻。电视剧《射雕英雄传》中主人公黄蓉和郭靖的画面在不断闪现，随着电视剧中人物感情的起伏变化，挤在人群里的两个暗中相好的青年男女，情不自禁地拉住了对方的手。

有时候，电视里播出男女演员接吻的画面时，人群中总会发出唏嘘声。姑娘小伙们面红耳赤地看，小媳妇们垂涎欲滴地看，中年男人们自得其乐地看，上了年纪的老汉们品头论足地看……往往这时候，旁边的大人会神色紧张地捂住身边娃娃的眼睛，娃娃们硬拉开大人的手，眼睛直往电视画面上瞅，好在这种镜头不会停留过多时间。跳过接吻的画面后，村里一位德高望重的老汉对身边的学生娃娃嘱咐道："以后再不能让娃娃们看电视了，学坏哩。"几个年龄较大的长者附和着发出了同样的感慨。

蔡文琳在院子的某个角落里，看到电视中男女在一起的画面时，她就情不自禁地思念起了深爱着的晓丰。

村里流传文琳和晓丰恋爱的传言后，知趣的晓平再也没有给蔡文琳写过"酸味"的小纸条，他的言语变得更少了，整天一副苦大仇深的表情。到他家串门的妇女们，只要议论起蔡文琳长长短短的时候，他格外用心，听得特别仔细，表情开始变得异常凝重。深夜里，他好多次跑到河道里，憋一口气，把头埋进冰冷的河水里，再憋一口气，再把头埋进冰冷的河水里……这样反复好多次，直到自己心里舒坦为止。村里起夜的几个男人，看到他头发挂满了冰珠，就像犁完地的老牛一样，痛苦不堪地走在村里的公路上。其实谁也没有注意到他的眼睛直勾勾地盯着蔡文琳家院门的方向。

晓平昏昏沉沉的精神状态吓坏了韩满仓夫妻，请了一拨又一拨十里八乡出名的神婆，五色纸、冥钱烧了一大堆，也不见晓平好转。最近一次，请来了下王庄新出道的许神婆，屋里屋外挤满了看热闹的乡亲，许神婆又唱又跳地算了好一会，嘴里一会吼喊着天上的四大天王，一会吼叫着地狱的黑白无常，最终得出结论，在去年中元节夜里，晓平在西面山湾里撞上了女鬼，魂让野鬼给勾去了。神婆浑身抖动着，嘴里念念有词，要请天神下凡捉鬼，韩满仓夫妻即刻烧起了纸，磕头如捣蒜，几把五谷粮食撒在晓平的身上，神婆大喝一声，使出浑身力气吹出了一口"仙气"，伴随着屁股下冒出一个响亮的屁声，在众人大笑声中结束了荒诞的一切。满仓呈上了一条大红被面和十元大钞，才勉强打发走了上门的许神婆。

晓平白天把自己关在屋子里，很少出现在村子里。晓平的这一切，韩家庄最清楚他病因的莫过于蔡文琳，善良的文琳内心有些惭愧，她的绝情引发了晓平的变化。一想到晓丰，她又觉得自己这么做完全是对的。

许春雪的痛苦一点也不亚于韩晓平，表面上装得若无其事，内心孤单得像一只不入群的乏羊。夜里，常躲到打麦场的麦秸垛后面，直到月亮升到自己的头顶才回去。她沉浸在自己的思绪中，有时忍不住呜咽起来。

周五傍晚，许春雪在院门口看见周末回家的韩晓丰。回到家，她穿上了自己走亲戚时才穿的花方格外衣，辫子扎得漂漂亮亮，头发上专心抿了一把水，抹匀了几根调皮的头发，洗了一把脸，擦上了清香的上海雪花膏，加入了去晓丰家看电视的队伍。

天渐渐黑了下来，只有十四英寸的黑白电视机前面有一丝光亮。春雪搜寻着晓丰的身影，她发现文琳和晓丰站在院门右侧的墙根下，妒火让她收起了害羞和胆怯，绕到人群后面，挤挤巴巴地来到晓丰后面。晓丰的手背在身后，文琳的手搭在晓丰的手上，她心里一阵发酸，眼睛里喷着两团烈火，不知哪来的胆气，挤到了文琳面前，抬起脚狠狠地向文琳的小腿上踢了过去。

"哎呀，你小心一点好吗?"文琳疼痛地叫唤了起来。

"你瞎吗，不知道让一下嘛! 骚货，狐狸精，你的眼睛让狗屎糊住了。"春雪骂得十分难听，抽出右手在文琳的脸上扇了一记耳光。

个头比文琳矮一点，但身体比文琳壮实的许春雪和蔡文琳较起劲来，蔡文琳压根不是许春雪的对手。

"呜……呜……呜……"蔡文琳不知所措地哭了起来。

晓丰整个人都被眼前发生的一幕给蒙住了，他杵在原地，活像一个木头人。

看电视的人群中一阵哗然，目光投向了文琳哭声传来的方向。显然，在村里人眼里，这种事情比电视剧剧情更有意思。蔡志昌妻子和许二柱妻子闻声挤了过来，两家的妇女还没问青红皂白，便破口对骂了起来，对骂到激动处时，双方相互揪住了头发。在村里几个长辈的劝解下，才拉开了动手的两个女人。随后，蔡志昌骂骂咧咧地领着自己的婆姨和丫头走了。许二柱什么也没有说，脸色铁青，叫上妻子和春雪出了韩满财的院门，人们看了一场插播的好戏后，再次回到了紧张的电视剧情中。

回到自己的房间，许春雪有一种收获成功的欢心。晓丰没有帮蔡文琳，让她自作多情地认为晓丰的心里一定有她。只是不要脸的蔡文琳骚情的阻碍，才阻断了她和晓丰交往的道路。

许二柱最清楚女儿的秘密，这几个月他一直一副心事重重的样子。有几次，他想和春雪谈一谈，话到嘴边时，碍于丫头的脸面，又咽了回去。他觉得，虽是父亲，但也是男人，会让自己的女儿不自在。最近上门提亲的人少了，媒人来了，许二柱也以自己女儿的意愿为基准，不像以前那样过多干预。当然，结果不用说，说媒的人灰溜溜地又拎着礼品折返回去了。

周末回到父母身边的肖雅妮，也有自己的痛苦，她本想着和晓丰一起工作后，晓丰会喜欢上她。一年时间过去了，晓丰不但没喜欢上自己，反而连最起码的同学交往也变得稀少了。她伤心欲绝地扑到自己母亲的怀里，就像小时候在外面受到委屈一样。她的母亲轻轻地抚摸着她的头发，听她哭诉自己得不到的悲惨爱情故事。她的父亲没有表达自己的想法，坐在阳台上点了一根烟，望着街道上来来往往的人群。

肖雅妮母亲不知道怎么安慰自己的娇丫头，在肖雅妮面前出了个主意，声称自己要去找一下白常委，让他亲自出面周旋一下肖雅妮的恋爱问题。肖雅妮听到她母亲出的主意后，觉得是个不错的主意，立即支持母亲的想法，让她即刻动身去找白常委。夜已经很深了，她母亲承诺清早便去。她父亲本想阻拦，看着被相思折磨得憔悴的女儿，疼爱使他放弃了阻挡妻子的行动。肖雅妮的爱在晓丰面前太不值钱了，这段时间她倔强的脾气也改变了好多，她自己实在想不出能让晓丰和她谈恋爱的方法了。

白常委的家也在地区行署的家属院。天一亮，她母亲来到了白常委的家里，白常委对拎着礼品、主动上门的女主人表现出了热忱的态度。肖雅妮母亲说明了自己的来意后，白常委话语坚定地说道："您放心，您交代的事情我一定尽心尽力去落实，保证给您一个满意的答复。"韩晓丰的名字印在了白常委的脑海里，送走肖雅妮母亲后，白常委开始谋划起了具体的落实措施。他在心里还是多少有些敬佩晓丰，连地委委员、行署副专员女儿的追求都能拒绝。那可是多少势利男青年攀附权贵的梦想啊。

周一早上，白常委一到办公室，就安排秘书叫来了经贸委主任。在白常委办公室里，经贸委主任毕恭毕敬地站在他面前，又是倒水，又是递烟。白常委让经贸委主任落座后，说道："你们单位的韩晓丰工作表现怎么样？"

"年轻人有活力，又是重点大学的科班生，工作有思路、有想法，创新能力也很强。"经贸委主任又站了起来，夸奖着晓丰。

白常委示意他坐下，说道："那就好，要好好培养，多给年轻人压担子，交任务。"

"好的。"经贸委主任说道。

"这个小伙子和政府办公室的小肖在谈恋爱，两个年轻人闹了矛盾，你回去后给韩晓丰做做思想工作。"白常委端起了水杯，把晓丰和肖雅妮硬说成了恋爱关系。

"好的，我回去后找小韩谈一谈。"说完后，经贸委主任见白常委不作声了，便轻轻地退出了办公室。

回到单位后，经贸委主任叫晓丰进了自己的办公室。先把晓丰的工作成绩夸奖了一番，嘘寒问暖地问候了一下晓丰家里的父母，话题才转移到了晓丰的恋爱问题上。晓丰讲明白了他和肖雅妮的关系后，经贸委主任有些失望，并鼓励晓丰和肖雅妮谈恋爱，说了一大堆冠冕堂皇的话语，有时也夹杂上几句吓唬晓丰的词句。晓丰听明白了，自己如果不和肖雅妮交往，可能要被调到离县城最远的乡政府去工作。

从主任的办公室退出来后，晓丰一副无所谓的表情，心里更加憎恶起了肖雅妮。他自卑，但是很好强，也很倔强，骨子里最怕受到别人的威胁。

自卑的人往往具有极强的自尊心。

当天下午，晓丰去了政府办公室，这是他第一次主动约肖雅妮。肖雅妮脸色红润，神情怡然自得地跟在晓丰的后面出了政府大院。她心里暗喜，早知道白常委有这么大的能耐，早该请他帮助自己了。晓丰面无表情，一声不吭，两个人一前一后地走着，肖雅妮的心灵陶醉在一种冥想中，在一处很少有人出现的巷道的拐角处，晓丰停下了脚步，转过身对肖雅妮说道："肖雅妮，请收起你盛气凌人的高贵和亢心惬气的优越吧，你以为全世界都会围着你，把你捧在舞台中央，你醒醒吧！"晓丰怒不可遏，说了一些挖苦和讽刺的话语。肖雅妮看见晓丰气愤的情绪下，蹙紧了浓密乌黑的眉毛。

"我出身卑微，但不低贱，任何权贵面前我也不会低头。你可以用你爸爸手中的权力，调我到其他地方工作，但也不会改变我对你的态度。"晓丰的语气中余怒未消，与其说是发泄，倒不如说是彻底的冷漠。

悔恨噬咬着肖雅妮的心，她才意识到自己铸成了一件大错，连连道歉，频频恳求，用种种托词解释着自己的错误，希望能得到晓丰的原谅。

晓丰再也没有任何心思听她的道歉，恶狠狠地拂袖而去，留下在黑夜中孤独的肖雅妮。

肖雅妮竭力克制，不让自己的眼泪流出来，看着晓丰消失在了黑夜里，她泪水涟涟地走出了巷道。

痛苦的冷静后，肖雅妮似乎暂时放弃了追求晓丰的念想，但是对他的爱并未丝毫减少。

第三十二章　横　祸

韩家庄进入了霜寒露冷、凝露成霜的月份。上韩满财家里看电视的人们并未因天气的缘故而变少，院子里已经冷得看不成了，电视搬到了堂屋里，晚上乡亲们争先恐后，炕上、地下都挤满了人，来得晚的挤不进屋门，只好唉声叹气地折回去。看电视的人群中唯独不见许二柱的身影，不是他不喜欢看电视了，而是他的身体越来越让他吃不消了。

最近几天，许二柱咳嗽得越来越厉害了，身体所迫，把抽了几十年的旱烟也完全戒了，还是咳嗽得很厉害。他不去满财家里看电视，原因就是闻到别人呼出的烟味，也会使他咳嗽好一阵子。夜里，急促的咳嗽常常把梦中的他给咳醒来，呼吸也越来越不顺畅了，咳出的瘀痰中布满了血丝，今天夜里上厕所时，直接咳出了一口血，他强装镇定地回到堂屋里，吃了一小把止疼片后，躺在了炕上，粗心的妻子还在津津乐道地给他讲述夜里的精彩电视剧。他知道自己的身体已经不行了，为了给家里节省开支，他硬撑着。夜里，他感到整个胸腔都在颤动，疼痛使他夜不能眠。直到务工的儿子回来后，看到食欲缺乏、面色苍白的父亲后，再三追问下，许二柱才把自己实际的身体状况向家里人公开了，确切地说，是他自己实在也撑不住了。

到县医院检查完身体后，医生要求住院治疗，办完住院手续后，许二柱躺在了病床上，安静的病房内，一室的洁白，高高挂起的吊瓶一滴又一滴地沿着输液管往许二柱的血管里流着。他感觉自己的身体舒服了一些，呼吸也顺畅了，渐渐地睡着了。

医生把家属叫到了办公室，给春雪和她哥哥讲解了她父亲的病情和诊断结果。当他们兄妹两人从医生淡定从容的口里得知父亲肺癌晚期的结果后，就像晴天霹雳一般。他们忘记了是怎么走出医生办公室的，长时间伫立在过道里，半天也没回过神。

当他们进入父亲病房后，睡梦中因咳嗽醒来的许二柱询问自己病情，他们兄妹向父亲撒了一个爱的谎言，说是得了肺炎。

许春雪眼里的泪水再也不能被束缚了，她常常跑到医院没人的角落里哭上一场，进入病房前，把泪水揩得干干净净，一副欢欢喜喜的表情，鼓励着父亲，问他想吃点啥，自己好去买。他父亲便阻拦春雪，安抚道："不要乱花钱。"

三天后，韩家庄的乡亲们断断续续地到医院里看望患病的许二柱。蔡志昌本来对许二柱丫头和媳妇有气，本不打算看望许二柱，知道许二柱真实的病情后，专门跑到医院里说了几句安慰话。晓丰拎着水果来到医院，坐在病床边，给许二柱削了一个苹果。许二柱把晓丰削的苹果全部吃完了，想说啥，张了几次嘴，也没说。出门后，晓丰硬塞给春雪的哥哥五十元。下午来看许二柱的几个嘴巴不严实的妇女，在安慰许二柱时，不小心说出了他的真实病情。几个妇女意识到自己闯了祸，手忙脚乱地出了医院，气得许春雪和她哥几乎要吐血了，心里咒骂了好几遍。

许二柱知道了自己病情，说啥也不住院了，在他眼里癌症就是个花钱的无底洞，他清楚自己将不久于人世，不能在死之前给儿子拉下一河滩的账。他不顾任何人的劝阻，拧着劲执意要回韩家庄。

许二柱回来后，村里的人都在议论所听到的"肺癌"一词。他们在议论中可以断定，许二柱是一个快埋进黄土里的人了。周边热心的几家乡亲，做了一些不常吃的好饭，专门给许二柱送过去一碗，鼓励和开导着他吃下去一点。一周后，许二柱瘦得不成人样了，颧骨凸显了出来，眼睛深陷了下去，用村里人的话说，已经成了恶鬼的模样。

韩满财一天好几次地坐在许二柱身边，说上几句回忆过去的话语，有时什么也不说，静静地坐在许二柱的身边，看着许二柱。村里几个上了年纪的老汉看完许二柱后，便交代春雪的哥哥请木匠、买木材去了，准备打棺材。

午饭后，许二柱的精神似乎好了许多，专门打发春雪请来了满财，让家里所有人退出了堂屋，示意儿子出去后把门关严。他拉住满财的手，说道："我知道自己不行了，快要走了，我死后，我们家里的事情你要帮忙操心，遇上难事，你要出主意，把我两个娃娃照看好。"

满财听得眼睛湿漉漉的，喉咙里难受得说不出话，一个劲地朝许二柱点头。

许二柱一阵咳嗽后，说道："我走后，春雪丫头是我最揪心的人，丫头眼光高，命不好，生在了我这个穷家。"又是几声咳嗽，满财围在身边，轻拍着许二柱的后背。许二柱呼吸舒畅了一点，继续说道："我们家几辈子都是穷苦人，里外的亲戚里没一个吃皇粮的，知女莫若父，春雪眼光高心眼实，随我，娃娃早就看下你家的晓丰娃了，你看我们家春雪还顺眼不？"许二柱耷拉着眼皮，吃力地看着韩满财。韩满财喉咙里哽咽，发出了哭一般的声音，吐出了"顺眼"两个字。

"那就好，我死之前，想和你结成亲家。我死后，你要张罗着让两个娃娃成亲，彩礼我们一分不要。"偎在许二柱身后的被子有些倾斜了，许二柱的身体侧倒了过来。满财赶紧扶住他，再次垫好后背的被子，又是一阵急促的咳嗽后，说道："我叫了你一辈子的小伙子，今天改口了，叫你一声'亲家'，你能答应我死前的最后一个请求吗？"

"亲家，我答应你，你放心，春雪就是我家的儿媳妇，我韩满财把她当成自己的丫头看。"韩满财眼里的泪水不断地往外涌，他也不去擦。

"好亲家，我相信你。"说着许二柱闭上了眼睛。

满财出来后，许二柱的妻子、儿子、儿媳妇、春雪和两个孙女进来了。

许二柱拉着妻子的手，开始给家里人交代后事。时断时续吃力地说道："我死后埋进祖坟，给我爹挂脚……满财家的晓丰和春雪的婚事上，你们一分钱的彩礼……咳……咳……也不能要。春雪……春雪……你和晓丰结婚后……记得到爹的坟头烧上点纸，我……也就能把……眼睛……彻底闭上了。"许春雪头靠在父亲的怀里，哭出了声音，两个孙女也跟着小姑哭了起来，家里的其他人以为自己的父亲在说糊涂话。

晚饭前，许二柱家里传出了一声动天撼地的哭叫，打破了宁静的韩家庄。被病魔折磨的许二柱走了，走得很安详，但也很平静，缺憾也好，圆满也罢，许二柱走完了该走的人生旅途。几个村里的老汉帮着许二柱洗净了身子，换上了寿衣，指挥着村里男人们搭起了灵堂。活在世间的亲人们痛哭流涕，崭新的引魂幡在风中摇摆，五龙捧寿的棺材停放在院子中间，压抑的气氛，一声声哽咽的哭泣声，相框里许二柱的黑白照片赫然立在那里。出殡的清晨，许二柱妻子和许春雪撕心裂肺的哭声，一群女人嗓子里哽咽着，拉住了她们娘俩，本与许家有间隙的几户庄邻，看到这场景，眼眶也湿润了。送葬的队伍浩浩荡荡地穿过了山垭口，在背面山湾的许家祖坟里又新添了一个黄土堆。

梁二老汉在不远处，看着折返的送葬人群，沉闷的歌声从心里发了出来：

哎嘿……

啊嗨……

世间好人灾难多，

早走晚走都得走，

天上的幸福你先享，

老汉我随后就跟上。

无论多么盛大隆重的葬礼都是为活着的人准备的，亲人们需要一个宣泄伤感的场所，证明死去的人没在世间白走一回，但无论多么盛大隆重的葬礼，都无法弥补生之遗憾。眼泪不过是一种难舍离别的思念，这世界上生活的每一个人，总会一个接一个地离开，终究也会轮到自己。雁归有时，潮来有汛，逝去的人再也看不到夜里升起的明月。

人死如灯灭。一个普普通通庄稼汉的离去，除了给亲人带来痛苦外，并不影响任何人的日常生活，太阳还是东升西落。韩家庄的山山湾湾有他从生至死留下的足迹，他所种植过的土地上产出的许多粮食见证过他的存在。明年的春天，野草将掩盖他的坟头，在未来的某一天，他的名字将永远不会再从韩家庄人们的口里提起。

许二柱死后，除了许二柱的家人外，韩家庄最痛苦的人莫过于韩满财了。他像丢了魂似的，无精打采，村里再也没有能说几句知心话的人了。这也不能怪满财，许二柱在世时，给他无微不至的关怀，温暖着每一个寒冷的冬天。深夜中，每每想到许二柱的话语和动作时，他就在被子里偷偷地抹上几把眼泪，许二柱临终前交代的事情，也顺着眼泪流了出来。满财想，周末晓丰回来后，他们父子之间该认真地谈一下，提一提晓丰和春雪的婚事。

星期五下午，县政府经济运行工作会议圆满结束。韩晓丰和几个年轻的经济口男干部被抽到会场做服务工作，每个工作人员按照领导的要求穿着正装。晓丰身高比其他人略高一点，一身笔挺的黑色西服，雪白的的确良衬衫，藏蓝色的羊毛衫，深红色的领带，油光锃亮的黑色皮鞋。加上他本来英俊的容貌和周正的五官，给人一种格外帅气、格外俊美的印象。他走出县政府门口时，矫健的身姿色和得体的打扮，让路过的人们都忍不住多瞅几眼。

石门乡的书记坐在墨绿色的吉普车里，出县政府大门时，看见了韩晓丰，问他回家不？晓丰回答要回去，便把晓丰叫到了车里。到乡政府门口，石门乡书记安排司机把晓丰送到韩家庄，晓丰推辞一番，只好听从了书记的安排。

大约半个小时后，乡政府墨绿色的吉普车停在了韩家庄村子中间的马路边。一群晚饭前没事闲聊的男人、女人们，目不转睛地盯着吉普车上，心里在想是哪个大领导来韩家庄视察工作了。看见韩晓丰下了吉普车后，他们又惊讶，又嫉妒。心里都叫出了声音："啊呀呀，韩满财的儿子真正成了领导，连专车都配上了。"司机客气地和晓丰打了招呼后，扬长而去，车轱辘下面扬起了一层细细的尘土。可能在夜里，也可能在明天，村里的人将流传韩晓丰让司机送回来的各种话题，晓丰的形象，连同他那身体面的西服，将会在他们的嘴里被加工得无比潇洒、无比光辉。

晓丰再也没有了以前的拘谨和自卑，热情地和村里闲聊的长辈们问好，拿出了自己口袋里的高档香烟，用打火机给每个人点燃后，才朝他家气派的红色砖瓦房走去。几个刚结婚不久的新媳妇，看到晓丰光鲜亮丽的穿着，从头到脚看了好几遍，不断咽着快要流出来的口水，背过身揉了揉颤动的胸部。从她们的动作上，可以看出她们一定后悔自己嫁人嫁早了。蔡文琳一直看着晓丰进了他家的院门，不由自主地拍着自己的上衣和裤子。蔡志昌妻子满眼说不出的开心，真是应了一句话："岳母看女婿，越看越稀奇。"恨不得主动请个媒人上满财的家，让两个娃娃早点结婚。

韩晓丰进门后，父母便张罗着开了饭。吃过饭，母亲到厨房里刷碗去了。晓丰递给了父亲一包纸烟，父子两人坐在沙发上，各自点起了一根烟。满财有话不知怎么开口，隔着棉裤搓起了小腿。晓丰等了一会，见父亲不说话，先开口了："爹，我和文琳的事情村里也传了一段时间了，以前没给你说，是因为家里房子不宽裕。现在，房子也建好了，你能不能请上个媒人到文琳家里去一趟。"韩满财吭哧吭哧着，鼻孔里冒出了两股烟气，说道："这个事，先不要急。"紧跟着问晓丰："蔡志昌除过拉木材外，再给你借钱了没？"说话间，手伸到了后背的棉衣里，挠起了痒痒，把话题岔开了。

晓丰忙回答："借给了两千，我一分钱也没动过。"

韩满财用抽完的烟把子在地上划拉了一会，说道："加上木材和运费，咱们欠蔡志昌六千哩，你现在有多少钱？"

"这几个月剩下的工资和蔡叔借的两千，差不多有三千六百多。"晓丰说着，给自己父亲又递了一支纸烟过去。

韩满财没有接儿子递的纸烟，说道："都是冒烟的嘛，抽上个便宜的烟，好烟留下见了领导给。下周末回来的时候，你把钱取上，我再想办法借一些，来了给蔡志昌还上。"韩满财背着手，弯着腰，出了堂屋门。

如果在以往遇上难心事，韩满财都会去找许二柱出个主意。如今，所有的难心事只能憋在自己的心里。哎！这个难心事正是许二柱所制造的。

满财思思谋谋地下了坡道，鬼使神差地到了自己哥哥韩满仓的院门口。本打算转身回去，他觉得，与其问别人借钱，还不如问自己的哥哥借钱。进了满仓的堂屋，只有嫂子一个人，哥哥还没从煤矿回来，晓平在自己的屋子里咿里哇啦地念着什么。在村里人眼里，晓平彻底疯了，韩满财听见侧屋里侄子的声音后，心里认定这个娃娃确实有了精神病。也许只有晓平知道，自己在干什么，他沉浸在自己的美好爱情的折磨中，无法自拔。韩满仓妻子每次听见儿子独自念书的声音后，都暗自流泪。今天，当着满财的面又听见儿子嘴里乱七八糟的所谓"诗句"后，她望了一眼韩满财，忍不住流出了眼泪。满财宽慰了嫂子几句，本想开口借钱，又想起了自己第一次借钱后嫂子的谩骂，他忍住了，约莫一支烟的工夫，满财出了哥哥的家门。

星期一一大早，韩满财坐上村里去石门乡办事的顺车，在黄金旺的门市部里表达了自己借钱的想法后，黄金旺一刻也没耽误，跑到信用社里给满财取来了两千元。黄金旺安顿儿子照看门市部，拉着满财到了家里，妻子好酒好饭地招待了十几年没上过门的贵客。回到家后，满财便找来了下王庄的羊贩子，卖掉了几只羊，一沓沓崭新的钞票压在了炕栏石下的黄草里。

周五晓丰回来后，满财就迫不及待地问他钱取了没，晓丰递给他钱后，他又拿出压在炕栏石黄草里的钱，捋得齐齐的，从中间折了一下，装在了贴身的绒衣口袋里，没来得及吃饭就出门了。

满财专门跑到吴仲达家里，请上了村子里的领导、蔡志昌的亲家，想让吴支书做个见证人，他要还清蔡志昌的账。满财专门来请，吴仲达不好推辞，便和满财一起往蔡志昌家里走。

当吴仲达和韩满财一起出现在家里时，蔡志昌夫妻和蔡文琳着实高兴坏了，以为要谈晓丰和文琳的婚事了。蔡志昌妻子又是泡茶，又是递烟，轻盈的身子忙前忙后。一杯水已经见底了，也不见满财提两个娃娃的婚事，蔡志昌安排妻子又给续了水。满财终于说话了："蔡哥，我们家里盖房子时，把你麻烦坏了，又拉木材，又垫钱，既出力气，又费心。我们一家人都过意不去。"

"哎呀，你看你，乡里乡亲的，这算啥呢，谁家要盖房，我蔡志昌能帮的忙还是要帮哩，跟我还客气个啥。"蔡志昌唱起了高调。

"我今天把你的亲家，我们村的吴支书请来，就是想让吴支书做个见证，你算一算拉木材的材料费、运费和你的人工费，我想给你把钱还上。"满财说道。

"你看你这个人，也没多少钱，有啥可算的，不算了。"蔡志昌回道，但心里着实吃了一惊。

蔡志昌的妻子在心里胡乱猜测满财的用意，一脸惊恐。文琳听到是盖房子的事情后，转身回自己的房间了。

"哎，不要嘛！亲兄弟还明算账哩。你总得说个数吧！"满财有些逼蔡志昌。

蔡志昌哼哧了一阵，也没说出个具体的数字，他妻子帮着说了一堆的客套话。说话间，吴建伟抱着娃娃进了堂屋门，吴仲达伸手接过娃娃，在孙子脸上亲了又亲，直到把娃娃亲哭了，吴建伟哄着娃娃出去了。

满财见蔡志昌不说具体的数字后，掏出了绒衣口袋里备好的六千元，放在了面前的茶几上，说道："蔡哥，这是六千，两千是你借给晓丰娃的，四千是木材费、运费和你的人工费，我是按照县城里的木材价格给你算的，如果不够，你要说哩。"说着满财拿起了钱，走过来，递在了炕栏石上的蔡志昌手里："给，你点一下。"

蔡志昌没有接满财手里的钱，说了几句客套话。

满财重复了前面感谢的话语后，把钱放在了蔡志昌的屁股边上，说道："那我就当作钱够了，谢谢你们家的帮忙。"转身对吴仲达支书说道："支书，要不你帮着你亲家点一下，你可是见证人啊!"

吴仲达摆了摆手，说道："肯定没问题，我就不点了。"

满财揩了一把脸说道："蔡哥，支书，那既然这样，我就先回去了，你们两亲家再好好地聊一聊。"

说完，满财朝堂屋门的方向走去。吴仲达说道："天黑了，我们两亲家天天聊呢，我也该回去了。"吴仲达说着站了起来。满财像想起了重要事情一样，忙回头对蔡志昌夫妻说道："哦，对了，蔡哥，河滩地我们种了四年了。明年开始你们种吧，我腿脚不好，娃娃们安顿过，以后要少种一点哩。"

没等蔡志昌两口子客气，韩满财撩开了双腿，差点摔了一跤。

蔡志昌夫妻把吴仲达和韩满财送到了路口，见他们两个分开走了，才回到了家里。

韩满财的这一举动，让蔡志昌两口子感到十分意外，他们心里多了担忧，这又是一个让他们夫妻失眠的夜晚。

第三十二章　横祸

第三十三章　自　戕

韩满财走在回家的路上，觉得自己做了一件非常了不起的事情，他在心里佩服起了自己，怎么也没想到，刚才口才竟变得那么好，连能言善辩的蔡志昌夫妻都给比下去了。一想起蔡文琳的模样，反而觉得别扭起来，甚至有一点不顺眼。相反，许春雪在他眼里更漂亮、更俊俏，默默地做起了比较，认为还是春雪丫头和自己的晓丰更般配一些。

进屋后，屋里还是一堆来看电视的人，满财挤到炕上，和几个老汉互让着卷起了旱烟卷。抽烟的工夫，满财眼睛虽在电视上，心里却盘算着自己的事情，他想等电视剧结束后，乡亲散场了，要和晓丰谈一谈。蔡志昌的麻烦事摆平了，该提一提晓丰和春雪的事情了。

送走了村里看电视的乡亲后，在院门口，满财叫住了晓丰。父子两人圪蹴在院门右侧的墙根下面，为了能说服有知识的儿子，满财开始整理自己的思路。看着晴朗的夜空，满天星斗闪烁着光芒，像无数银钉镶嵌在黑鹅绒般的夜幕上，密密麻麻，闪闪发光。澄净的月光洒落了一地冷清，使人感到阵阵凉意。满财了解儿子的脾性，不知如何开口，思绪穿过烦乱心情的那片云雾，点点蔓延，最终在一声无奈的叹息声中开始了对话。

"你想娶蔡志昌家文琳丫头的事情，我这几天考虑了一下，觉得不合适，还是算了吧。"韩满财眼睛没看儿子晓丰。

"爹，怎么不合适了？村里都在流传我们两个相好的流言，我不娶文琳，她以后还怎么嫁人。再说，我把人耽误了好几年，把她扔在半路上，我良心会不安的。"晓丰激动且十分着急。

"良心，良心有什么好谴责的，蔡志昌强占我们河滩地的时候，也没见他良心受到过谴责，蔡志昌婆姨在村里说我们家坏话的时候，更没见他们良心受到过谴责，那丫头不合适，你趁早死了娶蔡家丫头的心。"满财气急败坏，更加着急了。

"爹，蔡志昌是蔡志昌，文琳是文琳，我们要区别对待。"

"区别对待个屁，全是一个恶鬼背着送下的，人精得要命，蔡家没一个好东西。"韩满财鼻孔喘着粗气。

晓丰深知父亲的为人，轻易不发话，一旦发狠话，就很难挽回。一阵沉静后，晓丰又劝起了自己的父亲，希望能得到一点改变，说话声音也变得柔和了一些："爹，我现在是大人了，我个人的婚姻问题，最起码得让我自己满意吧。在我心里只装下了文琳，旁的女子我看不上。"

韩满财语气也跟着缓和了："娃啊，我给你看下了个姑娘，和咱们家门当户对，我觉得可行。"

晓丰不知再说什么，一声叹息后，问自己的父亲："谁?"

满财说道："你许二叔家的春雪丫头。"

晓丰又是一声无奈的叹息，说道："爹呀，你不要乱点鸳鸯谱了，我们不合适，我压根看不上许春雪。"

"这门亲事我考虑了好几天了，再说，你许二柱叔走之前，我已经答应他了，让春雪丫头嫁到我们家。"满财说道。

"爹呀，你怎么不征求我的意见就轻易答应呢。我不是你圈里的猪，我有追求自己幸福的权利，我看不上许春雪，她爱嫁谁嫁谁去。"晓丰尽可能强压着胸中蹿出的怒火。

满财思谋了一会，卷了一根旱烟棒，说道："哎呀，了不得啦！你现在把人活高了，翅膀也硬了，爹说话就当放屁哩。"满财停顿了一下，点着了旱烟棒。接着说道："恐怕你还不知道你是怎么上的大学。我今天给你透个底，让你明白一下。要不是春雪他爹借给钱，你妈能活到现在？你妈要是不在，哪有你上大学哩？也是戳驴屁股的命。你长眼睛哩，从你记事到现在，除了许家（满财手指指向了邻居许二柱家的方向），谁家正眼瞧过我们，家里有了难事，能在第一时间伸出手，拉我们一把的还是许家。在我们遇到难事的时候，富裕的蔡志昌在哪里？不提过去，爹和你没说的，一提过去，全是难肠事。现在，你让别人的一点小恩惠就把许家的大恩忘了。娃娃，做人做事，咱们不讲迷信，要讲良心哩，你只想着对文琳丫头的良心，你怎么不想想对许家的良心。你终究是咱村里的一根草，要把根往下扎，眼睛不要老是往高处瞅，你看你穿得亮亮堂堂的，头油抹得苍蝇都能把腿摔断，鬼迷心窍地还想娶蔡志昌的丫头，那丫头有啥好的，你能得不行了，是想抓天呀还是挠地。"

"爹呀，结婚得你情我愿，包办婚姻是没有幸福的。"晓丰十分无奈，不知道怎么劝说自己固执的父亲了。

"幸福、幸福，我和你妈也是包办的，不也过得很幸福嘛！你再看村里的老汉老婆们，哪个不是家里给包办的婚姻，一个个过得就很幸福。我看你就是书念多了，满脑子净是些不着调的思想。你和春雪岁数也大了，这件事情，我做主了。"韩满财坚定地说道。

"你做主就做吧！反正我不娶。"晓丰歪起了脖子。

韩满财回过手，给了晓丰一个耳光，怒气冲天地说道："你是老子，还是我是老子？不娶也得娶，这个事情由不得你。"

"我死也不娶。"晓丰用手捂着挨揍了的脸。

满财气得血直往脑门上冲，他手足无措，在原地打起了转转，扑通一声跪在晓丰面前。晓丰吓坏了，怎么也拉不起自己的父亲，侧身跪在了父亲旁边。只听见满财嘶哑地说道："不把我气死，你心口子难平。"

"爹，你不要这样，你不要逼我。"晓丰拉起了哭腔。

"娃啊，你记住，就算是我死了，春雪丫头也必须得娶到家里来。"韩满财语气柔和了一些。

晓丰拉起了自己的父亲，韩满财拍了拍膝盖上的细土，头也没回地进了院门。

晓丰对着月亮长长地吐了一口气，自言自语道："现代文明的风啊，你什么时候才能吹醒我偏执的父亲？"

星期天，吃过午饭后，晓丰收拾好东西，便回单位了。在家的两天时间里，晓丰几乎和父亲没有过多的话语，父子两人都忧心忡忡、闷闷不乐。

午觉后，满财觉得自己的精神好了一些，内心的压抑无人诉说，在院门口徘徊了起来。妻子手里拿着纳鞋底，进了许二柱家。就在满财准备进门的时候，眼角的余光扫见了出门的许春雪。满财停下了脚步，叫了一声"春雪"，许春雪应声来到了满财的身边。

满财说道："走，进屋，我有个要紧事情给你说。"

春雪跟在满财的后面进了屋子，满财让春雪落了座，问道："丫头，你愿不愿意嫁给我家的晓丰？"

许春雪脸色突然间发红了，低着头，不敢看满财，点了点头。

"那就好。"

春雪还是低着头，低声说道："韩叔，晓丰看不上我，他和蔡文琳搞对象哩。"

"丫头，别听人瞎说，没定的事情，那是别人胡乱传的。你以后嫁到了我们家，要和晓丰一同吃苦，想办法把日子往好里过。可不能像我和你韩婶一样，让庄邻看尽了笑话。"满财长出了一口气。

许春雪眼里发出了兴奋的光亮，抬起头，说道："韩叔，我怕晓丰不同意。"

"放心吧，叔有办法。"韩满财安慰道。

两个人再没说话，只听见满财吸旱烟卷的声音。大概过了五分钟，满财说道："丫头，你能不能叫我一声爹？"

许春雪怔了一下，两个脸蛋烧得更加厉害，嘴里挤出了一个"爹"字。

"哎。"满财声音拉得很长，一种幸福交织下的满足感。

送许春雪出门前，满财又交代了未来安心过好日子的几句知心话，满意地看着春雪进了她家的院门。

晴朗的早晨，满财收拾了一下自己，坐上了去县城的汽车。

这是满财第一次到儿子上班的地方，在县经贸委的办公楼里新奇地到处张望，在儿子的办公室里来回摸"高级"的办公桌，叫着晓丰出了办公室。在县经贸委办公楼对面的马路上，满财停下了脚步，语重心长地说道："娃啊，爹专门来看一下你，我们家除了欠你大姨夫的五千元，再不欠任何旁人的钱了。爹死后，你记得一定要照顾好你妈，你妈这辈子跟着我吃了不少苦，没享几天福。还有，就是……一定得把春雪丫头娶进门。"

"爹呀，好好的你说死干啥？我办公室还有工作呢，周末回来再说。"晓丰有点不耐烦了。

"去吧，把公家交代的事情干好……"满财摆了摆手，看着晓丰的背影，转过脸，抹了两把泪，步履蹒跚地朝汽车站走去。

在石门乡后，满财跑了一趟乡政府，专程看了一下女婿唐俊茂，安顿了几句让他对晓慈好的话。紧接着又跑到了乡中心学校，在晓慈的宿舍说了好多，出门前硬塞给晓慈五十元（这是他卖完羊，还完蔡志昌的钱后，剩余的钱），安顿晓慈给自己的外孙买上件新衣服。晓慈本想把父亲送到回村的车上，却被满财拦下了。在石门乡街道里的铺子里，割了两斤肥猪肉，打了酒，买了几斤蔬菜，和几个村里人一起坐上了回村的汽车。

满财的晚餐相比平常丰盛了不少，荤素搭配炒了四个菜，妻子嘴里一直抱怨满财有些浪费，他只呵呵地笑着，没有反驳。

天慢慢地黑了，村里看电视的人们陆陆续续地来了，眨眼的工夫，屋子里挤满了左邻右舍，安静地盯在了电视机画面上。人们的心思完全融入了电视画面和剧情，根本对进出的个把人不感兴趣。满财挤出了屋子，解下了他那头心爱的大黑骡子的缰绳后，叫喊着把黑骡子赶进了圈里。他弓着身子，手背在身后，手里攥着盘了好几圈的骡缰绳来到河滩的小树林。

　　手里骡缰绳牢牢地拴在了两棵粗壮的白杨树枝上，他环视了一圈村里，远处几处人家的灯光透过窗户清晰可见，黑黢黢的山还是那丑陋的样子。满财不再看村里的一切，闭上了眼睛，拉了拉系在树干上的骡缰绳，内心在做最后的挣扎，卷了一根旱烟卷，抽了两口，随意扔在了旁边，烟头还在冒着一股细细的烟，他昂起了倔强的头颅，脖子挂在了僵硬的骡缰绳上，踢翻了垫在脚下的几块石头……

　　一个普普通通的庄稼人用自己的方式结束了自己的生命。韩家庄少了一个老实巴交且倔强的庄稼汉，也许在明天，或是后天，年轻的夫妻家里又会多一个小生命。生活，就这样日复一日、生生不息地传承下去。

　　半夜，看电视的乡亲满足地出了满财的家门。满财妻子左等右等不见丈夫回来。起先，她以为满财去村里的人家串门了，就没在意，睡了一觉醒来后，发现满财还是没有回来，打开灯，看了一眼时间，已经凌晨两点多了，她急急穿上衣服，敲开了许春雪家的门，和春雪的妈妈开始挨家挨户地敲门。人们被惊醒后，完全没了睡意，好几个热心的妇女一块和她们寻起了满财。每户人家的门都敲遍了，还是不见满财的踪影。有人说，在天黑时，看见满财朝河道的小树林去了。一群人跑到了河道的小树林，当看见挂在树干之间的韩满财时，几个女人惊吓得叫出了声音，满财妻子一下瘫坐在地上，昏了过去。

　　当满财妻子醒来时，她躺在侧屋里。不顾几个女人的拉扯，疯一般冲到了堂屋里，看到几个老汉正在给满财洗身子，她哭喊了几声，晕倒在地，几个女人再次把她抬到了侧屋里。

　　在韩满仓的安排下，从石门乡买寿衣的人们回来了，给满财穿戴整齐后，几个长胡子的老汉把满财抬到了地下，脸上盖了一块方正的红布，设起了灵堂。

　　"咚咚咚"，一阵响亮的敲门声，使劲地砸着晓丰的宿舍门。离上班时间还很早，晓丰下了床，伸了个懒腰，不耐烦地问："谁啊？"门外答道："我，蔡文旭。"晓丰跨了一步，打开了门锁，拉开门，忙问："这么早，你干啥来了？"

蔡文旭跨进了房间，咽了一口唾沫，拿起了桌上的杯子喝了一口水，说道："韩叔得了急病，你得回去一趟。"

"啥病，怎么不往医院送？"晓丰火急火燎地穿衣服。

"也没啥……要紧的病……反正你得回去。"蔡文旭结结巴巴地说。

晓丰的心咯噔一下，紧张的神经绷紧，紧逼着蔡文旭，问道："你给我说实话，我家里到底发生了啥事？"

蔡文旭支支吾吾了起来。

"发生了啥事？放心说，把人能急死。"晓丰声音提高了八度。

"我给你说实话，你要挺住，韩叔没了。"蔡文旭说着低下了头。

晓丰眼前瞬间一片漆黑，一个趔趄，瘫坐在地面上，边上的一把椅子也被他瘫软的身体撞倒了。

蔡文旭忙扶起他，把晓丰拉到床上。拿起地上的暖瓶，倒了一杯水，往晓丰的嘴边送。

愣了好一会儿，晓丰回过神后，在自己脸上狠狠地扇了两个巴掌，嘴里呢喃着，好像是自己害死了父亲之类的话语。

在蔡文旭的搀扶下，两个人出了县经贸委的大门。

一路上，晓丰反复回忆父亲的话语，为自己的过激语言在自责，忏悔，他第一次感觉回家的道路竟是如此漫长。当晓丰出现在韩家庄时，几个老者迎了上来，拉着他的胳膊，担心他做出什么出格的事情。在进院门时，一位老者给他披上了孝衫。满财的身边跪着晓慈，晓丰叫了一声"爹"后，跪倒在妹妹的身边，眼里的泪水夺眶而出。他的母亲见他回来后，哭得泣不成声，嗓子沙哑得发不出声音了，晓慈又陪着哥哥哭了一通。文琳看到痛苦不堪的晓丰后，转身哭着跑回了自己家里。

他们家的天彻底塌了，即便哭干了泪水，死去的满财再也不可能复活了。以后的人生中，他们兄妹丢了铠甲，多了软肋。未来的旅途中，快乐也罢，辛酸也好，都需要他们自己走、自己扛。少了一个见证自己收获成功时分享喜悦的人，更少了一位在自己受到委屈时诉说衷肠的亲人。最痛心的感受无法表达，最深切的思念深埋心底。这世界人来人往，都会带着遗憾离开。

三天后，晓慈看着父亲棺椁被人愈抬愈远，那种永无再见的绝望与彻骨冰凉的感觉让她体验到的是残酷、是无奈、是悲哀，几个小时后，山湾背后的韩家祖坟里又多了一个新翻的小土堆，黄土彻底掩盖了他们的父亲，此生再无相见之日。

梁二老汉站在山峁上，羊群散落在半山腰，望着远处满财的坟头，扯开了嗓子：

> 索命的阎王呀不睁眼，
> 留我老汉有何用，
> 满财嘛人全又幸福，
> 光棍我早就想升天。
> 哎嘿嘿，梁二老汉满眼流出了老泪。

韩家庄的人们又一次开始议论起了满财的事情，谁也没想到，日子过得那么红火的韩满财为什么要上吊，那么苦的日子都挨过来了，有啥想不通的。一个女人想起了邻村神婆说过的话，神婆曾在满财盖新房的时候就预言过，说韩满财家盖新房的时候动了太岁头上的土，太岁索命来了。大家立刻附和了起来，更有人看见，说在半夜上厕所的时候，看见死去的许二柱进了韩满财的门，韩满财家里闹鬼了，让许二柱拉扯着做了伴，因为他们生前关系那么好。晚饭后，村里再也没有人到晓丰家里看电视了，天一黑，胆小的女人娃娃都不敢朝河道的小树林张望。

晓丰最清楚自己父亲自杀的原因，他痛苦得变了样子，躺在炕上，好几天没有起身。母亲似乎更加老了，精神萎靡不振，走路颤颤巍巍，一日三餐都由许春雪的妈妈和韩满仓的妻子轮番照应着。

清晨，晓丰跌跌撞撞地出了院门，来到了满财上吊的地方，这里也是自己多少次和文琳约会的地方，美好和痛苦始于此处。他痛苦地跪在了地上，号啕大哭起来，泪如急雨，霎时间，河道里吹来了一股冻人的冷风……

第三十四章　分　手

这个世界上最令人刻骨铭心的莫过于生离死别。

晓丰回到单位后，处在一种混混沌沌的状态中，对父亲的愧疚和思念使他的思想千疮百孔。

下班后，一个人漫无边际地走向县城偏僻的地方，站在冷风里，独自伤悲。父亲的脸庞不断出现在自己的眼前，他无法想象父亲下了怎样的决心，河道的风多硬啊，越想越恨自己，越觉得脊背发凉。父亲仿佛在他的心肠上面系了一条绳索，走一步，牵扯一下，牵得心肠阵阵作痛。此生他再也看不见父亲那张微笑着的、安详的脸，心像是被一把钝了的锉刀残忍地割开，悲痛从伤口流出，洒落了一地忧伤。

肖雅妮静静地、默默地、偷偷地在不远不近的地方注视着晓丰，她害怕晓丰会做出一些想不开的事情。晓丰即便凑巧把肖雅妮撞在自己的怀里，也会假装看不见她，即便需要说话时，随便敷衍几句，其实他内心是烦乱的，根本无心与她说话。肖雅妮想纠缠说话时，他便借口单位有急事快速逃离，他不是不想和肖雅妮说话，实在是没有心情，更深层次地讲，他了解肖雅妮，无非想对他说一些无关紧要的安慰罢了。

他每天祈祷天黑得快一点，也许只有在黑夜里他才能活得相对舒坦一些。

生与死既是一步之隔，又离得非常遥远。在夜里，晓丰开始相信托梦、还魂等等无稽之谈，他多想在梦中见一次自己的父亲，好像自己的父亲有意躲避他一般，就是不在他的梦中出现。相反，晓慈好像夜夜都能在梦中见到父亲，有时专门跑到哥哥面前，给他描述在梦中见到父亲的画面。他无法向自己的妹妹讲出父亲自杀的真正原因，只能在心里恨自己。也许只有把许春雪娶进家门，来圆了父亲的遗愿，才能让自己心里舒坦一些，得到一些心灵上的安慰。

晓丰给晓慈交代了一件事，让她去一趟韩家庄，捎话给蔡文琳，让她周六来一趟县城。下午，晓丰跑了一趟市场，在一处卖围巾的地方，在女老板的建议下买了一条米黄色的女士围巾。

蔡文琳听到晓慈捎来的话语后，激动得一宿都没睡好，她想晓丰可能提前要和她在县城置办一些结婚的东西了，否则，不可能专门捎话让自己去县城的。天还没亮，她已经来回在院子里走了好几趟，坐上了去县城的第一趟车，虽然自己去过好几次县城，道路两边枯萎的白杨树在晓慈眼里也是别有一番景致的美丽，她把坐在旁边的一位妇女怀里抱着的孩子亲了好几下，要放在以前，文琳是不会主动亲清鼻涕挂在嘴上的"脏小孩"。孩子妈妈直夸文琳心眼好，说她以后能嫁个好人，有大富大贵的旺夫相。她乐呵呵地笑着，心里觉得这个女人说得太准了，自己心爱的晓丰就是好人，时不时地抬起手腕上的电子表，看一眼时间，她实在有些迫不及待了。

汽车刚驶入县城的主干道，蔡文琳早早等在车门边了，车还没停稳，她便急速地跳下了车，风驰电掣般朝晓丰工作的单位跑去。

蔡文琳到达晓丰宿舍时，晓丰还躺在床上，眼睛发红，眼皮肿胀，又是他失眠的一个夜晚，房间里一股烟丝和墙角里脏袜子混合在一起的难闻味道，十分刺鼻。

见到文琳后，晓丰便慢腾腾地下了床，准备洗漱。在他洗脸的时候，文琳麻利地收拾好了床上的铺盖，被子叠得方方正正，拿起笤帚扫起了地上的烟头、酒瓶等杂物。从床上到地下，被文琳收拾得干干净净，她拿起盆子准备给晓丰洗一下脏袜子时，晓丰拉住了她。两个人一起坐在了床上，沉默了好长时间后，文琳把柔软的手放在晓丰手上的时候，晓丰借故要给她倒杯水，站了起来，拿起了桌子下面的暖瓶摇了摇，坐到了床边的一把椅子上。蔡文琳绵软的手让他感觉到了别扭，此刻，在他心里少了以前的感觉，他们虽坐在一起，好似万里相隔。也许他们美妙纯情的情感在他听到父亲噩耗的那一刻迅速消减了。蔡文琳对晓丰一反常态的表现多少有些不安，问道："你是不是生病了？我瞧你身体都垮了。"晓丰没有吭气，蔡文琳接着说道："我看你的褥子有点薄了，我回去给你再做一条吧。"晓丰还是没有吱声，拉开了右手边的抽屉，取出了早已准备好的那条米黄色围巾。蔡文琳要动手自己围，他拉住了文琳的手，轻轻地、一圈一圈地亲自围在了文琳的脖颈上。粉嫩的脸庞在围巾簇拥下如一朵盛开的牡丹花，他还是没有控制好自己的情感，两片苍白的嘴唇落在了文琳的额头上，心里有一种说不出的难受，两颗泪珠掉在了文琳的头发上。亲爱的文琳还不清楚晓丰的举动，以为晓丰是在思念自己的父亲，她真切地体会着他失去亲人的痛苦，双手紧紧地搂住了晓丰的腰。慢慢地，晓丰逐渐恢复了理智，坐回到了那把冰凉的木椅子上。

一阵沉默后，晓丰说道："我准备到很远很远的地方去，不能娶你了。"

刚才那种温馨举动带来的甜蜜瞬间在文琳情绪里消失了，她一只手扶在床头，佯装镇定地问道："你是不是爱上城里的哪个'洋女娃'了？"

"没有，有些事情你不懂，更不清楚。我不娶你，不代表我不爱你，我心里装满了你，但不代表一定要娶你。"晓丰在自己浑蛋逻辑自责下产生的一种痛苦漫过了他的内心，他的灵魂在痛苦中低吟着。

文琳没有说话，泪花在眼眶里打起了转转。幻想，所有真切的幻想在晓丰几句现实话语面前全部成了泡影，她的脑子里嗡嗡作响，她挚爱的人，同样挚爱自己的人，竟是如此绝情，她甚至怀疑坐在自己面前的是不是昨天的那个晓丰，更不敢相信，这么绝情的话语出自自己日思夜想、深情盼望的男人口中，几句绝情话语使得她的身体开始恍惚了起来。

又是长时间的沉默。

街道里吵吵闹闹的人群与安静的房间形成了鲜明的对比。见晓丰没有说话，文琳站起来后说道："你照顾好自己，我走了。"

晓丰什么也没说，闭上了眼睛。只有他最清楚自己的痛苦和无奈。

"吱呀！"被文琳出门时带上的木门发出了哀叹一般的声音。她关上门的那一刻，他们两个人的爱情之门也彻底关闭了。屋内的他能真切地体会她的痛苦和不幸，屋外的她无法理解自己深爱的男人无奈的决定。

他低下了头，在文琳和整个韩家庄面前彻底地低下了头，痛苦使得他抽搐起来，直挺挺地躺在自己的床上，被子压在脸上号啕大哭。

出了晓丰宿舍后，蔡文琳如丢了魂一般，歪歪扭扭地走在县城的街道上，泪水不停地从眼里滑出，她手撑在街边一棵杨树上，抽泣使得她发出了难受的声音，街道里几个热心的妇女走到她身边不问缘由地安慰起了她，这几个热心人的话语让她的心绪稍微平静了一些，她尽量压制自己的痛苦，调整自己的情绪，袖口揩着流出的泪水，慢慢地朝车站走去，一阵冷风从街道里刮过，天空中开始飘起了雪花。

每个正常人都渴望爱情，当一个爱你的人同样也深爱你时，是一种幸福，是一种浪漫，但是现实生活中又有多少爱情能够两情相悦呢？

文琳记不清自己怎样到的车站、怎样上的汽车，脑海中翻来覆去就是晓丰说过的那几句话语和说话时的表情。汽车拐过山峁，韩家庄一切真真切切地呈现在她面前的时候，她的泪水再次不受控制地往下流，车窗外的雪花已经发疯似的纷纷扬扬不断飘落。她看见梁二老汉上身披着一块塑料布，小心翼翼地赶着羊群走在飞雪中，低倾着头，缩着脖子，口里吼着让蔡文琳更加难受的歌声，这歌词既应情又应景：

> 哥哥你不懂妹妹的心，
>
> 狠心扔我在半路上，
>
> 亮堂的房子里没有了我，
>
> 绵软的炕上搂不定你，
>
> 前半夜我想你难入睡，

后半夜我牵肠泪涟涟。

　　下车后，文琳的两个裤脚沾满了污浊的泥水，再没心情关心自己的外在形象，一把推开了自家院门，泪水喷涌而出，一头撞在母亲手里的喂猪盆上，猪食倒了她一身。她母亲不知所措，文霞听到动静后，看到狼狈不堪、痛苦过度的妹妹已经躺在了院子的雪堆上。吴建伟和他岳父蔡志昌不知所措地把文琳抬进了堂屋，文霞麻溜地脱下了文琳身上沾满猪食的衣裤，文琳死一般躺在了堂屋的炕上，放开声大哭了起来，着实惊吓了屋里的所有人。哭声吵醒了睡在隔壁屋里的文霞娃娃，哇哇直哭，文霞打发吴建伟去哄娃娃，吴建伟清楚自己哄不了哭闹的碎娃娃，裹严娃娃后朝吴仲达家去了。蔡志昌夫妇伏在文琳身边嘘长问短，文霞帮着妹妹擦起了泪水。她只管哭自己的不幸和伤痛，对爹妈的问话丝毫没有入耳。蔡志昌急得直搓手，直到炉盘上烘烤的娃娃尿片子冒起了烟气，大家才回过神。文琳的哭声小了，痛苦使得她的身体抽搐了起来。文霞帮文琳盖上了被子，文琳拉起被子盖住了自己的头，两手紧紧地攥住被角。

　　家里人猜忌着文琳可能发生的事情，你望我、我瞅你，究竟怎么了？蔡志昌妻子屁股歪在文琳身边，她一副忧心如焚的样子。文霞悄楚楚地站在火炉旁，眼睛滴溜溜直转着，丝毫没离开文琳的身体。蔡志昌坐在炕头，眼睛始终在文琳身上，指头中间夹着一支没有点燃的香烟。

　　文琳突然坐了起来，目光呆滞，又一头砸在了炕里面的被子上，再次发出了"呜呜"的声音，嗓音里带着一种难受的沙哑。对家里人的问话充耳不闻。复杂的心理变化和感情的痛苦，使得她的精神处于极度的低沉状态，中枢神经无法控制住她的肢体，她一会儿坐起，一会儿躺下，一会儿站起，一会儿趴下，一直持续到了入夜，猪圈里的猪饿得拱开了圈门，冲到堂屋里时，大家才感觉到了饥饿，蔡文霞手忙脚乱地赶着猪往堂屋外走，出门后捡起了院子里被雪覆盖住的猪食盆，操心着给猪喂食。

蔡志昌妻子扶着文琳坐了起来，下炕后，小半把白砂糖放在了大花碗里，泡了几片撕碎的白馍馍，再次坐在了文琳身边，劝文琳吃点东西。一会儿吹一下勺子，一会儿吹一下碗里的馍馍。第一口送到文琳嘴边的馍馍被文琳咽了下去，直到全部被文琳吃完后，蔡志昌夫妻紧锁的眉头才稍微舒展了一些。蔡志昌扔下手中的纸烟，拿起了炉盘上妻子刚才撕剩下的馍馍，一掰两半，给妻子递给了一半，老两口大口嚼了起来。文霞喂完猪后，从小卖部里拿来了"熊毅武"方便面。

吴建伟在吴仲达家里与哥哥嫂子一起吃过了晚饭，天黑得没影后，才抱着娃娃回来了，怀里的娃娃看到炕上的小姨，猴急忙慌地钻在了小姨的怀里。小嘴唇直往小姨的脸上亲，伸出小小的舌头，在文琳的鼻尖上舔舔（这一切曾是文琳亲她时候的动作），小嘴里的口水流在文琳的嘴上。文琳的泪水从眼里滑了出来，在小丫头的脸蛋上亲了又亲，紧紧地搂在了怀里。直到小外甥女喊叫的时候，她才松开了手臂，用右袖口揩了一把双眼里滑出的泪水，说道："爹，妈，二姐，二姐夫，我和晓丰完了，彻底完了。"泪水又一次止不住地往下滑。

"啊呀！"家里的四个大人异口同声地发出了惊讶声。

"哎……不……你们两个不是谈得好好的吗？究竟怎么了？"蔡志昌的妻子追问道。

"我也不清楚……"文琳痛苦地捂住了自己的脸。

"哎……别问了，我们是狗咬猪尿脬，空欢喜一场。"蔡志昌阴沉着脸说道。

"怎么能行，想谈就谈，不谈就不谈了，是谁给他惯出的臭毛病。我天明说啥也得去一趟县城，要和他韩家这个没良心的坏东西比个高低，在他单位大闹一场，非得把他搞臭不可。"蔡志昌妻子咬牙切齿地说道。

"妈，对着哩，我和你一起去。"蔡文霞帮腔道。

"他妈的，韩满财这个半脑壳先人，让我们家丢人丢大了，我现在就去他们家拆房子，那木头还是老子辛辛苦苦给拉来的。"蔡志昌说着，光脚伸进了皮鞋里，手已经拿起了炕栏石上搭着的棉袄。

"对，咱们一起走，马上走，先得把韩满财的瞎婆姨捶一顿，谁让她不把他家羞先人的'坏玩意'教育好。"蔡志昌妻子也起身下了炕。

蔡文琳看到父母的举动后，没顾上穿鞋就跳下了炕，把她父母亲堵在了堂屋门口，眼见难拉住自己父母亲时，文琳跪在了蔡志昌夫妻面前，说道："爹，妈，你们不要找晓丰和他家的麻烦，我喜欢晓丰，更心疼他，他有知识、有文化，我跟着晓丰只能拖累他。我没有恨他，他有他的难处，刚死了老子，你们再这样做，就是往我心口子上捅刀子，算女儿求你们了。"

蔡志昌拉起了跪在面前的丫头，额头上的皱纹紧蹙在一起，吃力地点了点头。

蔡志昌妻子眼里涌起了泪花，一屁股瘫坐在炕栏石边的椅子上。哭一般地说道："我的好丫头，妈知道你心气高，如今，韩满财这个不争气的'爹'把你甩在了半路上，你今后还怎么嫁人啊？"

蔡文琳没有正面回应她妈。看到撇在沙发背上的沾满猪食的衣裤和那条米黄色的围巾后，拿起围巾在自己的脸上偎了偎，说道："二姐，你能帮我洗干净吗？"

蔡文霞一副替妹妹难过的表情，回道："嗯，我现在就给你洗。"说完，拿起洗脸架上的脸盆出门打水去了。

文琳放下手里的围巾后朝吴建伟说道："二姐夫，我求你一件事。"

吴建伟信誓旦旦地回道："你说，我一定去给你办。"

"你天明帮我叫一下韩晓平，我有话对他说。"文琳一种如刀割般的痛苦。

"你放心，我记下了，天一明我就去。"吴建伟说道。

蔡志昌夫妻正要问文琳为啥要叫韩满仓儿子韩晓平时，文琳向父母摇了摇手，示意他们不要问，舔了一下干裂的嘴唇，说道："爹，妈，我不小了，知道怎么做，这件事情你们就让我做一回主。"文琳痛苦地闭上了眼，出了堂屋，往自己的房间走去。

蔡志昌艰难地咽下了一口唾沫，望着妻子，说道："我们就听一次娃娃的意见，让她自己做主吧。"

妻子点了点头，哭一般地应承道。

黎明已经清晰地画出了韩家庄的轮廓。

吴建伟匆匆套上棉袄出门了，他低着头，小心翼翼地控制自己的身体，踩在脚下的厚雪"吱吱"作响，心里盘算着如何敲韩满仓家门和叫韩晓平的事情，不知不觉中来到韩满仓院门口，站在满仓院门前，他开始犹豫了，进退两难，进去吧，韩满仓妻子会一连串发问，不进吧，已经答应了文琳，他作难地在院门口犹豫了起来。正在他准备敲门的时候，韩晓平扛着扫帚打开了院门，嘴里念叨着所谓的"诗"，在吴建伟眼里这诗念得跟"屎"一样。建伟说文琳请他去一趟的消息后，韩晓平愣了一下，扔掉扫帚，迫不及待地走在了吴建伟的前头。吴建伟加快步子尽量走在韩晓平的前面，心想："文琳呀，你叫这个神经病干啥啊！你丫头算是完了。"

吴建伟直接引着韩晓平进了文琳的房间。文琳两只眼睛完全发肿，眼睛里布满了血丝，看了让人心疼。文琳侧起身体，有气无力地靠在墙上，说道："二姐夫，你忙去吧！麻烦你把门带上。"

"嗯。"建伟出去了。

韩晓平拘谨中带一点胆怯，站在原地没敢动，等待着文琳的指示。

"你真的爱我吗？"文琳没有看韩晓平。

"我真的爱你。"韩晓平急切地抢答。

"那你还愿意娶我吗？"文琳还是没有看韩晓平。

"只要能娶你，让我干啥都行，变成驴马都行。"韩晓平的嘴唇如蜻蜓抖动的翅膀一样。

"我答应嫁给你，但是你也得答应我一件事情。"

"别说一件，就是一百件我也答应。"

"我们结婚后，按你先前写的那样，带我远走高飞，带我离开韩家庄，越远越好。"

"去新疆行吗？到我二姐家那里，也能相互有个照应。"

"行，你去和你家里人商量一下，如果同意，我们就结婚，不同意，就当我什么也没说……"文琳调转了身子，头发在夜里翻来覆去地揉搓下如同毛毡一般，丝毫没影响她完美曲线勾勒的秀丽后背。

"没啥商量的，我能做主，我会尽快来娶你。"晓平望着蔡文琳的后背，咽了一口涎水，壮着胆子问道："你和晓丰……"

"我求你别问了……"文琳发出了近乎发疯一般的刺耳吼叫声。随后立刻转变了语气，轻声说道："我烦得要命，你去准备吧。"

"我一定给咱们办一场漂漂亮亮的婚礼。"韩晓平出门前留下了一句承诺。

文琳干涩的眼里滚出了两颗剜心般的泪珠。

梦寐以求、从天而降的好消息使得晓平喜极而泣，他所有的压抑全部释放了出来。从蔡志昌家的院门出来后，只听见他嘴里来来回回就那一句"甜蜜蜜，我笑的甜蜜蜜"的歌词，到自家院门口的雪地里踩出了一个大大的"喜"字。随后，跪在院门口雪地上，头如捣蒜锤一般朝着南边磕得呱呱价响，直到额头感觉到了疼痛，他才停了下来。接着，侧躺在雪地里来回打起了滚。起身后浑身沾满了雪片，开心得像一个哭闹好久的娃娃得到了想要的汽水一般，哈哈大笑地撞开了父母的堂屋门。

一阵冷风过后，漫天的雪花又飞舞了起来。

第三十五章　遂　愿

　　站在爱情天平两端的恋人，永远不可能保证天平停留在最佳的状态，倾斜是生活的常态，更是人生的常态。

　　文琳在天真纯洁的岁月里有海誓山盟的约定，有浮想联翩的美梦，在真切的现实面前，留下了彻彻底底的悲伤遗憾，是啊！人生如果没有遗憾，那该多遗憾啊！我们在某一年龄段时都在渴望爱情，爱情给我们每个人的感受不尽相同，是甜美，是酸涩，是火辣辣的你侬我侬，更是冰凉凉的你痛我痛……一个没有在爱情折磨中疼痛过的人，那他的一生该多么的无趣和单调啊！当回首往事，一句我曾爱过，包含了多少无可奈何，包含了多少挣扎离愁……

　　这场雪犹如文琳的痛苦和晓平的欢喜，时断时续，下了三天三夜。韩满仓夫妻对文琳主动嫁给晓平的事情多少有些不自在，毕竟文琳和晓丰恋爱的事情在村里已经闹得沸沸扬扬。韩满仓夫妻一则无法说服固执的晓平，再则见到儿子又恢复了"正常"，在他们夫妻眼里，再也没有比这个更让他们开心的事情了，完全由着晓平的想法来。对蔡文琳嫁韩晓平的事情，蔡志昌夫妻全由文琳做主，他们接受得倒也很坦然。

　　雪一停，韩满仓家忙得不亦乐乎，又是请媒人，又是看日子，按照文琳的要求，结婚的日子越快越好，韩晓平催促着他爹专门跑到县里有名的道士家挑了个好日子——腊月十六。韩满仓觉得这个日子有些近，怕准备不充分，晓平坚持要在腊月十六，韩满仓只好顺从了儿子的意思。

　　当蔡文琳和韩晓平要结婚的消息传到韩家庄时，全村人几乎炸锅了，几个在背风墙弯里纳鞋底的女人窃窃私语，有的在骂韩晓丰，有的在骂蔡文琳。骂蔡文琳的人认为，是蔡文琳在骚情晓丰的堂哥晓平，让晓丰抓在了学校后面的墙弯里。骂韩晓丰的人认为，是晓丰端了铁饭碗，在城里找了洋女人，当了陈世美。但是大家可以确定的一件事是"蔡文琳肚子里已经有了娃娃"。议论中时不时地瞅着蔡志昌和韩满仓的院门，怕让这两家的厉害女主人听到。

一个女人低声细语地说道："我听说，蔡文琳这么着急地嫁给韩晓平，肚子里怀上了韩满财家晓丰的娃娃，都快三个月了，再不结婚可就出怀了。"

另一个添油加醋地低声说道："嗯，对着哩，那个娃娃以前就不爱吃酸的东西，前一段时间，我经常见她蹲在院门口，手里端着大海碗，大口大口地喝醋呢！"

"哎，可怜了韩满仓家里的晓平娃，还不知道实情嘛。"一个女人叹息的声音。

"你们真是狗拿耗子多管闲事，文琳丫头无论怀的是晓丰的娃，还是晓平的娃，都是他韩家的种，又没出他们韩家的门，你们干急个啥嘛。"一个粗俗的男人声音冒了出来。

几个女人咧开了鞋底一般的大嘴巴。

许春雪听到文琳和韩晓平结婚的消息后，故意跑到韩满仓家借斧头，当消息确信无疑后，她又跑到父亲的坟头大哭了一场。到家后，她的心里又惆怅了起来，还是觉得自己亏欠了文琳，又替文琳的不幸难过起来。

石门乡开会的吴仲达告诉了唐俊茂蔡文琳结婚的消息。因晓慈放了寒假，唐俊茂下午专门回了一趟县城的家，第一时间告诉了妻子。晓慈听到后，忙放下手里吃饭的碗，朝县经贸委跑去。

晓丰正躺在自己的宿舍里，晓慈如着火一般推开了他的门，门把手甩在了墙面上，发出了"咣"的响亮声。随后，楼道里的几扇门打开了，看到晓慈后，又轻轻关上了。经贸委的单身男女都认识韩晓丰的妹妹韩晓慈。晓丰惊坐了起来，看到妹妹后，又躺下了。

"哥，文琳要结婚了。"晓慈焦急地说。

"和谁结婚？"晓丰顺口问道。

"和晓平哥。"

"啊！"晓丰叫了一声，惊坐了起来，揪住了自己的头发。

"你们到底怎么了，你怎么弄的？文琳怎么能嫁给晓平哥呢？你是不是和肖雅妮走在了一起，文琳才……"

"滚、滚、滚，我心里烦乱得厉害，你让我一个人静一静。"文琳是在报复他的念头随着一滴泪珠闪现了出来，瞬间，对文琳亏欠交织下的内疚迅速扼杀了这种念头，泪水如断线的珠子。在晓慈退出房间的时候，他看见哥哥的泪水已经湿了面前的一片水泥地面。

真是滑天下之大稽，恋人变成了自己的嫂子，天下之事真是无奇不有。

晓慈走在县城街道上，昏黄的灯光下，一种莫名的压抑漫过了她的内心，她想起了去世的父亲，泪水掉在了脸蛋上，流到了围脖上。

韩满仓和蔡志昌家每天来回走动的都是村子里主动帮忙的乡亲们，男人干男人的活，女人做女人的事。

韩满仓专门请了晓慈夫妇和晓丰，晓丰借故年底工作忙，无法参加哥哥的婚礼，送了几句祝福的话。当着大伯的面说祝福话语的时候，他的内心五味杂陈、肝肠寸断。

腊月十五，晓慈和唐俊茂赶到了韩家庄。

晚饭后，晓慈进了文琳的房间，两个人什么也没有说，抱在一起轻声哭了起来。出门前，晓慈送给了文琳一件粉红色毛衣和一条黑色筒裤。

晓慈的母亲一直沉浸在丈夫去世的打击中，说话前言不搭后语，精神几乎完全失常，偶尔清醒时，满嘴是关于满财的长长短短，对村里的其他人、其他事根本没有放在心上。

清晨，那响亮的鞭炮声充斥着韩家庄人们的耳朵，一群人簇拥着文琳进了韩满仓家的院门。晓慈看到文琳和晓平被村里粗鲁的平辈男人们推搡着进了新婚的洞房，她扭头跑进了厕所，抹了一把又一把的泪水。

在韩满仓家吃过喜宴的梁二老汉唉声叹气地出了院门，吆喝着羊群往上山走，粗糙的大手时不时甩一下流出的清鼻涕，扯着嗓子，唱起了贴近现实的难受酸曲：

天下揪心事儿多，

最多莫过妹想哥；

妹妹盼着英俊的哥，

哥哥想着动人的妹。

哎嘿嘿……

世上女子千千万，最后嫁给了不中干；

世间男子千千万，到头娶了个鸡毛掸……

夜里，闹累了的乡亲们全部散了场。洞房里，两支鲜红的蜡烛在桌子上欢腾地跳跃，晓平往文琳的身边凑了凑，在文琳脸上亲了一口，他又在自己的大腿上掐了掐，确信这不是梦，他伸出了双臂紧紧地把文琳揽在了怀里。这种亲昵的举动让文琳不舒服，她推开了晓平，挪动了一下身体，侧身躺着。晓平内心在火红灯光的映照下变得异常躁动，浑身如煮沸的水，脸上升腾起了一层细细的汗雾。不安分的双手开始解起了文琳胸口的纽扣，双手在她的胸口滑过……文琳的泪水流了出来，脑海中再次真切地浮现出了晓丰的模样，她尽量克制自己不去想晓丰，但是大脑好像不受自己控制一般，来回呈现着她和晓丰的一件件甜蜜往事。是的，她还是爱着晓丰，爱得那么执着、坚毅，爱得那么痛苦、无奈……

一声鸡叫划破了长空，又是韩家庄纷纷扰扰的一天。

回门后，一对新人不听两家大人的劝解，死活要往新疆跑，专程回来参加婚礼的韩满仓二丫头很无奈，只得顺从弟弟的意愿。二丫头心里多少有些埋怨，六七年没回过娘家，本打算过完年再回，可不近人情的弟弟不干，非要催她回新疆，她只好带着晓平夫妻坐上了返回新疆的列车。

当火车启动的那一刻，文琳亲了亲围在脖子上的米黄色围巾，迅速把围巾扔出了火车。随后，听到火车发出了一声长长的叹息声，"呜……"咔嚓咔嚓地飞驰而去。

她离开了韩家庄，她离开的目的无非是让他活得舒坦一些，防止他看到自己而内疚和不快。哎……多么善良的姑娘，她多么善解人意，多么的宽厚体贴。

听到文琳结婚的消息，肖雅妮的心情开始愉悦起来。好心情促使下的激情，让她的工作也随之出色了起来，政府办主任和分管副县长在年度工作总结会议上点名表扬了她。

文琳的婚礼，受到打击最大的莫过于晓丰，他又一次陷入了痛苦的泥潭里。精神的不悦使得他变成了一个邋遢的人。

下班后，他专门把晓慈叫到了自己的宿舍。

"晓慈，哥哥对不起你。"晓丰说道。

"哥，好好的，你哪里对不起我了？"

"我做了一件一生都无法原谅自己的事情。"

"哥，文琳有追求自己幸福的权利，你不要自责。"晓慈以为哥哥在为文琳愧疚，转而安抚了起来。

"是我主动提出和文琳分手的。"晓丰说得很坦然。

"啊，哥，你为什么这么做？你没看见文琳出嫁时的痛苦表情，我看着十分心疼。"

"我知道她痛苦，可我更痛苦。你知道我为什么要和文琳分手吗？"晓丰一副难过的表情。

"为什么啊？"

"为了爹的遗愿，我虽没有杀爹，但我是导致爹去世的罪魁祸首。"晓丰长长地出了一口气。

"哥，你不要吓我，你把话说清楚。"

"爹让我娶许二叔家的许春雪，我不肯，所以……你恨我吗？反正我特别恨自己。"

"哥，爹已经走了，我恨你有用吗？如果我恨你能让爹活过来，那我恨死你了，但是……哥，你不应该把自己的痛苦转嫁到无辜的文琳身上，你们的爱情没有错。"晓慈再次安抚起哥哥。

"谢谢你的理解，我想明白了，我就是村里的一棵草，对于我来说，娶谁都一样，可是……我明白得太晚了。"晓丰接着说道，"你明天替我回趟村子，到许春雪家去一趟，当一回媒人。"

"哥，你和春雪姐没有爱情，你会不幸福的，你要三思啊！"

"我已经考虑得很全面了，你难道要看着我活在痛苦中吗？我死后怎么进韩家的祖坟，怎么去见爹爹……"晓丰哀号了起来。

"哥，我去，明天我就去。"晓慈跟着哥哥呜咽了起来，她为哥哥不幸的爱情而流泪。

当晓慈到春雪家提亲的时候，许春雪反倒表现得不那么兴奋。因两家都有白事，约定年后举行婚礼，许家恪守许二柱的遗言，并未索要一分彩礼。

韩家庄上上下下议论着晓丰和春雪的婚事，稀奇的事情在村子里发生得太多了，村里人似乎适应了任何一种完全超越想象的事情。

春雪她妈请人看下了正月十二的日子，韩家并未有异议，他们也没心思关注日子的好坏，一切按照许家的讲究进行。

晓丰是在正月初十的夜里才回到家的，本来有车能把他在晚饭前带到村子里，晓丰坚持要自己走一会儿，他是从石门乡步行回家的，他害怕见到村里人，更害怕村里人问长问短。当他走出川道，拐进山沟的时候，紧闭双眼，放开嗓子吼叫了好几声，内心的压抑好像松弛了一些，泪水还是不听使唤地流了出来，疲惫的身体吃力地拉动双腿，山沟里响起了脚步沉重的回声"扑挞、扑挞……"

"嘀……嘀……嘀……"蔚蓝色的康明斯汽车停在了他的身后，车灯使他的眼睛眯了起来，驾驶室里下来了回村的蔡志昌。晓丰心提到了嗓子眼，呼吸急促，蹑手蹑脚地站在了蔡志昌面前。

沉默，四只眼睛在四处乱瞟，谁也不去看谁。这种沉默对韩晓丰来说是一种无言的谴责，黑夜增加了这种谴责力量的深沉度，使晓丰的双手无处安放，完全处于心慌胸闷的状态。

一阵长时间的沉默后，饱经沧桑的蔡志昌率先开了口：

"你娃娃怎么一个人摸黑走夜路啊！"蔡志昌用一种关切的语气，顺手递过来一支香烟。

"我……我……下班……迟了。"晓丰说话时变得结结巴巴。

"娃娃，你甭哄我。我心里知道你的想法。"蔡志昌吸了一口烟。

"蔡叔，不知道怎么说，我对不起文琳……"晓丰低下了头。

"哎……现在说这有啥用，你和文琳终究不是一对屋檐下的雀儿，有缘无分，为你做的这等狠心事，我想和你较个高下。可文琳死活不让，说了一箩筐的好话。我家文琳娃把你心疼得要命，为你整整掉了一层皮，我心疼我那一块肉啊！"蔡志昌说到动情处，摊开了双手，紧接着又说道，"我和你爹年轻时较过劲，欺负过你们家，我胜了。如今，你和文琳相交一场，把我们家实实在在地欺负了一回，你胜了，咱们两家算是扯平了，以后各不相欠。"

"蔡叔，我知道文琳对我的好，我根本没想欺负你们家。"晓丰低着头回答。

"娃娃，咱们再不提这事了。文琳丫头虽然没有嫁给你，但是终究还是进了你们韩家的门，我知道你也有你自己的难肠事，以后要好好过你的日子，村子里我们要和睦相处，相互帮衬。"蔡志昌搓了一下憔悴的黑脸，拉着晓丰胳膊进了汽车驾驶室。

一路上，再也没有听见两个人说话，偶尔看见汽车驾驶室里两个烟头发出忽明忽暗的小红点。

晓丰和春雪的婚礼稀松平常，没有什么特别值得让人多看一眼的地方，只是两个年轻人睡在了一个炕上而已。

晓丰结婚的消息从县经贸委工作人员口中传到了肖雅妮的耳朵里，她内心不知做了怎样的挣扎。三天后，肖雅妮离开了这个让自己伤心的小县城，晓丰也没有过多去打听她的下落。在办公室开会时，晓丰无意中听到肖雅妮调到了省城日报社工作的消息，也许对她来说是个好消息，毕竟省城的繁华才能配得上她的气质，他真心盼望肖雅妮过得更好。

冬天的严寒渐渐退去，春天年年如期而至，雪水顺着泥土流下来，唤醒了沉睡在土地里的所有生物。小草在春风的吹拂下心田萌动，挺直了腰杆，身子随着轻风缓缓地舒展着，向着暖暖的阳光生长、生长、生长！

母亲在妻子许春雪的悉心照顾下，精神逐步恢复了正常。现在，春雪在娘家哥哥嫂子的帮助下，在河道的土地里劳作着。自从结婚后，晓丰基本上没有主动和春雪进行语言交流，当然，春雪更没有看见过他的笑脸。

几个月以来，晓丰一直处于一种低沉的压抑中，午睡后，他看到浅蓝色的天空嵌着一轮笑得灿烂的太阳，一片白云像碧海上的孤帆在晴空飘游。晓丰的情绪因天空的缘故稍有一点好转，手里拿着刚从院门外杨树上折断的一根枝条，漫无目的地朝着山上走去，他时走时停，时停时走，嘴里时断时续地哼着最近风靡大街的歌曲："村里有个姑娘叫小芳，长得好看又善良，一双美丽的大眼睛，辫子粗又长，在回城之前的那个晚上，你和我来到小河旁，从没流过的泪水……"

在一处背风的地方，晓丰安逸地躺下了，他满脑子不去思考任何事情，不去想念任何人，就这么静静地躺着，让春风吹拂着他的身体。

太阳落到了西边丹雅山顶上，黄塌塌的，不再那么刺眼，给人一种疲惫的感觉，梁二老汉坐到了他的身边。晓丰侧了身，手伏在梁二老汉的膝盖上，说道："梁二爷，我……"

"哎，好娃娃哩，你啥也甭说了，老汉我眼不瞎，也不糊涂，你和文琳娃娃在河道里亲嘴的时候，老汉我在羊圈里看得真真切切，夜里我还为你和文琳娃娃求过天上的神灵哩，哎……你娃娃的难肠事，老汉我清楚哩。"梁二老汉抽出了别在腰里的长烟锅。

梁二老汉使劲咂了一口烟嘴，继续说道："娃娃啊，事情全过去了，你要接受现实哩，我看春雪丫头也很不错，把你妈妈照应得周周到到，尽到了儿媳妇的责任。俗话说得好，在外的金子不如在手的铜，你要好好担待春雪哩，可不敢有脏心。"

"我知道，我没有脏心。"晓丰耷拉着眼皮说道。

梁二老汉点了点头。

晓丰抬眼看着梁二老汉发白的胡须，问道："梁二爷，你怎么没有娶婆姨？"

"哎，不是跟你娃娃吹，我年轻的时候，那也是四邻八乡出了名的俊后生。我啊，心有天高，命比纸薄。当时我和石门乡组建的宣传队里的高秀英搞对象，她是高家窝铺的人，人不仅长得美、身段好，声音也甜，她只要一来我们村搞宣传，就住在老汉家，我们爱得死去活来，活来死去。"梁二老汉沉浸在了过去美好的回忆里。

"后来呢？"

"后来，听他们村的人说她嫁到新疆去了，这么远的路，那是几千里啊，也就断了联系。"

"那你为啥不再另寻一个？"

"我年轻的时候心气高，心里装下了她，装不下别人。再说，娶上一个不称心的女人，就像喝泉眼里三九天的冷水，又冰嗓子又冻胃。如今，老汉我明白了，人不能一个人活，我现在过的日子是'灶火冷冰冰，锅里凉哇哇，房子黑塌塌，炕上乱糟糟，吃饭没有两个碗，屋里没有两双筷，柜里没有多余面，夜里无人拉被子……'光棍的难肠事儿多，无儿无女无人疼，你娃可不能过我老汉这样的苦日子。"梁二老汉抹了一把眼眶，起身拍了拍屁股上的土，晓丰也紧随着站了起来。

羊群朝着山湾那边散去，梁二老汉紧跟着羊群向山那边走去，拉着哭腔，边走边唱，这歌声既是唱给自己的，又是唱给韩晓丰的：

> 光棍难心事儿多，
> 越老越难无处说，
> 我劝天下俊男子，
> 莫要嫌弃自己妻，
> 年轻你能顶天地，
> 老了……

风吹散了梁二老汉身后的酸曲声，几粒尘土刮进了晓丰的眼睛里，泪水在眼眶里打起了转转，他愣在原地，一副深思的表情。

年纪和阅历虽然给我们带来了自然的衰老，却让我们内核变得更加坚强，让我们有了坦然面对生活的勇气，比起年少不经事的岁月，确实我们更喜欢现在的自己，也许这就是我们小时候盼望的成长或成熟吧！

夕阳的余晖洒在了韩家庄的角角落落。晓丰看见，妻子许春雪正在远远地朝着他的方向张望。他沉思了一会，撩动双腿，风一般地朝着妻子跑去……

第三十五章 遂愿